Das gläserne Paradies

*Schöne Lesestunden
wünscht herzlich*

Petra Durst-Benning

Das Buch

Lauscha im Thüringer Wald, 1911. Johanna führt schon seit Jahren die Glasbläserei der Familie weiter, die durch die künstlerische Begabung von Marie, ihrer jüngsten Schwester, zu unerwartetem Ruhm gelangt ist: Ihre farbenfrohen, fein verzierten Christbaumkugeln werden in der ganzen Welt geschätzt. Doch nun ist »das gläserne Paradies« in Gefahr, denn eine der wichtigsten Glashütten der Gegend soll verkauft werden. Johannas Nichte Wanda, aus Amerika zurückgekehrt, ist fest entschlossen, die Glashütte zu retten. Mit Hilfe des jungen Bankangestellten David Wagner gründet sie eine Genossenschaft und investiert das mühselig zusammengekratzte Kapital in ein vielversprechendes, aber auch riskantes Börsengeschäft. Doch Glück und Glas sind zerbrechlich: Was als rauschhaftes Abenteuer beginnt, endet in einer Katastrophe. Vom gläsernen Paradies bleibt nur ein Scherbenhaufen, Wanda scheint alles verloren zu haben ...

Die Autorin

Petra Durst-Benning ist eine internationale Bestsellerautorin. Seit ihrem Debütroman begeistern ihre mutigen Frauenfiguren die Leserinnen und laden sie zu großen Abenteuern ein. Viele ihrer Romane werden verfilmt. Petra Durst-Benning lebt mit ihrem Mann bei Stuttgart.

Mehr erfahren Sie auf Facebook und unter: www.durst-benning.de

In unserem Hause sind von Petra Durst-Benning bereits erschienen:

Die Glasbläserin · Die Amerikanerin · Das gläserne Paradies

Die Samenhändlerin · Floras Traum (Das Blumenorakel)

Die Zuckerbäckerin · Die Zarentochter · Die russische Herzogin

Solang die Welt noch schläft · Die Champagnerkönigin · Bella Clara

Die Salzbaronin

Antonias Wille · Mein Findelhund

Petra Durst-Benning

Das gläserne Paradies

Roman

Ullstein

Besuchen Sie uns im Internet:
www.ullstein.de

Neuausgabe im Ullstein Taschenbuch
1. Auflage Juli 2017
4. Auflage 2025
© Ullstein Buchverlage GmbH, Friedrichstraße 126, 10117 Berlin 2006
Wir behalten uns die Nutzung unserer Inhalte für Text und
Data Mining im Sinne von § 44b UrhG ausdrücklich vor.
Bei Fragen zur Produktsicherheit wenden Sie sich bitte an
produktsicherheit@ullstein.de
Umschlaggestaltung: bürosüd° GmbH, München
Titelabbildung: Living4media /© Sarah Hogan
Satz: Dörlemann Satz, Lemförde
Gesetzt aus der Minion
Druck und Bindearbeiten: ScandBook, Litauen
ISBN 978-3-548-61368-0

IN MEMORIAM
Alfi

»*Die Menschen, die am hellen Tag träumen,
lernen Dinge, die denen entgehen müssen,
die nur nachts träumen.*«

Dante Gabriel Rosetti

PROLOG

18. September 1911

Mit steifem Rücken und versteinerter Miene ging Wanda in Richtung Bahnhof. Wie immer um diese Tageszeit herrschte dort reger Betrieb: Glasbläser aus dem nahen Lauscha, die ihre Waren bei einem Sonneberger Verleger ablieferten, Hausfrauen aus Steinach und anderen umliegenden Gemeinden, die es nach ihren Einkäufen in der großen Stadt nun eilig hatten, wieder nach Hause zu kommen, Geschäftsleute, die mit wichtiger Miene wichtige Aktenkoffer mit sich trugen. Viele der Wartenden streckten ihre Gesichter der Sonne entgegen, um die letzten wärmenden Strahlen zu genießen.

Doch Wanda spürte weder die Sonne, die für Mitte September noch ungewöhnlich warm war, noch bemerkte sie den verführerischen Geruch, der aus einer nahen Wurstbraterei herüberwehte.

Als sie endlich auf dem Bahnsteig stand, erschlaffte ihre angespannte Miene.

Aus. Vorbei. Sie brauchte keine Contenance mehr zu zeigen. Niemanden würde es mehr kümmern, ob sie heulte oder tobte oder ob ihr der Rotz aus der Nase lief wie bei einem kleinen Kind.

Aber sie heulte nicht. Und sie tobte nicht.

Sie spürte nicht einmal mehr ihre Traurigkeit, nicht die Angst und nicht die Sorge.

Denn sie hatte alles verloren.

Sie hatte die Menschen, die ihr am nächsten standen, enttäuscht, war eine Versagerin auf der ganzen Linie.

Hatte sie das nicht schon immer gewußt?

Ihr Blick heftete sich auf die Schienen. Oh, wie vertraut war ihr der Weg, den die Bahn von Sonneberg nach Lauscha nahm! In- und auswendig kannte sie diese Strecke. Kannte jede der Kurven, in denen es einen auf den harten Bänken zur Seite drückte, kannte das Stück, wo die Lokomotive zu schnaufen anfing und immer langsamer wurde. Sie wußte, wann die schattigen Stellen entlang der steilen Berghänge kamen, wo es in den Abteilen urplötzlich düster wurde.

Wie romantisch hatte sie diese Bahnstrecke stets empfunden! Genauso romantisch wie ihr Lauscha am Ende der Strecke. Eingebettet in das hochgelegene Tal, mitten im gläsernen Paradies ...

Wanda stöhnte auf. Bei dem Gedanken daran, wie viele Menschen dort am Bahnhof auf sie warteten, verkrampfte sich ihr Magen. Bestimmt stand schon jetzt ein Empfangskomitee bereit, womöglich mit Wein und Gesang – warum sonst hatten die anderen darauf bestanden, ausgerechnet heute in Lauscha zu bleiben, statt sie an diesem großen Tag nach Sonneberg zu begleiten? Und diesen treuen, lieben Seelen, die ihr vertraut hatten und die nun mit ihr feiern wollten, sollte sie entgegentreten und ins Gesicht sagen, daß –

Nein, niemals! Nie mehr würde sie die Bahnstrecke entlangfahren, nie mehr würde sie in Lauscha ankommen. Für sie gab es keine Einkäufe mehr zu tätigen oder wichtige Unterlagen in wichtig aussehenden Aktenkoffern zu transportieren.

Sie war am Ende ihrer Reise angelangt. Was für ein seltsames Gefühl.

Wieviel anders hatte sich gestern noch alles angefühlt,

während des feierlichen Gottesdienstes zur Einweihung der neuen Kirche in Lauscha!

In ihrem Rücken hörte sie die Geräusche des nahenden Zuges. Schon lag ein Hauch von verbrannter Kohle in der Luft. Je näher der Zug kam, desto rußgeschwängerter würde die Luft werden, und die Menschen auf dem Bahnsteig, die gerade noch so genießerisch in die Sonne schauten, würden anfangen zu prusten, und ihre Nasen würden sich kräuseln.

Erst im letzten Winter hatte sich eine junge Frau vor einen herannahenden Zug gestürzt. Ihr schrecklicher Tod hatte in allen Zeitungen Schlagzeilen gemacht. Wanda hatte sich damals nicht vorstellen können, welche Verzweiflung einen Menschen zu solch einer Tat treiben konnte. Dem Leben auf diese Art ein Ende zu setzen wäre feige, hatte sie behauptet. Sie erinnerte sich noch genau an das Gespräch mit Eva, das über diesem Thema zum Streit ausgewachsen war. Eva hatte die Selbstmörderin und ihre Verzweiflung verstanden. Als feige hätte sie einen solchen Menschen nie bezeichnet. Von den Schienen zermalmt zu werden war schließlich kein gnädiger Tod, die Gliedmaßen wurden durch tonnenschwere Lasten abgetrennt, Gedärme entblößt, der ganze Körper zermalmt ... Wanda hatte davon nichts hören wollen.

Du und deine selbstherrliche Arroganz! tönte es schrill in ihren Ohren. Immer hast du geglaubt, alles allein meistern zu können. Hast dir eingebildet, besser zu sein als andere. Mehr zu können, mehr zu wissen und zu wagen.

Das Schrillen in ihren Ohren wurde lauter und lauter. Wanda drehte sich um, sah den dampfenden, schwarzen Koloß näher und näher kommen.

Aus. Vorbei. Alles verloren.

Sie machte einen Schritt nach vorn.

1. Kapitel

Ende Mai 1911

»Entschuldigen Sie, *gnädige* Frau, daß ich nochmals frage, aber soll ich wirklich ›Vater unbekannt‹ eintragen?«

Mit gezückter Feder und erhobenen Brauen beugte sich der Beamte über den Tisch, schob die Geburtsurkunde dabei fast angewidert von sich. Die Sonnenstrahlen, die durch das Fenster hinter ihm fielen, verliehen seinem Haupt eine Art Heiligenschein, der so gar nicht zu der Art paßte, wie er das »gnädige Frau« aussprach.

Weder Wanda noch Johanna war sein anmaßender Ton entgangen, doch keine der beiden Frauen reagierte darauf. Was hätten sie auch sagen sollen?

Als Wanda nicht gleich antwortete, setzte der Mann noch hinzu: »Den Makel, in Schande geboren worden zu sein, verliert ein Mensch sein Leben lang nicht mehr, das ist Ihnen doch sicher bewußt? Wollen Sie das Ihrer Tochter wirklich antun?« Er machte sich keine Mühe, sein Mißfallen zu verbergen.

Wanda blinzelte.

Noch nie in ihrem Leben war sie so müde gewesen.

Ihr Blick fiel auf den Säugling auf ihrem Arm, der selig schlief – nachdem er die ganze Nacht hindurch gekräht hatte. Wie jede Nacht seit ihrer Rückkehr nach Lauscha vor fünf Tagen ...

»Ja«, sagte sie mit bemüht fester Stimme.

Der Beamte seufzte. »Ich muß schon sagen, das ist eine ziemlich abenteuerliche Geschichte. Eine Amerikanerin besucht ihre Verwandtschaft in Lauscha, weilt jedoch zur Niederkunft ihres Kindes in Italien ...« Abwartend, fast lauernd, starrte er über seinen Schreibtisch, auf dem kleine Staubflusen im Sonnenlicht tanzten.

Ein müdes Lächeln huschte über Wandas Gesicht.

Abenteuerlich? Was würde der Mann erst sagen, wenn er die Wahrheit wüßte? Bestimmt würde ihm der Bleistift, den er gerade so hingebungsvoll spitzte, vor Schreck aus der Hand fallen.

Die Wahrheit lautete nämlich, daß das Kind auf ihrem Arm gar nicht ihr eigenes war, sondern das ihrer Tante Marie.

Marie, der sie, Wanda, nicht mehr hatte helfen können. Die jämmerlich verreckt war.

Marie, die ihrer großen Liebe Franco nach Genua gefolgt war und dort hatte feststellen müssen, daß ihr Mann nicht nur ein Lügner, sondern auch ein Mörder war.

Marie, die aufgrund dieses Wissens von Francos Familie eingesperrt worden war wie ein Tier. Oh, der Käfig war ein goldener gewesen, das schon! Aber das hatte nichts an der Tatsache geändert, daß sie die letzten Wochen ihrer Schwangerschaft hatte allein überstehen müssen, den Kopf voller Sorgen und Ängste, das Herz schwer ob des Betrugs, dem sie aufgesessen war. Weder Maries Schwestern noch Wanda hatten etwas von dieser schrecklichen Entwicklung gewußt – Marie war jeglicher Kontakt mit der Außenwelt verboten worden. Ihr Ehemann Franco war zu jener Zeit längst von der New Yorker Polizei in Haft genommen worden, nachdem Ermittlungen ergeben hatten, daß die Familie de Lucca Menschenhandel im großen Stil von Italien nach Amerika durchführte. Menschenhandel, bei dem es Tote gegeben hatte. Ihr Mann ein Mörder – allein dieses Wissen mußte Marie fast umgebracht haben.

Wanda schauderte. Reiß dich zusammen, sieh zu, daß du die Sache mit der Geburtsurkunde erledigt bekommst, sagte eine drängende Stimme in ihr, doch die Erinnerung an die schrecklichen Erlebnisse in Genua war stärker.

Wanda hatte ihre Tante nur besuchen wollen und war auf nichts Böses gefaßt gewesen. Die Hölle, in die sie dann geriet, hätte sie sich nicht in ihren schlimmsten Alpträumen vorstellen können.

Sie schaute hoch zu dem Beamten, der gerade einen zweiten Bleistift zu spitzen begann.

Noch einmal Luft holen, ein bißchen wacher werden, die Erinnerung wegschieben – dann würde sie dem Mann all die Antworten liefern, die er haben wollte. Damit sie bekam, was sie dringend haben mußte: eine rechtmäßige Geburtsurkunde für Sylvie.

Das war es, was Marie gewollt hatte.

Marie …

Wenn sie nicht aufpaßte, würde der Gedanke an die Tante ihre Tränen zum Fließen bringen, und sie würde nicht mehr aufhören können zu weinen.

Nur das nicht. Nicht in dieser stickigen Amtsstube auf dem Sonneberger Rathaus, wo zwischen staubigen Aktenmappen Tod und Leben festgehalten wurden.

Als Marie nach der Geburt starkes Fieber bekam, hatte ihnen lediglich der Arzt der Familie de Lucca zur Seite gestanden. Der Mann sprach weder Deutsch noch Englisch, so daß Wanda keine Möglichkeit hatte, sich mit ihm zu verständigen. Mehrmals hatte sie Francos Mutter, die Contessa, angefleht, man möge Marie doch in ein Krankenhaus bringen, weil es dort vielleicht bessere Mittel und

Wege gab, die eitrige Entzündung und das Fieber, das daraus entstanden war, zu behandeln. Doch die Contessa hatte vehement abgelehnt und darauf bestanden, daß ausschließlich der Familienarzt Zutritt zum Krankenzimmer bekam.

Wanda schluckte. Hätte sie in diesem Punkt beharrlicher sein sollen? Hätte sie Marie nicht eigenhändig aus dem Palazzo befreien und in ein Krankenhaus schleppen können? Wäre sie dann noch am Leben? Aber wie hätte sie das bewerkstelligen sollen? Wo sie selbst es nicht einmal gewagt hatte, den Palazzo zu verlassen, aus lauter Angst, keinen Einlaß mehr zu bekommen.

Sie hatte Francos Eltern nicht getraut, genausowenig, wie sie Franco traute.

Franco … Allein der Gedanke an ihn ließ Wanda frösteln.

War er noch in Amerika? Oder war der Einfluß der Familie de Lucca groß genug, um den Sohn aus einem amerikanischen Gefängnis herauszuholen? Wußte Franco inzwischen, daß er eine Tochter hatte und daß sie, Wanda, dieses Kind von seinen schrecklichen Eltern freigekauft hatte?

Marie hatte Tagebuch geführt, und diese Aufzeichnungen durften den Palazzo nach Meinung der Familie de Lucca unter keinen Umständen verlassen. Sylvie im Austausch gegen Maries Wissen um die Schandtaten der Familie: Das war der Handel gewesen, auf den Wanda eingegangen war. Denn hätte sie Maries Tochter etwa in Italien zurücklassen sollen?

»Du mußt Sylvie nach Lauscha bringen!« hatte Marie sie angefleht. »Meine Tochter soll unter Glasbläsern aufwachsen und nicht unter Mördern!« Ihre Augen hatten zu jener Zeit schon einen seltsamen Glanz gehabt. Einen

Glanz, der Wanda erschreckte. Als ob Marie von innen her glühen würde. Kurze Zeit später hatte sie die Augen für immer geschlossen.

Wanda handelte also nach Maries Letztem Willen. Aber was war mit dem Kindsvater? Wenn Franco von der Sache erfuhr, würde er nicht zulassen, daß sein Kind woanders als im elterlichen Palazzo aufwuchs, soviel war sicher.

Wanda gab sich einen Ruck. Sie verlagerte Sylvie auf ihren linken Arm, dann zog sie ein zerknittertes Papier aus ihrer Tasche.

»Das hier ist die italienische Geburtsurkunde meiner Tochter.«

Stirnrunzelnd nahm der Beamte das Dokument entgegen. »Warum haben Sie mir die nicht gleich gegeben? Nicht, daß Ihnen ausländische Papiere bei uns viel nutzen würden … Aber wenn ein solches Dokument schon von den italienischen Behörden ausgestellt wurde, erleichtert das meine Arbeit natürlich erheblich. Also, was steht denn da … Geboren am 21. Mai …« Er warf erst dem Kind einen Blick zu, dann nahm er erneut Wandas Reisepaß in die Hand und blätterte ihn durch. Man konnte förmlich sehen, wie es hinter seiner Stirn ratterte.

Johanna räusperte sich. »Sie vermuten richtig«, sagte sie mit belegter Stimme. »Meine Nichte war schon – guter Hoffnung, als sie im vergangenen Oktober bei uns eingetroffen ist. Meine Schwester Ruth hielt es für sinnvoll, ihre Tochter für unbestimmte Zeit in unsere Obhut zu geben. Wäre sie in New York geblieben, hätte dies nur für unnötiges Gerede gesorgt, Sie verstehen? Ich hab zu ihr gesagt: ›Ruth, so was kommt in den besten Familien vor, mach dir keine Sorgen!‹« Sie lachte gekünstelt.

Wanda warf ihrer Tante einen schrägen Blick zu. Ob Johanna nicht ein bißchen zu dick auftrug?

Die Mundwinkel des Mannes kräuselten sich mißbilligend.

»Und Ihre Obhut bestand also darin, ein minderjähriges, lediges Mädchen in guter Hoffnung mutterseelenallein nach Italien reisen zu lassen? Ich habe ja schon einiges gehört, aber ...« Geradezu fassungslos schaute der Beamte Johanna an.

Die starrte wütend aus dem Fenster.

Wanda schmunzelte heimlich. Somit wäre also nicht nur ihr Ruf ruiniert ...

»Amerika – damit hat sich die Frage nach dem Kindsvater wohl endgültig geklärt«, murmelte der Beamte und kritzelte etwas in das vor ihm liegende Formular.

Wanda seufzte erleichtert auf. Gleich würden sie es geschafft haben. Ob sie den Herrn wohl bitten konnte, das Fenster ein wenig zu öffnen? Etwas Luft täte ihr gut und –

»Und Ihre Mutter? Wo ist die eigentlich?«

Verwirrt und auch eine Spur ängstlich schaute Wanda den Beamten an. Sylvies Mutter? Glaubte der Mann immer noch nicht, daß *sie* Sylvies Mutter war?

Johanna räusperte sich. »Wir erwarten Wandas Mutter in den kommenden Wochen. Sie kann es kaum erwarten, ihre Tochter wieder in die Arme zu schließen. Auf ihr Enkelkind freut sie sich natürlich auch – eine große Versöhnung steht uns also ins Haus, Sie verstehen?«

Der Mann beugte sich erneut über die Geburtsurkunde und murmelte dabei etwas von »liederlichen Verhältnissen«. Im nächsten Moment schob er das Dokument über den Tisch.

»Sylvie Miles, geboren am 21. Mai 1911 in Genua, Mutter Wanda Miles, Vater unbekannt – das macht drei Mark vierzig, zahlbar gleich im Zimmer nebenan, dort bekommen Sie auch eine Quittung über diesen Betrag.«

2. Kapitel

Nachdem sich ihr Aufenthalt im Sonneberger Rathaus so lange hingezogen hatte, war der Zug, der die drei nach Lauscha hätte bringen sollen, längst abgefahren. Bis der nächste Zug fuhr, blieb ihnen noch eine gute Stunde Zeit. Johanna schlug vor, in eine nahe gelegene Wirtschaft zu gehen. Wanda hätte lieber auf dem Bahnsteig gewartet, willigte aber schließlich ein. Es war zwar ein sonniger Tag, doch der Wind kam aus Osten und war frisch – zu frisch, um sich mit einem Säugling über eine Stunde lang auf einem zugigen Bahnsteig die Beine in den Bauch zu stehen.

»Puh, das wäre geschafft!« Johanna umklammerte ihre Kaffeetasse, als befände sich darin das kostbarste Lebenselixier.

»Was für ein schrecklicher Mensch!« sagte sie zwischen zwei Schlucken. »Dieser unverschämte Ton – unter anderen Umständen hätte der etwas von mir zu hören bekommen! Nun ja, was soll's ...« Sie machte eine wegwerfende Handbewegung. »Jedenfalls haben wir erreicht, was wir wollten. Du bist Mutter, und ich weiß nicht, ob ich dir dazu gratulieren soll! Herr im Himmel, wo du noch nicht einmal volljährig bist ...« Ein tiefer Seufzer folgte.

»Aber in einem Jahr bin ich's!« sagte Wanda. Nachdem sie sich versichert hatte, daß Sylvie noch immer selig in ihrem Kinderwagen schlief, trank auch sie in Ruhe ihren Kaffee. Früher hatte sie das schwarze Gebräu nicht ausstehen können, aber in den Monaten, in denen sie bei Johanna und ihrer Familie gelebt hatte, änderte sie ihre Meinung. Eine Tasse Kaffee war für sie nun nicht mehr ein etwas bitteres Heißgetränk, sondern bedeutete ein bißchen Luxus in einem sonst nicht gerade luxuriösen Haushalt. Wanda schloß für einen Moment die Augen. Als sie die Lider wieder hob, sah sie, daß Johanna leise weinte.

»Wenn Marie nur nicht mit diesem schrecklichen Mann auf und davon gegangen wäre!« brach es unvermittelt aus ihr hervor. Sie preßte eine Hand vor den Mund und blinzelte heftig.

»Ach, Tante …«, sagte Wanda hilflos. Sie vermißte Marie so sehr, daß es weh tat, und hätte manchmal vor Wut über ihr Schicksal toben können. Warum ausgerechnet sie?

Marie, die Glasbläserin, deren Gesicht stets mit einem Hauch Glitzerstaub überzogen war. Marie, mit ihrer Gier nach Leben! Verscharrt in einer Steinwand auf einem Friedhof in Genua.

Nur eine Handvoll Menschen hatte der Beerdigung beigewohnt. Alles war eiligst in die Wege geleitet worden, das sähen die italienischen Gesetze so vor, hatte die Contessa Wanda erklärt. Doch sicher hatte die Eile eher damit zu tun gehabt, daß Francos Familie zusammen mit Marie auch alle unangenehmen Fragen seitens der örtlichen Behörden begraben wollte.

»Und dann diese Geschichte heute! Jetzt gibt es kein Zurück mehr, das ist dir doch wohl klar?« platzte Johanna in Wandas Gedanken und wischte sich die Tränen fort. »Mir wäre ehrlich gesagt wohler gewesen, wenn wir mit dem Gang aufs Amt gewartet hätten, bis deine Mutter da ist. Ich meine, eigentlich hätte sie ja in dieser Angelegenheit auch noch ein Wörtchen mitzureden gehabt, oder?« Sie verdrehte die Augen. »Herrje, Ruth wird mir die Hölle heiß machen, das weiß ich jetzt schon.«

»Das wird sie nicht«, erwiderte Wanda müde. Sie tippte neben sich auf die gepolsterte Bank, wo ihre Handtasche stand. »Diese Geburtsurkunde schützt Sylvie vor Franco und seiner Familie, jetzt kann niemand mehr daherkommen und uns das Kind wegnehmen. Genau das hat Marie gewollt. Mutter wird also verstehen, daß ich gar keine andere Wahl hatte.«

Johanna schüttelte den Kopf. »Es gibt immer mehr als eine Möglichkeit. Auch Peter und ich hätten die Kleine aufnehmen können, ich meine, immerhin bin ich ihre Tante!« Bei ihren letzten Worten zitterte ihre Unterlippe schon wieder verdächtig.

Wanda legte eine Hand auf ihren Arm. »Sylvie braucht uns alle, wir alle werden uns um die Kleine kümmern! Aber ich habe doch tagsüber viel mehr Zeit für sie als du. Und wenn Richard und ich erst einmal verheiratet sind, hat Sylvie eine richtige kleine Familie.«

Johanna schnaubte. »Das ist auch so eine Sache! Du weißt, daß ich Richard sehr schätze, er ist ein ausgezeichneter Glasbläser! Aber ob er auch einen ausgezeichneten Ehemann abgeben wird? Ich weiß es nicht ...« Sie brach ab, als die Serviererin zwei Teller mit Apfelkuchen brachte. Kaum war die Frau wieder in der Küche verschwunden, fuhr Johanna fort, noch ehe Wanda etwas sagen konnte: »Richard ist so ... versessen! Ich meine, wir haben auch tagein, tagaus mit Glas zu tun, wir leben damit, und manchmal habe ich das Gefühl, wir brauchen es zum Atmen so wie andere Menschen die Luft.« Sie schüttelte den Kopf. »Aber Richard ... Bei ihm steht die Liebe zum Glas tatsächlich an oberster Stelle. Ob da noch genug Zeit und Gefühl für eine Frau oder gar eine Familie sein wird?«

Wanda hob konsterniert die Augenbrauen. »Natürlich! Was redest du denn da? Richard ist der liebenswürdigste Mann, den ich kenne! Du müßtest mal erleben, wie besorgt er um Sylvie und mich ist! Und was seine Arbeit angeht – wäre es dir lieber, ich hätte mir einen Faulpelz ausgesucht? Er ist eben sehr zielstrebig! Und ehrgeizig. Was ist daran falsch?«

Johanna winkte ab. »Nichts ist daran falsch. Trotzdem – ich glaube kaum, daß deine Mutter begeistert sein wird, wenn sie erfährt, daß ihr noch in diesem Sommer heiraten wollt. Ihr kennt euch doch gerade einmal ein halbes Jahr! Es heißt nicht umsonst: Drum prüfe, wer sich ewig bindet. Schau dir doch nur Marie an …«

»Also, das kannst du nun wirklich nicht vergleichen!« erwiderte Wanda heftig. »Richard ist ein Ehrenmann, er wird immer für Sylvie und mich dasein. Wenn es nach ihm gegangen wäre, hätte ich ihn als Vater angeben sollen – so weit geht sein Verantwortungsgefühl uns gegenüber. Er war beinahe eingeschnappt, als ich seinen Vorschlag ablehnte.«

Johanna murmelte etwas, was einer Entschuldigung glich, und stocherte dabei in ihrem Apfelkuchen herum.

Wanda nahm einen weiteren Schluck Kaffee, um gegen die erneut aufsteigende Erschöpfung anzukämpfen. Vielleicht war es ganz gut, daß sie so müde war – sonst hätte sie sich bestimmt ernsthaft mit Johanna angelegt. Statt dessen kaute sie auf ihrem Apfelkuchen herum, ohne wirklich etwas zu schmecken.

»Und dann die Tatsache, daß du bei deinem Vater wohnst und nicht bei uns …« Johanna schaute von ihrem Kuchenstück auf.

»Auch das wird böses Blut geben. Wie soll ich deiner Mutter erklären, daß du mit Sylvie nicht wieder zu uns gezogen bist?«

Wanda spürte, wie sich Ärger in ihre Müdigkeit mischte. Dieses ewige Diskutieren … Sie wußte doch auch nicht, was richtig oder falsch war, sie handelte nach Gefühl und bestem Wissen und Gewissen – war das denn ein Verbrechen? Es gab eben kein Handbuch, in dem sie hätte nachschlagen können! Sie war auch in Genua allein auf sich gestellt gewesen. Niemand hatte ihre Entscheidungen angezweifelt, alle hatten bei ihrer Heimkehr gesagt – Johanna, ihr Vater und ihre Mutter am Telefon, Richard –, sie habe richtig gehandelt. Erwachsen und besonnen. Alle hatten sie gelobt ob ihrer Tapferkeit. Aber seit sie vor fünf Tagen nach Lauscha zurückgekehrt war, hatte jeder unzählige Ratschläge für sie parat. Am liebsten hätte sie Johanna deshalb barsch abgefertigt.

»Daß ich bei Vater wohne, ist für alle die beste Lösung«, sagte sie in bemüht ruhigem Ton. »Eva tut nichts lieber, als nach Sylvie zu schauen, sie ist mir eine große Hilfe. Und Platz ist auch genügend, Vater will mir das ganze zweite Stockwerk überlassen. Und er hat sogar wieder zu heizen begonnen.« Sie lachte.

Auch Johanna schmunzelte. Thomas Heimer war noch nie ein Mann großer Worte gewesen, aber die Tatsache, daß er Ende Mai teures Brennholz verfeuerte, um seiner Tochter ein warmes Zuhause zu bieten, zeigte, wie sehr er Wanda liebte.

»Wir hätten auch noch ein Plätzchen für euch gefunden, zum Beispiel in Maries altem Zimmer«, insistierte Johanna dennoch. »Ich hätte Magnus rauswerfen können – warum der noch bei uns wohnt, ist mir sowieso schleierhaft. Als er und Marie noch zusammenwaren, war das ja keine Frage, aber er kann doch nicht ewig in Maries Kammer hausen!«

Ihre Stirn legte sich in Falten.

Auch Wanda verzog das Gesicht. Sie kannte ihre Tante gut genug, um zu wissen, daß Magnus' Tage im Haushalt Steinmann-Maienbaum von nun an gezählt sein würden.

Trotzdem sagte sie: »Laß doch den armen Kerl in Ruhe. Er hatte genug damit zu kämpfen, daß Marie ihn wegen Franco verlassen hat. Und nun kommt noch die Trauer um sie dazu ... In seiner derzeitigen Verfassung wäre er doch gar nicht in der Lage, sich eine neue Unterkunft zu suchen!«

Johanna schnaubte. »Ach, vielleicht hast du ja recht. Hör einfach nicht auf deine alte Tante! Vielleicht meckere ich heute nur, damit ich nicht dauernd anfange zu weinen. Jedenfalls ...« – sie setzte sich aufrechter hin, als wolle sie ihren Worten dadurch Gewicht verleihen – »jedenfalls bist du jetzt Mutter, und ich wünsche dir alles, alles Gute!« Und schon folgte der nächste Seufzer. »Wenn nur nicht –«

Wanda unterbrach sie lachend. »Ach, Tante ...«

Kurze Zeit später machten sie sich auf den Weg zum Bahnhof. Von den Kastanienbäumen, die zu beiden Seiten die Straße säumten, rieselten immer wieder kleine Blättchen der verblühenden Kerzen auf sie herab. Als Wanda Johanna ein paar Blütenblätter aus dem Haar zupfen wollte, blieb diese abrupt stehen. Sie nahm Wandas Hand.

»Fast auf den Tag genau vor sieben Monaten war ich auch auf dem Weg zum Bahnhof. Damals habe ich dich abgeholt.« Sie lachte. »Ich weiß noch alles so genau, als ob es gestern gewesen wäre. Es war eisig kalt, dein Zug hatte Verspätung, und ich habe mich auch in eine Wirtschaft gesetzt. Dabei konnte ich es nicht erwarten, dich endlich in die Arme zu schließen! Nach so vielen Jahren ...«

Auch Wanda lächelte. »Sieben Monate ... Mir kommt es eher vor, als wären seitdem sieben Jahre vergangen!«

War das wirklich sie gewesen? Dieses naive Kind, das im Oktober des vergangenen Jahres aus Amerika mit Unmengen von Gepäck hier eingetroffen war? Den Kopf voller

Illusionen, das Herz voller Sehnsucht, endlich den leiblichen Vater kennenzulernen. Sie wollte ernst genommen werden, wollte dazugehören – *wozu* genau, hätte sie gar nicht sagen können. Sie wollte »wichtig« sein und nicht nur die hübsche, aber nichtsnutzige Tochter von Ruth und Steven Miles.

Kurz zuvor hatte Marie, die bei Schwester und Nichte in Amerika zu Besuch weilte, beschlossen, nicht mehr nach Lauscha zurückzukehren, sondern mit Franco nach Italien zu reisen. Zur selben Zeit hatte Wandas Cousine Anna, Johannas Tochter, sich den Knöchel verstaucht. Hierin hatte Wanda ihre Chance gewittert: Wenn sie nach Lauscha führe, könne sie Johanna helfen, hatte sie gegenüber ihrer Mutter argumentiert. Ruth war nämlich gegen diese Reise gewesen und hätte ihre Tochter lieber bei sich in New York behalten. Sie übernehme gern die Pflicht, Johanna aufzumuntern, auch für alle anderen wolle sie stets ein gutes Wort bereit haben, hatte Wanda hinzugefügt.

Wanda, die Retterin – ha!

Statt dessen war sie erst einmal fürchterlich krank geworden und Johannas Familie nur zur Last gefallen …

Wanda schüttelte sich unwillig. Was war heute nur mit ihr los? Dieses ewige Zurückschauen … Als ob es kein Morgen gäbe.

Sie war nach Lauscha gekommen, um ihren Vater kennenzulernen. Sie war gekommen, um ihren Platz im Leben zu finden. Den Platz, den sie in New York vergeblich gesucht hatte.

»Jeder Mensch hat eine Aufgabe im Leben …« Urplötzlich fielen ihr Maries Worte wieder ein. Es war ihr Abschiedsgespräch gewesen, kurz bevor sie mit Franco Richtung Europa aufgebrochen war. Wie unzählige Male zuvor hatten sie zusammen auf dem Dach des Hochhauses gehockt, in dem das Apartment der Familie Miles lag. Wie wahrhaftig Marie damals geklungen hatte!

Ihr Blick fiel in den Kinderwagen. Sylvie hatte die Augen weit aufgerissen und gab kleine quietschende Geräusche von sich.

Jetzt hatte sie, Wanda, in der Tat eine Aufgabe – durch Marie. War das nicht eine grausame Ironie des Schicksals?

Der Gedanke, künftig an Maries Stelle Mutterpflichten zu erfüllen, machte ihr ziemlich angst, auch wenn sie das Johanna gegenüber nie zugegeben hätte.

Aber sie hatte Richard an ihrer Seite, der immer für sie dasein würde, dessen Liebe sie stark und unverwundbar machte.

Wanda holte noch einmal tief Luft. Dann war es Zeit, den Zug zu besteigen, der sie nach Hause bringen würde.

Nach Lauscha.

3. KAPITEL

Es war Nachmittag, als Wanda die Tür zum Haus ihres Vaters aufstieß. Aus der Küche waren Stimmen zu hören: ihr Vater, Richard, Michel, ihr Onkel. Waren die Männer für heute schon mit ihrer Arbeit fertig? Um so besser, dachte Wanda erfreut.

Mit letzter Kraft bugsierte sie den sperrigen Kinderwagen in den Flur. Ihr Rücken war schweißnaß, das Kleid klebte unter ihren Achseln fest, verschwitzte Strähnen hingen ihr in die Stirn. Leise seufzend hob Wanda Sylvie aus dem Wagen.

In diesem Gefährt habe schon Wanda selbst gelegen,

hatte Vater ihr erzählt, als er den verstaubten Wagen aus dem Lagerschuppen holte. Und daß es damals, vor zwanzig Jahren, noch höchst ungewöhnlich gewesen sei, daß eine Frau ihr Kind im Kinderwagen durch die Gegend fuhr. Aber daß für Ruth ja immer nur die neuesten Moden gut genug gewesen wären. Und daß sie schon damals ihren Kopf durchgesetzt hätte.

Ach, Mutter, hast du dich auf der steilen Hauptstraße vom Bahnhof bis hier oben auch so geplagt?

Wanda wechselte zuerst Sylvies Windeln, dann machte sie sich selbst ein wenig frisch. Sehnsüchtig schaute sie auf ihr Bett. Jetzt ein Stündchen hinlegen, die Augen schließen, nichts denken müssen, keine Fragen beantworten ...

Aber unten in der Küche saß Richard, der bestimmt wissen wollte, wie es auf dem Amt gelaufen war. Richard ... Der Gedanke an ihn ließ Wanda ihre Müdigkeit vergessen, und mit raschen Schritten lief sie die Treppe hinunter.

»Wanda! Gerade haben wir von dir gesprochen!« rief Thomas Heimer, als sie mit Sylvie im Arm in der Tür erschien.

Außer Richard saß auch Michel, ihr Onkel, mit am Tisch, der mit Zeichnungen übersät war. Die Sonne, die durchs Fenster ins Zimmer fiel, warf gelbe Streifen auf die Papiere.

»Wir brauchen deinen Rat«, sagte Richard und bedeutete Wanda, näher zu kommen.

Immer wenn Wanda in die Heimersche Küche trat, wunderte sie sich heimlich darüber, daß der Raum so gar nichts mehr mit der kalten, düsteren Kammer gemein hatte, die er im Winter bei ihrem ersten Besuch gewesen war. Damals war das Licht nur mühsam durch die verschmutzten Scheiben gekrochen, und erst, nachdem Wanda ihren Vater überredet hatte, die beiden riesigen Tannen direkt vor dem Küchenfenster zu fällen, war es drinnen hell geworden. Mit dem Licht kam Leben in den Raum: Die Küche wurde zum Mittelpunkt des Hauses. Wo früher lediglich Eva mit mißmutigem Gesicht herumhantierte, traf sich nun die Familie auf ein Glas Bier oder um sich auf den neuesten Stand zu bringen, was die Geschäfte anging. Der Tisch war sauber, und das Geschirr, das neben der Spüle trocknete, war es auch. Gemeinsam mit Eva hatte Wanda einen alten Schaukelstuhl neben den Tisch gestellt – hier hatte es Wilhelm Heimer bequem, wenn er an einem seiner guten Tage sein Bett verlassen konnte. Dank der neuen Aufträge ihres Vaters war der Vorratsschrank inzwischen stets gut gefüllt – die Zeiten, in denen Eva für die Suppe an Stelle von Hühnern knochige Eichhörnchen hatte auskochen müssen, waren vorbei.

Bei dem Gedanken daran verzog Wanda das Gesicht. Noch heute hatte sie den muffigen Geruch von damals in der Nase – widerlich!

»Was heckt ihr denn wieder Neues aus? Und wo ist Eva?« fragte sie, während sie gleichzeitig zu Richard auf die Bank rutschte. Sie gab ihm verstohlen nur einen Kuß, denn Liebesbekundungen in Anwesenheit ihres Vaters waren Richard unangenehm.

»Hier bin ich schon!« hörte man im nächsten Moment. »Da ist ja mein kleiner Engel …« Bevor Wanda etwas sagen konnte, langte Eva nach dem Säugling und legte ihn sich über die Schulter. »Jetzt gibt es erst einmal warme Milch, und dann fährt deine Tante Eva mit dir nach Steinach!« Und mürrisch fuhr sie an Wanda gerichtet fort: »Spät seid ihr gekommen! So spät! Das Kind ist sicher schon halb verhungert!«

»Die Sache mit der Geburtsurkunde war schwieriger, als ich gedacht habe«, sagte Wanda. Im stillen legte sie sich schon zurecht, mit welch dramatischen Worten sie die Geschehnisse auf dem Amt wiedergeben wollte, doch niemand fragte nach. Die Männer steckten die Köpfe über den Papieren zusammen und nahmen ihre Unterhaltung wieder auf.

Wanda runzelte die Stirn. Interessierte es denn niemanden, was ihr widerfahren war?

»Du willst heute noch nach Steinach?« sagte sie schließlich zu Eva. »Das Kind ist bestimmt müde, vielleicht wäre es besser, Sylvie bekäme ein wenig Ruhe und –«

»Papperlapapp!« fuhr Eva dazwischen. »Frische Luft hat noch keinem Kind geschadet. Außerdem habe ich mit meinen Schwestern ausgemacht, daß ich mir ihre alten Kindersachen anschaue – bestimmt ist für unser Goldstück noch etwas Brauchbares dabei!« Mit verklärtem Gesicht schaute sie Sylvie an.

»Aber ich –« Ich will nicht, daß Sylvie alte, kratzige Sachen, in denen womöglich schon die Motten hausen, trägt, wollte Wanda sagen. Lieber kaufe ich ihr neue, hübsche Kleidchen! Doch sie hielt wohlweislich den Mund.

»Wenn du Hunger hast, es sind noch gekochte Kartoffeln übrig und Quark!« rief Eva. Im nächsten Moment war sie samt Säugling und Nuckelflasche verschwunden.

Richard schaute von den Papieren auf.

»Was ist denn in die gefahren? Ist das tatsächlich noch die alte Kratzbürste von früher?«

»Richard«, sagte Thomas Heimer tadelnd, allerdings ohne Nachdruck in der Stimme.

Wanda lächelte. Entspannt lehnte sie sich für einen Moment zurück und schloß die Augen.

Nicht nur die Heimersche Küche war verändert, auch

Eva, die Lebensgefährtin ihres Großvaters, war nicht mehr wiederzuerkennen. Ihre einstmals ständig verbiesterte Miene war nun die meiste Zeit über entspannt, fast fröhlich. Als junge Frau hatte sie sich ein Kind gewünscht, doch diesen Traum hatte sie zusammen mit vielen anderen begraben müssen. Daß das Schicksal ihr doch noch einen Säugling ins Haus gebracht hatte – auch wenn es nicht ihr eigener war –, bedeutete Eva viel.

Wanda war manches an der Art, wie die ältere Frau mit Sylvie umging, suspekt. War es wirklich gut, ein Kind so eng in ein Tuch zu binden, daß es sich kaum noch bewegen konnte? Und wäre es nicht besser gewesen, zum Waschen das Wasser anzuwärmen? Aber da Wanda es nicht besser wußte, schwieg sie meistens. Außerdem bedeutete Evas Hilfe, daß sie sich hin und wieder für einige Zeit zurücklehnen konnte. So wie jetzt …

»Sie soll sich bloß nicht zu sehr an Sylvie gewöhnen«, knurrte Richard. »Sonst ist nach unserer Hochzeit, wenn das Haus wieder still ist, das Geheule groß.«

Wanda schreckte auf. Da sie jedoch nur mit halbem Ohr dem Tischgespräch gefolgt war, blieb sie eine Erwiderung schuldig.

»Nun ja, Wanda wird uns hoffentlich oft besuchen kommen, nicht wahr? Eure Hütte ist schließlich nur ein paar Häuser von uns entfernt.«

Wanda nickte zögernd, während sie gegen das ungute Gefühl ankämpfte, das sich urplötzlich in ihrer Bauchgegend breitmachte. Natürlich sehnte sie den Tag herbei, an dem sie und Richard sich das Jawort geben würden. Tag und Nacht mit dem geliebten Mann zusammenzusein, keine heimlich ausgetauschten Zärtlichkeiten mehr, sondern innige Zweisamkeit – es fehlte ihr die Phantasie, sich dieses Glück vorstellen zu können.

Gleichzeitig machte ihr der Gedanke, für einen eigenen Haushalt verantwortlich zu sein, angst. Was, wenn sie als Hausfrau völlig ungeeignet war? Falls sie überhaupt über hausfrauliche Tugenden verfügte, so waren ihr diese Talente zumindest bisher verborgen geblieben ...

Sie schüttelte sich unwillkürlich wie eine Katze, die einen unerwarteten Regenguß abbekommen hat. Um sich abzulenken, griff sie nach einem der Papierbögen.

»Noch eine Vogelfigur?« Sie hatte Mühe, nicht enttäuscht zu klingen. War es ihr immer noch nicht gelungen, ihren Vater davon zu überzeugen, daß seine alten Glasfiguren in Tierform auf dem Markt nicht mehr gefragt waren?

»Das soll ein Kuckuck sein – erkennst du das denn nicht?« gab Thomas Heimer zurück.

»Wir haben einen Auftrag von Karl-Heinz Brauninger bekommen«, kam es nun von Michel, der bisher noch keinen Ton gesagt hatte. Was nicht ungewöhnlich war. Ungewöhnlich war vielmehr die Tatsache, daß er sich überhaupt aus seinem Zimmer herausbequemt hatte. Ja, es hatte sich einiges verändert in den letzten Monaten ...

»Ein Hotel im Schwarzwald will, daß wir Entwürfe für Wein- und Wassergläser, Obstteller und große Servierplatten schicken. Jedes Teil soll mit einem Kuckuck verziert sein. Warum es ausgerechnet dieser Vogel sein soll, weiß der Kuckuck!« Er lachte über seinen eigenen Scherz.

Richard hielt Wanda eine Zeichnung hin. »Ich bin dafür, die Figuren einzugravieren, vielleicht auch einzuätzen, aber dein Vater will sie auf die gute alte Art und Weise aufmalen. Was meinst du?«

Angestrengt schaute Wanda auf die fein ausgearbeitete Zeichnung, die Richards unverkennbare Handschrift trug. Ein Kuckuck? Ein Auftrag aus dem Schwarzwald? Hatten die denn nicht genügend eigene Glasbläser? Bevor sie antworten konnte, nahm Richard ihr den Entwurf schon wieder aus der Hand.

»Vielleicht wäre es am besten, einfach ein paar Musterteile unterschiedlicher Art herzustellen ...«

»Ja, dann könnten wir auch gleich sehen, ob ...« Munter plauderte Thomas Heimer weiter.

Entgeistert schaute Wanda von einem Mann zum anderen.

Natürlich freute sie sich über den neuen Auftrag und über die Begeisterung, die ihr Vater und Michel an den Tag legten. Die Zeiten, in denen die Flamme am Heimerschen Bolg fast gar nicht mehr glühte, lagen schließlich noch nicht lange zurück. Daß Karl-Heinz Brauninger nach dem ersten Auftrag, den sie von ihm bekommen hatten, mit Folgeaufträgen daherkam, zeigte, wie gut Thomas Heimer war.

Aber ... interessierte denn wirklich niemanden, wie es ihr ging? Was auf dem Amt vorgefallen war? Warum saßen sie hier und debattierten über einen Kuckuck? Marie war tot und hatte ihr Sylvie hinterlassen! Wieso ließen die Männer sie einfach links liegen?

»Ihr seid so herzlos!« Unvermittelt brach Wanda in Tränen aus. Heulend schleuderte sie den Männern ihre Vorwürfe an den Kopf.

Thomas Heimer und sein Bruder Michel schauten sich an.

Michel räusperte sich. »Haben wir nicht noch etwas Dringendes zu erledigen?«

Thomas Heimer nickte hastig.

Schon im nächsten Moment waren Richard und Wanda allein. Er nahm sie in den Arm und wiegte sie wie ein Kind, das einen Alptraum hat. Nur langsam beruhigte sie sich.

»Du hast vollkommen recht«, murmelte er in ihr Ohr. »Wir sind wirklich eine herzlose Bande. Aber ... weißt du ...« Er seufzte.

Mit tränenverhangenen Augen schaute sie ihn an. »Ja?«

»Bei uns in Lauscha hat man gelernt, daß ein Unglück nicht nachläßt, indem man ewig und drei Tage darüber spricht. Es mindert viel eher den Schmerz, wenn man nach vorn schaut! Wenn man das, was einem weh tut, so schnell wie möglich vergißt.«

»Und wenn einem das nicht gelingt?« fragte Wanda mit belegter Stimme. Wie sollte sie Marie je vergessen? Sie *wollte* Marie nicht vergessen!

Ihr Weinkrampf hatte sie erschöpft, und sie hatte das Gefühl, nicht mehr richtig durchatmen zu können. Kraftlos holte sie Luft, brachte jedoch außer einem Gähnen nichts zustande.

»Dir bleiben doch all die schönen Momente, die du mit Marie erlebt hast! Erinnere dich an eure Zeit in New York, an all das, wovon du mir mit so strahlenden Augen erzählt hast! Diese Zeit kann dir niemand nehmen, oder?«

»Natürlich nicht.« Trotz dieses tröstlichen Gedankens blieb die Enttäuschung über das Desinteresse von Richard und ihrem Vater.

Richard hob ihr Kinn an, sein Blick suchte den ihren. »Wenn wir erst einmal verheiratet sind, wirst du eh keine Zeit mehr haben zum Trübsalblasen.« Er blinzelte sie aufmunternd an. »Dann hast du deine eigene kleine Familie, hast ein Zuhause zu versorgen und Sylvie. Und was diesen Franco angeht ... Mach dir keine Sorgen. Niemand und nichts wird uns Sylvie je wegnehmen, das verspreche ich dir!«

Gedankenverloren kaute Wanda auf ihrem Daumennagel herum. Richards Worte, so wohlmeinend sie waren, schafften es nicht, ihre Trauer zu lindern. Sie weckten auch keine Zuversicht, ganz im Gegenteil, sie machten ihr fast ein bisschen angst.

»Und was ist, wenn ich das alles gar nicht schaffe?«

»Was gibt es da *nicht* zu schaffen? Meine Hütte ist klein, die ist also gut sauberzuhalten. Und was das Essen angeht, bin ich nicht anspruchsvoll. Herrje«, er lachte auf, »ich bin ja schon froh, wenn ich überhaupt etwas Warmes auf den Teller bekomme! Außerdem hast du ja sonst nichts zu tun. Wie du siehst, kommen dein Vater und Michel gut allein zurecht. Und mir brauchst du, was das Geschäft angeht, auch nicht zu helfen. Der Besuch der Kunstmesse in Venedig hat Gotthilf Täuber und mir interessante Verbindungen beschert, da werden sicherlich einige gute Aufträge folgen. Solange ich in Ruhe arbeiten kann und nicht ständig gestört werde, läuft alles bestens. Du kannst dich also voll und ganz Sylvie und deinen hausfraulichen Tätigkeiten widmen. Und wer weiß? Vielleicht bekommt die Kleine bald ein Geschwisterchen ...«

Wanda nickte beklommen. So, wie Richard die Dinge darlegte, hörte sich wirklich alles einfach an, aber ... Etwas störte sie an seinen Ausführungen, kratzte, wie ein Splitter, der versehentlich in die Haut getrieben wurde. Sie hätte nicht sagen können, was es war. Vielleicht, wenn sie nicht so müde wäre ...

»Sag mal, an welchem Tag genau kommt deine Mutter an?« fragte Richard nach einer Minute des Schweigens – doch Wanda war eingeschlafen.

4. Kapitel

Auch in den kommenden Nächten wachte Sylvie mehrmals auf und schrie wie am Spieß, bis Wanda sie fütterte, wickelte oder einfach ein wenig mit ihr redete. So urplötzlich, wie die Kleine aufwachte, schlief sie nach einiger Zeit auch wieder ein, während Wanda stundenlang wachlag, den Kopf voller Gedanken an Genua und Marie, an den Besuch ihrer Mutter und an die Hochzeitsvorbereitungen. Nach solchen Nächten war sie tagsüber wie gerädert und froh, wenn Eva ihr das Kind für ein paar Stunden abnahm. Ein Geschwisterchen für Sylvie? Darüber würde sie mit Richard noch einmal reden müssen.

Die Tage waren mittlerweile lang und hell. Die Sonne stand hoch über den steilen Berghängen und schickte ihre Strahlen auch in die hintersten Ecken von Lauscha. Dank des regenreichen Frühjahrs und des warmen Wetters in den letzten Wochen waren die Wipfel der Nadelbäume um ein gutes Stück gewachsen. Ihre hellgrünen Hauben verliehen den Wäldern ein fröhlich gescheckt es Aussehen. Fenster standen sperrangelweit offen, Wäsche wurde auf kreuz und quer gespannten Leinen draußen getrocknet, Möbel zum Lüften vors Haus geschleppt.

Thomas Heimer und Michel hatten eine hölzerne Sitzbank nach draußen gestellt, so daß Wanda – den Kinderwagen neben sich – das schöne Wetter genießen konnte. Zusammen mit ihrem Großvater saß sie oft stundenlang auf der Bank, während er ihr erklärte, welcher Vogel gerade sang, zu welchen Büschen und Blumen sich die Bienen auf ihrer Nektarsuche aufmachten und daß es Marder waren, die frühmorgens im Gebüsch hinterm Haus so keifend schrien. Wanda atmete den leicht bitteren Duft der

Holunderblüten ein, bewunderte Wilhelm Heimers Wissen und die Nähe, die der alte Mann zur Natur empfand. Diese Naturverbundenheit hätten alle Waldbewohner inne, erklärte er ihr, das sei nichts Besonderes. Wer so viele Stunden an der Glasbläserflamme verbringen müsste, den dränge es in der wenigen freien Zeit nach draußen, der wolle eins werden mit Gottes Schöpfung. Viele Lauschaer bezeichneten den Wald sogar als »Doktor Wald«, was damit zusammenhing, daß viele Kräuter zu hilfreichen Heilsalben und Tinkturen verarbeitet wurden. Aber genauso heilsam sei auch ein Spaziergang im Wald, weil der Mensch dabei wieder zu sich selbst finde, behauptete der Großvater. Aus diesem Grund sei schon ein gutes Vierteljahrhundert zuvor der »Thüringer Waldverein« gegründet worden, der bis zum heutigen Tag Bestand habe.

Wie gern hätte Wanda das gleiche empfunden! Doch sosehr sie auch in ihrem Inneren forschte, sie konnte kein ähnliches Gefühl feststellen. Ein Vogel war für sie ein Vogel – daß er anders pfiff als der Vogel auf dem nächsten Baum, blieb ihren Ohren fremd. Und als sie einmal einen längeren Waldspaziergang mit Sylvie gewagt hatte, waren die Räder ihres Kinderwagens prompt auf den noch feuchten Wegen eingesunken, was ein Vorankommen äußerst schwer machte. Danach hatte sich Wanda geschworen, nur noch auf den Dorfwegen spazierenzugehen.

In New York habe ich so etwas eben nicht kennengelernt, dachte sie stumm bei sich.

Immer wieder kamen Leute vorbei, um Sylvie zu bewundern und von Wanda zu hören, wie Marie gestorben war. Für die Dorfbewohner hatten sich Wanda und Johanna eine eigene Version der Ereignisse zurechtgelegt, die besagte, daß Marie am Kindbettfieber gestorben und der

Kindsvater während einer Reise ums Leben gekommen war. Es sei Maries Letzter Wille gewesen, daß sie, Wanda, das Kind nach Lauscha brachte und dort aufzog. Von Francos Verbrechen und den Qualen, die Marie durch seine schreckliche Familie hatte erleiden müssen, wußten nur die engsten Familienmitglieder. Nicht einmal Magnus, Maries früheren Lebensgefährten, hatte man eingeweiht.

Es rührte Wanda, wie freundlich die Menschen von Marie sprachen. Wie jeder sich bemühte, eine Anekdote oder eine kleine Geschichte zum besten zu geben, die mit Marie zu tun hatte. Gleichzeitig spürte sie, wie schwer dies den Leuten fiel – Marie war eine Einzelgängerin gewesen, die nur selten am dörflichen Leben teilgenommen hatte.

Als Joost Steinmann noch lebte, hatte er ein wachsames Auge auf seine drei Töchter gehabt. Weder Marie noch Johanna oder Ruth war es erlaubt gewesen, auf Tanzfeste oder andere Veranstaltungen zu gehen. Später, als Marie es wagte, das jahrhundertealte Privileg zu brechen – welches besagte, daß nur Männer Glas blasen durften, während Frauen es versilberten, bemalten und verzierten –, hatte sie das Handwerk in der Einsamkeit ihrer Hütte betrieben. Natürlich waren die Leute stolz auf Marie, die Glasbläserin, deren Christbaumkugeln in der ganzen Welt gefragt waren! Das hörte Wanda aus ihren Worten sehr wohl heraus. Was sie jedoch ebenfalls heraushörte, war, daß Maries Schaffensdrang, ihre unermüdliche Kreativität und die Art, wie sie ihren eigenen Weg gegangen war, vielen auch nach all den Jahren suspekt geblieben waren.

Wanda nahm sich vor, anders als ihre verstorbene Tante aktiv am Lauschaer Dorfleben teilzunehmen. Gleichzeitig hatte sie das beklemmende Gefühl, daß ihr genau dies nicht gelingen wollte: Als Eva und viele andere Frauen im März einen Wohltätigkeitsbasar zugunsten der neuen Kirche veranstaltet hatten, hatte Wanda außer Richard nichts im Kopf gehabt und sich mit ihren mangelnden Handarbeitsfähigkeiten aus der Sache herausgeredet. Als Mitte Mai die Fertigstellung des Kirchenrohbaus gefeiert wurde, war sie auf dem Weg nach Italien gewesen. Als am 19. Mai die neuen Glocken kamen, hatten Richard und sie trunken vor Liebe und Wein fern der Heimat geweilt. Nein, eine rührige Teilnahme am Dorfleben war das gewiß bislang nicht!

Natürlich fragten Wandas Besucher auch nach Ruth. Zumindest die älteren erinnerten sich noch gut daran, wie die mittlere der Steinmann-Schwestern vor mehr als achtzehn Jahren Lauscha samt Wanda verlassen hatte, um mit ihrem amerikanischen Liebhaber – dem Assistenten des großen Mister Woolworth – ein neues Leben in Amerika zu beginnen. Und alle erinnerten sich ebenfalls daran, wie Thomas, ihr Mann, seine Wut und seine Verzweiflung in Bier und Schnaps ertränkt hatte. Was für eine Tragödie! Was für ein Skandal!

Nun sollte Ruth zurückkommen – das Glitzern in den Augen der Leute, wenn sie nach ihrem genauen Anreisetag fragten, zeigte Wanda, daß nicht wenige mit einem neuerlichen Skandal rechneten.

Die Aufregung der Leute weckte Wanda ebenfalls aus ihrer Lethargie. Sie mußte alles dafür tun, daß Ruths Besuch in Lauscha ein Erfolg wurde. Damit die Mutter verstand, warum sie, Wanda, ihr Herz an das gläserne Paradies verloren hatte. Und an Richard natürlich.

In den nächsten Tagen hastete sie mehrmals die steile Straße vom Haus ihres Vaters hinab zu Johanna. Ruth sollte in Cousine Annas Zimmer schlafen – war dort schon alles vorbereitet? Konnte man nicht anstelle der verwaschenen Tagesdecke einen frischen geblümten Überwurf aufs Bett legen? Und würde der kleine Schrank für Ruths Gepäck reichen? Wie Wanda ihre Mutter kannte, brachte diese sicher Berge von Kleidern mit – vielleicht konnte Magnus wenigstens eine weitere Kleiderstange zwischen Fenster und Schrank anbringen?

Mit gekräuselter Nase lief Wanda durch den Raum. Täuschte sie sich, oder hing der Mief von Mottenkugeln in der Luft? Vielleicht sollte man Schalen mit getrockneten Rosenblättern aufstellen … Auf Knien rutschte sie halb unters Bett – waren wirklich die letzten Staubflusen aufgewischt worden?

Irgendwann wurde es Johanna zu bunt. In diesem Haus habe Ruth ihre Kindheit und Jugend verbracht, und es habe ihren Ansprüchen genügt. Ihre Schwester wisse, daß sie keinen Palast zu erwarten habe. Und nein, man werde nicht in der guten Stube speisen, sondern wie jeden Tag in der Küche. Für feine Tischwäsche und derlei Mätzchen habe im Hause Steinmann-Maienbaum niemand Zeit. Am Ende sagte Johanna noch, daß Wanda sie mit ihrem Geflatter an ein flügelschlagendes Huhn erinnere. Und daß sie solchen Hühnern am liebsten den Hals umdrehe …

Halb lachend und halb verärgert mußte sich Wanda Johannas Auffassung beugen.

Dann würde sie sich eben Richards Hütte vornehmen. War das nicht sowieso viel wichtiger? Mutter sollte schließlich einen guten Eindruck von ihrem neuen Zuhause gewinnen!

Auf dem Weg durch Lauscha versuchte Wanda, alles mit Ruths Augen zu sehen.

Zum Glück war es Sommer! Im Sonnenlicht erschienen die mit Schiefer ummantelten Häuser nicht gar so düster, ganz im Gegenteil, das Spiel von Licht und Schatten, von Hell und Dunkel wirkte sehr fröhlich. In den kleinen Gärten neben den Häusern lugte zartes Kohlrabi- und Möhrengrün aus der Erde, die Beete waren sauber gehackt und frei von Unkraut, soweit Wanda das beurteilen konnte. Der Kirschbaum im Garten von Karl dem Schweizer Flein war über und über mit winzigen, noch gelben Kirschen übersät, vielleicht würden die Früchte bis zu Ruths Besuch reifen? Bestimmt würde Karl ihr eine Schüssel davon abgeben – Mutter liebte Kirschen. In New York mußte Ruth dafür einen der unzähligen Feinkostläden aufsuchen. Wanda wollte ihr auf alle Fälle klarmachen, daß *sie* dieses einfache, ländliche Leben dem in der Großstadt vorzog.

Wanda seufzte zufrieden. Ja, so würde sie mit Mutter reden.

Aber was war das? Abrupt blieb sie stehen und runzelte die Stirn.

Mußte die Witwe Grün ihre Abfälle unbedingt direkt vor dem Haus stapeln? Und mußten die mageren Ziegen vom Nachbarhaus ausgerechnet die Löwenzahnblüten am Rande der Straße abknabbern? Die gelben Farbtupfer hätten einen solch schönen Blickfang abgegeben …

Ein paar Häuser weiter machte sie erneut halt und hielt die Nase wie ein Hund, der Witterung aufnimmt, in die Luft. Täuschte sie sich oder wehte hier der Geruch eines stillen Örtchens bis auf die Straße herüber?

Am liebsten wäre Wanda in jedes Haus gegangen, hätte den Leuten gesagt: Stellt Blumen ins Fenster! Repariert eure halbzerfallenen Gartenzäune! Bringt alles in Ordnung, damit Mutter es hier schön findet! Statt dessen hastete sie ins Oberland. Vielleicht – wenn sie Mutter auf dem Gang durch Lauscha in komplizierte Gespräche verwickelte, sie ablenkte – würden ihr solch kleine Mängel gar nicht auffallen ...

Unter Richards konsterniertem Blick stellte Wanda Wiesenblumen auf den Tisch – eine Tischdecke konnte sie im ganzen Haus nicht auftreiben. Sie erwärmte Wasser und wusch unter Richards Argusaugen sämtliche Glasteile, die er auf langen Regalen wie Trophäen sammelte. Als endlich jedes Glas staub- und fleckenfrei funkelte, fiel Wandas Blick auf ein unscheinbares Metallteil über dem Herd. Das war doch ... eine Backform, wahrscheinlich noch von Richards Mutter! Wanda nahm sie vom Haken und polierte sie, bis das Kupfer rotgolden glänzte. Zufrieden hängte sie die Form dann wieder über dem Herd auf. Sie klopfte die gewebten Bodenläufer so lange hinterm Haus auf einer Stange aus, bis sie in Schweiß gebadet war. Die Teppiche waren danach zwar sauber, aber ihre Farben blieben verschossen, ihre Ränder ausgefranst.

Doch an ein paar alten Teppichen würde sich Ruth bestimmt nicht stören, oder? Richard steckte seine ganzen Verdienste in sein Geschäft, zudem hatte er andere Dinge zu tun, als sein Zuhause zu schmücken. Bestimmt würde Mutter erkennen, daß eine weibliche Hand in der kleinen Hütte wahre Wunder bewirken konnte – oder?

5. Kapitel

»Wie großzügig das alles geworden ist – ich erkenne unsere alte Werkstatt kaum wieder!« Kopfschüttelnd machte Ruth eine allumfassende Handbewegung. Die aufwendig plissierten, spitzenbesetzten Ärmel ihres Kleides kamen dabei bedenklich nahe an eine Glasbläserflamme. Hastig zog sie ihren Arm zurück.

Wanda seufzte stumm in sich hinein. War es nicht typisch Mutter, daß sie ihren ersten Auftritt in einem derart vornehmen Kleid haben mußte? Das vielleicht zu einer Theaterpremiere in New York gepaßt hätte, aber völlig deplaziert war an diesem Ort, wo am offenen Feuer gearbeitet wurde, wo ständig Leute hin und her liefen, die Arme voller Glaswaren, Kartons oder Seidenpapier, wo es nach Chemikalien stank und nach ungewaschenen Leibern.

Ruth klatschte in die Hände, und die goldenen Armbänder an ihrem Handgelenk klimperten dazu. »Ihr könnt euch nicht vorstellen, wie glücklich ich bin, nach so langer Zeit wieder einmal hierzusein! Diese Atmosphäre … Dieses Heimelige … In New York bekomme ich ja immer nur das Endprodukt eurer Arbeit zu sehen. Und jetzt stehe ich hier, inmitten der vielen Glasrohlinge, der Farben und des Versilberungsbads. Wie in früheren Zeiten – ach, wie traumhaft!«

Belustigt bemerkte Wanda, die mit Sylvie auf dem Arm am Fenster saß, wie Cousine Anna der Tante aus Amerika einen argwöhnischen Blick zuwarf – im Gegensatz zu ihrem Bruder Johannes, der fast ehrfürchtig auf den Gast starrte.

Johanna schmunzelte. »Das erste, was Peter und ich getan haben, als wir unsere Werkstätten zusammenlegten, war, die Wand zu Peters Haus durchzubrechen. So ist dieser große Raum hier entstanden. Aber eigentlich reicht der Platz vorne und hinten nicht mehr aus, wir überlegen seit Jahren, ob wir die ganze Produktion nicht vollständig auslagern sollten. Doch bisher …« Sie verdrehte die Augen. »Vor lauter Arbeit hab ich nicht einmal die Zeit, mich nach einem geeigneten Gebäude umzusehen.«

»Ihr könnt doch nicht allen Ernstes mit dem Gedanken spielen, unser Elternhaus zu verlassen?« Ruths Stimme hatte einen fast scharfen Ton angenommen.

Das sagte ja genau die Richtige! Wanda schaute hinüber zu Johanna, gespannt auf deren Antwort, doch die Tante zuckte nur unverbindlich mit den Schultern, was alles und nichts bedeuten konnte.

»Fünf Bolge, dazu ein eigenes Lager für Rohlinge und Fertigprodukte ... Das hat wirklich nichts mehr mit Vaters alter Werkstatt gemein.« Ruth sah von ihrer Schwester zu Peter, ihrem Schwager. »Natürlich war mir klar, daß ihr heutzutage in einem ganz anderen Stil Christbaumschmuck herstellt als früher – ich meine, diese Mengen an Kugeln könnte man ja gar nicht an einem einzigen Bolg blasen. Aber daß ihr derartig professionell arbeitet ...«

»Ja, man glaubt es kaum, auch bei uns ist die Zeit nicht stehengeblieben«, sagte Peter mit leicht ironischem Unterton. »Aber falls es dich beruhigt – manches ist noch genau so, wie du es von früher kennst. Komm!« Er deutete in Richtung seines speziellen Arbeitsplatzes, wo er Glasaugen für Menschen herstellte, die durch einen Unfall oder ein anderes Unglück ihr eigenes Auge verloren hatten. Doch Ruth flatterte just in diesem Moment in die andere Richtung.

»Vaters Bolg ...« Vorsichtig, fast andächtig strich sie mit ihrer Hand über die geschwärzte, hölzerne Oberfläche der alten Werkbank. »Daß ihr den behalten habt! Dieser Anblick ruft so viele Erinnerungen wach ...« Sie lächelte Johanna wehmütig an. »Hier hat unsere kleine Marie gesessen und ihre ersten Glaskugeln geblasen. Ganz heimlich, keiner hat etwas von ihrem Treiben geahnt, nicht einmal wir! Erinnerst du dich noch an das Weihnachtsfest, an dem sie uns mit einem geschmückten Christbaum überrascht hat? Ihre Kugeln waren so einzigartig! Silbern und mit …« Sie runzelte die Stirn.

»Tante Marie hat ihre ersten Kugeln mit weißen Eiskristallen verziert«, warf Wanda ein. »Und an Weihnachten hat Tante Johanna den Christbaum damit dekoriert. Sie sind wirklich wunderschön.«

»Diese Kugeln hängen jedes Jahr an unserem Baum, ohne sie wäre es kein Weihnachten«, fügte Johanna hinzu.

»Wie romantisch«, hauchte Ruth. Dann drückte sie Johanna einen Kuß auf die Wange. »Wie schön, daß ihr die alten Traditionen wahrt! Ach, es tut so gut, wieder zu Hause zu sein! Auch wenn der Anlaß mehr als traurig ist …« Ihr Blick wanderte hinüber zu Wanda und Sylvie. Nach einem tiefen Seufzer straffte sich ihr Körper, und ein fast verschmitztes Lächeln zeigte sich auf ihrem Gesicht.

»Weißt du noch, Johanna, wie ich damals mit Maries Kugeln nach Sonneberg gegangen bin, um sie Woolworth zu zeigen?« Sie schüttelte den Kopf. »Der große amerikanische Geschäftsmann – alle wollten Verträge mit ihm abschließen. Und dann kam ich daher mit Christbaumkugeln, die eine Frau geblasen hatte. Du meine Güte, was war ich aufgeregt! Ihn überhaupt erst einmal zu fassen zu kriegen war eine Kunst. Aber am Ende ist es mir ja gelungen.« Sie schaute triumphierend von Johanna zu Peter. »Das habt ihr mir damals nicht zugetraut, was? Daß ausgerechnet *ich* es sein würde, die den Karren aus dem Dreck zieht?«

Peter zuckte mit den Schultern. »Johanna war zu dieser Zeit sehr angeschlagen, sonst hätte sie bestimmt auch den Mut gehabt. Weißt du nicht mehr, was dieser elende Verleger mit ihr angestellt –«

»Peter!« unterbrach Johanna ihn. Ihre Augen funkelten wütend. »Du hast schon recht, Ruth«, sagte sie. »Was du damals getan hast, war wirklich sehr mutig. Und unsere

Rettung! Aber sehr bald danach habe *ich* die Zügel übernommen, das mußt du mir zugestehen.«

Konsterniert schaute Wanda von einer zur anderen. Mußten die beiden ihre alten Rivalitäten jetzt schon ausgraben? Mutter war noch keinen halben Tag da! Es war doch völlig gleichgültig, wer damals welchen Stein ins Rollen gebracht hatte.

Ruth war inzwischen zum nächsten Bolg weitergegangen, wo Johannes gerade dabei war, im Akkordtempo Glaskugeln zu blasen. Ihre Finger glitten über die perfekt runden durchsichtigen Formen.

»Wie hat Marie immer gesagt: Jede Kugel ist wie eine kleine Welt. Es gibt kein Oben und kein Unten, es gibt keinen Anfang und kein Ende ...« Sie verstummte. Dann sprach sie stockend weiter: »Und jetzt ... hat ausgerechnet Maries Leben so ... so ... ein jähes Ende genommen!« Unvermittelt rannen Tränen über Ruths Gesicht. Sie griff nach Johannas Händen und schaute ihre Schwester eindringlich an.

»Was waren wir für eine eingeschworene Gesellschaft! Die drei Steinmänner haben sie uns immer genannt. Nichts und niemand kam zwischen uns. Das stimmt doch, oder?«

Johanna nickte stumm.

»Und dann ... am Ende ... haben wir gar nichts für Marie tun können. Sie ... sie war ganz allein!«

Hastig schaukelte Wanda Sylvie auf ihrem Arm hin und her. Hoffentlich würde die Kleine nicht auch noch anfangen zu weinen!

»Ach, Ruth, Marie war doch nicht allein, Wanda war bei ihr – Gott sei Dank. Wenn mich eines tröstet, dann ist es das!« sagte Johanna mit gepreßter Stimme und nahm Ruth in den Arm.

Wanda schaute auf die beiden Frauen in der Mitte des Raumes und fühlte sich seltsam allein.

Seit der Ankunft ihrer Mutter kam sie sich vor wie die Zuschauerin eines Schauspiels, in dem Ruth die Hauptrolle übernommen hatte. An die Seite gedrängt, zur Untätigkeit verdammt, nicht mehr richtig wahrgenommen. Da tat es gut, Johannas Worte zu hören.

Auch die anderen Rollen schienen perfekt verteilt worden zu sein: Da war Johanna, die sich ihre eigene Trauer nicht anmerken lassen und für Ruth stark sein wollte. Da war Cousine Anna, die, als Ruth ihre neuen Entwürfe für Christbaumkugeln lobte, Sätze sagte wie: »Wir haben uns mit einigem arrangieren müssen ...« und dabei einen giftigen Seitenblick auf Wanda warf. Dann gab es Johannes, der nur sprachlos glotzte und seinen Freunden später erzählen würde, daß die »Amerikanerin«, wie Wanda im Dorf genannt wurde, nichts war im Vergleich zu ihrer Mutter.

Peter war eigentlich der einzige, der sich wie immer benahm. Er hatte Ruth begrüßt wie die alte Kameradin aus Jugendzeiten, die sie für ihn war – herzlich und völlig unkompliziert.

Und was Wandas Rolle anging ... Natürlich hatte die Mutter sie umarmt und so fest an sich gedrückt, als wolle sie sie nie mehr loslassen. Sie hatte Sylvie bewundert – nicht ohne gleichzeitig ihre feingezupften Brauen mißbilligend nach oben zu ziehen, als ihre Hände dabei das rauhe, abgetragene Kleidchen des Kindes berührten. »Endlich bist du da, Mutter!« hatte Wanda ihr ins Ohr geflüstert. Arm in Arm waren sie ins Haus spaziert, Wanda schon auf der Suche nach einem ruhigen Plätzchen für sie beide. Sie hatte der Mutter so viel zu erzählen! Von Marie, von Richard – und ihren Heiratsplänen –, von der Tatsache, daß sie im Oberland, im Haus von Thomas Heimer wohnte … Das alles wollte sie der Mutter erzählen. Wegen all dieser Fragen war sie doch gekommen, oder?

Statt dessen hatte Ruth zur Verblüffung aller den Wunsch geäußert, als erstes der alten Werkstatt einen Besuch abzustatten. Und da waren sie nun, während nebenan in der Küche der von Johanna gebackene Kuchen wartete und der Kaffee kalt wurde.

Ruth und Johanna weinten immer noch eng umschlungen. Hilflos schaute Peter zu den beiden Frauen hinüber. »Wenn bloß dein Vater, äh, ich meine Steven, hätte mitkommen können«, flüsterte er in Wandas Richtung. Laut sagte er: »Vielleicht würde eine Tasse Kaffee helfen …« Doch er brach ab, als im selben Moment Sylvie zu plärren begann.

Abrupt löste sich Ruth aus Johannas Umarmung. »Das arme Waisenkind! Ob die Werkstatt der richtige Ort für so ein kleines Würmchen ist?« Der Vorwurf in ihren Worten war nicht zu überhören.

»Sylvie ist die Tochter einer Glasbläserin, natürlich ist die Werkstatt der richtige Ort für sie! Du hast sie mit deinem Weinen angesteckt, sonst fehlt ihr nichts. Außerdem – ich habe als Säugling auch viel Zeit in der Werkstatt verbracht, hast du mir das nicht selbst erzählt?«

»Das waren doch ganz andere Zeiten.« Ruth machte eine abwehrende Handbewegung.

»Aber wenn wir schon dabei sind …« Wanda räusperte sich. »Weißt du schon, wann du der Heimerschen Werkstatt einen Besuch abstatten willst? Auch dort hat sich einiges verändert.« Unwillkürlich hielt sie den Atem an.

»Der … Heimerschen Werkstatt?« Ruths Lippen kräuselten sich. »Wozu? Sollte ich Thomas einmal auf der Straße über den Weg laufen, kann ich nichts daran ändern. Ansonsten sehe ich keinen Grund, ihn aufzusuchen.«

»Aber … Vater und Richard arbeiten viel zusammen, die Wahrscheinlichkeit, daß du ihn dort triffst, ist groß. Du könntest mit deinem Besuch gleich zwei Fliegen mit einer Klappe schlagen!« rief Wanda und spürte dabei Annas durchdringenden Blick auf sich ruhen. »Willst du denn nicht sehen, wie hübsch Vater die Zimmer für Sylvie und mich hergerichtet hat? Und dann die Hochzeit, das Kind … Es gibt doch viel zu besprechen!«

»Aber nicht mit Thomas Heimer«, sagte Ruth entschieden. »Und was diesen … Richard angeht, ihn werde ich noch bald genug zu Gesicht bekommen, davon bin ich überzeugt.« Sie schaute Wanda mahnend an, dann wandte sie sich mit einem koketten Lächeln an Peter.

»Sag, was ist aus der berühmten Lauschaer Gastfreundschaft geworden? Ich bin halb am Verhungern! Aber vielleicht wäre ein entspannendes Bad vorneweg noch besser – die Reise sitzt mir doch arg in den Knochen. Anna, Wanda, wärt ihr so lieb und würdet mir Wasser heiß machen?« Mit einem sehr bestimmten Blick in Richtung ihrer Nichte und einem ebenso bestimmten Blick auf Wanda rauschte Ruth zur Tür hinaus.

6. Kapitel

Ruth hatte zittrige Beine. Und das hatte nichts mit dem steilen Anstieg von Johannas Haus hinauf ins Oberland zu tun, wo Richards Hütte stand, sondern mit der Tatsache, daß sie in wenigen Minuten zum erstenmal ihren Schwie-

gersohn treffen sollte. Ihren Schwiegersohn! Allein das
Wort ließ Ruths Knie noch weicher werden. Und das
machte sie wütend.

Ach, wenn sie nur mehr Zeit gehabt hätte, um sich an all
die Veränderungen im Leben ihrer Tochter zu gewöhnen!
Aber seit Wandas Anruf aus München waren gerade einmal drei Wochen vergangen. Da hatte sie – mit einer ge-
störten Telefonverbindung und einem häßlichen Pfeifen
im Ohr – nicht nur erfahren müssen, daß ihre jüngste
Schwester in Genua gestorben war, sondern auch, daß sie
ein Kind hinterlassen hatte und daß Wanda mit diesem
Kind auf dem Weg nach Lauscha war. »Nach Hause« hatte
Wanda es genannt. Wie es schien, trug sich Wanda allen
Ernstes mit dem Gedanken, hier in diesem Nest bleiben zu
wollen. Als Ehefrau eines Glasbläsers – genau die Situation, aus der Ruth einst geflüchtet war. Welch eine Ironie!

Ruth schnaubte, was ihr sofort einen schrägen Seitenblick von Wanda einbrachte. Wanda, die unaufhörlich
plapperte, sich aber mit gelegentlichen »Ahas« und »Ohs«
von Ruth zufriedengeben mußte. Wenigstens war ihre
Tochter genauso aufgeregt wie sie selbst, stellte Ruth mit
Genugtuung fest.

Noch am Tag von Wandas Anruf hatte sie begonnen,
ihre Reise nach Thüringen zu planen. Es war selbstverständlich, daß sie ihrer Tochter beistehen würde. Aber wie
sah das aus – beistehen? Wie sollte sie reagieren? Konnte,
durfte sie Wanda ihren Segen für all ihre Pläne geben?
Oder wäre es nicht viel besser, die Tochter zur Rückkehr
nach New York zu bewegen? Wenn es sein mußte, mit Ge-
walt? *Noch* war Wanda nicht volljährig …

Tausendmal hatte sie diese Fragen mit Steven bespro-
chen. Obwohl sie seinem Urteil in fast allen Dingen traute,
war er ihr dieses Mal wenig hilfreich gewesen.

»Du mußt dir die ganze Sache erst einmal anschauen – aus der Ferne sind solche Entscheidungen nicht zu treffen«, hatte er gesagt. Das gelte sowohl für diesen Richard als auch für die Lebensverhältnisse, in die Wanda durch eine Heirat mit ihm geraten würde.

Ruth schnaubte erneut. Lebensverhältnisse – wie *die* aussahen, das konnte sie sich nur allzu gut vorstellen!

Ach, wenn Steven nur nicht ausgerechnet jetzt in der Firma unabkömmlich gewesen wäre! Was hätte sie dafür gegeben, ihn an ihrer Seite zu haben! Und Steven hätte es auch gutgetan, seine Tochter wiederzusehen.

Seine Tochter … Ruth weigerte sich, Wanda anders zu nennen. Steven hatte sie aufwachsen sehen. An seiner Hand hatte sie die ersten Schritte getan. Mit seiner Hilfe hatte sie tanzen gelernt, lange bevor sie den ersten Unterricht bekommen hatte.

Als Wanda im vergangenen Sommer durch eine unachtsame Bemerkung von Marie erfahren hatte, daß Steven nicht ihr leiblicher Vater war, hatte sie sich nicht nur von Ruth, sondern auch von ihm abgewandt. Er hatte seinen Schmerz und seine Enttäuschung zu verbergen gesucht, doch Ruth kannte ihren Mann gut genug, um zu spüren, was in ihm vorging.

Wie konntet ihr mir die Wahrheit so lange vorenthalten? hatte Wanda immer wieder gefragt. Es war Ruth nicht gelungen, ihr klar zu machen, daß Steven und sie nur ihr Bestes gewollt hatten. Thomas Heimer, die kurze Ehe mit ihm, seine Gewalttätigkeit – all das waren für Ruth düstere Schatten der Vergangenheit. Und da man seinen Schatten nicht sieht, wenn man sich nicht umdreht, hatte Ruth sich einfach nicht mehr umgedreht. Nicht nach Lauscha und nicht nach Thomas Heimer. Natürlich hatte sie ihre Schwestern vermißt! Aber das war der Preis gewesen. Der

Preis für ihre Freiheit, für Steven, ihre große Liebe, für ein Leben in New York mit all seinen Bequemlichkeiten und Möglichkeiten.

Und all das wollte Wanda nun aufgeben. Dafür, daß sich die Geschichte wiederholte. Ihre Tochter und ein Glasbläser – Ruth hätte heulen können!

»Geht es dir gut, Mutter? Sollen wir einen Moment verschnaufen?« fragte Wanda.

»Meine Schuhe bringen mich um.« Sich mit einer Hand an Wanda festhaltend, massierte sich Ruth erst den Knöchel ihres linken, dann den des rechten Fußes.

Achtzehn Jahre waren vergangen, seit sie Lauscha verlassen hatte. Achtzehn Jahre! Und die Gehsteige waren noch genauso holprig und voller Schlaglöcher wie eh und je. Mißmutig schaute sie an Wanda hinab, die in ihren strapazierfähigen Halbschuhen jedem Stolperstein gewachsen zu sein schien.

Ihre Tochter …

Was war nur aus dem eleganten jungen Mädchen geworden, das sie im letzten Herbst verabschiedet hatte? Ihre einstmals schicke und – wie Ruth damals fand – skandalöse Kurzhaarfrisur war zu einer schulterlangen, strähnigen Mähne herausgewachsen. Ihre Kleidung glich der von Johanna – sie war praktisch, absolut unmodern und langweilig. Nichts erinnerte mehr an das strahlende junge Mädchen, das auf jedem gesellschaftlichen Parkett New Yorks allein durch seine Anwesenheit geglänzt hatte.

Wie kannst du dich in solch einer schwierigen Situation an Äußerlichkeiten festbeißen!, schimpfte sie im stillen mit sich. Wanda hatte in den letzten Wochen weiß Gott andere Probleme gehabt, als sich auf die Suche nach einem Frisiersalon zu machen.

»Ach, Kind«, sagte Ruth traurig, während sie ihre Füße

wieder in die zu engen und zu hohen Schuhe quetschte. »Ich muß mich an einiges hier erst wieder gewöhnen …«

»Aber das mußt du doch gar nicht!« rief Wanda übertrieben euphorisch. »Lauscha ist dein Zuhause, deine Heimat!« Sie zupfte an Ruths Ärmel. »Schau, der Kirschbaum von Karl dem Schweizer Flein mit all seinen winzigen Früchten – ist das nicht ein wunderbarer Anblick?«

Ruth verzog das Gesicht. Wunderbar? Wenn sie an die mühselige Ernte dachte und daran, daß Karls Frau all die Tonnen von Obst würde zu Marmelade kochen müssen, konnte sie daran nichts Wunderbares finden.

Sie hatte eine entsprechende Bemerkung schon auf den Lippen, doch sie schwieg. Es tat nicht not, sich schon jetzt mit Wanda zu zerstreiten. Nein, sie würde sich Richard Stämme, sein Haus und sein Geschäft ruhig und ohne Vorurteile anschauen. So, wie Steven es vorgeschlagen hatte. Und danach würde sie eine Entscheidung über Wandas Zukunft fällen.

»Hallo? Hallo!« Eine laute Stimme schreckte Ruth aus ihren Überlegungen. Im nächsten Moment stand eine ältere Frau vor ihr, einen Malpinsel in der linken, ein Küchentuch in der rechten Hand. Ihre Wangen waren mit Glitzerstaub bepudert – bestimmt war die Frau gerade dabei, irgendwelche Glaswaren zu bemalen und zu verzieren.

»Ja, glaub ich's denn! Die Ruth!«

Bevor Ruth etwas tun oder sagen konnte, spürte sie fremde Arme um sich, hatte sie den modrigen Geruch von Mottenkugeln in der Nase. Sie atmete auf, als die Frau sie endlich wieder freigab.

»Schön, dich zu sehen«, sagte sie, ohne die geringste Ahnung zu haben, wer da vor ihr stand. Hastig lehnte sie die Einladung, doch auf einen kurzen Besuch ins Haus zu kommen, ab.

»Die Ruth – wer hätte das gedacht …«

Ruth lächelte säuerlich. Daß ihr Besuch in Lauscha Dorfgespräch war, wußte sie. Seit ihrer Ankunft hatte es ständig an der Tür geklopft – Nachbarn, Arbeiterinnen der Glasbläserei Steinmann-Maienbaum. Keiner sprach den alten Skandal um ihre Scheidung an, statt dessen wollten sie erfahren, wie Ruths Leben in New York aussah, warum ihr Mann nicht mitkommen konnte und so weiter. Das Interesse der Leute war echt, ohne Neid oder Mißgunst. Die Jahre in der Fremde schienen Ruth bekommen zu sein, war ihr Fazit. Eine ähnlich freundliche Bemerkung machte nun auch die fremde Frau.

»Seid ihr auf dem Weg zu Thomas? Oder zu der kleinen Sylvie? Was für ein goldiges Ding! Und wie sie der Mutter ähnlich sieht, ganz die Marie, hab ich gesagt, nicht wahr, Wanda?«

Im Geist verdrehte Ruth die Augen. In Lauscha wußte wirklich jeder über jeden Bescheid.

Während Wanda der Frau erklärte, daß sie auf dem Weg zu Richard seien, kramte Ruth weiter in ihrem Gedächtnis. Noch immer hatte sie keine Erinnerung an das Gesicht. Wer war die Frau, die so vertraulich tat?

»Wir haben im selben Jahr geheiratet, deine Mutter und ich«, erzählte die Frau, an Wanda gewandt. »Aber bei mir hat's gehalten … Viel hat sich bei uns also nicht geändert …«

Im selben Jahr geheiratet? Seitdem nichts geändert? Ruth konnte den zufriedenen Gesichtsausdruck der Frau nicht verstehen. War es denn nicht furchtbar, daß sich nichts geändert hatte?!

Schon ergriff die gesprächige Frau erneut das Wort.

»Wanda, weißt du eigentlich, daß deine Mutter und ich auch zusammen in der Schule waren? An einem Pult haben wir gesessen, erinnerst du dich noch, Ruth?« Mit roten Wangen und erwartungsvollem Blick schaute die Frau Ruth an.

Karline Müller! Ihre Banknachbarin. Und jetzt eine von Johannas Bemalerinnen.

Heute hieß sie Karline Braun. Vor lauter Erleichterung darüber, daß ihr Gedächtnis sie doch nicht völlig im Stich ließ, brachte Ruth sogar ein Lächeln zustande. Im selben Moment überfiel sie ein schrecklicher Gedanke: Sie und diese alte, ausgemergelte Frau waren im selben Alter! Du lieber Himmel! Was hatte solch grobe Spuren in Karlines einstmals hübschem Gesicht hinterlassen?

»Lang ist's her …«, sagte sie mit belegter Stimme. Und nach einer hastigen Verabschiedung zog sie ihre Tochter davon, bevor sie sich in weitere düstere Gedanken verstricken konnte.

Nein, das war nicht mehr ihre Welt, weiß Gott nicht …

7. Kapitel

»Und wo ist jetzt dein Richard?«

»Keine Ahnung! Eigentlich … Er weiß, daß wir heute kommen. Fast mache ich mir Sorgen … Womöglich denkt er, wir treffen uns bei Vater.« Wanda strich fahrig durch ihr Haar und biß sich auf die Unterlippe.

Verflixt, warum war Richard nicht da?

»Vielleicht hast du Lust, noch ein bisschen spazierenzugehen?« fragte sie zögernd. »Wo doch so schönes Wetter ist …«

»Nur das nicht! Meine Füße …« Ruth winkte ab. Mit

verschränkten Armen ging sie durch den Raum, übertrieben sorgsam darauf bedacht, nicht am Tisch, an der Kommode oder am Ofen anzuecken.

Wanda runzelte die Stirn. Ja, es war eng, aber –

»Hier werdet ihr also wohnen – Richard, das Kind und du.« Ruths Hand fuhr prüfend mal über die eine, mal über die andere Oberfläche, als wolle sie testen, wie sauber alles war.

Wanda nickte eifrig. Dem Himmel sei Dank hatte sie alles auf Hochglanz poliert! Gleichzeitig öffnete sie die hintere Tür, die in den winzigen Garten führte. Das hereinfallende Licht ließ den Raum etwas größer wirken.

Ruth war inzwischen an Richards Bolg angelangt, der über und über mit Zeichnungen, halbfertigen Glasteilen und Rohlingen bedeckt war. Auch auf dem Boden rings um den Arbeitsplatz lag etliches Arbeitsmaterial.

Wanda räusperte sich. »Ich weiß, das mag alles auf den ersten Blick etwas … einfach aussehen, aber … ich bin nicht anspruchsvoll! Ganz im Gegenteil, ich finde diese kleinen Zimmer ausgesprochen heimelig. Und daß alles etwas abgenutzt ist, hat in meinen Augen sogar einen gewissen ländlichen Chick.« Dann machte sie eine Handbewegung, die den ganzen Raum einschloß. »Richards Möbel stammen noch von seinen Eltern. Gegenstände von Generation zu Generation zu vererben – dabei muß ich an den englischen Grafen denken, den Steven, ähm, ich meine Vater im letzten Sommer einmal eingeladen hatte. Weißt du noch? Der mit den drei Schlössern. Hatte er nicht auch erzählt, daß er die alten Erbstücke seiner Vorfahren nie gegen neugekaufte Möbel eintauschen würde?« Mit Genugtuung stellte Wanda fest, daß durch die offene Tür der Duft von frisch geschnittenem Gras hereinwehte. Gab es einen Menschen, der diesen Geruch nicht mochte?

Die Hände aneinanderreibend, ging Ruth zur Tür und stellte sich in den Lichtkegel, als wollte sie sich wärmen.

»Erlaubt es dein ›ländlicher Chick‹, daß du deiner Mutter eine Tasse Kaffee anbietest, während wir auf deinen zukünftigen ›Herrn Gemahl‹ warten?« fragte sie mehr als ironisch.

Eilig lief Wanda zum Ofen. Verflixt, warum hatte sie nicht daran gedacht, Kaffee und Kuchen vorzubereiten? Eva hätte ihr bestimmt einen Kuchen gebacken! Die Hand schon an der Kaffeedose, hielt Wanda abrupt inne.

»Kaffee –«

»Keine Sorge, wenn es sein muß, trinke ich auch Zichorienkaffee, da bin *ich* nicht so verwöhnt. Solange es etwas Warmes ist … Hier drinnen ist es ja zehnmal kälter als draußen!« Ruth klang inzwischen leicht ungeduldig.

Wanda schaute ihre Mutter kläglich an. »Kaffee wäre schon da … Aber ehrlich gesagt … Dieser Ofen ist ein wenig schwierig anzufeuern. Ich … bin darin noch nicht so geübt, als daß ich …«

Ruth nickte, als verstünde sie vollkommen.

Wanda atmete auf. Doch ihre Erleichterung hielt nicht lange an.

»Und diese Backform hier – wie reizend!« Ruth zeigte auf die blankpolierte Kupferform über dem Herd. »Ich nehme an, du hast inzwischen gelernt, wie man darin Kuchen bäckt?«

Wanda runzelte die Stirn.

»Nun ja … eigentlich nicht. Ich hatte bisher einfach noch keine Zeit für solche häuslichen Tätigkeiten. Aber bestimmt wird Eva mir gern zeigen, wie –« Sie zuckte zusammen, als Ruth wütend mit dem Fuß aufstampfte.

»Es reicht, Wanda!« Wie ein Derwisch fuhr ihre Mutter zu ihr herum.

»Du weißt nicht, wie du den Ofen anmachen sollst. Dir fällt nicht einmal auf, daß du mit diesem Ofen nie wirst backen können, weil er nämlich gar kein Backrohr hat! Sollte dir je der Sinn nach Kuchenbacken stehen, wirst du diesen Kupfermodel – so heißt solch ein Ding nämlich – in der Hand durchs ganze Dorf ins Backhaus tragen müssen, so sieht es aus!« Während sie sprach, zählte sie die vermeintlichen Mißstände an den Fingern ihrer rechten Hand ab. Auf den Mittelfinger deutend, fuhr sie fort:

»In diesem Haus ist es kalt wie in einem Keller, und das im Sommer! Ich möchte mir gar nicht erst vorstellen, wie sehr man hier im Winter friert! Und hier willst du mit Maries Tochter wohnen?« Den letzten Satz schrie sie fast.

»Das …« Vor lauter Aufregung mußte Ruth schlucken.

Krampfhaft suchte Wanda nach besänftigenden Worten. Ruths Besuch lief ganz und gar nicht so, wie sie es sich ausgemalt hatte. Er war … eine Katastrophe.

»Im Winter heizt Richard täglich, dann ist es hier lauschig warm«, sagte sie leise.

Ruth packte Wandas Hand und hielt sie fest umklammert.

»Sei still und hör mir einfach zu, Kind!« Ihr Gesicht war nur noch eine Handbreit von Wandas Gesicht entfernt. Wanda konnte das Parfüm ihrer Mutter, das nach Lilien und Magnolien duftete, riechen.

»Du kommst daher und erzählst mir etwas von ›ländlichem Chic‹ – daß ich nicht lache! Im Gegensatz zu dir kann ich solche alten Öfen zum Brennen bringen. Und im Gegensatz zu dir weiß ich, wie elend viel Holz sie benötigen. Und wie elend viel Dreck sie machen. Die Asche, der Staub – es gab Zeiten, da habe ich geglaubt, der Putzlumpen wäre an meinen Händen festgewachsen! Und im Gegensatz zu dir bin ich fast jeden Samstag meines Lebens zum Backhaus gelaufen, nicht nur mit einem Kuchen in der Hand, sondern mit vier Brotlaiben auf einem Leiterwagen. Sonst hätten wir in der kommenden Woche nichts zum Essen gehabt! Ländlicher Chic – eine erbärmliche Plackerei war das!« Abrupt ließ Ruth Wandas Hand wieder los. Ihr Blick irrte durch den Raum, als suche sie eine Fluchtmöglichkeit, doch dann ließ sie sich auf einem der hölzernen Stühle nieder.

»Ein Glasbläser als Ehemann – im Augenblick mag dir das verlockend vorkommen, aber du ahnst nicht, wie sehr du dieses Leben eines Tages hassen wirst! So wie ich es gehaßt habe … Tagein, tagaus kein anderes Thema zu haben als Glas! Glas, Glas, Glas – ich bin dabei fast verrückt geworden!« Ihre Wut schien plötzlich wie Luft aus einem Blasebalg zu entweichen.

Hilflos und zornig zugleich starrte Wanda die Mutter an. Nichts als Vorwürfe – das war wieder einmal typisch für Ruth. Und als nächstes würde sie in Tränen ausbrechen, damit Wanda nur ja ein schlechtes Gewissen bekam! Anschließend würde sie Migräne bekommen oder sie vortäuschen, um eilig zu Johanna hasten und sich ins Bett legen zu können. Ohne Richard auch nur zu Gesicht bekommen zu haben. Ohne über die Hochzeit überhaupt gesprochen zu haben.

Aber nicht mit ihr! Das durfte sie dieses Mal nicht zulassen!

Krampfhaft suchte Wanda nach passenden Worten, doch bevor ihr etwas einfiel, legte ihre Mutter erneut los.

»Hast du schon einmal versucht, dir dein Leben in diesem Haus ganz praktisch vorzustellen? Ich meine, wie würde dein Alltag von morgens bis abends denn aussehen?«

Zu Wandas Erstaunen war Ruths Stimme fest, nichts

deutete darauf hin, daß sie sich in ihre Migräne flüchten wollte. Wanda zuckte mit den Schultern. Worauf will Mutter hinaus? fragte sie sich argwöhnisch.

»Nun, im Grunde wäre ich eine Art Geschäftsfrau wie Johanna«, sagte sie vorsichtig. »Natürlich muß ich mich um Sylvie und den Haushalt kümmern, aber daneben werde ich Richard bei seiner Arbeit unterstützen und –«

»Richard unterstützen! Wie, bitte schön, würde deine Hilfe denn aussehen? Du wärst ein Handlanger, mehr nicht! Was er hier an diesem uralten Bolg herstellt, kannst du doch nicht mit der Massenproduktion in Johannas Betrieb vergleichen. Dort ist sie die Chefin! Du wärst nur diejenige, die putzen und kochen und aufräumen darf ... Du wärst Hausfrau und Mutter. Und in den nächsten Jahren hättest du ständig noch eine kleine Rotznase am Rock hängen.« Ruth schüttelte traurig den Kopf. »Täusche ich mich, oder war dies nicht genau das, wovor dir immer gegraut hat? Wo sind nur all deine hochtrabenden Pläne von einer Berufsausbildung geblieben? Was hast du damals in New York nicht für Anstrengungen unternommen, eine sinnvolle Arbeit zu finden. Mich hast du als altmodisch beschimpft, weil ich dich gern mit Harold Stein verheiratet hätte. Aber ein aufstrebender Bankangestellter war dir ja zu *langweilig*! Und was ist nun aus all deinen Plänen geworden?« Ruth seufzte tief auf.

Wanda glaubte nicht richtig zu hören. »Du bist ungerecht, Mutter. Daß ich mich von heute auf morgen um einen Säugling kümmern muß, konnte ja wohl niemand vorhersehen! Das war – Schicksal! Was gäbe ich darum, Marie am Leben zu wissen und –«

»Schicksal!« unterbrach Ruth sie. »Ich sage dir: Sein Schicksal hat jeder selbst in der Hand, zumindest zu einem gewissen Teil.«

»Ich liebe Richard«, antwortete Wanda leise. »Und er liebt mich.«

Ruth nickte. »Liebe – das ist auch so eine Sache …«

Wanda schluckte stumm. Sie war müde. Das Gespräch, das so völlig anders verlief, als sie geglaubt hatte, erschöpfte sie. Wenn nur Richard da wäre …

Sie gab sich einen Ruck.

Richards Gläser! Wenn Ruth erst sah, welch begnadeter Glaskünstler er war, würde sie bestimmt erkennen, daß alles längst nicht so düster werden mußte, wie es vielleicht im ersten Moment schien.

»Weißt du was? Ich zeige dir jetzt erst einmal Richards Kunstwerke!« Ihre Stimme klang gekünstelt. Gleichzeitig kämpfte sie gegen ein ungutes Gefühl in ihrem Bauch an. Richard schätzte es nicht, wenn jemand außer ihm nach diesen Musterteilen griff, selbst das Abstauben hatte er ihr verboten. Aber da er nun einmal nicht hier war …

Vorsichtig langte Wanda nach dem schönsten Glas im Regal, einem langstieligen Pokal, gearbeitet in einer komplizierten Überfangtechnik.

Im selben Moment wurde die vordere Tür schwungvoll aufgerissen.

Wanda erschrak so sehr, daß ihr das Glas prompt aus der Hand rutschte und mit einem lauten Klirren auf dem Boden zersprang.

8. Kapitel

Wie jeden Abend waren fast alle Tische im »Schwarzen Adler« besetzt. Und wie jeden Abend wurde über die Tische hinweg palavert, gelacht, geschrieen und gestritten. Die Luft war verqualmt und voller Gerüche, die für Wanda inzwischen altbekannt waren. Es roch nach den Bratkartoffeln mit Speck, die der Wirt jeden Tag für diejenigen seiner Gäste parat hielt, die genug Geld hatten, auswärts zu essen. Es roch nach dem Bier, mit dem die Glasbläser ihre von der langen Arbeit ausgetrockneten Kehlen anfeuchteten, es roch nach Schweiß und nach Müdigkeit.

Der »Schwarze Adler« war das Stammlokal der Glasbläser. Vor ihrer Abreise nach Genua hatte Wanda Richard des öfteren hierher begleitet. Auch ihr Vater und sein Bruder Michel waren häufig zu Gast.

Wanda mochte die ganz besondere Stimmung der Wirtschaft, und sie mochte die Tatsache, daß die Glasbläser sich immer freuten, sie zu sehen. »Die Amerikanerin!« hieß es dann, und schon wurde ihre Hand geschüttelt. Lauscha war ein kleines Dorf, in dem sich fast alles herumsprach. So wußten alle, daß Thomas Heimer seine neuen Aufträge vor allem ihr zu verdanken hatte. Und viele hatten Wandas Anstrengungen mitbekommen, den Vater zu zeitgemäßeren Arbeiten zu bewegen.

»Was heckt unsere Amerikanerin denn diesmal wieder aus?« wurde sie deswegen oft scherzhaft gefragt. Andere wiederum meinten, sie dürfe gern auch in ihre Werkstätten kommen und dort »modernisieren«, wenn das Ergebnis so profitabel wie bei Heimer wäre. Wanda lachte dann immer nur und genoß den Trubel, der um sie gemacht wurde.

Seit sie Sylvie bei sich hatte, war dies ihr erster Besuch und nur deshalb möglich, weil sich Eva gern bereit erklärt hatte, das Kind zu hüten.

»Geht nur, geht! Junge Leute brauchen doch ihren Spaß!« Mit diesen Worten hatte sie Wanda geradezu aus dem Haus gescheucht.

Spaß! Als ob ihr heute der Sinn danach stünde!

Wie konnte Mutter nur so gemein sein?

Wanda nahm einen Schluck Bier, um den Kloß in ihrer Kehle loszuwerden. Es schmeckte bitter. Der Kloß wurde härter.

Irritiert schaute sie von ihrem Krug auf. Außer ihr schien niemand etwas an dem Gerstensaft auszusetzen zu haben. Ganz im Gegenteil – wurden die Krüge heute nicht noch schneller geleert als sonst? Auch der Lärmpegel am Stammtisch, an dem Wanda zusammen mit Richard Platz genommen hatte, schien ihr unangenehm hoch zu sein. Trübsinnig starrte sie vor sich hin, hie und da einen Gesprächsfetzen wahrnehmend.

»Hier saß er immer, der Alois, und hat so getan, als sei er einer von uns! Dabei schert er sich einen feuchten Kehricht um uns. Hätte er es sonst gewagt, die Hütte ausgerechnet an einen Verleger aus Sonneberg zu verkaufen?«

Neben Wanda donnerte eine Faust auf den Tisch.

»Verraten hat er uns, der Judas!« tönte es im selben Moment.

»Nur geht es in Gründlers Fall um mehr als dreißig Silberlinge«, kam es bitter von der anderen Tischseite. »Als er heute mittag loslegte, hab ich gedacht, der macht Witze …« Fragend schaute der Mann in die Runde. »Er wolle nach Amerika auswandern – wenn jemand so etwas sagt, glaubt man doch erst einmal an einen Scherz, oder?«

Die andern zuckten mit den Schultern.

»Spätestens als er sagte, er müsse nach dem Verkauf auch noch seine zwei Brüder auszahlen, war mir klar, daß Alois Gründler es bitterernst meint!« knurrte Wandas Tischnachbar Martin Ehrenpreis. »Amerika – soll er doch hingehen, wo der Pfeffer wächst ...«

»Und seine Brüder gleich mitnehmen! Die haben sich doch nie um uns gekümmert! Haben immer nur abkassiert! Der eine sitzt in seiner Schachtelmacherwerkstatt, der andere lebt in Suhl und treibt dort Gott weiß was. Wenn jetzt die Hütte verkauft wird, machen die ein letztes Mal den großen Reibach!«

»Noch ist die Hütte nicht verkauft. Habt ihr nicht vorhin erzählt, Alois Gründler hätte lediglich von einem Kauf*interessenten* gesprochen?« fragte ein Mann, von dem Wanda wußte, daß er in der Seppenhütte arbeitete.

Sie seufzte. Daß der bevorstehende Verkauf der Gründler-Hütte das große Thema im »Schwarzen Adler« sein würde, hätte sie sich eigentlich denken können.

Was am Mittag noch ein Gerücht gewesen war – und der Grund dafür, warum Richard so spät auftauchte –, hatte sich inzwischen bestätigt: Die Gründler-Hütte sollte verkauft werden.

Und wennschon, dachte Wanda bei sich, während um sie herum die Diskussion über den niederträchtigen Hüttenbesitzer und seine nichtsnutzigen Brüder heftig weiterging. Warum regten sich die Männer eigentlich so auf? Viel schlimmer wäre es doch, wenn die Hütte geschlossen würde und Arbeitsplätze verlorengingen, oder?

Normalerweise hätte sich Wanda in das Gespräch eingemischt, hätte Fragen gestellt, hätte versucht, die Aufregung zu verstehen. Doch heute abend stand ihr danach nicht der Sinn.

Es war Richard gewesen, der einen Besuch im »Schwarzen Adler« vorgeschlagen hatte. Er wolle mit eigenen Ohren hören, was es an Neuigkeiten über die Hütte gab, hatte er gemeint.

Wanda, der alles recht war, solange sie den Abend nicht mit ihrer Mutter und dem Rest der Familie verbringen mußte, hatte ihn schließlich begleitet.

Doch jetzt bereute sie ihre Entscheidung. Wieviel lieber wäre sie mit Richard spazierengegangen! Was hatte sie mit dieser Hütte zu tun? Hatte sie nicht genug eigene Sorgen?

Richards Arm um ihre Schulter, sein Schritt dem ihren angepaßt, nur das Zirpen der Grillen im Ohr, ringsum der Wald und über ihnen der leicht verhangene Sommerhimmel – Wanda lächelte traurig. Umgeben von den heilsamen Kräften der Natur hätte sie Richard vielleicht beibringen können, daß es mit der Hochzeit vorerst nichts werden würde. Daß ihre Mutter ihr schlichtweg verboten hatte, Richard zu heiraten, zumindest so lange, bis sie volljährig war. Und das dauerte immerhin noch ein Dreivierteljahr! Danach würde Ruth ihrer Tochter nicht mehr vorschreiben können, was sie zu tun und zu lassen hatte.

Wanda biß sich auf die Unterlippe. Nein, so lange wollte sie nicht warten. Sie *mußten* einen Weg finden, Ruth auf ihre Seite zu bringen! Vielleicht würde Richard …

Wanda warf ihm einen sehnsüchtigen Blick zu. Wie jedesmal, wenn sie ihn anschaute, durchfuhr sie ein leichter Schauer.

Wie gut er aussah! Wie seine Augen unter den dunklen Stirnlocken hervorblitzten, wie aufmerksam er seinem Nachbarn zuhörte! Als ob ihn nichts auf der Welt mehr interessierte. Kein Wunder, daß er im ganzen Dorf so beliebt war.

Wanda seufzte leise. Seit jener Nacht in Bozen, kurz bevor sich Richard auf den Weg zu der Kunstausstellung in

Venedig gemacht hatte und sie zu Marie gefahren war, waren sie sich nicht mehr nähergekommen. Ständig wuselte jemand um sie herum, und wenn sie tatsächlich einmal allein waren und Zeit für Zärtlichkeiten gehabt hätten, begann Sylvie zu schreien. Dabei sehnte sich Wanda so sehr nach ihm! Ihrem Mann ...

Ein leichter Schubs in ihre Seite ließ sie kurz darauf zusammenzucken.

»Willst du was essen?« Richard nickte in Richtung der Wandtafel, auf der Benno, der Wirt, mit dicken Kreidebuchstaben vermerkt hatte, daß es außer Bratkartoffeln auch noch Schweinskopfsülze und Bratwürste mit Kraut gab.

Wanda schüttelte den Kopf. »Mir ist der Appetit vergangen.«

Richard seufzte. »Wenn es wegen des Glases ist ... Schwamm drüber! Scherben bringen Glück, so heißt es doch, oder?« Er grinste. »Und ich glaube, deine Mutter war recht angetan von mir, was für ein Glück! Was hat sie denn gesagt, als ihr wieder allein wart?«

Wanda schluckte. »Sie ... Sie hält dich für – einen sehr zielstrebigen und energiegeladenen Mann.«

Richards Augen weiteten sich, dann strahlte er übers ganze Gesicht. »Na also!« Er drückte Wanda einen raschen Kuß auf die Wange. »Ehrlich gesagt hast du mir ganz schön angst gemacht mit deinem Gerede darüber, wie sehr deine Mutter Wert auf Äußerlichkeiten legt. Daß ihr mein Haus vielleicht zu ärmlich vorkommen könnte und so. Aber anscheinend ist es mir doch gelungen, sie davon zu überzeugen, daß es dir an nichts fehlen wird ...«

Wanda lächelte gequält. Richard hatte sich wirklich alle Mühe gegeben. Hatte alte Auftragsformulare von Gotthilf Täuber angeschleppt, um zu zeigen, was er in der Vergangenheit schon geleistet hatte. Er erklärte Ruth anhand seiner Gläser, wie er venezianische Techniken mit alter Lauschaer Glaskunst vereinte und damit etwas ganz Einmaliges schuf. Ja, er erzählte Ruth sogar von seinen Träumen, einmal ein eigenes elegantes Ladengeschäft zu besitzen, in dem sich die feinste Kundschaft die Klinke in die Hand gab. Er sagte, daß es ihm um die hohe Kunst des Glasblasens ginge, daß er darin seine Zukunft sehe. Und daß er sich sicher sei, damit genug für sich und seine Familie verdienen zu können.

Mutter hatte aufmerksam zugehört. Krampfhaft hatte Wanda versucht, aus ihrer unbeweglichen Miene etwas deuten zu können – vergeblich.

Warum hat er sich nicht mehr darüber ausgelassen, wie er sich das Leben mit mir und dem Kind vorstellt? ging es Wanda unvermittelt durch den Kopf. Glas, Glas, Glas – ausgerechnet das Thema, das für Mutter inzwischen wie ein rotes Tuch war! Der Gedanke ärgerte sie plötzlich. Vielleicht hätte Mutter der Hochzeit zugestimmt, wenn Richard weniger übers Glasblasen und dafür mehr über praktische Dinge wie den Ausbau der Dachkammer, das Erneuern der Fenster und den Einbau eines neuen Ofens gesprochen hätte. Es war ja nicht so, als ob sie über all das noch nie gesprochen hätten!

»Daß wir so lange auf dich warten mußten, hat bei Mutter natürlich keinen sonderlich guten Eindruck hinterlassen«, sagte sie schnippisch.

»Das war wirklich etwas ungeschickt«, gab Richard zu. »Aber ich konnte Karl den Schweizer Flein nicht einfach auf der Straße stehenlassen, als er mir erzählte, daß die Gründler-Hütte verkauft werden soll. Der Mann arbeitet seit einer Ewigkeit dort, da ist es doch selbstverständlich, daß ihm so eine Nachricht Sorgen bereitet!«

»›Sorgen bereitet‹ ist gut«, sagte Hansens Sohn, der offenbar mit einem Ohr das Gespräch zwischen Richard und Wanda mitgehört hatte. »Eine Katastrophe ist das!« Er schaute in die Runde. »Es ist doch immer dasselbe: Am Ende sind wir Glasbläser die Angeschmierten!«

Die Stammtischrunde nickte. »Ein Sonneberger Verleger als Hüttenbesitzer! Das ist der Anfang vom Ende«, murmelte Martin Ehrenpreis, und sein sonst so rotes Gesicht war ausgesprochen blaß dabei.

»Was ist denn so schlimm daran?« fragte Wanda, obwohl sie nicht die geringste Lust auf dieses Gespräch verspürte. Warum mußten sich die Männer ständig in ihr Gespräch einmischen? Konnten sie Richard nicht mal für eine Weile entbehren? »Es ist doch gut, wenn jemand bereit ist, in Lauscha zu investieren!«

»Investieren, pah! Den Verlegern geht es doch nur darum, uns noch weiter auszubeuten! Warte nur ab, bald haben wir Glasbläser gar nichts mehr zu melden«, erwiderte Richard.

»Das ist der Lauf der Zeit«, antwortete einer der Männer trübselig. »Gegen die, die das Geld haben, können wir arme Schlucker uns nicht wehren. Die machen mit uns, was sie wollen.«

Richard nickte zustimmend. »Bin ich froh, daß ich weder mit einem Verleger zusammenarbeiten muß noch auf die Arbeit in einer der Hütten angewiesen bin! Die Arbeiter der Gründler-Hütte können einem wirklich leid tun.« Den letzten Satz hatte er so leise gemurmelt, daß ihn außer Wanda niemand hörte.

»Das ist mir ehrlich gesagt im Augenblick völlig egal«, zischte sie genauso leise zurück. Die Wut und Hilflosigkeit, die wie eine düstere Wolke über dem Tisch hing, verstärkte ihren eigenen Zorn und die Enttäuschung noch.

Nach einem Schluck Bier wagte Wanda einen neuen Anlauf.

»Mutter hat gemeint, wir sollten –«

Richard sah sie ein wenig abwesend an, dann tätschelte er ihre Hand. »Ich weiß, es gibt viel zu bereden. Die Hochzeit, der Termin … Hat sie denn etwas darüber gesagt, ob sie bis zur Hochzeit bleiben will? Ich meine, natürlich wäre es schön, im September in der neuen Kirche getraut zu werden, aber ob die bis dahin fertig sein wird, ist mehr als fraglich.« Er zuckte mit den Schultern.

Wanda biß sich auf die Unterlippe. Sie mußte ihm reinen Wein einschenken, bevor er sich weiter in seine Zukunftspläne verstrickte. Auch wenn es noch so weh tat!

»Kirche hin oder her, Mutter will nicht, daß –« Weiter kam sie nicht, denn im selben Moment hob auch Richard zu sprechen an.

»Und das ausgerechnet jetzt, wo ich jeden Tag mit dem neuen Auftrag von Täuber rechne. Danach werde ich Tag und Nacht durcharbeiten müssen … Nicht, daß mir das etwas ausmacht, ganz im Gegenteil! Ich fiebere der Arbeit schon richtig entgegen, aber –« Er brach ab, als sich Hansens Sohn zu ihm hinüberlehnte.

»Dich scheint die Misere ja nicht sonderlich zu interessieren!« fuhr der Mann Richard an. »Na ja, wenn man ein feiner Künstler ist! Und eine gute Partie heiratet …«

»Was soll das denn heißen?« erwiderte Richard aufgebracht. »Glaubst du etwa, ich –«

Zaghaft zupfte Wanda an Richards Ärmel, doch er schob ihre Hand fort. »Ist gut, Wanda. Wir reden morgen in Ruhe über alles, ja?«

Wanda blieb nichts anderes übrig, als stumm daneben zu sitzen, während Richard erneut in das Stammtischgespräch verwickelt wurde.

9. KAPITEL

Wie Wanda es sich gewünscht hatte, bekam Ruth Ende Juni eine große Schüssel hellroter Frühkirschen vom Baum aus Karl dem Schweizer Fleins Garten. Wanda, die im ersten Moment noch damit gerechnet hatte, daß ihre Mutter nach Obstbesteck verlangte, um damit die Kirschen zu sezieren, schaute zufrieden zu, wie sich Ruth voller Genuß eine Kirsche nach der anderen in den Mund stopfte – den roten Saft, der ihr am Mund und an den Händen hinablief, ignorierend. Noch ein, zwei Wochen, dann würden auch die Himbeeren reif sein und sich ohne Mühe von den Zweigen lösen lassen. Doch dieser Genuß würde Ruth entgehen – ihre Abreise war für Anfang Juli geplant. Und nicht nur ihre …

Während der Dauer von Ruths Besuch war der Sommer in jede Ritze des Thüringer Waldes gekrochen. Dennoch bekam Wanda nicht viel davon mit. Als ihr Cousin Johannes von der Sonnwendfeier erzählte, die auf einer Anhöhe in der Nähe des Waldes stattfinden sollte, erschrak sie fast ein bißchen. Von jetzt an sollten die Tage schon wieder kürzer werden? Obwohl sich Johannes' Beschreibungen von Tanz, Musik und einem riesigen Lagerfeuer sehr verführerisch anhörten, glaubte sie kaum, daß sie daran teilnehmen würde. Für die anderen jungen Leute mochte dieses Fest einer der Höhepunkte des Jahres sein, doch sie selbst fühlte sich derzeit weder jung, noch war ihr nach Feiern zumute. Dafür waren ihre Tage viel zu ausgefüllt mit Sylvie, Richard und Gesprächen mit ihrer Mutter. Fruchtlosen Gesprächen.

Ruth war in den letzten Tagen immer unruhiger geworden, hatte mehrmals ihre Reisepapiere hervorgekramt, als wolle sie sich versichern, daß der Tag ihrer Abreise tatsächlich näher rückte. Immer wieder flehte sie Wanda an, mitzukommen. Ihr und Sylvie würde es in New York an nichts fehlen, sie würde eine Kinderfrau einstellen, und Wanda würde eine Ausbildung ihrer Wahl beginnen können oder gleich in Stevens Handelsunternehmen mitarbeiten dürfen. Doch am Ende mußte Ruth schweren Herzens einsehen, daß Wanda sämtlichen Verlockungen gegenüber immun und ihr Wunsch, in Lauscha bleiben zu dürfen, ungebrochen war. Doch in einem Punkt blieb Ruth hart – Wandas Hochzeitspläne würden vor ihrer Volljährigkeit garantiert nicht weiter verfolgt werden.

Die Verstimmung zwischen Mutter und Tochter, die gegenseitigen Vorwürfe machten das Auskommen miteinander nicht leicht. Allerdings bemühten sich beide auch um ausgleichende Töne – das Wissen, daß Ruth demnächst abreisen und man sich nicht so bald wiedersehen würde, verhinderte den größten Groll. Insgeheim wartete Ruth darauf, daß Richard bei ihr vorsprechen würde, doch der Glasbläser war offenbar schlauer als ihre Tochter und ahnte, daß Ruths »Nein« endgültig war.

Natürlich war es Ruth ein Dorn im Auge, daß Wanda bei Thomas Heimer wohnte und nicht bei Johanna. Gleichzeitig mußte sie einsehen, daß dies die beste Lösung war: Bei Johanna fehlte einfach der Platz, als daß sie eine junge Mutter samt Säugling hätte aufnehmen können, während Thomas Heimer gleich ein ganzes Stockwerk seines Hauses für Wanda hergerichtet hatte. Außerdem gab es Eva, die eine große Entlastung für Wanda war.

Mit diesen Gedanken im Kopf riß sich Ruth wenige Tage vor ihrer Abreise zusammen und marschierte erneut mit wackligen Knien hinauf ins Oberland. Diesmal ohne Wanda.

Das Zusammentreffen mit Thomas Heimer verlief äußerst verkrampft. Aber Ruth hatte nichts anderes erwartet und sich deshalb die Sätze, die sie sagen wollte, sorgfältig zurechtgelegt. Dennoch wurde sie gleich zu Beginn aus dem Konzept gebracht. Natürlich hatte sie sich darauf vorbereitet, daß ihr geschiedener Mann zumindest äußerlich nicht mehr viel mit dem jungen Kerl gemeinsam haben würde, den sie einst in einer Nacht- und Nebelaktion verlassen hatte. Aber ihn dann mit seinen grau gewordenen Haaren, seinem nach vielen Jahren an der Lampe bucklig gewordenen Kreuz zu sehen, war doch etwas anderes. Dasselbe galt für Wilhelm Heimer, ihren Schwiegervater, der, im Schaukelstuhl in der Küche sitzend, sie nicht einmal mehr erkannte. War das wirklich der großspurige Mann, vor dem sie damals regelrecht Angst gehabt hatte?

Im stillen mußte Ruth jedoch Wanda recht geben, die nicht müde wurde zu betonen, wieviel sich im Hause Heimer zum Besseren gewandt hatte. Alles machte in der Tat einen gepflegten, beinahe freundlichen Eindruck. Die einstmals so düstere Küche war hell und ausgesprochen sauber. Auf der Anrichte neben dem Tisch lagen, mit einem schneeweißen Tuch abgedeckt, ein Laib Brot und einige geräucherte Würste. Der Senftopf hatte keine eingetrockneten Ränder, und direkt daneben stapelten sich dicke, weiße Porzellanteller. Wahrscheinlich waren sie schon hergerichtet für das Mittagsmahl. Für eine Familie, in der früher alle ihre Löffel in einen einzigen schmierigen Napf getaucht hatten, war das in der Tat ein Fortschritt! Ruth zerriß es dennoch fast das Herz bei dem Gedanken, daß sich Wanda mit so einem schlichten Leben zufriedengeben wollte, wo sie das Beste hätte haben können. Den einzigen Trost fand Ruth in der Tatsache, daß ihrer Tochter bei dieser Lösung wenigstens Richards Hütte erspart bleiben würde ...

Natürlich wollte Thomas von Ruths Vorschlag, für Wandas Unterhalt zu zahlen, nichts hören. Ob sie etwa glaube, er könne für seine einzige Tochter nicht aufkommen, fuhr er sie beleidigt an. Und daß es für ihn eine Selbstverständlichkeit sei, für Wanda und Sylvie aufzukommen, bis Richard es übernehmen würde. Daß Ruth ihre Einwilligung zur Hochzeit verweigerte, wurde seinerseits nicht kommentiert, was Ruth das Gefühl gab, daß auch er einer allzu raschen Hochzeit zwischen dem jungen Glasbläser und Wanda gegenüber skeptisch war.

Oder wollte er seine Tochter einfach nicht aus dem Haus lassen? Verspürte er am Ende dieselbe Eifersucht, die jeden Vater überfiel, wenn die Tochter ihr Herz an einen anderen Mann verlor? Ruth wollte sich mit solchen Gedanken nicht länger aufhalten, deshalb konzentrierte sie sich statt dessen auf den eigentlichen Grund ihres Besuchs. Und wurde am Ende ihr Geld doch noch los: Wenn Thomas die monatlichen Beiträge nicht für Wandas Unterhalt annehmen mochte, dann sollte er sie doch wenigstens für ihre Mitgift aufheben. Falls Wanda und Richard im nächsten Jahr heirateten, würde sie dem jungen Paar gern ein geeignetes Haus schenken wollen. Thomas sagte grimmig, daß er längst dieselbe Idee gehabt habe und darauf bestehe, einen Teil der Kosten zu übernehmen. Er bot sogar an, sich im Laufe der nächsten Monate nach einer geeigneten Immobilie umzuschauen. Ruth willigte ein und schlug vor, in diesem Fall ihr Geld für eine Anzahlung zu verwenden. Am Ende übergab sie Thomas eine stattliche Summe und nannte ihm den Betrag, den er Wanda davon monatlich auszahlen möge. Ihre Tochter sollte schließlich nicht wegen jedem Paar Strümpfe betteln müssen, sondern sich eine gewisse Unabhängigkeit bewahren!

Obwohl ihr Besuch bei Heimer gut verlaufen war, weder die alten Geschichten aufgewärmt noch neue Dramen aufgeführt wurden, waren ihre Schritte schwer und müde, als sie sich auf den Heimweg zu Johanna machte. Mit diesem letzten Gang war alles, was sie tun konnte, getan. Die Würfel waren gefallen, sie hatte Wanda an Lauscha verloren, und ihr blieb nichts weiter übrig, als ihrer Tochter Glück zu wünschen.

»Hab ich euch schon gesagt, daß Ruths Telefonnummer auf dem Küchentisch liegt?« Johanna biß sich auf die Unterlippe. »Vielleicht sollte ich noch mal ins Haus laufen und sie mit ein paar Reißzwecken an die Wand heften?«

Anna lachte. »Mutter! Du hast an mindestens fünf Stellen im Haus Zettel mit Tante Ruths Telefonnummer plaziert – wie oft, glaubst du, werden wir in New York anrufen?«

»Wenn es eine dringende Frage gibt, werdet ihr froh sein, wenn ihr uns erreichen könnt!« gab Johanna spitz zurück und schaute dann unruhig von ihrer Tochter zu dem Berg Gepäck, der gerade auf Hansens Wagen geladen wurde. Im Gegensatz zu Ruths Koffern, die offenbar alle aus derselben Werkstatt stammten, war Johannas und Peters Gepäck ein bunt zusammengewürfelter Haufen von Koffern und Taschen, die allesamt bessere Tage gesehen hatten. Und im Gegensatz zu Johanna weilte Ruth noch immer im Haus und trank eine letzte Tasse Kaffee, in dem sicheren Bewußtsein, daß sich schon irgend jemand um ihre Sachen kümmern würde.

»Die Tasche mit den Mänteln ganz obenauf!« schrie Johanna Emil Hansen zu. »Womöglich wird es schon während der Zugfahrt empfindlich frisch, dann sind wir froh, einen Mantel zum Überwerfen zu haben.«

Anna verdrehte die Augen. »Ja, ja, man kann nie wissen«, sagte sie laut. »Womöglich schneit es heute mittag!«

Obwohl es noch früher Morgen war, war es schon ziemlich heiß. Unter dem Geschirr des Zugpferdes hatten sich dunkle Schweißränder gebildet. Immer wieder schlug der Gaul mit seinem Kopf, um die vielen Fliegen, die ihn umschwirrten, loszuwerden.

Wanda, die ein wenig abseits stand und den Trubel beobachtete, lächelte stumm in sich hinein. Jetzt fehlte nur noch, daß Johanna erneut ihre Dutzende von Notfallisten durchgehen wollte! Dann würde der Wagen, der die Reisenden nach Coburg bringen sollte, sich gar nicht mehr in Bewegung setzen …

»Wie war das mit flatternden Hühnern, denen man am liebsten den Hals umdrehen will?« hätte sie ihre Tante am liebsten gefragt, aber sie verkniff sich eine solche Bemerkung. Es war offensichtlich, daß sich Johanna gerade wie jemand fühlte, dem der Boden unter den Füßen weggezogen wurde. Auch Peter schaute ziemlich verloren drein. Beide erweckten den Eindruck, daß sie ihre Entscheidung, Ruth für einen lange verdienten Urlaub nach Amerika zu begleiten, inzwischen bitter bereuten.

Vom ersten Tag an hatte Ruth auf die beiden eingeredet. In all den Ehejahren hätten sich Johanna und Peter keinen Urlaub geleistet – stets hätte das Geschäft an erster Stelle gestanden. Nun, wo die Kinder groß und in der Lage waren, die Eltern für einige Wochen zu vertreten, wäre es nur rechtens, wenn sich Johanna und Peter eine Atempause gönnten. Und welchen aufregenderen Ort als New York gäbe es dafür? Man stelle sich vor: Sie drei gemeinsam auf der Überfahrt und am Ende Steven, der sie begeistert empfangen würde! Es war Peter gewesen, der sich zuerst für den Gedanken erwärmte. Je älter man werde, desto schneller eilten die Jahre vorbei, hatte er geseufzt. Womöglich sei es irgendwann für eine solch große Reise zu spät? Es mache ihr nichts aus, später einmal ihrem Herrgott gegenüberzustehen, ohne vorher New York gesehen zu haben, hatte Johanna ihm darauf geantwortet. Wenn es Peter nach Erholung dürste, könne man genausogut für ein paar Tage in den Bayerischen Wald fahren. Erst, als Peter meinte, daß man eine New-York-Reise auch zum Beleben von Geschäftskontakten nutzen konnte, hatte sie nachgegeben. Ruth hatte daraufhin alles in die Wege geleitet: Steven sollte von New York aus die Billetts für das Schiff von Hamburg nach New York bestellen. Die Unterlagen würden im Hamburger Hafen auf sie warten, alles kein Problem! Von da an hatte es kein anderes Thema mehr gegeben als die Frage, was Johanna und Peter in New York alles sehen und unternehmen wollten. Die Programmpunkte, angefangen bei Besuchen im Theater bis hin zu Kundengesprächen, wurden immer umfangreicher. Wanda zweifelte, ob sich auch nur die Hälfte davon bewältigen ließ. Wenn sie daran dachte, wie erschöpfend Marie die große Stadt gefunden hatte …

Doch inzwischen schien sowohl Peter als auch Johanna jede Unternehmungslust vergangen zu sein.

Unwillkürlich mußte Wanda daran denken, wie Richard und sie im Frühjahr in Richtung Bozen aufgebrochen waren. Auch er hatte zehnmal seinen Fahrschein kontrolliert und die Nummer darauf mit der Nummer des Sitzplatzes in ihrem Zugabteil verglichen. Und als Wanda ihm die mitgebrachten Brote hatte geben wollen, hatte er ihr leise zugezischt: »Pack das sofort wieder weg! Es muß doch nicht jeder merken, daß wir die Löffelschnitzer aus den Bergen sind, oder?« Wanda hatte damals nur gelacht und sich mit gutem Appetit über das Essen hergemacht. Es hatte gedauert, bis sich Richard so weit entspannte, daß er die Reise genießen konnte.

Sind vielleicht alle Lauschaer so? fragte sich Wanda nun, während Johanna weiter Wirbel verbreitete. Waren sie so fest mit ihrem Zuhause verwurzelt, daß allein der Gedanke daran, Lauscha verlassen zu müssen, sie ängstigte?

»Jetzt laßt mich nachprüfen ... Die Tasche mit den Schuhen, unsere Mäntel, die Koffer mit unserer Kleidung«, murmelte Johanna vor sich hin. »Johannes! Wo ist der Korb mit dem Reiseproviant? Was heißt das, du weißt es nicht?« Mit in die Hüfte gestemmten Händen schaute Johanna ihren Sohn an. »Herrje, wenn auf den Bub schon jetzt kein Verlaß ist, was soll dann erst werden, wenn wir weg sind ...«, grummelte sie vor sich hin.

In einem Moment seltener Übereinstimmung grinsten sich Wanda und Anna an. Wanda legte Sylvie über ihre Schulter, dann ging sie auf ihre Tante zu und umarmte sie fest.

»Es wird schon nichts schiefgehen«, sagte sie. »Euer Geschäft ist bei Anna und Johannes in guten Händen. Und alle anderen werden auch ihr Bestes geben, ihr habt schließlich eine wunderbar eingespielte Mannschaft! Es sind doch nur drei Monate, und bis das Weihnachtsgeschäft anläuft, seid ihr längst wieder zurück.«

Mit zitternder Unterlippe schaute Johanna ihre Nichte an. »Fast *vier* Monate werden wir wegbleiben, nicht nur drei!«

»Dann sind es eben fast vier Monate – Abschied nehmen tut immer weh, so ist das nun mal ...« Wanda zwang sich zu einem aufmunternden Nicken.

»Kind ...« Im nächsten Moment hüllte der vertraute Duft von Lilien und Magnolien sie ein, und Ruth schlang ihre Arme um sie.

Wandas Frohsinn erlosch wie eine Flamme, die ein zu starker Windhauch ausgepustet hatte. »Mutter ... Du ... du wirst mir so fehlen«, nuschelte sie an Ruths Schulter, während ihre Augen naß wurden.

»Wenn alle Stricke reißen, packst du einfach ebenfalls deine Koffer und kommst nach Hause!« Ruth schluchzte einmal auf und drückte ihre Tochter so fest an sich, daß Wanda fast die Luft wegblieb.

10. Kapitel

Nachdem Hansens Pferd einen letzten Eimer Wasser ausgetrunken hatte, setzte sich der Wagen endlich in Bewegung.

Anna tat sehr geschäftig, als wolle sie sogleich jeden Zweifel darüber ausräumen, wer von nun an die Herrin im Haus war. Ohne weitere Worte zu verlieren, eilte sie hinein, und Johannes trottete mit gesenktem Kopf hinter ihr her.

Mit Sylvie, die inzwischen eingeschlafen war, machte sich Wanda auf den Weg ins Oberland. Geräuschvoll zog sie immer wieder die Nase hoch, die vom vielen Weinen ganz verstopft war.

»Wenn alle Stricke reißen, kommst du nach Hause« – die Worte ihrer Mutter hallten in ihr nach. Warum hatte sie nicht erwidert, daß sie längst zu Hause war? Daß Lauscha ihr Zuhause war? Es lag nur an dem dicken Kloß in ihrem Hals, daß sie diese Worte nicht hatte aussprechen können. Und noch etwas: Wenn hier ihr Zuhause war, warum nur fühlte sie sich dann so seltsam verloren?

Alles war wie immer, im Dorf herrschte dieselbe Betriebsamkeit wie an anderen Tagen auch, und dennoch kam es ihr vor wie ein Garten, aus dem die Sonne gewichen war und in dem man deshalb nicht mehr sitzen mag.

Waren wirklich erst wenige Wochen vergangen, seit sie ihren Traum, Richard noch in diesem Sommer heiraten zu können, begraben mußte?

Richard … Wandas Befürchtung, er werde sich durch Ruths Nein in seiner Ehre gekränkt fühlen, war nicht eingetroffen. Heimlich hatte Wanda damit gerechnet – und vielleicht auch ein wenig darauf gehofft –, daß er Himmel und Erde in Bewegung setzen würde, um Ruth doch noch auf seine Seite zu bringen. Aber er hatte die ganze Angelegenheit auf seine Art genommen. »Wer weiß, wofür der Aufschub gut ist«, hatte er gesagt.

Aufschub? Wanda wollte schon seine Wortwahl monieren, als er hinzufügte: »Aufgeschoben ist nicht aufgehoben!« So könne er sich wenigstens in aller Ruhe seinem neuen Auftrag widmen, mit dessen schriftlicher Bestätigung er nun jeden Tag rechne. Dieser werde ordentlich Geld in seine Kasse bringen, und Geld könne die kleine Familie doch weiß Gott gebrauchen. Die Umbaumaßnahmen am Haus, die Hochzeitsfeier … An dieser Stelle hatte er inbrünstig geseufzt und die Stirn in tiefe Falten gelegt. Lachend eröffnete Wanda ihm, daß ihre Mutter sich mit dem Gedanken trug, ihnen zur Hochzeit ein Haus zu schenken. Und daß damit seine Zukunftssorgen doch sicher nicht mehr ganz so groß waren.

»Machst du Witze?« fragte er ungläubig. Seine Begeisterung hatte, als Wanda ihm klar machte, daß die Mutter es ernst meinte, keine Grenzen gefunden. Gemeinsam hatten sie sich ausgemalt, wie ihr neues Haus einmal aussehen sollte. Natürlich würde es auf der Sonnenseite von Lauscha liegen und fließend Wasser und Strom haben. Und eine große Tür, die in einen großen Ausstellungsraum für seine Glaswaren führte. Platz und Licht und weiße Wände! Damit würde er seinem Traum, einmal ein feines Ladengeschäft zu besitzen, in dem sich betuchte Kundschaft aus nah und fern einfand, ein gutes Stück näher kommen. Er hatte gelacht, Wanda umarmt und gemeint, dies sei der beste Beweis dafür, daß alles zwei Seiten habe und es an jedem Menschen selbst liege, die gute davon zu sehen. Plötzlich war es auch Wanda gelungen, die gute Seite von Mutters Nein zu sehen.

Richard, der Optimist … Sie wischte die letzten Tränen fort und schmunzelte.

Ein Glasgeschäft der feinsten Art … Es war schon bewundernswert, wie zielstrebig er seinen Traum verfolgte.

Wanda war so in Gedanken vertieft, daß sie die zusammengekauerte Gestalt unter dem Kirschbaum im Garten von Karl dem Schweizer Flein erst gar nicht sah. Sie war schon fast an dem Haus vorbei, als ein gepreßtes Schluchzen sie aufschrecken ließ.

»Maria! Ist alles in Ordnung? Kann ich dir irgendwie helfen?« Wanda stellte den Kinderwagen ab, war mit einem Satz am Gartenzaun und schaute erschrocken zu der alten Frau.

Maria Schweizer machte eine abwehrende Handbewegung, hielt die andere Hand jedoch weiter vors Gesicht. Ihr ganzer Leib wurde von harten Schluchzern geschüttelt.

Unsicher blieb Wanda stehen. Doch dann löste sie den Haken des Gartentürchens und machte einen zaghaften Schritt auf Maria Schweizer zu. Was mochte die ansonsten so patente und zupackende Frau dermaßen aus dem Gleichgewicht gebracht haben?

Marie schaute auf. Ihre Augen waren gerötet, ihre linke Wange angeschwollen und seltsam verformt.

»Dieser schreckliche Alois Gründler! Mit seiner Schnapsidee, nach Amerika auswandern zu wollen, stürzt er uns alle ins Unglück!«

Wanda kniete sich neben der Frau auf den Boden, der mit Kirschkernen und Vogelkot übersät war.

»Der Verkauf der Hütte muß doch nicht das Ende der Welt bedeuten«, sagte sie leise. Ihr fiel ein, daß Karl der Schweizer Flein Obergeselle in der Gründler-Hütte war, also der wichtigste Mann überhaupt. Er verteilte die Arbeit an die anderen Glasarbeiter, er überwachte deren Tätigkeit, er war eigentlich für alles verantwortlich – um so mehr, da sich der Besitzer selbst nur selten blicken ließ.

»Dein Karl ist doch ein geachteter und erfahrener Mann, bestimmt wird er von dem neuen Besitzer übernommen«, versuchte Wanda die Frau aufzumuntern. Sie warf einen raschen Blick zu dem Kinderwagen. Ausgerechnet jetzt mußte die Kleine friedlich schlafen! Kindergeschrei hätte ihr einen guten Grund gegeben weiterzugehen. Sie, Wanda, konnte der Frau doch sowieso nicht helfen.

»Das sag mal meinem Karl«, spuckte Maria aus. »Der hat die Verleger gefressen. Diese – Halsabschneider! Aber das sind Dinge, von denen du keine Ahnung hast ...« Sie winkte ab.

Wanda seufzte auf. Wieder einmal diese Worte! Obwohl sie nicht die geringste Lust auf das Gespräch verspürte, ließ sie sich neben Maria nieder. Ein paar Kirschkerne bohrten sich unangenehm in ihr Gesäß.

»Vielleicht wäre es an der Zeit, daß mich mal jemand über die ›bösen Verleger‹ aufklärt?« sagte sie, die letzten Worte ironisch betonend.

Maria Schweizer schaute sie an. Mit einem Schulterzukken hob sie an: »Die Sonneberger Verleger waren schon immer Fluch und Segen für Lauscha. Ohne ihre Geschäftskontakte bekämen wir unsere Glaswaren gar nicht los. Den Einkäufern der großen Kaufhäuser in Deutschland und anderen Ländern ist es doch viel zu mühselig, von Haus zu Haus zu laufen und sich hier ein paar Kerzenständer, da ein Dutzend Glasschalen und so weiter zusammenzusuchen. Die gehen lieber zu einem Verleger, lassen sich ein Musterbuch zeigen und wählen in aller Ruhe aus, was sie haben möchten. Und diese Aufträge gibt der Verleger dann an die Glasbläser weiter. So gesehen könnte man fast von einer fruchtbaren Zusammenarbeit sprechen.« Sie lachte harsch auf.

»Aber, Johanna, ich meine, die Glasbläserei Steinmann-Maienbaum kommt doch auch ohne Verleger aus«, erwiderte Wanda stirnrunzelnd.

»Damit ist sie die große Ausnahme. Johanna hat sehr früh erkannt, daß es nicht gut ist, sich vom Wohlwollen dieser Männer abhängig zu machen. Sie hat ihre eigenen Kontakte aufgebaut, und dank Ruth in Amerika ist ihr dies gut gelungen.«

»Hm.« Wanda nickte, als wäre ihr damit alles klar.

Maria schien jedoch zu merken, daß die Amerikanerin ihr nicht folgen konnte. »Verstehst du denn nicht? Ein Verleger kommt mit einem Auftrag daher. Sagen wir einmal, er will fünfzig Dutzend Glasschalen, bemalt und mit Fuß, lieferbar in drei Wochen. Ob dies für den Glasbläser zeitlich zu schaffen ist – danach fragt er nicht. Ob sein Preis akzeptabel ist – danach fragt er nicht. Ob der Glasbläser das Geld hat, die Rohlinge und Farben für die Glasschalen zu kaufen – danach fragt er nicht. Warum sollte er auch? Es gibt genügend Glasbläser, die bereit sind, Tag und Nacht für einen Hungerlohn zu arbeiten, nur um überhaupt etwas verdienen zu können! Den Verlegern ist diese Konkurrenz nur recht. Sie tragen kein Risiko, müssen weder in Rohstoffe noch in Lagerkosten investieren. Die kassieren nur ab, so sieht's aus!« Sie schüttelte traurig den Kopf. »Früher – es ist schon lange her – war Karl ja auch einmal ein selbständiger Glasbläser. Damals waren auch wir den Verlegern auf Gedeih und Verderb ausgeliefert. Oh, wenn ich nur daran denke! Die Angst, wenn kein Auftrag kam! Und kam einer, hatten wir Angst, daß wir damit nicht fertig werden würden. Tag und Nacht haben wir geschuftet, Karl hat Glas geblasen, und ich habe die Teile bemalt, bis meine Hände nur noch zitterten!« Als wolle sie ihre Aussage unterstreichen, hielt sie ihre abgearbeiteten Hände in die Höhe.

Angestrengt dachte Wanda darüber nach, welche Auswirkungen es haben würde, wenn nun ein Verleger die Gründler-Hütte kaufte. Übernahm er damit denn nicht mehr Verantwortung? Änderte sich dadurch das ausbeuterische System nicht zum Besseren für die Lauschaer? Sie wollte Maria gerade danach fragen, als diese erneut anhob.

»Was war das für ein Freudentag, als es hieß, Karl könne in der Gründler-Hütte anfangen! Endlich eine Arbeit, bei der man schon am Anfang eines Monats wußte, was am Ende dabei herausspringen würde. Und jetzt? Eher würde er sich vor den Zug werfen, als auch nur einen Tag wieder für einen Verleger zu arbeiten, sagt Karl. Er ... er ist nicht mehr er selbst, seit bekannt ist, daß …« Maria verstummte und hielt sich wieder ihre geschwollene Wange. »Er kommt abends nicht mehr heim, trinkt die halbe Nacht, und morgens läßt er dann seine Laune an mir aus. So kenne ich ihn gar nicht, er war mir doch immer ein guter Mann!«

Wanda nickte lahm, während sie darüber nachgrübelte, wie sie aus dieser Situation rauskam. Konnte es sein, daß sich Karl der Schweizer Flein ein wenig anstellte? Eine kleine Portion von Richards Optimismus täte dem Mann sicher gut!

»Mein Bruder ist Porzellanmaler, der könnte Karl Arbeit geben, ich würde ihn sogar danach fragen. Ha, du hättest mal hören sollen, wie sich Karl aufgeführt hat, als ich das vorschlug! Ich soll Tag für Tag Pfeifenköpfe und Broschen bemalen? hat er geschrien, als hätte ich vorgeschlagen, er solle die Latrinen von Lauscha leeren. Porzellan wäre nur ein billiger Ersatz für Glas, kein ernsthafter Künstler würde je erwägen, mit Porzellan zu arbeiten.« Maria Schweizers Blick war fast flehend. »Ich meine – irgendwie ist das auch zu verstehen, oder?«

»Nun ja …« Wanda zuckte mit den Schultern. Im Amerikanischen gab es ein Sprichwort, das lautete: »Beggars can't be choosers« – Bettler dürfen nicht wählerisch sein. Aber sie verkniff sich eine derartige Bemerkung.

Unter gesenkten Lidern warf sie Maria einen Blick zu. Wie müde sie aussah! Als bereite ihr die ganze Sache körperliche Schmerzen …

Schmerzen? Hatte Karl Maria etwa geschlagen? Hielt sie sich deswegen die Wange?

Der Gedanke ängstigte Wanda. Karl, genannt der Schweizer, weil er in jungen Jahren die Schweiz bereist hatte, schlug aus lauter Angst vor der Zukunft seine Frau? Der Mann, auf den Marie so große Stücke gehalten hatte? Der

Mann, auf den auch Johanna und Ruth nichts kommen ließen?

»Davon hast du keine Ahnung« – Marias Bemerkung zu Beginn des Gespräches, der Satz, den Wanda so sehr haßte, traf nun wirklich zu. Verflixt, hier konnte sie weder Rat geben noch Trost spenden.

Dennoch versuchte sie sich an letzterem. Sie legte Maria eine Hand auf den Arm.

»Jetzt laß doch nicht den Kopf hängen! Meistens wird nicht alles so heiß gegessen wie gekocht.« Sie hätte sich für diese Platitüden selbst ohrfeigen können, aber etwas anderes fiel ihr nicht ein. Also fuhr sie fort: »Neben all den Halunken gibt es doch sicher auch redliche Verleger, und bestimmt sucht Alois Gründler einen solchen für seine Glashütte aus. Einen, der es gut mit den Glasmachern meint! Du wirst sehen, am Ende wird alles gut werden ...«

Maria Schweizer sah nicht wesentlich sorgloser aus als zu Beginn ihres Gesprächs, trotzdem nickte sie mit dem Kopf, als würde sie Wanda recht geben.

»Hoffen wir, daß du recht hast. Ich glaube jedoch viel eher, daß Lauscha damit vollends vor die Hunde geht ... Sei froh, Mädchen, daß dich das alles nicht betrifft! Und verzeih einer alten Frau, daß sie ihre Sorgen bei dir abgeladen hat.«

Da habe ich mich wieder einmal sehr hilfreich angestellt, ärgerte sich Wanda, als sie kurze Zeit später ihren Heimweg fortsetzte.

Bestimmt hätten Mutter oder Johanna die richtigen Worte gefunden. Worte des wahren Trostes und der Zuversicht.

Auf halbem Weg hielt Wanda inne und wischte sich den Schweiß von der Stirn. War sie sich dessen so sicher?

Der bevorstehende Verkauf der Gründler-Hütte wurde zwar in ganz Lauscha diskutiert, aber Ruth hatte nicht das geringste Interesse dafür gezeigt. Und auch Johanna hatte auf die Nachricht ziemlich gleichgültig reagiert.

»Wenn wir mit dem neuen Besitzer nicht klarkommen, müssen wir uns eben nach einem neuen Lieferanten für unsere Glasrohlinge umsehen. Sowohl die Kühnertshütte als auch die Seppenhütte liefern ebenfalls hervorragende Qualität!« Das sei zwar ein bißchen unpraktisch, hatte sie noch angefügt, weil die Gründler-Hütte so nah an der Glasbläserei Steinmann lag und sich die beiden anderen Hütten ein gutes Stück entfernt befanden, aber ein Weltuntergang sei es nicht. Auch glaubte Johanna nicht, daß der neue Besitzer die Preise für seine Rohlinge hochsetzen würde – die anderen Hüttenbesitzer würden sich auf dieses Spiel nicht einlassen, womit die Gründler-Hütte sehr schnell am Ende wäre.

Auch ihr Vater und Richard schienen sich keine größeren Sorgen zu machen. Beiden war es gleich, woher sie ihr Material bezogen, solange es von guter Qualität war. Was die Arbeiter in der Gründler-Hütte anging, so hatten die zwar ihr Mitgefühl, aber über ein paar wortstarke Bekundungen am Stammtisch ging dieses nicht hinaus.

Irgendwie kümmerte sich jeder nur um sich selbst … Kein Wunder, daß Lauscha vor die Hunde geht, dachte Wanda bei sich, unwillkürlich Maria Schweizers Worte wiederholend.

11. Kapitel

»Was heißt das, du hast doch keinen Auftrag von Täuber bekommen?« Irritiert schaute Wanda Richard an.

Es war kurz nach zehn Uhr morgens. In der Nacht zuvor hatte es angefangen zu regnen. Nachdem Sylvie wieder einmal die halbe Nacht geschrieen hatte, hatte Wanda das Kind am Morgen in Evas Obhut gegeben und sich trotz des Regens zu Richard aufgemacht. Hinaus! Eine Stunde Luftholen, nicht ständig an das arme kleine Ding denken müssen, das Bauchweh hatte oder Hunger oder müde war und nicht schlafen wollte.

Wie gern hätte sie sich einfach nur in Richards Arme gekuschelt, sich von ihm halten lassen! Statt dessen stand sie wie ein begossener Pudel im Türrahmen, während Richard wie gelähmt auf den Brief starrte, den der Postbote wenige Minuten vor Wandas Ankunft gebracht hatte.

»Hallo, Richard! Du hast Besuch, ich bin's, Wanda!« sagte sie gereizt. Ihre Jacke war regennaß und klebte unangenehm an ihrer Haut. Statt sie auszuziehen, hob Wanda den Stoff nur ein bißchen an. Wenn sich Richard nicht augenblicklich um sie kümmerte, würde sie auf der Stelle kehrtmachen und gehen.

»Wanda, ich … Entschuldige!« Die Erregung, die sich in seinem Gesicht spiegelte, ließ ihn jung und abenteuerlustig aussehen. Mit einem Satz war er bei Wanda und zog sie zu sich an den Küchentisch. Wild mit einer Hand fuchtelnd, drückte er sie auf einen der Stühle. »Das mußt du dir ansehen. Gotthilf Täuber … Er schreibt … Herrje, ich kann's noch gar nicht fassen! Das ist ja noch viel besser als ein Auftrag!«

Mit einem Schnaufer riß Wanda ihm den Brief aus der Hand und überflog die wenigen Zeilen.

»Du sollst eine eigene Ausstellung bekommen?«

Richard nickte stolz. »Und zwar schon diesen Herbst. In Meiningen, *der* Stadt für alle, die etwas von Kunst verstehen!« Richards Brust hob und senkte sich, als wäre er durch ganz Lauscha gerannt.

»Aber das ist ja ganz wunderbar …« Wanda konnte sich trotz aller Freude ein Gähnen nicht verkneifen, was ihr sofort einen irritierten Blick von Richard eintrug.

»Jetzt kann ich endlich zeigen, was in mir steckt und welch einzigartige Verbindung sich aus der Lauschaer Glaskunst und den venezianischen Techniken ergibt.« Er klang triumphierend. »Wenn ich das deinem Vater erzähle – der wird Augen machen! Wanda, jetzt geht's aufwärts!«

Lachend ließ Wanda zu, daß Richard ihre Hände nahm und mit ihr einen Freudentanz aufführte.

Eigentlich hatte sie ihn fragen wollen, ob sie sich nicht schon nach einem Haus umschauen wollten. Ein paar geeignete Objekte hatte Wanda schon im Blick – da gab es das große, etwas heruntergekommene Haus der Witwe Klöden, dann ein langgezogenes, von oben bis unten mit Schiefer verkleidetes Haus, das offensichtlich leer stand, von dem Wanda aber nicht wußte, wem es gehörte. Aber es wäre verlorene Liebesmühe gewesen, Richard jetzt mit ihren Häuserplänen zu kommen. Als er sie wieder freigab, um sich ein Glas Wasser einzuschenken, nahm sie sich erneut den Brief vor.

»Viel schreibt er ja nicht, dein Herr Täuber«, sagte sie schließlich. »Kein Wort darüber, in welchem Rahmen die Ausstellung stattfinden und wie lange sie dauern soll, ob du der einzige ausstellende Künstler bist …«

Richard runzelte die Stirn. »Natürlich werde ich der einzige Künstler sein! Oder liest du hier etwas von anderen Glasbläsern?« Er nahm Wanda den Brief wieder aus der Hand.

»Ich meine ja nur.« Wanda streckte ihre Arme in die Höhe und dehnte sich wie eine Katze. Als ein Knochen in ihrem Genick knackte, schrie sie leise auf. Ach, wenn sie nur nicht so erschöpft wäre! Sie versuchte, ein neuerliches Gähnen zu unterdrücken.

»So eine Ausstellung kann einen Künstler wirklich berühmt machen«, sagte sie und freute sich an Richards begierigem Blick. »Du wirst gefeiert werden wie ein Star! Als Marie uns in New York besucht hat, waren wir auch bei einer Glasausstellung. Damals haben jedoch zwei Künstler gemeinsam ausgestellt. Wenn ich mich richtig erinnere, kamen die sogar direkt aus Venedig! Was war das für ein Farbenspiel! Da gab es Schalen und Gläser, die aus Tausenden von kleinen Blumen zusammengesetzt waren. Kunstwerke waren das, du hättest deine reine Freude daran gehabt!«

Richard prustete geringschätzig. »Millefiori – Gläser mit dieser Technik werden heutzutage jedem Italienreisenden für ein paar Groschen angedreht. Das hat doch nichts mehr mit wahrer Glaskunst zu tun. Aber du hast recht …« Mit seiner linken Hand zupfte er sich am Ohr, eine Geste, die Wanda wohl kannte. Das tat er immer, wenn er unsicher war.

»Vielleicht sollte ich Täuber besuchen, um mehr zu erfahren. Er schreibt ja nicht einmal, wie viele Stücke die Ausstellung umfassen soll.«

»Oder ob womöglich Kosten deinerseits damit verbunden sind«, fügte Wanda hinzu. »Wenn du willst … Wir könnten ja zusammen nach Sonneberg fahren.« Ein Ausflug in die Stadt – genau danach stand ihr der Sinn. Die

Müdigkeit, die sie seit dem Aufstehen verspürt hatte, war plötzlich wie weggeblasen.

»Ich könnte ein paar Dinge für Sylvie besorgen und –«

»Wanda, Liebes!« unterbrach Richard sie. »Das wird doch keine Einkaufsfahrt! Heute fahre ich lieber allein. Um so schneller bin ich wieder zurück und kann mich an die Arbeit machen!«

»Aber wir könnten doch das Angenehme mit dem Nützlichen verbinden«, erwiderte Wanda stirnrunzelnd.

Richard, der schon seine Jacke überzog, schüttelte nur den Kopf. »Ein anderes Mal gern, aber wenn ich jetzt mit dir zum Bahnhof laufe, werden wir bestimmt wieder von zehn Leuten in ein Gespräch verwickelt. Das kostet nur Zeit. Und ehrlich gesagt will ich das Gejammer wegen der Gründler-Hütte heute nicht hören!«

Ein letzter nachlässiger Kuß auf Wandas Wange, und weg war er.

Deprimiert machte sich Wanda auf den Nachhauseweg. Es hatte aufgehört zu regnen. Schon wühlten die ersten Vögel wieder in der feuchten Erde nach Würmern. Der Himmel sah marmoriert aus wie ein in Essig eingelegtes Ei, und die Konturen der Nadelbäume auf den umliegenden Hängen waren so scharf, als hätte sie ein sorgfältiger Künstler mit der Nadel gestochen.

Aus dem Augenwinkel heraus sah Wanda, wie Fenster geöffnet wurden und Türen aufgingen – die kurze Atempause, die der Regen Lauscha und seiner Geschäftigkeit verschafft hatte, war vorbei.

Sie hatte das Haus ihres Vaters fast erreicht, als ihr Jokkel entgegenkam. »Jeder Tag hat seine Plage«, murmelte sie leise vor sich hin.

Jockel war ein Freund von Richard und arbeitete als

Glasbläser in der Gründler-Hütte. Sein Gesicht erzählte von zuwenig Schlaf und zuviel Schnaps. Als er Wanda begrüßte, wehte ihr eine leichte Fahne entgegen. Jockel war einer der wenigen Glasbläser, die Wanda nicht mochte. Er war nur ein paar Jahre älter als Richard, hatte aber das griesgrämige Gehabe eines alten Mannes an sich. Ein normales Gespräch mit ihm war selten möglich, meist schimpfte er über alles und jeden, und dabei hatten es ihm die »Weibsbilder« besonders angetan. »Wer dumm genug ist zu heiraten, der hat kein Mitleid verdient!« war eine seiner Stammtischreden, die er nur allzugern und ständig wiederholte. Auch Richard gegenüber, der daraufhin nur lachte. »Lass ihn doch reden, da spricht der pure Neid!« Mit diesen Worten hatte er einmal versucht, Wanda zu besänftigen. Natürlich war Jockel unverheiratet. Und würde es wahrscheinlich auch bleiben, denn Wanda konnte sich keine Frau vorstellen, die verzweifelt genug wäre, einen so mißmutigen Burschen zu ehelichen. Jockels Hader mit der Welt kannte keine Grenzen: Er schimpfte, wenn das Wetter gut war, er schimpfte, wenn es schlecht war. Er murrte, wenn es in der Hütte viel Arbeit gab, er jammerte, wenn die Aufträge ausblieben.

Und nun mußte sie ausgerechnet ihm über den Weg laufen!

Was geht mich das alles an? hätte sie den Mann am liebsten angeschrieen, als er sie prompt in ein Gespräch verwickelte, das natürlich nur *ein* Thema hatte und mit Worten wie »blöde Gründler-Hütte«, »Halsabschneider«, »Ganoven«, »Dreckskerl« und »Hundsfott« bestückt war.

Statt dessen gab sie an den richtigen Stellen mitfühlende Laute von sich, während sie von einem Bein aufs andere trat. Sah Jockel nicht, daß ihre Jacke naß war? Daß sie sich umziehen mußte, bevor sie sich erkältete?

Ihre Gedanken gingen unruhig hin und her, auf der Suche nach einer Möglichkeit, das Gespräch abzubrechen.

»Aber wem erzähl ich das? *Dich* gehen diese Sorgen ja nichts an!« endete Jockel schließlich bitter. »Daran sieht man mal wieder, wie ungerecht die Welt ist. Die einen werden mit einem goldenen Löffel im Maul geboren, und wir anderen können schauen, daß uns nicht vollends das Fell über die Ohren gezogen wird!« Und ohne ein Wort des Abschieds marschierte er mit gesenktem Kopf davon.

»Blödmann«, murmelte Wanda ihm hinterher.

12. Kapitel

»Sag mal, Vater, warum ist Karl der Schweizer Flein eigentlich so schlecht auf die Verleger zu sprechen?« Mit einer Tasse Tee in der Hand machte es sich Wanda auf einem Stuhl in der Werkstatt bequem.

Das Haus war wie ausgestorben gewesen, als sie von Richard zurückkam. Erst als sie den langen Flur bis ganz nach hinten durchgegangen war, hatte sie ihren Vater und Michel in der Werkstatt gefunden, wo jeder an seinem Bolg saß und arbeitete. Nach einer kurzen Begrüßung war sie in die Küche gegangen, wo sie ihre nasse Jacke neben den Ofen zum Trocknen legte und gleichzeitig eine Kanne Tee aufsetzte.

Anschließend war sie die Treppe hinaufgestiegen, um sich umzuziehen. Aus dem Kinderzimmer nebenan war leises Singen zu hören gewesen: Eva, die einer selig schlafenden Sylvie eine Weise vorsang, die Wanda nicht kannte. Lächelnd stand Wanda im Türrahmen und stemmte sich heftig gegen den Wunsch, das kleine Bündel selbst in die Arme zu nehmen. Den pudrigen Babyduft einatmen, Richard vergessen, der lieber allein nach Sonneberg fuhr als mit ihr ...

Gleichzeitig hatte sie sich gefragt, warum das Kind bei Evas Gutenachtliedern sofort einschlief, während es bei ihrem eigenen Gesang eher noch wacher zu werden schien. Doch dann hatte sie sich zur Ordnung gerufen und den kleinen Stachel der Eifersucht, den sie bei dem trauten Anblick verspürte, zu ignorieren versucht. War es nicht ein Segen, in Eva eine solche Hilfe zu haben?

»Karl?« sagte Thomas Heimer jetzt, ohne von seiner Arbeit aufzuschauen. »Was ist mit dem Schweizer?« Vor ihm, neben ihm und hinter ihm lagen Dutzende von Schachteln, gefüllt mit durchsichtigen Glasstäben – den sogenannten Rohlingen, aus denen Kunstwerke aller Art entstanden. Ohne zu schauen, griff Thomas hinter sich, holte einen der Rohlinge hervor und hielt ihn über die Flamme.

»Frag uns lieber mal, was *wir* gegen die Verleger haben«, antwortete Michel an seiner Stelle. Er zeigte auf die Berge von Glasrohlingen. »Dreitausend Serviettenringe mit Blütenaufsatz in sechs Tagen – das ist doch nicht zu schaffen!«

Erst jetzt bemerkte Wanda, wie bleich Michel war, wie dunkel die Schatten unter seinen Augen waren. Ihr Vater sah keinen Deut besser aus, unrasiert und mit fast grauer Gesichtsfarbe hing er über seinem Bolg. Wie lange mochten die Männer letzte Nacht gearbeitet haben? Wanda erinnerte sich daran, daß sie sich bei ihrem Gang in die Küche, wo sie Milch für Sylvie erwärmen wollte, über den Lichtstrahl gewundert hatte, der unter der geschlossenen Werkstattür hervorgekrochen war. Es war kurz vor ein Uhr nachts gewesen.

Natürlich hatte sie mitbekommen, daß ein neuer Auftrag eingegangen war, diesmal nicht von Karl-Heinz Brauninger, sondern von einem der Verleger, mit denen ihr Vater früher zusammengearbeitet hatte. Die merken also auch, daß die Glasbläserei Heimer noch längst nicht abgeschrieben ist, hatte sich Wanda gefreut. Weitere Einzelheiten, den Auftrag betreffend, hatte sie jedoch nicht mitbekommen, da sie in den letzten Tagen so viele Stunden wie nur möglich mit ihrer Mutter verbracht hatte. Nun klärte Michel sie auf.

»Die Serviettenringe sollen auf ein Schiff, das in zehn Tagen von Hamburg aus nach England fährt. Das bedeutet, daß wir die Ware Anfang nächster Woche in Sonneberg abliefern müssen. Wie das zu schaffen ist, interessiert unseren *lieben* Herrn Verleger natürlich nicht!« Die letzten Worte spuckte er geradezu aus. »Aber was sollen wir tun? Der weiß genau, daß wir nicht in der Lage sind, uns solch einen Auftrag durch die Lappen gehen zu lassen, mag er noch so schlecht bezahlt sein.«

Kritisch beäugte Thomas Heimer den gläsernen Ring, den er aus dem Glasstab geformt hatte. Wie alle anderen war er gleichmäßig rund, also legte er ihn zum Abkühlen auf einen Rost, wo schon Dutzende solcher Ringe lagen.

»Die Verleger wissen genau, daß es immer einen Glasbläser gibt, der den Auftrag zusagt. Das nutzen die natürlich aus, sie wären ja dumm, wenn sie es nicht täten!« Schon griff er zum nächsten Rohling. Mit rundem Rücken beugte er sich über die Flamme, um auch diesen zu erhitzen.

»Kann ich helfen?« bot Wanda an und wollte schon nach einem der abgekühlten Glasringe greifen, um ihn zu verpacken, doch Michel schüttelte den Kopf.

»Später vielleicht. Wir warten noch auf den Schachtelmacher. Er bringt uns neues Material, in das wir die Teile verpacken können.« Mit einem Seufzer streckte er sein lädiertes Bein von sich, dann nahm auch er einen Rohling in die Hand und hielt ihn über die Flamme.

Einen Moment lang schwiegen alle drei. Eine Woge der Zuneigung überflutete Wanda beim Anblick ihres Onkels. Er hatte es nach vielen Jahren des Nichtstuns und Leidens im vergangenen Frühjahr gewagt, sich trotz seiner Behinderung wieder an den Bolg zu setzen, um seinem Bruder zu helfen. Um die Glasbläserei Heimer wieder zu dem zu machen, was sie einmal gewesen war: eine der besten.

»Die Musterteile für Brauninger müssen derweil natürlich liegenbleiben«, sagte Thomas Heimer mit einem bedauernden Blick auf den Stapel Skizzen, die er für das »Kuckucksprojekt«, wie sie den Auftrag nannten, angefertigt hatte.

Nachdenklich nahm Wanda einen Schluck Tee. Nun war sie schon so lange in Lauscha, ging in den Werkstätten der Glasbläser ein und aus, und erst jetzt bekam sie wirklich mit, unter welch empörenden Umständen sie ihr Brot verdienten. Natürlich war ihr klar, daß das Glasblasen an sich anstrengend war, körperlich und auch, was die Konzentration anging. Hatte der Glasbläser einen schlechten Tag oder eine unruhige Hand, war der Tisch am Ende mit Ausschußware überhäuft. Der Zeitdruck, unter dem die meisten Aufträge erledigt werden mußten, die Tatsache, daß ihr Vater das gläserne Rohmaterial und auch das Verpackungsmaterial auf eigene Rechnung kaufen mußte, vom Verleger jedoch erst bei Lieferung der Ware bezahlt wurde – über all diese Dinge hatte sie bisher nie nachgedacht.

Ich muß noch viel dazulernen, dachte sie bei sich, während sie die Werkstatt verließ.

Die Männer schauten nicht einmal auf.

13. KAPITEL

Eva machte keine Anstalten, Sylvie abzugeben, Vater und Michel waren bei der Arbeit, Richard würde erst gegen Abend aus Sonneberg zurück sein – alle außer ihr hatten zu tun. Aus lauter Langeweile verbrachte Wanda den Rest des Vormittags damit, die gute Stube sauberzumachen. Es war ein großer Raum, der aber nicht viel hermachte und nur selten genutzt wurde. In Wahrheit konnte sich Wanda an keinen Anlaß erinnern, zu dem sich die Familie dort eingefunden hatte, und so lag auf allen Möbeln, auf jeder Oberfläche eine dicke Staubschicht. Vielleicht war es an der Zeit, ein wenig mehr Stil ins Haus zu bringen und hin und wieder Einladungen auszusprechen – die Gäste konnte man sehr gut in diesem Raum empfangen! Einen Karl-Heinz Brauninger oder andere wichtige Geschäftspartner konnte man schließlich schlecht an den Küchentisch setzen. Falls sie je kamen …

Nach einer guten Stunde Arbeit glänzte das Wurzelholz, strahlte der Spiegel mit dem Goldrand, funkelten die Glasscheiben der Anrichte. Doch statt sich daran zu freuen, ließ sich Wanda lustlos auf einen der Stühle fallen, deren gepolsterte Rückenlehnen steif waren und seltsam rochen.

»*Willst du für den Rest deines Lebens die Putzfrau spielen?*« Bevor sie etwas dagegen tun konnte, hatte sie die Worte ihrer Mutter im Ohr. »*Von wegen Richard unterstützen! Ein Handlanger wirst du sein, mehr nicht!*«

Wenn Mutter sie so sehen könnte …

Aber was um alles in der Welt sollte sie sonst tun? Jetzt, wo es keine Hochzeit zu organisieren gab. Jetzt, wo ihr Vater vor lauter Arbeit keine Zeit für sie hatte. Wo Richard nur seine Ausstellung im Kopf hatte.

Alle hatten zu tun. Außer ihr.

Der Gedanke gefiel Wanda ganz und gar nicht.

Seit Mutters Abreise waren die Tage zäh, tröpfelten nur so dahin. Es war Ruhe eingekehrt, aber statt diese Ruhe zu genießen, empfand Wanda eine Rastlosigkeit wie seit New York nicht mehr. Ihr war – langweilig.

Johanna hätte jetzt gesagt: »Suche die Arbeit, bevor sie dich findet! Es gibt immer genug zu tun, und am Ende eines Tages stellt man fest, daß die Zeit wieder einmal nicht gereicht hat.«

Ach, was hätte sie für eine Tasse Kaffee mit Johanna gegeben! Ein Gespräch unter Frauen, bestimmt wäre es ihr danach besser gegangen! Aber darauf würde sie in den nächsten Wochen wohl oder übel verzichten müssen.

Ach, wenn Anna nur ein wenig von dem offenen Wesen ihrer Mutter geerbt hätte! Aber eine Kaffeestunde mit ihrer verstockten, mürrischen Cousine war das letzte, wonach Wanda der Sinn stand.

Versonnen nahm sie eines der Gläser in die Hand, die zusammen mit einer Karaffe auf einem versilberten Tablett standen. Sie konnte sich nur an einen Anlaß erinnern, bei dem diese Gläser zum Einsatz gekommen waren: Als der erste Auftrag von Karl-Heinz Brauninger ins Haus geflattert war, hatte Vater Eva losgeschickt, um eine Flasche Wein zu kaufen. Rubinrot hatte der Wein in den Gläsern geglitzert, krampfhaft hatte jeder den feinen Stiel seines Glases umklammert. Dann hatten alle an dem Wein genippt, ohne ihn wirklich zu schmecken – jedem war der Mund übergesprudelt mit Ideen, Gedanken und Fragen, die den Auftrag betrafen. Was war das für ein Freudentag gewesen!

Mit einem Lächeln drehte Wanda das Glas in ihrer Hand.

Wie dünn es war! So als wolle es seinem edlen Inhalt auf keinen Fall Konkurrenz machen. Woraus hatten die Menschen eigentlich getrunken, als es noch kein Glas gab? Und wie lange gab es Glas eigentlich schon? Wanda nahm sich vor, Richard am Abend diese Fragen zu stellen.

Inzwischen war ihre gute Laune zurückgekehrt, warum, hätte Wanda nicht sagen können. Mit frischem Elan rappelte sie sich auf. Langeweile, pah! Der würde sie ein Schnippchen schlagen!

Jetzt würde sie einfach noch rasch die Fenster putzen. Eva war bestimmt froh, wenn ihr diese Arbeit abgenommen wurde.

Wanda hatte den Wischlappen schon an die Scheibe gedrückt, als ihre Hand nach unten sank. Gedankenverloren sah sie zu, wie nasse Schlieren an dem Glas hinabliefen.

Das Tablett mit den Weingläsern.

Das Fenster.

Wandas Blick wanderte durch den Raum, als sehe sie alles zum ersten Mal.

Der Glaseinsatz der Gaslampe ...

Das Vergrößerungsglas, mit dem Großvater seine Zeitung las ...

Die Scheiben der Vitrine ...

Der Spiegel mit dem Goldrand ...

Überall Glas.

Geschaffen von Menschenhand, eine Augenweide für den Betrachter, aber noch viel mehr: Ohne sein Vergrößerungsglas hätte Großvater schon lange keine Zeitung mehr lesen können. Ohne den Glaseinsatz einer Gaslampe säßen sie immer noch in düsteren Kammern mit stinkenden Ölfunzeln. Ohne Fenster wären die Häuser düster, oder der Wind würde durch sie hinwegfegen.

Wanda lächelte vor sich hin, als sie mit ihrem Wassereimer in die Küche ging. Hinter ihrer Stirn rasten die Gedanken weiter.

Schiffe, Automobile, die Schaufenster in den großen Kaufhäusern dieser Welt – überall war Glas das Material, das den Menschen das Leben schöner und einfacher machte.

Fenster aus Porzellan? Undenkbar.

Eine Lesebrille aus Holz? Würde nicht funktionieren.

Eine Welt aus Glas. Und Lauscha das gläserne Paradies, mittendrin.

Um so gemeiner war es, daß ausgerechnet die Glasbläser diejenigen waren, die am wenigsten von ihrer Kunst profitierten, fuhr es Wanda durch den Kopf. Und statt dessen machten andere den großen Reibach.

Aber war es nicht immer und überall so, daß die kleinen Leute ausgenutzt wurden? Hatte es überhaupt einen Sinn, sich darüber aufzuregen?

»Sei froh, Mädchen, daß dich das alles nichts angeht!« hatte Maria Schweizer zu ihr gesagt. Und Jockel hatte vorhin eine ähnliche Bemerkung gemacht. Wanda hatte nur noch mit halbem Ohr zugehört, und plötzlich ärgerte sie sich darüber.

Warum sollte sie das alles nichts angehen? War sie nicht die Tochter eines Glasbläsers? Würde sie nicht in absehbarer Zeit die Frau eines Glasbläsers werden?

Sie war nach Lauscha gekommen, weil sie hier ihre Wurzeln verspürte. Hier war ihre Heimat, ihr Geburtsort. Hier wollte sie leben, sich am dörflichen Leben beteiligen, viel mehr, als dies bisher der Fall gewesen war. Statt dessen sollte sie nun zuschauen, wie das alles kaputtgemacht wurde?

Und nun wollte auch noch ein Verleger eine der Hütten kaufen. Lauscha war dabei, wie ein Glas zu zerbrechen. Während sie, Wanda, Staub wischte und Fenster putzte.

Was bist du nur für ein verwöhntes, eigennütziges Gör! dachte sie und schauderte vor sich selbst.

»Ein Handlanger wirst du sein, mehr nicht!«

Angewidert warf sie den Putzlappen in die Ecke. Was tat sie hier eigentlich?

Andererseits: Wie sollte sie den Lauschaern helfen? Wo sie so gut wie nichts wußte über die Regeln, die hier herrschten. Doch selbst wenn ihr eine gute Idee käme – niemand würde auf sie hören.

Der Gedanke erleichterte Wanda irgendwie. Nein, *sie* konnte den Glasbläsern nicht helfen. So eine Aufgabe würde viel eher dem Bürgermeister zustehen, oder? Aber der hatte anscheinend zur Zeit andere Probleme, die offenbar mit dem Ausbau der Bahnstrecke nach Ernsthal zu tun hatten. Im »Schwarzen Adler« war, bevor die Gründler-Hütte zum wichtigsten Thema wurde, am Stammtisch oft hitzig über den sogenannten Eisenbahnkrieg debattiert worden.

Und dann war da noch das Gerede von einem Feuerteufel, seit es in der Gaststätte »Braustube« so fürchterlich gebrannt hatte. Drei Häuser waren dabei völlig vernichtet worden, und nun hieß es, jemand hätte seine Hände im Spiel gehabt. Der Bürgermeister hatte den Lauschaern eine gründliche und völlige Aufklärung der schrecklichen Angelegenheit versprochen.

Angesichts dieser Probleme konnten die Arbeiter der Gründler-Hütte vom Bürgermeister sicher keine Hilfe erwarten. Also mußten Karl der Schweizer Flein, Karlines Mann Siegfried, Jockel und wie sie alle hießen, sich selbst helfen.

Warum, zum Beispiel, kauften die Lauschaer die Gründler-Hütte nicht selbst? Alle zusammen?

Ha, damit würden sie dem geheimnisvollen Verleger ein

Schnippchen schlagen! Und konnten ihre Glasrohlinge direkt an die anderen Glasbläser verkaufen, ohne den Umweg über einen Verleger.

Dann wären die Glasbläser endlich ihre eigenen Herren ....

14. Kapitel

»Hast du den Speck nicht ein wenig ausgelassen, bevor du die Bohnen dazugegeben hast?« fragte Eva stirnrunzelnd, als die Familie beim Abendbrot saß.

Wanda, die gerade damit beschäftigt war, eine lange Bohnenfaser zwischen ihren Zähnen hervorzuziehen, zuckte mit den Schultern.

»Wie meinst du das? Ich habe alles zusammen in den Topf gegeben und –«

»Dein Arbeitseifer in Ehren, aber deine Kochkünste lassen noch ziemlich zu wünschen übrig!« unterbrach Thomas Heimer sie. Er hielt Eva seine Gabel entgegen, auf der ein weißes, schwabbeliges Speckstück aufgespießt war. »Würdest du nicht den ganzen Tag die Kindsmagd spielen, hätten wir jetzt etwas Ordentliches zu essen!«

»Also, mir schmeckt es eigentlich ganz gut. Ein wenig anders als sonst vielleicht, aber ...«, sagte Richard, der direkt aus Sonneberg zu Heimers gekommen war.

Wanda warf ihm einen schrägen Blick zu.

»Sagt mal, warum kaufen die Glasbläser die Gründler-Hütte eigentlich nicht selbst?« fragte sie, mehr um das Gespräch von ihrem mißratenen Bohneneintopf abzulenken als um der Sache selbst willen.

»Hä?« Richard schaute sie irritiert an.

»Ja, denkt doch mal darüber nach! Wenn ein Fremder das kann, können die Lauschaer das doch auch. Das wäre die Lösung!«

Michel lachte. »Und was für eine Lösung! Da brauchten die Leute nur einen Goldesel, der über Nacht viele Dukaten scheißt, und am nächsten Morgen könnten sie zu Alois gehen, ihm das Geld auf den Tisch legen und fortan glücklich als ihre eigenen Herren bis an ihr Lebensende arbeiten!« Er schüttelte den Kopf. »Märchen kannst du Sylvie erzählen, wir sind dafür leider schon zu alt!« Er schob seinen Teller von sich und griff nach einer Scheibe Brot. Lustlos begann er darauf herumzukauen.

»Aber – ich meine das völlig ernst«, erwiderte Wanda heftig. »Geld kann man sich von der Bank leihen, bestimmt hat dieser Verleger auch nicht den vollen Kaufpreis in bar zu Hause. Und wenn alle zusammenlegen, würde sich die Last auf viele Schultern verteilen. Nur weil so etwas noch nie gemacht wurde, heißt das noch lange nicht, daß es nicht funktioniert, oder?«

Die Suppe mit den bleichen Speckstücken und den schlecht geputzten Bohnen war inzwischen Nebensache geworden.

»Ich kann dir tausend Gründe nennen, warum so etwas nicht funktioniert«, sagte Richard. »Um nur einen zu nennen: Bei den Glasbläsern kocht jeder sein eigenes Süppchen, da gibt es keinen echten Zusammenhalt. Schau doch nur, wie jeder seine Entwürfe hütet wie einen Schatz! Damit ihm nur ja niemand etwas abguckt. Und dann sollten die sich ausgerechnet bei einer solch großen Sache einig werden?«

Thomas Heimer nickte. »Richard hat völlig recht, leider!«

»Ihr seid unmöglich.« Wanda lachte auf. »In was für

eine Herde von Pessimisten bin ich hier nur geraten! Aber jetzt mal im Ernst: Allen graust es vor dem Gedanken, einen Sonneberger Verleger als Hütteninhaber vorgesetzt zu bekommen. Da liegt es doch nahe, nach einer anderen Lösung zu suchen! Vielleicht brauchen die anderen Glasbläser nur jemanden, der sie ein wenig an die Hand nimmt. Einen mit Tatkraft, Visionen und Unternehmergeist, einen Jungen ...« Bedeutungsvoll schaute sie Richard an.

»Vergiß es«, sagte dieser kopfschüttelnd. »Ich bin froh, daß mich das alles nichts angeht. Daß ich unabhängig bin. Und das soll auch so bleiben. Jeder ist seines eigenen Glückes Schmied, heißt es bei uns.« Er warf einen bedeutsamen Blick auf die Mappe mit Unterlagen, die neben ihm auf der Bank lag. Man konnte ihm ansehen, daß ihm das Tischgespräch mehr als lästig war und er darauf brannte, von seinen Neuigkeiten zu berichten.

»Ich verstehe ja, daß du im Augenblick den Kopf voll anderer Gedanken hast«, antwortete Wanda. »Aber –« Sie brach ab, als sie einen Klaps auf die Schulter bekam.

»Meine Tochter, die Amerikanerin! Warte nur ab, Richard, als nächstes kommt sie auf die Schnapsidee, selbst das Unternehmen ›Rettung der Gründler-Hütte vor dem Verleger‹ zu übernehmen!« Thomas lachte.

»Warum eigentlich nicht?« erwiderte Wanda spitz. Warum nahm niemand sie ernst? *So* verwegen war ihre Idee doch auch wieder nicht, oder?

»Ach, Kind, daß du deinem alten Vater aus seiner mißlichen Lage geholfen hast, ist eine Sache. Aber deshalb brauchst du dir nicht gleich einzubilden, daß du die Allheilbringerin für ganz Lauscha bist! Was weißt du von den Regeln, die in einer Glashütte herrschen?« fragte Thomas leicht gereizt.

»Warst du überhaupt schon jemals in einer Glashütte?

Na also!« fügte Richard hinzu, als Wanda den Kopf schüttelte.

»So eine Furzidee hätte genausogut von deiner Mutter oder deiner Tante kommen können! Die wollten auch immer die Welt verändern, am besten von heute auf morgen. Das ist wieder einmal typisch Steinmann!« sagte Michel, der sich bisher sehr zurückgehalten hatte.

»Und warum nicht typisch Heimer?« fuhr Wanda ihn an. »Wie kommt es, daß die Steinmänner immer die Nase vorn haben?« Krampfhaft suchte sie nach einem Argument, das die anderen nicht wie eine lästige Fliege vom Tisch wischen konnten. »Sind euch die Leute von der Gründler-Hütte denn völlig egal? Ist es nicht langsam an der Zeit, daß ihr euch gegen die Verleger wehrt, am besten alle gemeinsam? Ständig machen andere das große Geld mit euren Glaswaren, während ihr ...« Sie beugte sich über den Tisch, ohne zu merken, daß ihr Blusenärmel dabei einen der Suppenteller streifte.

»Vater, erst heute vormittag hast du mir erzählt, wie euer Verleger euch unter Druck setzt – da müßte doch gerade dir daran gelegen sein, etwas an diesem System zu ändern!«

»Etwas am System ändern ... Du liebe Güte! Als nächstes erzählst du mir womöglich, daß du in die Ortsgruppe der SPD eintreten wirst.« Thomas stand so abrupt auf, daß sein Stuhl hart über den Boden kratzte.

»Falls es erlaubt ist, gehe ich jetzt wieder an die Arbeit. Während Richard weiter von seiner Ausstellung träumt und Wanda davon, die Welt auf den Kopf zu stellen, verdiene ich solange den Speck für die nächste Suppe. Die hoffentlich besser schmeckt als dieser Fraß hier!« Er nickte düster in Evas Richtung, dann war er weg. Michel folgte ihm auf dem Fuß.

»Na, das hast du ja prächtig hingekriegt!« sagte Eva. »Erst die Suppe verkochen und dann noch solche Reden schwingen. Du weißt doch, wie hart die beiden zur Zeit arbeiten, und trotzdem kommst du daher und störst ihre kurzen Erholungspausen!«

Wanda warf ihr einen verächtlichen Blick zu. Jetzt, wo die Männer weg waren, konnte sie ihre Klappe aufreißen! Warum hatte sie nicht vorher ihre Meinung gesagt?

Eva füllte einen frischen Teller mit Suppe und machte sich auf den Weg zu Wilhelm, der seit Tagen das Bett nicht mehr verlassen hatte.

»Ich fasse es nicht!« Verständnislos warf Wanda beide Arme in die Höhe. »Da will ich lediglich ein vernünftiges Gespräch führen über eine Idee, die mir gekommen ist, und werde behandelt wie ein Schwerverbrecher. Oder wie ein Dummkopf!«

»Wanda, Liebes …« Richard nahm ihre eiskalte Hand in die seine. »Du … du überforderst deinen Vater ein bißchen. Eva hat recht: Er ist so sehr mit seinem Auftrag beschäftigt …« Richard zuckte mit der Schulter.

»Und du?« erwiderte Wanda anklagend. »Du hast auch nur deine Ausstellung im Kopf. Dabei … Denk doch mal nach!« Ihr Ton wurde flehend. »Wenn ihr Glasbläser alle zusammen die Gründler-Hütte kaufen würdet, wärst du eine Art Hüttenbesitzer! Du brauchtest deine Rohlinge quasi nicht mehr zu kaufen, sondern könntest sie irgendwie mit deinen Anteilen verrechnen. Und auch für deine Kunst würden sich völlig neue Möglichkeiten eröffnen: Du könntest am großen Ofen viel größere Vasen und Schalen herstellen, Werke, die du zu Hause oder in Vaters Werkstatt technisch einfach nicht hinkriegst. Das wär doch was, oder?«

»Von anderen abhängig sein, mich ständig nach jemandem richten zu müssen – ein Alptraum wäre das!« sagte Richard lachend. Er küßte Wanda schnell hintereinander auf die linke Wange, die rechte Wange, den Mund und die Stirn – kleine Schmatzer, die Wanda zum Lächeln brachten, ob sie wollte oder nicht.

»Ach, Wanda, ich weiß ja, daß du es gut meinst, aber manchmal meinst du es vielleicht ein wenig *zu* gut! Schuster, bleib bei deinen Leisten, heißt es hier. Bestimmt gibt es so ein Sprichwort auch in Amerika, oder?« Er wiederholte sein Kußritual, dann rappelte er sich auf. »Die Arbeit ruft! Wahrscheinlich werde ich heute die halbe Nacht am Bolg sitzen. Wenn du willst, kannst du später gern noch rüberkommen«, sagte er. Besonderer Nachdruck klang in seinen Worten allerdings nicht mit, fand Wanda.

15. Kapitel

Wanda lief die steile Straße hinab. Sie war so eilig unterwegs, daß sie fast über das unebene Pflaster gestolpert wäre. Nur mühsam zwang sie sich zu einer langsameren Gehweise.

Am Hüttenplatz angekommen, spielte sie einen Moment lang mit dem Gedanken, einen Umweg zur Glasbläserei Steinmann-Maienbaum zu machen. Seit Johanna und Peter zusammen mit ihrer Mutter abgereist waren, hatte sie ihre Cousine und ihren Cousin nicht mehr gesehen – es hätte Wanda gereizt zu erfahren, wie die beiden zurechtkamen.

Doch statt nach rechts abzubiegen, stapfte Wanda die Straße weiter geradeaus.

Zeit für Verwandtenbesuche würde es ein anderes Mal geben. Heute hatte sie ein ganz bestimmtes Ziel!

Obwohl Sylvie wieder einmal die halbe Nacht wach gewesen war und Wanda sie zweimal hatte füttern und einmal ihre Windeln hatte wechseln müssen, fühlte sie sich so frisch wie der Morgen, der in seinem Kleid aus silbrigen Tautropfen strahlte.

Dieser Richard ... Verflixt noch mal, er hatte ja recht! Sie war wirklich eine Ignorantin. Wußte von allem nichts oder noch weniger. Aber hatte er das wirklich vor allen anderen sagen müssen?

»Du warst noch nie in einer Glashütte, aber mitreden willst du?« hatte er gesagt.

Mitreden, miteinander reden – was war denn dagegen einzuwenden? Fahrig wischte sich Wanda ein tiefhängendes Spinnennetz aus dem Gesicht.

Ignoranz – nein, das wollte sie sich von ihm nicht nachsagen lassen.

Irgendwie waren die Männer doch alle gleich. Kaum kam eine Frau mit einer guten Idee daher, wurde es ihnen mulmig. Am liebsten wäre es ihnen wohl gewesen, wenn alles immer beim alten bliebe.

Unwillkürlich mußte Wanda an Marie denken und gab einen lauten Schnaufer von sich. Ha, sie konnte sich den Aufstand gut vorstellen, den es im Dorf gegeben hatte, als herauskam, daß eine Frau es wagte, das Glasbläserprivileg der Männer zu brechen. Mehr als zwanzig Jahre war das nun her! Hatte sich seit damals gar nichts geändert?

Noch immer gab es nur eine Handvoll Glasbläserinnen, unter ihnen Cousine Anna. Noch immer zogen die Frauen es vor, das Versilbern, Bemalen und Verpacken der Glaswaren zu übernehmen. Außer Johanna kannte Wanda auch keine andere Frau, die eigenständig die Geschäfte einer Glasbläserei leitete.

Sie dachte an die Worte, die Michel am Abend zuvor gesagt hatte. Wanda hatte sich über den beißenden Ton in seiner Stimme gewundert, aber war so eine Bemerkung nicht typisch für Michel? Er, der in seinem Leben nie etwas wirklich Großes zustande gebracht hatte, mußte ja neiderfüllt auf Leute schauen, denen dies gelang. Und wenn es sich dabei auch noch um Frauen handelte …

Um Steinmann-Frauen.

Wie Marie und Johanna. Und wie Ruth.

Und wie auch Wanda.

Wenige Minuten später war sie an ihrem Ziel angekommen. Rein optisch macht der große, viereckige Kasten nicht viel her, ging es ihr durch den Kopf, während sie das Gebäude umrundete, um den Eingang zu finden. Auf einem steinernen Sockel erhob sich eine Art riesige hölzerne Scheune. Nur die vielen kleinen Fenster ringsum und die klirrenden und schlagenden Geräusche, die nach draußen drangen, zeigten an, daß hier kein Heu gelagert wurde, sondern Menschen arbeiteten. Und natürlich der turmhohe Kamin auf der Rückseite der Hütte.

Am Eingang angekommen, zögerte Wanda. Sollte sie wirklich einfach so hineinspazieren und …

Bevor sie sich ein Herz fassen konnte, wurde die Tür von innen aufgerissen. Im nächsten Moment prallte sie mit einer hünenhaften Figur zusammen, die einen lauten Fluch ausstieß. Erschrocken wich sie zurück.

»Die Amerikanerin – was willst *du* denn hier, Mädchen?« Karl der Schweizer Flein schaute stirnrunzelnd auf sie herab.

Wanda legte ihren Kopf in den Nacken und strahlte den Mann an.

Genau ihn hatte sie aufsuchen wollen! Und nun stand er vor ihr und begrüßte sie in seinem für Lauscha so typischen melodischen Singsang. War das nicht ein gutes Omen?

Den scharfen Schweißgeruch, der von seinen Achseln ausging, ignorierend, holte sie tief Luft und sagte: »Ich würde mir gern einmal die Gründler-Hütte anschauen!«

»So, nun hast du alles gesehen!« Wie ein Gutsbesitzer, der hoch zu Roß seine weitläufigen Ländereien vorführt, schaute sich Karl der Schweizer Flein in der Hütte um.

»Als Obergeselle bin ich dafür verantwortlich, daß der ganze Laden läuft. Ohne meine Anweisungen …« Er brach ab und zuckte mit den Schultern. Aber seine Augen glänzten, und der Stolz in seiner Stimme war nicht zu überhören.

Wanda fächelte sich mit den Händen Luft zu.

»Ich … ich bin noch völlig überwältigt«, stieß sie hervor. »Als ich vorhin hier hereinkam, habe ich nur gedacht: Puh, was für ein heilloses Durcheinander! Aber nun sehe ich, wie unglaublich geordnet alles vonstatten geht. Alles ist perfekt organisiert, alle arbeiten so diszipliniert!« Sie machte eine Handbewegung in Richtung der riesigen Schmelzöfen, wo die Schürer damit beschäftigt waren, das Feuer zu unterhalten, wo Glasmacher Hand in Hand zusammenarbeiteten, wo Einträger fertige Glaswaren zum Abkühlen in einen speziellen Ofen brachten. Glas leuchtete überall in den schönsten Farben. Kein Stück glich dem anderen, hier handelte es sich ausschließlich um Einzelanfertigungen. Die Arbeit lief weitgehend wortlos ab, jeder Arbeiter schien genau zu wissen, was in welchem Moment von ihm verlangt wurde. Das feine Zusammenspiel so vieler Hände erinnerte Wanda an die zahlreichen Ballettaufführungen, zu denen ihre Mutter sie in New York mitgenommen hatte. Jeder der Arbeiter schien die Seele des Glases zu spüren, jeder schien sich dem Glas hinzugeben. Was für ein Zauber!

Ja, Glas war ein besonderer Werkstoff …

Sie hätte einen guten Tag für ihren überraschenden Besuch erwischt, erklärte Karl ihr, denn heute seien die Glasmeister mit Auftragsarbeiten beschäftigt. Zuzusehen, wie die ellenlangen Glasröhren gezogen wurden, die später das Rohmaterial für die Heimarbeiter abgaben, mache zwar auch Spaß, aber das hier sei für einen Außenstehenden bestimmt noch interessanter.

Wanda nickte heftig, noch immer benommen von den vielen Eindrücken.

Die Luft war erfüllt von unterschiedlichen Gerüchen, die Wanda kaum hätte beschreiben können, die angenehm in der Nase kitzelten, sie gleichzeitig zum Husten brachten und die würzig rochen, nach Arbeit, Schweiß und Anstrengung. Außerdem war es siedendheiß. Die Hüttenarbeiter waren nur mit dünnen Hosen und ärmellosen Hemden bekleidet, und selbst diese dünnen Sachen waren vom Schweiß dunkel gefärbt. Anfangs hatte der Anblick der halbnackten Männer Wanda etwas verlegen gemacht. Krampfhaft versuchte sie, ihren Blick woanders hinzulenken. Gleichzeitig winkelte sie ein wenig die Arme an, um etwas Luft an ihre verschwitzten Achseln zu lassen. Wie man in dieser Schwüle arbeiten konnte, war ihr schleierhaft. Karl hatte ihr erklärt, daß in früheren Zeiten die zweite Hitze des Jahres – so hießen die Monate, in denen die Glashütte in Betrieb war – erst im August begonnen hatte und man die Wochen davor mit Reparaturen aller Art, mit Holzschlagen und anderen Arbeiten verbrachte. Doch seit einigen Jahren war man in der Gründler-Hütte dazu übergegangen, nur noch vier Wochen Sommerpause zu machen und mit der zweiten Hitze früher zu beginnen. Solange der Ofen nicht glühte, war schließlich kein Geld mit der Hütte zu verdienen …

Zweite Hitze – was für ein passender Begriff, dachte Wanda bei sich. Laut sagte sie: »Wenn ich deine eingespielte Mannschaft betrachte, frage ich mich, welche Rolle eigentlich der Hüttenbesitzer bei den Arbeitsabläufen spielt. Sie kann doch nicht besonders groß sein, oder?« Alois Gründler schien wirklich die besten Männer an die jeweils richtigen Plätze gesetzt zu haben.

Der Schweizer lachte. »Dazu möchte ich mich nicht äußern, wenn du verstehst … Aber hier siehst du übrigens einen ganz besonders wichtigen Mann!« Er nickte in Richtung eines Tisches, an dem Gustav Müller Sohn mit kritischem Blick Glasteile in die Hand nahm. Er sei der sogenannte Sortierer, erklärte Karl Wanda. »Was vor Gustavs Augen keine Gnade findet, ist Ausschuß. Und der bringt den Glasmachern kein Geld, ganz im Gegenteil, er kostet sie Geld!«

Wanda winkte dem Sortierer, den sie vom Stammtisch im »Schwarzen Adler« her kannte, zu. Wann immer das Stammtischgespräch hitzig zu werden oder gar in einen Streit auszuufern drohte, war er zur Stelle, schlichtete mit mäßigenden Worten oder holte einfach seine Mundharmonika hervor, um die Wogen mit ein paar gefälligen Stücken zu glätten. Seltsamerweise gelang es ihm nicht, dieselbe Harmonie auch bei sich zu Hause herzustellen. Wenn man an seinem Haus vorbeilief, war oft das Gekeife von Gustav Müller Sohns Ehefrau zu hören. Es wurde gemunkelt, daß ab und an auch mal Teller und Tassen flogen, was sich Wanda gar nicht vorstellen konnte.

Sie lächelte. »Wie ich Gustav einschätze, drückt der wahrscheinlich öfter mal ein Auge zu ...«

»Für meinen Geschmack zu häufig«, erwiderte Karl grimmig. »Wenn man die Burschen nicht ständig antriebe, würde hier bald der Schlendrian einziehen. Jockel! Was ist da drüben am Schmelzofen los? Siehst du denn nicht, daß ... Ja, so was! Bin gleich zurück!« sagte er zu Wanda und rannte davon.

Einem Wagen mit Holz ausweichend, ging Wanda zu Gustav hinüber. Nach ein paar freundlichen Worten zur Begrüßung sagte sie: »Ich frage mich, was sich ändern wird, wenn die Gründler-Hütte wirklich an einen fremden Herrn verkauft wird. Wenn er schlau ist, läßt er doch alles beim alten, oder?«

Gustav legte eine riesige Glasschale, die er gegen das Licht gehalten hatte, vorsichtig auf dem Tisch ab.

»Welcher Hüttenbesitzer ist schon schlau?« murmelte er vor sich hin. »Von der eigentlichen Arbeit haben die doch keine Ahnung.«

Der Sortierer nahm eine weitere Schale in die Hand und hielt sie prüfend gegen das Licht.

»Am eigentlichen Betriebsablauf wird der Neue wahrscheinlich nicht viel ändern, aber was die Fabrikordnung angeht ...« Er schnaubte leise. »Er kann die Arbeitszeiten verlängern, er kann bei Fahrlässigkeit zur Strafe mehr Lohn als bisher abziehen, er kann strengere Maßstäbe beim Sortieren der Ware anlegen ... Mein Posten wird wahrscheinlich der erste sein, den der Neue mit einem andern Mann besetzt! Außerdem kann er –« Er brach ab und starrte verlegen über Wandas Schulter.

»Wen haben wir denn da? Du bist doch ... Thomas Heimers Tochter! Die Amerikanerin. Welchem Anlaß haben wir die Ehre deines Besuches zu verdanken?«

Vor Wanda stand ein unscheinbarer Mann mit maskenhaft reglosem Gesicht. Er war von mittlerer Größe, hatte ein ungewöhnlich breites Hinterteil und einen sehr viel schmächtigeren Oberkörper. Dünne Arme hingen von schmalen Schultern herab – man hatte den Eindruck, daß bei ihm alle Proportionen verschoben waren.

Sie schluckte. Das war also Alois Gründler. Der Mann, der ganz Lauscha in hellen Aufruhr versetzte. Der Mann, der seinen Lebenstraum wahr machen und nach Amerika auswandern wollte. Der aussah, als wäre bei ihm der falsche Oberkörper auf dem falschen Unterleib gelandet.

»Ich ...« Krampfhaft suchte Wanda nach einer Erklärung für ihren Besuch in der Hütte.

»Das mit deiner Tante Marie tut mir leid. Ich kannte sie zwar nicht persönlich, habe aber viel von ihr gehört – wer hat das nicht?« sagte Gründler. »Und außerdem hat sie ja mit unseren Rohlingen gearbeitet, war sozusagen ein guter Kunde!« Er lachte kurz auf.

»Herr Gründler, Sie wollen Ihre Glashütte verkaufen – ich bin gekommen, um zu erfahren, was sie kostet!« Bevor Wanda etwas dagegen machen konnte, purzelten die Worte aus ihrem Mund. Im selben Moment erklang hinter ihr am Sortiertisch das Klirren von Glas. Gustav zog hörbar die Luft ein und fluchte vor sich hin.

Vor lauter Aufregung begann an Wandas Hals eine Ader heftig zu pochen. Jetzt nur nicht bange machen lassen, sagte sie sich, während der Mann ihr gegenüber ebenfalls um Fassung rang.

»Du willst – was?« Er schaute sie mit demselben Blick an, mit dem Gustav die Glasteile am Sortiertisch prüfte. Als wolle auch er prüfen, ob Wanda einen Sprung hatte. Der Gedanke war so komisch, daß Wanda nervös kicherte.

Sollte er ruhig entgeistert gucken! Vor allem aber sollte er seinen Preis nennen.

Unbezahlbar konnte die Hütte eigentlich nicht sein, im Grunde genommen handelte es sich doch lediglich um einen riesigen Ofen mit einer Scheune ringsherum.

»Würden Sie mir Ihren Preis nennen?« wiederholte sie mit dem Augenaufschlag, der ihr in jeder noch so überfüllten New Yorker Bar einen Sitzplatz und prompte Bedienung garantiert hatte. O Gott, was machte sie hier eigentlich? Richard würde ihr den Kopf abreißen, wenn er von ihrem Auftritt erfuhr! Vater würde schimpfen, sie nicht ganz bei Trost heißen und –

»Das geht dich nichts an«, kam es schroff zurück. »Es gibt längst einen Interessenten – einen Mann aus Sonneberg. Zwischen ihm und mir ist alles geregelt.« Er warf drohende Blicke um sich. »Was ist, werdet ihr fürs Nichtstun bezahlt?« Einen Moment lang brach das Maskenhafte in Gründlers Miene auf. Hilflosigkeit und andere Gefühle, die Wanda nicht zu deuten wußte, huschten über sein Gesicht. Doch schon im nächsten Moment schien er sich wieder im Griff zu haben. Er stellte sich noch ein wenig breitbeiniger hin, als wolle er dadurch noch mehr Stärke demonstrieren.

Einige der Männer taten eilig so, als widmeten sie sich ausschließlich ihrer Arbeit, andere verbargen ihr Interesse nicht und lauschten mit offenen Mündern. Manch einer stieß seinen Kameraden in die Rippen, einige lachten.

Karl der Schweizer Flein, der sich inzwischen wieder zu ihnen gesellt hatte, warf Wanda einen erzürnten Blick zu. An diesem Tag würde Gustav wahrscheinlich noch eine Menge Ausschuß auszusortieren haben – zu interessant war der Wortwechsel zwischen der hübschen, jungen Amerikanerin und dem Mann, der selbst Amerikaner werden wollte.

»Aber der Kaufvertrag ist noch nicht unterschrieben, oder?« fragte Wanda forscher, als ihr zumute war.

Irritiert schaute Alois Gründler sein Gegenüber an.

»Ich sagte doch schon, das geht niemanden etwas an. Wenn man dich reden hört, könnte man den Eindruck bekommen, du hättest selbst Interesse, die Hütte zu kaufen!« Mit diesen Worten wandte er sich zu Karl um und zischte: »Was hat die Kleine hier überhaupt zu suchen?«

»Ich die Hütte kaufen? Du lieber Himmel, ich bin doch nur eine einfache junge Frau!« erwiderte Wanda, bevor Karl das Wort ergreifen konnte. »Aber – was wäre denn, wenn es tatsächlich einen zweiten Investor gäbe?« fügte sie gedehnt hinzu. Wo sie schon einmal dabei war, sich lächerlich zu machen, konnte sie dies auch gleich vollständig tun.

»Ein Kaufinteressent, der aus Lauscha käme, einer, der Ahnung hat vom Geschäft ... Würden Sie nicht viel lieber an ihn verkaufen?«

16. KAPITEL

»Und warum sollten wir uns auf solch eine Schnapsidee einlassen? Die ausgerechnet von einer *Fremden* kommt?«

Aufgeregtes Gemurmel von allen Seiten begleitete Jokkels Frage, doch schon im nächsten Moment wurde es wieder still im Raum.

Alle warteten auf die Antwort der jungen Frau, die neben dem Stammtisch auf einen der Stühle geklettert war und von dort oben herab seit einer halben Stunde unablässig redete und dabei wild mit den Armen gestikulierte.

Monika, Bennos Frau, wurde unwirsch fortgewinkt, als sie es wagte, mit einem Arm voller Krüge durch den Raum zu laufen. Benno, der Wirt, ließ sich auf einem Schemel hinter der Theke nieder und zündete sich eine Pfeife an. Er hatte alle Zeit der Welt zum Nachschenken – an diesem Abend waren Schnaps und Bier im »Schwarzen Adler« zur Nebensache geworden. Dabei war die Wirtschaft so voll, daß kein Mäuschen mehr hineingepaßt hätte. Wie ein Lauffeuer hatte es sich herumgesprochen, daß die Amerikanerin dem Gründler-Alois einen Besuch abgestattet hatte. Seitdem kursierten die wildesten Gerüchte: daß es einen weiteren geheimnisvollen Investor gäbe, aus Lauscha! Man stelle sich vor! Andernorts hieß es, Wanda selbst habe die Glashütte gekauft. Dann wieder, daß die Amerikanerin von Woolworth, dem Kaufhausmenschen, geschickt worden sei und daß dieser nun ins Glashüttengeschäft einsteigen wolle. Karl der Schweizer Flein, Gustav Müller Sohn und ein paar andere winkten zwar heftig ab, konnten die Leute aber nicht überzeugen. Am Ende wußte niemand etwas Genaues. Aber alle wußten, daß es keinen besseren Ort gab, um mehr zu erfahren, als den »Schwarzen Adler«. Wäre Wanda an diesem Abend nicht von selbst aufgetaucht – irgend jemand hätte so lange an Heimers Haustür geklopft, bis Wanda herausgekommen wäre.

»Weil es keine Schnapsidee ist, sondern eure Rettung sein könnte!« erwiderte Wanda auf Jockels Einwurf. Der Blick, den sie ihm zuwarf, war mehr als abschätzig zu nennen.

»Alois Gründler hat offen zugegeben, daß noch kein Vertrag unterschrieben ist – außer einer Absichtserklärung seitens des Verlegers liegt nichts vor. Er sagte ebenfalls, daß er kein Problem damit hätte, an einen aus Lauscha zu verkaufen – sein Herz hängt schließlich auch nicht an den Verlegern! Und deshalb wäre er bereit, euch bis Anfang September Zeit zu geben, um diese Möglichkeit zu prüfen. Er ...« Ihre nächsten Worte gingen in einem aufgeregten Geplapper unter.

Mit verschränkten Armen lehnte sich Thomas Heimer zurück, während von allen Seiten Wortfetzen wie Fliegen um seine Ohren surrten.

Er wußte nicht, was er machen sollte: Wanda an ihren Haaren aus der Wirtschaft ziehen oder den Spöttern übers Maul fahren. So saß er da und starrte stumm vor sich hin. Seine Tochter – was war sie nur für ein Luder! Wie sie da auf dem Stuhl stand, vor lauter Gezappel fast die Balance verlierend, mit wild vom Kopf abstehenden Haaren. Und wie ihre Augen funkelten! Ha, das Mädel hatte Feuer im Hintern, soviel war gewiß! Wenn er nicht so wütend auf sie gewesen wäre, hätte er fast so etwas wie Bewunderung für sie empfinden können. Aber verflixt, warum konnte sich die Junge nicht einfach mit gewöhnlichem Weiberkram abgeben wie andere auch? Warum mußte sie sich ständig in geschäftliche Dinge einmischen, die sie nichts angingen? Hatte er sie nicht vor genau solchen Aktionen gewarnt? »Du bist nicht die Allheilbringerin für Lauscha« – er hatte seine Worte noch genau im Ohr!

Lernte man solch forsches, aufdringliches Verhalten etwa in Amerika? Dort würden wahrscheinlich alle laut »Hurra!« schreien und Wanda applaudieren. Aber Lauscha war nicht Amerika. In Lauscha liefen die Uhren anders. Langsamer. Wenn sie überhaupt liefen.

Eine halb ärgerliche, halb erheiterte Grimasse erschien auf Thomas' Gesicht.

Obwohl er nach dem Abendessen so müde gewesen war, daß ihm nichts verführerischer erschien, als in sein Bett zu fallen, hatte er sich aufgerafft, um in den »Schwarzen Adler« zu gehen. Nachdem sich Wanda bei Brot und Käse derart hitzig über ihren Besuch der Gründler-Hütte ausgelassen hatte, war ihm klar gewesen, daß die Sache für sie noch lange nicht abgeschlossen war – so gut kannte er seine Tochter inzwischen. Deshalb saß er hier, allerdings ohne die geringste Idee, was er mit seiner Tochter oder deren Vorwitz tun sollte.

»Sag mal, hast du davon gewußt?« zischte Richard ihm ins Ohr. Wütend versuchte er, Wandas Blick auf sich zu lenken, aber entweder sah sie ihn tatsächlich nicht, oder sie zog es vor, ihren zukünftigen Ehemann einfach zu ignorieren.

»Natürlich wußte ich, daß Wanda heute in der Glashütte war – sie hat uns allen ausführlich von ihren Eindrücken erzählt. Wenn du heute mal bei uns vorbeigeschaut hättest, wüßtest auch du Bescheid«, erwiderte Thomas betont gleichgültig.

»Nein, ich meine das hier!« Richard fuchtelte ungeduldig mit den Händen. »Hast du *davon* gewußt?«

Thomas zuckte unverbindlich mit den Schultern. »Was weiß man bei den Weibern schon?«

Kopfschüttelnd wandte sich Richard ab.

»Es geht darum, etwas gemeinsam auf die Beine zu stellen. Flagge zu zeigen! Dem Gegenüber klarzumachen, daß man sich nicht alles gefallen läßt.«

Thomas sah, wie alle um ihn herum die Stirn runzelten, und bewunderte Wanda, die ungerührt weitersprach.

»Vor einiger Zeit, in New York, hat es einen Aufstand von jungen Fabrikarbeiterinnen gegeben. Näherinnen waren es, die sich zusammengetan haben, um etwas gegen ihre jämmerlichen Arbeitsbedingungen zu unternehmen. Und es hat funktioniert! Ihre Lage wurde tatsächlich besser!« Wanda strahlte in die Runde. »Wenn alle an einem Strang ziehen, dann – huch!« Heftig ruderte sie mit den Armen, um auf dem wackeligen Stuhl ihr Gleichgewicht wiederzufinden.

Thomas gab Gustav Müller Sohn, der Wanda am nächsten saß, ein Zeichen, den Stuhl festzuhalten.

»Aber nicht alle von uns sind in der Gründler-Hütte beschäftigt. Und wir anderen haben unsere eigenen Sorgen!« rief jemand aus der Menge, bevor Wanda ihren Satz beenden konnte.

»Genau!« schrie einer der Stammtischbesucher. »Jeder sollte am besten vor seiner eignen Hütte kehren!« Beifallheischend schaute er in die Runde. »Ich frage mich, warum wir uns dieses Geplapper überhaupt noch länger anhören! Von einem Weib! Aus Amerika! Hat wahrscheinlich noch keinen Tag in ihrem Leben gearbeitet, kommt daher und will uns was erzählen …« Obwohl er die letzten Worte in seinen Bart hineinmurmelte, hörte Thomas sie sehr wohl.

»Paß auf, was du sagst«, fuhr er den Mann an. »Du redest von meiner Tochter!«

»Schon gut, schon gut!« wehrte der Mann mit erhobenen Händen ab.

Richard schaute krampfhaft in seinen Krug, in dem nur noch eine Pfütze Bier schwamm. »Warum muß sie sich so lächerlich machen?« murmelte er verzweifelt.

»Hast dir 'ne kleine Aufrührerin geangelt, was?« kicherte Jockel. Er verpaßte Richard einen Stoß in die Rippen. »Sag mal, kommt sie dir auch schon mit solchen Schnapsideen?« Er gluckste vor Lachen, als habe er einen grandiosen Witz gemacht. »Na, die wird dir bald gehörig auf der Nase herumtanzen!«

»Noch ein Wort gegen Wanda und du kriegst es mit mir

zu tun!« Thomas hielt Jockel die geballte rechte Faust entgegen. »Elender Miesmacher! Der Tag, an dem du *überhaupt* mal eine Idee hast, muß doch erst noch kommen!« Er warf dem Mann einen letzten abfälligen Blick zu, dann wandte er sich an Richard. »Und du? Was findest du eigentlich so lächerlich? Ist es lächerlich, seine Meinung zu sagen? Vielleicht hätte ich das in meinem Leben öfter einmal tun sollen, dann wäre womöglich manches anders gekommen!« Den Gedanken, daß er sich als junger Kerl an Richards Stelle noch viel schlimmer aufgeführt hätte, verdrängte er so schnell, wie er gekommen war. Wieviel besser fühlte es sich an, abgeklärt und weltoffen für alles Neue zu sein!

»Wanda ist eben ein Mensch, der auch tagsüber träumen kann. Und dabei Dinge sieht, die denen, die nur nachts in ihrem Bett träumen, versagt bleiben! Was ist denn Schlechtes daran, Gegebenes auch einmal in Frage zu stellen? Nicht selten kommt bei einer Veränderung etwas viel Besseres heraus!« Himmel, er redete sich um Kopf und Kragen! Warum konnte er nicht einfach sagen, daß er sich mindestens so sehr über Wandas Eigenmächtigkeit ärgerte, wie Richard es tat? Oder traf das inzwischen gar nicht mehr zu? Weil er sich nun viel mehr über Richard ärgerte, der dasaß, als wolle er im nächstbesten Erdloch verschwinden?

Ungläubig schaute der ihn an. »Du ... du willst doch nicht behaupten, daß du diese Faxen *gut* findest?«

Und ob! wollte Thomas trotzig erwidern. Doch bevor er überhaupt zu einer Antwort kam, ertönte eine junge Stimme.

»Ihr tut gerade so, als hätte es Gemeinsinn in Lauscha noch nie gegeben! Damals, als wir das Museum eingerichtet haben, bin ich auf ein Dokument gestoßen ...«

Thomas sah, wie Wandas Kopf herumschoß, woraufhin ihr Stuhl erneut zu wackeln begann. Sie hatte anscheinend noch gar nicht bemerkt, daß sich unter den vielen Gästen auch ihr Cousin Johannes und dessen Schwester Anna befanden.

»Darin steht, daß sich im Jahr 1873 die Augenmacher zusammenschlossen und vereinbarten, nur noch zu festgesetzten Preisen zu verkaufen. Im Gegenzug haben die Glashüttenbesitzer sich verpflichtet, ein halbes Jahr lang keine Glasröhren an Augenmacher abzugeben, die dieser Vereinigung nicht angehörten. Das war sicher für alle Beteiligten ... von ... von großem ... Vorteil!« Stockend und mit hochrotem Gesicht beendete Johannes seine Rede. Seine Schultern sackten zusammen, als bereue er seine Worte schon wieder.

Anna, die neben ihm saß, schnaubte. »Deine Geschichtskenntnisse reichen nicht sehr weit, Bruderherz, denn sonst müßtest du anfügen, daß sich diese Vereinigung kurze Zeit später wieder aufgelöst hat. Weil sich die Augenmacher nicht auf gemeinsame Preise einigen konnten – soviel zum Thema Gemeinsinn!« Abwechselnd warf sie ihrem Bruder und Wanda giftige Blicke zu.

»Jetzt macht mal halblang, ihr Jungen!« mischte sich Karl der Schweizer Flein zum ersten Mal ins Gespräch. »Vor zehn Jahren wurde doch auch der Christbaumschmuckverband gegründet, der –«

»Ja, und kurze Zeit später mischten sich die Verleger ein, denen es gar nicht recht war, daß die Lauschaer sich zusammentaten. Da bekamen es die Baumschmuckbläser prompt mit der Angst zu tun, und was war das Ende vom Lied? Alle gaben klein bei, und der Verband wurde aufgelöst!« fuhr sein Nachbar ihm über den Mund. »Frag mal deine Tante Johanna, wie lange sie mitgemacht hat! Die hat auch sehr schnell erkannt, daß es für sie besser ist, ihr eigenes Süppchen zu kochen!« herrschte er dann Wanda an.

Irritiert schaute Wanda in die Runde. Hektische rote Flecken zeichneten sich auf ihren Wangen ab, ihre Lippen bebten, und einen Moment lang befürchtete Thomas, sie würde zu weinen anfangen.

Hätte ich dem Mädchen doch nur mehr erzählt! dachte er ärgerlich, dann stünde sie jetzt nicht so unwissend hier. Es war ja nicht so, als interessiere sich Wanda nicht für die Geschichte Lauschas. Ständig fragte sie ihm irgendwelche Löcher in den Bauch. Aber ihm war es lästig, über die Vergangenheit nachzugrübeln.

»Und was ist mit unserer Meininger Glasbläsergenossenschaft? Bei uns funktioniert längst, worüber ihr hier große Reden schwingt!«

Alle Blicke richteten sich auf einen Tisch direkt an der Eingangstür.

Thomas Heimer blinzelte, um im dunstigen Tabakqualm den Redner erkennen zu können.

»Der Steiner-Sepp! Jetzt fang du noch damit an, daß wir in die sozialdemokratische Partei eintreten sollen, um die Gründler-Hütte zu retten!« rief Jockel über den Schankraum hinweg. Er hatte die Lacher auf seiner Seite.

Der so Angesprochene winkte ab. »Ich bin auch nicht in der Partei, das ist bei uns schließlich keine Bedingung, um in der Genossenschaft zu sein. Was dieses Mädchen« – er nickte in Wandas Richtung – »sagt, klingt doch gar nicht schlecht! Es müßten ja gar nicht alle mitmachen. Um eine Genossenschaft zu gründen, reichen neun mutige Männer aus. Aber …« Er zuckte grinsend mit den Schultern, was wohl bedeuten sollte: Ob es die in Lauscha gibt?

Wanda holte tief Luft. »Genau! An eine Art Genossenschaft habe ich auch gedacht. Aber wie dieser Herr da hinten gerade gesagt hat: Dazu bedarf es mutiger Männer!«

»Ich würde eher sagen, dazu bedarf es einer Menge Geld!« erwiderte Karl der Schweizer Flein lachend. »Sag den Leuten doch mal, welchen Preis der feine Herr Gründler dir genannt hat!«

»65 000 Goldmark«, erwiderte Wanda, und ihre Stimme war plötzlich noch wackliger als ihr Stuhl.

Der Tumult, der daraufhin ausbrach, übertraf jede bisherige Aufregung.

»Und damit wäre es ja noch nicht getan!« schrie Karl, der Obergeselle, in die Runde. »Der Gründler hat in den letzten Jahren so gut wie nichts mehr in die Hütte investiert, da stehen einige größere Reparaturen an …«

»Aber einiges könnten wir sehr wohl selbst in die Hand nehmen!« rief Gustav Müller Sohn, was ihm einen wohlwollenden Blick von Wanda eintrug.

»65 000 Goldmark – so einen Riesenbatzen Geld würden wir doch nie zusammenkriegen! Für wen hältst du uns? Sehen wir aus, als ob wir Goldesel im Stall stehen hätten? Ach, was sitzen wir hier überhaupt noch rum und lassen uns die Zeit stehlen?« Jockel schwenkte seinen Bierkrug in Richtung Theke. »Gibt's in dem Laden auch noch was zu trinken?«

»Ein paar wohlhabende Leute gibt es in Lauscha schon!« rief Gustav Müller Sohn. »Herrmann Greiner Vetters Sohn hat mir erst gestern erzählt, seine Familie wolle das Geld für sechs Fenster der neuen Kirche spenden! Und der alte Kühnert, der daneben stand, fügte hinzu, er spendiere dafür die Turmuhr! Wenn wir solch edle Spender auch für den Kauf der Hütte finden könnten, wäre die Sache geritzt! Also – wer meldet sich freiwillig?«

Schallendes Gelächter war die Antwort.

»Es gibt ja auch noch Banken. Und Kredite«, hörte sich Thomas Heimer sagen. Neben ihm holte Richard mit einem Zischlaut tief Luft.

Alle schauten Thomas an. »Sag bloß, du ...«

»Thomas! Denkst du etwa auch, daß ...«

Abwehrend hob Thomas Heimer die Hände. »Ich sage nur so viel: Ihr solltet Wanda ein wenig ernster nehmen. So wie ich es getan habe. Mir hat's weiß Gott nicht geschadet.«

Im nächsten Moment war ein Rumpler zu hören, und Wanda fiel endgültig vom Stuhl.

17. Kapitel

Es war kurz vor Mitternacht, als Benno, der Wirt des »Schwarzen Adlers«, seinen letzten Gast vor die Tür setzte. Thomas Heimer und seine Tochter waren schon längst gegangen, aber noch immer wurde über Wandas Vorschlag debattiert. War zuvor das Bier in den Gläsern schal geworden, floß es nun, da sich die Männer die Köpfe heiß redeten, in Strömen. Die Stimmung – besonders rund um den Stammtisch – war so aufgeheizt, daß ein falsches Wort gereicht hätte, um einen Riesenkrach zu entflammen. Benno hatte die ärgsten Streitmichel daher immer im Auge. Doch davon abgesehen, daß sich alle endlos im Kreis drehten, immer wieder dieselben Sätze und Meinungen von sich gaben, geschah nichts weiter.

Nachdem alle gegangen waren, riß der Wirt die Fenster auf, um den Dampf des Abends hinauszulassen, zapfte sich ein letztes Bier und machte sich an die Abrechnung.

Er staunte nicht schlecht über seinen Umsatz. Wenn es eines Debattierklubs bedurfte, um die Münzen in seiner Kasse zum Klingeln zu bringen, sollte ihm das recht sein!

Wanda fragte sich im nachhinein, was sie sich eigentlich von diesem Abend erhofft hatte. Daß die Glasbläser ihr heftig applaudieren würden? Daß einer nach dem anderen aufstehen, seinen Geldsäckel zücken und auf dem Stammtisch entleeren würde, um damit das Startkapital für die Genossenschaft zu bilden?

Diese Idee erschien ihr schon am nächsten Morgen als so abwegig, daß sie lachen mußte.

Je mehr Tage seit dem denkwürdigen Abend verstrichen, ohne daß jemand auf das Thema zu sprechen kam, desto erleichterter war sie. Richard war von ihrem Auftritt wenig begeistert gewesen, das hatte sie wohl gespürt. Trotzdem war sie stolz auf sich. Immerhin hatte sie sich getraut, sich vor die Männer zu stellen und ihre Idee zum besten zu geben. Sie hatte nicht gekniffen! So wie früher, wo sie sich so oft nicht getraut hatte, etwas zu sagen. Ihr fiel ein Zwischenfall ein, an den sie lange nicht mehr gedacht hatte.

Es war in der Zeit gewesen, als Marie sie in New York besuchte. Wanda hatte sich für den Posten einer Aufseherin in einer Mantelfabrik vorstellen wollen. Doch als sie am Fabriktor ankam, war gerade ein Streik in vollem Gange. Hunderte von aufgebrachten, aber auch verängstigten Frauen hatten ihr den Weg versperrt. Und die Wortführerin hatte sie barsch angefahren, sie solle mitmachen oder gehen. Wanda war gegangen. Hatte den Schwanz eingezogen und sich getrollt wie ein ängstlicher Hund. Zu Hause hatte sie außer Marie niemandem etwas von dem Vorfall erzählt.

Ja, die Zeiten hatten sich geändert. *Sie* hatte sich geändert!

Und hatte der Abend ihr nicht außerdem etwas gebracht, was sie gar nicht erwartet hatte?

Daß ihr Vater sich so vor sie stellen, daß er ihre Idee vor allen andern verteidigen würde – noch immer wurde ihr ganz warm ums Herz, wenn sie daran dachte.

Eine Woche später hatte Wanda die ganze Sache fast vergessen. Laut Richard war ihr Auftritt zwar noch immer das Dorfgespräch, doch ihr gegenüber sprach niemand mehr das Thema an.

In diesen Tagen fuhr sie Sylvie stundenlang in ihrem Kinderwagen spazieren. Anfangs plagte sie sich noch die steilen Straßen Lauschas hinauf und hinab, und oft landete sie dabei an der Kirchenbaustelle, wo tagein, tagaus emsig gearbeitet wurde. Wanda konnte nicht fassen, wie schnell die Arbeiter vorankamen. Mit Wehmut dachte sie an ihren ursprünglichen Plan, Richard im Herbst dieses Jahres in der neuen Kirche zu heiraten. Irgendwie schienen ihre Pläne und Ideen derzeit nicht sonderlich begehrt zu sein, ging es ihr in einem Anfall von Galgenhumor durch den Sinn. Doch aufgeschoben ist nicht aufgehoben, tröstete sie sich dann und setzte ihren Spaziergang fort. Um die Gründler-Hütte machte sie dabei einen großen Bogen.

Nachdem sie ein paar Tage später einen neuen Weg entdeckt hatte, der ein Stück von ihrem Haus entfernt in den Wald führte, mied sie das Dorf ganz. Als sie eines Abends ihrem Großvater den Weg beschrieb, erfuhr sie von ihm, daß es sich um die »Mordschlucht« handelte, die so genannt wurde, weil dort vor einigen Jahren ein junges Mädchen ermordet worden war. Ein zweites Mal würde dies gewiß nicht geschehen, beruhigte Wanda den alten

Mann, der es lieber gesehen hätte, wenn Wanda zur Herzog-Kasimir-Höhe oder anderen unverfänglicheren Orten gewandert wäre.

Im tiefen Wald, dort, wo es kühl und schattig war, auf den dick mit alten Fichtennadeln gepolsterten Wegen, die jeden Schritt schluckten, dachte Wanda über ihr Leben nach. Vielleicht lag es an der harzigen Luft, am beruhigenden Dunkelgrün, das ihrem Auge schmeichelte, vielleicht auch am ständig wechselnden Spiel von Licht und Schatten, daß sich ihre innere Unruhe allmählich auflöste wie Nebel an einem sonnigen Vormittag. Sie hatte doch alles, was sie zum Glücklichsein brauchte, ging es ihr durch den Kopf. Eine Familie. Ein liebes Kind. Eva, die ihr mit Sylvie half. Richard, der sich um sie sorgte – im Augenblick allerdings weniger, als ihr lieb war. Aber war das angesichts seiner Ausstellung ein Wunder?

Richards Ausstellung …

Gedankenverloren schaute Wanda einer grünschimmernden Libelle nach, die über einem kleinen Wasserloch ihre Kreise zog.

Da kümmerte sie sich um alles und jeden, aber auf die Idee, Richard ein wenig bei den Vorbereitungen für seine Meininger Ausstellung zu unterstützen, kam sie nicht! Kein Wunder, daß ihr Auftritt im »Schwarzen Adler« ihn nicht begeistert hatte.

Nachdem sie sich vergewissert hatte, daß Sylvie in ihrem Wagen friedlich schlief, legte sich auch Wanda auf den Waldboden zurück. Die Erde hatte die Hitze des Sommers gespeichert und fühlte sich wie ein warmer, weicher Pudding an.

Ja, nun galt es, Richard einige Arbeiten abzunehmen! Sie konnte beispielsweise Kärtchen beschriften, auf denen die einzelnen Exponate beschrieben waren. Glaswaren verpacken. Vielleicht sollte sie sich auch ein paar Gedanken über Werbemaßnahmen machen? Jetzt, wo Lauscha eine eigene Druckerei bekommen sollte, würde das Drucken von Werbezetteln sicher keinen größeren Aufwand mehr bedeuten.

Wanda kniff die Augen zusammen, um einem besonders grellen Sonnenstrahl, der durch die hohen Bäume ins Waldinnere schoß, zu entgehen.

Wo man diese Werbezettel verteilen könnte, war ihr allerdings nicht ganz klar. Aber gab es nicht noch genügend andere offene Punkte, um die sie sich kümmern konnte?

Richard hatte noch nichts von einem Ausstellungskatalog erwähnt. Ob Gotthilf Täuber an einen solchen gedacht hatte? Wenn ja, wer war für die Texte verantwortlich?

Abrupt stand sie auf, wischte Moos und Blätter von ihrem Rock und drehte den Kinderwagen so rasch um, daß sich die Räder im Waldboden verkanteten.

Du lieber Himmel, da spazierte sie durch den Wald, und zu Hause wartete die Arbeit auf sie! Richards Erfolg – oder Mißerfolg – würde schließlich auch über ihr eigenes Wohl und Wehe entscheiden. Das Leben an der Seite eines erfolgreichen Glaskünstlers war jedenfalls um ein vielfaches angenehmer als das Leben neben einem Hungerkünstler. So gesehen war es geradezu unabdingbar, daß sie ihm zur Seite stand!

»Es ist Wahnsinn, in dieser Bruthitze zu backen, kein Wunder, daß sich außer uns niemand in die Liste eingetragen hat.« Mit einem tiefen Seufzer strich sich Eva die strähnigen Haare aus der Stirn. Dann ging sie zu dem Tisch, der die Längsseite des Backhauses einnahm, und lupfte ein Küchentuch. Mit geübtem Druck prüfte sie die

Festigkeit der vierzehn Brotlaibe, die in Reih und Glied ruhten.

»Die sind ordentlich gegangen«, sagte sie. »Wenn jetzt noch der Ofen die richtige Temperatur hat, können wir loslegen!«

Wanda warf einen sehnsüchtigen Blick nach draußen, wo Sylvie im Schatten einer Linde in ihrem Wagen lag und zufrieden vor sich hin brabbelte.

Ende Juli schien die Sommerhitze ihren Höhepunkt erreicht zu haben. Schon am frühen Morgen, als sie ihren Leiterwagen mit dem riesigen Zuber voller Brotteig beluden, war es mächtig warm gewesen, und nun, gegen Mittag, fiel selbst das Atmen schwer.

Vielleicht hätten sie die Lektion »Brot backen« wirklich auf einen anderen Tag legen sollen …

Vielleicht hätte sie sich besser den Vorbereitungen für die Anfertigung eines neuen Flickenteppichs gewidmet? Dann hätte sie gemütlich im Schatten des Hauses sitzen und alte Lumpen zu schmalen Stoffstreifen zerreißen können.

Hausfrauenarbeit – etwas anderes traute Richard ihr offenbar nicht zu, ärgerte sich Wanda, während sie Eva widerwillig an den riesigen Ofen folgte. Kaum war die Klappe offen, wurde es noch heißer im Backhaus.

Richard hatte Wandas Angebot, ihm bei der Vorbereitung der Ausstellung zu helfen, dankend abgelehnt. Für ihn sei es wichtig, diese Sache – die bisher größte in seinem Leben – allein durchzuziehen, hatte er ihr erklärt. Nur dann hätte er am Ende das Gefühl, es wirklich »geschafft« zu haben.

Was sollte sie, Wanda, darauf antworten? Sie hatte versucht, sich ihre Enttäuschung nicht anmerken zu lassen. Aber nicht nur von ihren Ideen in bezug auf die Ausstellung mußte sie Abschied nehmen: Richard hatte einfach keine Zeit mehr für sie! Nie sah man ihn ohne seinen Zeichenblock. Wo er ging und stand, war er in irgendwelche Skizzen vertieft für Werkstücke, die er noch extra für die Ausstellung anfertigen wollte. Und wenn er nicht damit beschäftigt war, saß er an seinem Bolg, arbeitete entweder stumm vor sich hin oder fluchte so laut, daß Wanda erschrocken zurückwich. Wie konnte man derart versessen sein? *Sie* nahm er in solchen Momenten gar nicht mehr wahr. Einmal hatte sie es gewagt, von hinten an ihn heranzutreten und ihm die Arme um die Schultern zu legen. Ein bißchen kuscheln, einander herzen – zu mehr kamen sie doch sowieso nicht, wo scheinbar alle Wände Augen und Ohren hatten. Aber Richard war zusammengezuckt, hatte sie sanft zurückgeschoben. »Das wäre jetzt fast schiefgegangen«, sagte er und zeigte auf das Werkstück, das er gerade ins Feuer hielt.

Das Werkstück, natürlich.

Glas.

Wie sollte sie *dagegen* ankommen?

Wanda war gegangen. Am Abend hatte er sie dann aufgesucht, sie um Verständnis gebeten. Es sei eine schwierige Zeit, für sie beide, sagte er, aber wenn die Ausstellung erst einmal eröffnet wäre, würde er auch wieder mehr Zeit für sie haben.

Wer's glaubt, wird selig, hätte Wanda am liebsten spöttisch geantwortet. Es war doch alles eine Frage der Zeiteinteilung, oder? Warum konnte Richard nicht abends einfach seine Arbeit ruhenlassen? So wie andere Glasbläser das auch taten? Wieso mußte er halbe Nächte durcharbeiten?

Weil die Arbeit für ihn gar keine Arbeit war, sondern Vergnügen, beantwortete Wanda ihre Frage selbst.

Sie war so in ihre Gedanken vertieft, daß sie zusammenzuckte, als sie einen Stups in die Rippen bekam.

»Guck mal, sieht das nicht aus, als ob gelbe Flöhe über den Boden hopsen?«

Skeptisch schaute Wanda auf die orangefarbenen Glutsprenkel, die von den niedergebrannten Buchenscheiten noch übrig waren.

»Sieht eher so aus, als ob das Feuer bald erlischt, oder?«

»Papperlapapp! So ist es genau richtig. Beim Brotbakken muß man Geduld haben, meine Liebe! Und dann darf man den richtigen Zeitpunkt nicht verpassen!« Eilig rannte Eva zwischen Tisch und Ofen hin und her, um ein Brot nach dem anderen in den Ofen zu schieben. »Einschießen« nannte sie das.

Wanda schaute zu. Sie hatte es längst aufgegeben, Eva zu helfen: Bevor sie ihre Hände gewaschen hatte, steckten Evas längst in der Teigschüssel. Als sie am Vorabend den Teig ansetzten, hatte sie natürlich auch kneten wollen, doch schon bald mußte sie mit Entsetzen feststellen, wie anstrengend diese Arbeit war. Keine fünf Minuten später zitterten ihre Oberarme so sehr, daß Eva wieder übernahm. Als es daranging, den Teig zu portionieren, war Eva dreimal so schnell wie Wanda, die Mühe hatte, die Hände aus der klebrigen Masse zu ziehen.

Brotbacken war anstrengend und langwierig. Und nichts für sie – zu diesem Schluß war Wanda inzwischen gekommen. Eigentlich hatte sie sich das Brotbacken als gesellige Angelegenheit vorgestellt: ein paar Frauen, die gemeinsam buken und dabei lachten und sich unterhielten. Wanda hatte sich außerdem vorgestellt, daß in der Zeit, in der der Teig ruhen mußte, eine Brotzeit gemacht wurde, zu der jede der Bäckerinnen etwas beisteuerte: ein Krug Most von der einen, etwas Wurst von der anderen, eine

Schüssel mit Stachelbeeren noch dazu ... Das wäre eine gute Möglichkeit gewesen, die jungen Frauen des Dorfes etwas näher kennenzulernen. Womöglich hätte sie dabei sogar eine Freundin gefunden?

Statt dessen mußte sie sich in dieser Gluthitze mutterseelenallein Evas Ansichten über gutes und schlechtes Brot anhören. Selbstredend war Evas Brot das beste, während die anderen Frauen des Dorfes nur pappiges, fades Zeug zustande brachten.

»Du kennst doch Maria, die Frau von Karl dem Schweizer Flein, oder?« rief Eva über ihre Schulter, während sie den Tisch mit einem nassen Lumpen sauberwischte.

Ein Gähnen unterdrückend, nickte Wanda.

»Also, die Maria ... Statt zu kneten, wirbelt sie ...«

Wandas Lider wurden immer schwerer. Sie zuckte zusammen, als ihr die Augen zufielen.

»... unförmig sind die Laibe, unförmig wie ...«

Ob Eva ihr wohl böse wäre, wenn sie sich ein bißchen zu Sylvie unter die Linde legen würde? Sie beschloß, erst gar nicht zu fragen, sondern sich einfach aus dem Backhaus zu schleichen.

Die Türklinke schon in der Hand, schrie sie auf.

»Du lieber Gott – Karl! Also ... wir scheinen ja jetzt wohl ständig in Türrahmen zusammenzuprallen!« Wanda lachte gekünstelt und zu laut.

Wie ernst er aussah! Fast grimmig. Hoffentlich hatte Karl nicht mitbekommen, wie Eva die Backkünste seiner Frau niedermachte!

»Ich bin nicht allein da«, sagte Karl und wies über seine Schulter nach hinten. Im Schatten der Linde standen Gustav Müller Sohn und Martin Ehrenpreis.

»Was ist? Haben wir etwas falsch gemacht?« fuhr Eva die Männer an. Trotz der Schärfe in ihrer Stimme sah

Wanda ihr an, daß sie sich unwohl fühlte. »Wir haben unser Brennholz selbst mitgebracht, glaubt ja nicht, daß wir auf Gemeinkosten backen!«

Karl der Schweizer Flein schüttelte unwirsch den Kopf.

»Wir sind wegen Wanda hier! Dein Vater sagte uns, daß du im Backhaus bist. Es ist nämlich so …« Hilfesuchend drehte er sich zu seinen Kollegen um, doch die nickten ihm nur auffordernd zu.

»Was die Gründler-Hütte angeht … Wir haben uns das noch mal durch den Kopf gehen lassen …«

Wanda runzelte die Stirn. »Ja?«

»Also, wir wären bereit, es zu wagen!«

18. Kapitel

»Und dann hat er mir das Geld in die Hand gedrückt und gemeint, er, Gustav Müller Sohn und Martin Ehrenpreis wären auch bereit, als erste in die Genossenschaft einzusteigen.«

Mit zittriger Hand hielt Wanda Richard ein hölzernes Kistchen entgegen. Darin befanden sich lauter Bündel schmutziger Banknoten. Dann zeigte sie auf das kleine Notizbuch, das sie zusammen mit dem Geld in dem Kistchen aufbewahrte.

»Karl hat fein säuberlich notiert, wer wieviel gezahlt hat.« Die krakelige Schrift, die exakte Art, in der die Linien zwischen den einzelnen Beträgen und Namen gezogen worden waren, rührten Wanda sehr.

»Die haben wirklich alles gegeben, was sie besitzen. Ihre ganzen Rücklagen, die ganze Barschaft … Manche scheinen mit dem Verkauf von Christbaumkugeln gar nicht so schlecht zu verdienen.« Sie schluckte. Gleichzeitig warf sie einen Blick auf den Kinderwagen, aus dem leise Jammergeräusche kamen. Das Kind gehörte eigentlich längst ins Bett. Aber da Eva ihren Verwandten in Steinach einen Besuch abstattete, war Wanda nichts anderes übriggeblieben, als die Kleine mit zu Richard zu nehmen.

Sie hatte eigentlich erwartet, daß er zum Abendessen bei ihnen vorbeischauen würde. Als er nicht auftauchte, hatte sie das Kind und ihre Unterlagen in den Kinderwagen gepackt und war zu ihm gelaufen. Er mußte die wundervolle Nachricht doch von ihr erfahren!

Doch Richard sah aus, als könne er die wundervolle Nachricht noch immer nicht glauben. Oder als wolle er sie nicht glauben.

»Und dann ist Karl tatsächlich mit den anderen durchs Dorf gezogen und hat weitere … Kaufinteressenten geworben?« fragte er stirnrunzelnd.

Wanda nickte. Sie hob die weinende Sylvie aus dem Wagen und wiegte sie sanft. Sofort beruhigte sich das Kind.

»Und alle hat er zu mir geschickt. Da die ganze Sache meine Idee gewesen sei, wäre es nur recht, wenn bei mir die Fäden zusammenliefen, hat er gemeint. Außerdem sei ich sozusagen eine ›neutrale‹ Person, mir würden die Leute ihr Geld gern anvertrauen …« Sie lachte. Ihr Blick fiel auf den abgewetzten Flickenteppich zu ihren Füßen, und ihr Mund verzog sich. Leider, leider würde sie in naher Zukunft nun doch keine Zeit haben, sich um die Verschönerung von Richards Hütte zu kümmern.

»Die drei … Sie müssen wie Marktschreier durchs Dorf gegangen sein!« Noch immer war ihrer Stimme die Verwunderung anzuhören. »Unsere Tür stand nicht mehr still, den ganzen Nachmittag kamen Leute! Ach Richard, wenn du das erlebt hättest!« Wanda schloß für einen Moment die Augen.

»Ich wußte ja, daß die Leute noch immer über deinen Vorschlag reden, aber daß sie tatsächlich ernsthafte Pläne schmieden ...« Richard schüttelte den Kopf. »Davon habe ich nichts mitbekommen.«

Wanda versetzte ihm einen freundschaftlichen Knuff. »Hätten sie dich erst um Erlaubnis fragen sollen? Ist es das, was dich so sauertöpfisch gucken läßt? Du wolltest doch nichts mit der Sache zu tun haben, das hast du selbst gesagt.« Sie hob Sylvie in die Höhe, um an ihrem dick eingepackten Hinterteil zu schnuppern. Grrr – es war wieder soweit! Mit einem Seufzer stand Wanda auf und suchte in ihrer Tasche nach einer frischen Windel.

»Und daran hat sich auch nichts geändert!« sagte Richard laut. Er blätterte das Notizbuch durch. »Christoph Stanzer, Oskar Hille, Gustav Müller Sohn, Griseldis – das sind ja mindestens zwanzig Namen ...« Er stieß einen leisen Pfiff aus. »Christoph Stanzer hat sogar ordentlich was dazugegeben!«

Wanda nickte. »Er hat mir das ganze Geld übergeben, das er von der Regierung als Ablösesumme für seine Holzgerechtsame bekommen hat. Daß sie damals nicht mehr kostenlos Holz schlagen durften, sei der Anfang vom Ende der Mutterglashütte gewesen, sagt er, und nun solle das Geld der Anfang vom Anfang sein! Ist das nicht herrlich? Natürlich soll er später eine wichtige Rolle in der Glashütte spielen. Wenn ich es richtig verstanden habe, hatte er ja auch in der alten Mutterglashütte einen wichtigen Posten inne. Aber solche Entscheidungen werden verschoben, im Augenblick steht nur fest, daß sich Karl um die organisatorische Seite bezüglich der Genossenschaft kümmern wird und daß die Finanzen meine Aufgabe sind!«

»Finanzen, wenn ich das schon höre!« versetzte Richard. »Bist du etwa eine Bank? Ein Fachmann in Geldangelegenheiten? Sag mal, was hält eigentlich dein Vater von alldem?«

»Vater? Der war genauso verdutzt wie ich. Aber als immer mehr Leute kamen und Geld daließen, sagte er, er würde schauen, ob nicht auch er einen kleinen Betrag aufbringen könne. Als Zeichen seiner Solidarität sozusagen.« Lachend legte Wanda das Kind auf den Küchentisch. »Was für ein Tag! Ich bin immer noch ganz benommen!« sagte sie, während sie Sylvie auszog. Sie hielt die schmutzige Windel in die Höhe.

Richard winkte angewidert ab.

»Christoph Stanzer hat mir außerdem erzählt, daß die Glasmeister früher auch Besitzer und Vorsteher ihrer Stände in der Hütte gewesen sind – meine Idee wäre also keineswegs neu, sondern etwas, was sich in der Vergangenheit als durchaus praktikabel erwiesen hat.«

»Dann frag ich mich, warum die Männer dich überhaupt damit belästigen!« murrte Richard, aber Wanda ignorierte ihn. Viel zu sehr war sie von einer übermütigen Freude über den vergangenen Tag ergriffen.

Jeder ihrer Besucher hatte seine eigenen Beweggründe, den Kauf der Hütte zu unterstützen. Niemand hatte es sich nehmen lassen, Wanda in aller Ausführlichkeit davon zu erzählen. Bei den meisten handelte es sich um Männer, die schon jetzt in der Hütte angestellt waren. Aber es gab auch andere, wie zum Beispiel Griseldis, die alte Frau, die bei Johanna angestellt und eine Meisterin im Versilbern war. Sie wolle eine Hypothek auf ihr Haus aufnehmen, um für ihren Sohn Magnus einen Anteil an der Glashütte zu kaufen, hatte sie erklärt. Sie spüre, daß es mit Magnus und Johanna nicht mehr lange gutgehen würde. Die Chefin habe ihren Sohn noch nie gemocht, sagte Griseldis ohne Groll in der Stimme, sondern habe Magnus immer nur Maries wegen geduldet. Nun aber … Die Anteile an der Gründler-Hütte würden Magnus zu einem unabhängigen Mann machen. Und dann hatte Griseldis einen recht stattlichen Betrag genannt, den Wanda schon jetzt unter ihrem Namen eintragen sollte. Das Geld wollte sie nachliefern, sobald die Bank der Hypothek zugestimmt hätte.

»Und das ganze Geld liegt in diesem Holzkistchen? Und alles korrespondiert mit den Eintragungen in dem Buch?«

Wanda, die zwei Sicherheitsnadeln im Mund hatte, nickte. »Wasch schind denn dasch für scheltschame Fragen?« lispelte sie. Hastig befestigte sie die Nadeln seitlich an Sylvies Windel.

»Glaubst du etwa, ich hätte etwas abgezweigt?«

»Gib mir das Geld!« sagte Richard, herrisch mit der Hand fuchtelnd. Bevor Wanda etwas sagen oder tun konnte, schnappte er sich das Buch und die Holzschachtel. Seine Augen blitzten, und die Haut unter seinem linken Auge zuckte nervös wie ein kleines, hüpfendes Insekt.

»Was … Du kannst doch nicht … Richard! Wo willst du denn hin?« Wanda wollte ihn am Ärmel festhalten, doch er entwand sich ihrer Berührung.

Im Türrahmen drehte er sich noch einmal um und blickte sie mit einem Ausdruck in den Augen an, der besagte: Wage es nicht, mich aufzuhalten!

Dann fiel die Tür ins Schloß.

Wanda wollte hinterher, aber ihre Füße waren wie angewurzelt. »Du kannst doch nicht einfach mit dem Geld auf und davon! Es gehört dir nicht!« wollte sie ihm nachrufen, aber ihre Kehle war wie zugeschnürt.

Auf dem Küchentisch begann Sylvie nörgelige Töne von sich zu geben.

Verdattert starrte Wanda von der Tür zu dem schreienden Kind, neben dem noch die schmutzige Windel lag.

Richard hatte das Geld genommen! Und war damit auf und davon. Während sie hier mit Sylvie ... Was sollte sie um Himmels willen davon halten?

19. Kapitel

Konsterniert schaute Benno zu, wie die Tür des »Schwarzen Adlers« zum zweiten Mal in kurzer Zeit mit einem Knall ins Schloß fiel.

»Kann mir mal jemand erklären, was das alles soll?« fragte er, ohne seine Frage an jemand Bestimmten zu richten.

»Erst kommt Richard angerannt, knallt das Geld auf den Tisch und meint, Wanda habe sich anders entschieden und wolle nun mit der ganzen Sache nichts mehr zu tun haben.« Er deutete auf die Mitte des Stammtisches, wo bis gerade eben das Holzkistchen gestanden hatte.

»Wie selbstgefällig er geguckt hat – als ob ihm Wandas Stimmungsumschwung gerade recht kam!«

Hansens Sohn schnaufte. »Vielleicht war er an Wandas Stimmungsumschwung nicht unbeteiligt! Womöglich paßt es dem Herrn Künstler nicht, daß sich seine Liebste mit uns abgibt?«

Karl der Schweizer Flein schüttelte den Kopf. »Und keine zehn Minuten später taucht das Mädchen selbst hier auf, redet von einem ›bedauerlichen Irrtum‹ und schwört, daß sich gar nichts geändert habe und daß sie selbstverständlich weiterhin helfen wolle. Das verstehe ein Mensch ...«

»Helfen, wobei eigentlich?« sagte Hansens Sohn. »Als ob nicht auch einer von uns auf das Geld aufpassen könnte! Als ob wir alle unzuverlässig wären. Ich war von Anfang an dagegen, die Amerikanerin ins Spiel zu bringen.« Er starrte säuerlich in sein Bier.

»Ohne die Amerikanerin würde es das ›Spiel‹, wie du es nennst, nicht geben, vergiß das nicht!« versetzte Karl der Schweizer Flein.

»Und sie kennt sich in Bankangelegenheiten aus. Thomas hat erwähnt, sie habe sogar eine kaufmännische Ausbildung. Das ist mehr, als wir alle zusammen haben, oder?« Gustav Müller Sohn warf Hansens Sohn einen scharfen Blick zu, den dieser ignorierte. »Bei ihr ist unser Geld nicht nur in sicheren Händen, sie kann uns vielleicht sogar dabei helfen, den Kredit zu bekommen. Also, ich würde vorschlagen, daß wir Wanda bitten, uns beim Gang auf die Bank zu begleiten!«

»Wie konntest du nur?« zischte Wanda mit erstickender Stimme. Noch immer schlug ihr Herz heftig im Hals, noch immer hatte sie Mühe, genügend Luft zu bekommen. Nachdem sie Sylvie zu Hause abgesetzt hatte – zum Glück war Eva wieder aus Steinach zurück gewesen –, war sie in den »Schwarzen Adler« gerannt. Und danach wieder zu Richard. Aber es war nicht die körperliche Anstrengung, die ihr die Luft raubte. Es war der Wirrwarr an Gefühlen – Wut, Verletztheit, Verwirrung, Angst –, der ihr den Hals zuschnürte.

»Wie stehe ich denn jetzt da? Wie ein verwöhntes Gör, das nicht weiß, was es will!« Sie senkte einen Moment lang die Lider, als wolle sie ihrer eigenen Scham nicht in die Augen sehen.

Scham, weil Richard sie lächerlich gemacht hatte.

Scham, weil sie einen Augenblick lang tatsächlich geglaubt hatte, er wäre mit dem Geld auf und davon ...

»Und wie stehe *ich* da? Hast du dich das mal gefragt?« schrie Richard zurück. »Meine Entscheidung einfach für null und nichtig zu erklären – die lachen sich doch jetzt kaputt!« Heftig schlug er mit seiner Hand gegen das Holzkästchen, das Wanda wieder mitgebracht hatte. Es war ihm anzusehen, daß er es am liebsten kurz und klein geschlagen hätte.

Wanda ließ sich auf einen der Stühle sinken.

»So kommen wir doch nicht weiter.« Ihr Blick wanderte durch Richards Hütte, versuchte sich an den vertrauten Gegenständen festzuhalten: dem Kupfermodel, dem Herd, der so schwer anzufeuern war, den zerschlissenen Flickenteppich. Doch alles kam ihr auf einmal fremd vor, klein und unbedeutend. Nichtig im Gegensatz zu Richards Verrat.

»Kannst du mir nicht einfach erklären, warum du das getan hast?« fragte sie traurig.

»Weil ich nicht dumm bin«, entgegnete er mit einer Arroganz in der Stimme, die besagte: im Gegensatz zu dir.

»Du hast doch keine Ahnung, auf was du dich da einläßt! Als ob so was gutgehen könnte! Die nutzen dich nur aus. Und wenn etwas schiefgeht, heißt es, du bist schuld daran!«

Er zog einen Stuhl heran und ließ sich nun ebenfalls nieder. Seine körperliche Nähe war Wanda zum ersten Mal unangenehm. Ihr wäre es lieber gewesen, wenn er weiter wie ein Löwe durchs Zimmer gelaufen wäre.

»Wanda, nimm bitte Vernunft an! Das hast du doch gar nicht nötig ...« Er versuchte, ihre Hand zu ergreifen, doch Wanda entwand sich seiner Berührung.

»Es geht doch nicht darum, daß ich etwas nötig habe oder nicht«, fuhr sie ihn an. »Es geht darum, daß in Lau-

scha etwas Wunderbares geschieht und du nur daran herummeckerst. Freust du dich denn gar nicht an dem Mut,
den die Leute an den Tag legen?«

»Mut hin oder her – ich sage ja nur, daß dich die ganze
Sache nichts angeht!« erwiderte Richard heftig. »Wird eh
nichts draus werden«, murmelte er noch vor sich hin.

Wanda schnaubte verächtlich. »Du redest wie ein alter
Mann! Schlimmer noch als Vater, als ich ihn zum ersten Mal
getroffen habe. *Das kann nie gutgehen, das wird ein böses
Ende nehmen ...«,* äffte sie mit leidender Stimme nach. »Es
sind immer nur wenige, die das Rad der Welt ein Stückchen
weiterdrehen. Ich habe eigentlich gedacht, daß du auch zu
diesen Menschen gehörst – dein eigenes Schicksal nimmst
du ja sehr mutig in die Hand. Aber wehe, andere wagen
diesen Schritt ebenfalls. Und wehe, ich gehöre dazu!« Ihre
Augen funkelten wie zwei kleine Kohlenfeuer. Erneut stieg
Wut in ihr auf, sie spürte, wie sich tausend Stacheln in ihr –
und gegen ihn – aufrichteten.

Er hatte ihre Hilfe ja nicht gewollt! Wenn es nach ihm
ginge, würde sie ihre Zeit mit Haushalt und Handarbeiten
verbringen. Gleichzeitig ärgerte ihn, daß andere ihr mehr
zutrauten – warum nur?

Wanda verstand gar nichts.

»Wanda, Wanda ...« Richard schüttelte den Kopf. Ein
fast unmerkliches Lächeln huschte über seine Lippen.
»Ich will doch nur, daß es dir gutgeht! Daß du das Leben
wie einen Stier bei den Hörnern packst, weiß ich längst,
mir brauchst du nichts zu beweisen und auch sonst niemandem. Schau doch nur, wie gut du mit Sylvie zurechtkommst. Wie hilfreich du für deinen Vater bist.«

Diesmal ließ Wanda es zu, daß er ihre Hand nahm. Und
was bin ich für dich? wollte sie ihn fragen. Was läßt du
mich für dich tun? Aber sie schwieg.

»Warum willst du dir unbedingt noch eine weitere Aufgabe aufladen?«

Sie schaute ihn an, hörte und sah die ehrliche Frage in seinem Gesicht. Wurde ruhiger. Er war nicht ihr Feind. Er war Richard, der Mann, den sie liebte. Und der sie ebenfalls liebte. Der es gut mit ihr meinte. Trotz allem ...

»Weil ...« Sie zuckte mit den Schultern. »Weil ...«

»*Ein Handlanger wirst du sein, mehr nicht!*« Prompt hatte sie die Stimme ihrer Mutter wieder im Ohr.

Bevor sie die Worte fand, winkte Richard ab.

»Schau, nächstes Jahr wirst du meine Frau sein, einen eigenen Haushalt führen, und Sylvie wird bestimmt bald ein Geschwisterchen bekommen. Wenn nach der Ausstellung die Kunstliebhaber hierherströmen, muß sich jemand um sie kümmern. Sie bewirten, ihnen nette Worte ins Ohr flüstern, damit sie kräftig kaufen! Wer könnte das besser als meine schöne Amerikanerin?« Er lachte. »Einer muß mir schließlich den Rücken freihalten! Besser, du gewöhnst dich schon jetzt an den Gedanken, daß du dann für andere Träumereien keine Zeit mehr haben wirst!«

»Träumereien! Also wirklich, ich –«

»Schon gut, laß uns nicht erneut Wortklauberei betreiben«, unterbrach Richard sie, bevor Wanda sich weiter aufplustern konnte. »Und was die Sache mit der Gründler-Hütte angeht: Wenn es dir so wichtig ist, bewahrst du das Geld für Karl und die anderen halt auf, bis sie zur Bank gehen. Und damit, so hoffe ich, hat sich die Sache dann erledigt. Und wir können uns vielleicht wieder einmal anderen Dingen widmen ...« Mit einem Lächeln, das wohl aufmunternd sein sollte, das Wanda aber irgendwie als tadelnd empfand, nahm er sie in die Arme. Wanda hatte Mühe, seine Nähe zu genießen, zu eng war seine Umklammerung, zu aufgesetzt seine Zärtlichkeit. Wie ein

Vater, der ein Kind tröstet, aber eigentlich Besseres mit seiner Zeit anzufangen weiß, ging es ihr durch den Kopf, und sie schalt sich für diesen ungnädigen Gedanken.

Richards Wunsch sollte nicht in Erfüllung gehen: Anfang August, acht Tage nach dem heftigen Streit zwischen ihm und Wanda, trafen sich alle Beteiligten im »Schwarzen Adler«. Karl der Schweizer Flein, Gustav Müller Sohn, Martin Ehrenpreis, Christoph Stanzer – diejenigen, die viel Geld in Wandas Holzkästchen gelegt hatten, waren genauso anwesend wie die, die kleinere Einlagen gemacht hatten. Bis auf Griseldis – die nach einem Gespräch mit ihrem Sohn, der von der Idee seiner Mutter nichts wissen wollte, einen Rückzieher gemacht hatte – fanden sich alle fünfundzwanzig Namen, die in Wandas Kassenbuch notiert waren, an diesem Abend auch auf der Absichtserklärung wieder, die zum Zwecke der Genossenschaftsgründung unterschrieben wurde.

Der Plan lautete, daß jeder später durch seine Einlagen anteilig Inhaber der Glashütte werden würde. Immer wieder wurden die Bierhumpen gehoben, um auf die große, gute Idee zu trinken. Christoph Stanzer, der Glasmeister der ehemaligen Mutterglashütte, hob zudem sein Glas darauf, daß die Gründler-Hütte das werden möge, was die Mutterglashütte dreihundert Jahre lang gewesen war: der Mittelpunkt von Lauscha, ein Treffpunkt für jedermann, ein Ort, dem sich alle zugehörig fühlen würden. Auf diesen Trinkspruch hin gab Benno, der Wirt, eine Extrarunde aus.

Im Beisein von Alois Gründler, der wieder an seinem alten Platz am Stammtisch saß und sich in dem sonnigen Gefühl aalte, wohlgelitten zu sein, wurde außerdem vereinbart, daß Karl der Schweizer Flein, Martin Ehrenpreis und Gustav Müller Sohn in den kommenden Tagen nach Sonneberg zur Bank fahren sollten, um sich um ein Darlehen zu bemühen. Selbstverständlich würden die drei dafür von der Arbeit freigestellt, bestätigte Alois Gründler, der strahlte, als wäre alles seine eigene Idee gewesen. Natürlich sei ihm sehr daran gelegen, eine Lauschaer Glashütte in Lauschaer Händen zu sehen, deshalb würde er den Kaufinteressenten aus Lauscha die gleiche Chance einräumen wie dem Sonneberger Verleger, dessen Namen er nicht nennen wollte. Sollte es den Lauschaern gelingen, bis zum 20. September das Geld für den Kauf der Hütte aufzutreiben, würden sie den Zuschlag bekommen und der Verleger das Nachsehen haben. Sollten die Lauschaer das Geld allerdings nicht auftreiben können …

Großspurig winkten die Glasbläser ab. Natürlich würden sie erfolgreich sein! Die Frage nach einem Darlehen wäre angesichts des schon beträchtlichen Startkapitals sicher nur eine reine Formsache.

Gustav Müller Sohns Vorschlag, Wanda solle sie auf dem Gang zur Bank begleiten, wurde von allen begrüßt. Eine Amerikanerin mit kaufmännischer Bildung und Kontakten zu Geschäftsleuten wie Franklin Woolworth wäre bei solchen Verhandlungen sicher hilfreich. Und man mußte sich nur anschauen, wie sie Thomas Heimers' alte Werkstatt auf Trab gebracht hatte, um zu wissen, was in dem Mädchen steckte! Wanda, die immer wieder versuchte zu erklären, daß es mit ihrer kaufmännischen Bildung nicht weit her sei, wurde kein Gehör geschenkt. Bescheiden sei sie auch noch, die Amerikanerin, hieß es statt dessen plötzlich lobend.

Am Ende blieb Wanda nichts anderes übrig, als sich als Frau mit Geschäftssinn feiern zu lassen.

Grimmig schaute Richard dabei zu.

20. Kapitel

Noch auf der Trittstufe des Zuges wurde Wanda derart von der Sonne geblendet, daß sie halbblind auf den Bahnsteig taumelte. Dabei rempelte sie eine Botenfrau an, die kurz vor ihr aus dem Zug gestiegen war. Glas klirrte. Die Frau, schwer beladen mit Huckelkorb und einer zusätzlichen Tragetasche, setzte zu einem lautstarken Fluch an, brach aber ab, als sie erkannte, wer sie angerempelt hatte.

»Ach, die Amerikanerin! Na, da wünsch ich euch viel Glück! Wo doch heute der große Tag ist ...« Fast ehrfurchtsvoll schaute sie Wanda und ihre drei Begleiter an.

»Ein bißchen Glück können wir sicher gebrauchen«, erwiderte Wanda, während sie ihre Augen gegen das grelle Licht abschirmte.

»Glück, ach was!« schnaufte Karl der Schweizer Flein. »Höchstens das Glück der Tüchtigen!«

Schon am Morgen stand die Sonne so hoch am Himmel, daß ihr Strahlen von keinem Baumwipfel, keinem Berghang und erst recht von keiner Hausfassade gebrochen wurde.

Hätte ich doch nur einen Sonnenschirm mitgenommen, dachte Wanda, als sie den Bahnhof verließen. Sie hatte darauf verzichtet, weil ihr solch ein Accessoire als zu verspielt erschienen war. Schließlich wollte sie nicht wie ein kokettes Püppchen auftreten, sondern wie eine Frau von Welt. Eine Geschäftsfrau.

Wanda schnaubte. Wenn die Frau von Welt vor lauter Hitze völlig verschwitzt und aufgelöst in der Bank erschien, würde das bestimmt keinen guten Eindruck machen ...

»Das ist ein Kaiserwetter, nicht wahr?« Karl der Schweizer Flein lachte, während er mit raschen Schritten in Richtung Marktplatz ging.

»Wenn Engel reisen«, fügte Gustav Müller Sohn hinzu. Und lachte ebenfalls.

»Ziemlich ahnungslose Engel, in unserem Fall.« Martin Ehrenpreis kicherte.

Wanda holte tief Luft. Das konnte ja heiter werden.

Mit jeder Meile, die der Zug von Lauscha nach Sonneberg zurücklegte, hatten sich die drei immer mehr von gestandenen Mannsbildern zu albernen Possenreißern entwickelt. Anfangs hatte Wanda noch mitgelacht und erleichtert festgestellt, daß die Männer angesichts des wichtigen Tages ihre Fröhlichkeit nicht verloren. Doch als sie auf halber Strecke versucht hatte, das Gespräch wieder auf den nahenden Banktermin, eine mögliche Vorgehensweise im Gespräch und ähnliches zu bringen, war sie auf taube Ohren gestoßen. Statt dessen hatten die Männer weiter herumgeblödelt, was ihnen schräge Blicke von den Mitreisenden einbrachte.

Unwillkürlich hatte Wanda an ihre Reise mit Richard denken müssen. Auch er war damals völlig verändert gewesen. Unsicher. Aggressiv.

Wanda atmete leise auf.

Richard. Zum Glück war er an diesem Tag nicht auch noch dabei. Er und ihr Vater – dann wäre die Runde wirklich komplett gewesen!

Andererseits: Eine Hand zum Festhalten, eine Schulter zum Anlehnen wären nicht das schlechteste gewesen. Wanda seufzte sehnsüchtig auf.

»Was bin ich froh, daß heute endlich *der* große Tag ist!« hatte sie am Morgen zu Richard gesagt, als er zum Frühstück herübergekommen war. »Die Warterei macht einen noch ganz verrückt!«

Und Richard hatte sie erst erstaunt, dann strahlend angeschaut und gemeint, auch er sei unglaublich gespannt auf die Räumlichkeiten, die Täuber ihm zeigen wolle. Endlich gehe es voran ... Dann hatte er herzhaft in ein dickes Marmeladenbrot gebissen.

Richard hatte nicht einmal gewußt, wovon sie redete. Dabei gab es kein anderes Dorfgespräch mehr! Nur ihm war anscheinend seine Ausstellung in Meiningen wichtiger. So viel wichtiger, daß er ihr nicht einmal Glück gewünscht hatte.

Ein leichtes Zittern fuhr Wanda über den Rücken. Worauf hatte sie sich da nur wieder eingelassen? Warum hatte sie nicht einfach nein sagen können, als die anderen sie baten, mit nach Sonneberg zu fahren? Genausogut hätte sie jetzt mit Richard auf dem Weg nach Meiningen sein können.

Was wußte sie schon von Geldgeschäften? Gut, sie war in einem Geschäftshaushalt aufgewachsen. Und eine Zeitlang war sie mit einem New Yorker Banker verlobt gewesen, damals, in ihrem früheren Leben. Aber galt dies schon als »Erfahrung in Bankgeschäften«? Genau das hatte sie den Männern zu erklären versucht.

Dann solle sie wenigstens als »moralische« Unterstützung mitgehen, hatten die Männer gebeten. Eine hübsche, junge Frau aus New York – redegewandt, forsch – mache bestimmt einen guten Eindruck. Vielleicht könne man auch einmal den Namen Steven Miles fallenlassen. Wandas Stiefvater sei in Sonneberg schließlich kein Unbekannter, sondern ein hochgeschätzter Geschäftspartner vieler Verleger und Heimgewerbetreibender.

Das Reden selbst würde Karl dann übernehmen. Wanda

solle lediglich die Augen und die Ohren offenhalten, für alle Fälle sozusagen.

Moralische Unterstützung – das hörte sich eigentlich ganz harmlos an. Aber warum fühlte sie sich dann trotzdem so verantwortlich? Keiner ihrer drei Begleiter hatte in Bankangelegenheiten Erfahrung, Karl war der einzige, der bei der Lauschaer Sparkasse ein Konto besaß. Als Kreditgeber hielt er die Sparkasse jedoch für ungeeignet, sie war eher die »Bank der kleinen Leute«, erklärte er ihr. Und zu denen zählte er sich und die Mitglieder der Genossenschaft ganz offensichtlich nicht mehr. Er war dafür, zur größten und finanzkräftigsten Bank Sonnebergs zu gehen, und das war das Bankhaus Grosse & Söhne, am Marktplatz gelegen. Bei Grosse & Söhne gebe es Fachleute für ungewöhnliche Geschäfte, und diese würden bestimmt die großen Möglichkeiten in bezug auf die Gründler-Hütte erkennen. Wanda und die anderen hatten dem nichts entgegenzusetzen. Ganz im Gegenteil: Fast jeder kannte jemanden, der einen kannte, der wegen eines Kredits von anderen Banken abgewiesen worden war. Die Zeiten waren hart, die Banken mit ihrem Geld vorsichtig geworden. Allerdings hatte niemand Erfahrungen mit Grosse & Söhne.

Dennoch – allein aufs Hörensagen hatte sich Wanda nicht verlassen wollen, und so hatte sie den einzigen Menschen aufgesucht, den sie in Sonneberg kannte: Alois Sawatzky, Buchhändler und einst väterlicher Freund von Marie.

Sawatzky war hocherfreut, Wanda zu sehen, kochte eiligst Tee und verkniff sich die Rüge, daß sie sich seit ihrer Rückkehr nach Lauscha nur ein einziges Mal hatte blicken lassen – damals hatte sie ihm mit tränenerstickter Stimme von Maries Tod berichtet, allerdings auch nur die modifizierte Version, obwohl es Wanda danach gedrängt hatte, diesem warmherzigen Menschen die ganze Wahrheit zu erzählen.

Auch Sawatzky konnte das Bankhaus Grosse empfehlen, es genoß über Sonneberg hinaus in der ganzen Region den besten Ruf. Als sich Wanda von Sawatzky verabschiedete, versprach sie, sich zukünftig öfter blicken zu lassen.

Die Zeit drängte, und schnell hatten die Vertreter der zukünftigen Genossenschaft einen Termin mit dem Bankhaus vereinbart.

Beim letzten Treffen im »Schwarzen Adler« hatte Wanda außerdem vorgeschlagen, ihrem Ziehvater Steven Miles von dem Geschäft zu berichten. Vielleicht war er bereit, als Geldgeber und stiller Teilhaber einzuspringen? Damit hätten sie sich den Bittgang zur Bank sparen und gleichzeitig Zeit gewinnen können. Doch von dieser Idee wollten die anderen nichts wissen. Ein Amerikaner als Geldgeber? Da könne man die Hütte doch gleich an einen Fremden verkaufen! Dann wäre man ja wieder vom Wohlwollen eines anderen abhängig. Daß die Bank, falls sie einen Kredit gewährte, ebenfalls ein »Fremder« war und daß auch da gewisse Abhängigkeiten bestanden, leuchtete den Männern nicht ein. Eine Sonneberger Bank war ihnen eben lieber als ein New Yorker Geschäftsmann.

»Sei auf der Hut!« hatte Thomas Heimer seine Tochter am Morgen vor dem Aufbruch gewarnt. »Wenn wir Lauschaer in Sonneberg auftauchen, glauben die feinen Stadtmenschen immer, sie hätten die dummen Löffelschnitzer aus den Bergen vor sich. Bestimmt hat der Bankangestellte nur eines vor, nämlich euch reinzulegen!«

Wanda hatte gelacht und ihn einen voreingenommenen Gesellen genannt.

»Ist es noch sehr weit? Ich dachte, das Bankhaus Grosse liegt direkt am Marktplatz?« Mehr, um sich eine kurze Atempause zu gönnen, als aus echtem Interesse an der Wegführung blieb Wanda mitten auf dem Gehsteig stehen. Mit der Hand fächerte sie sich ein wenig Luft zu.

»Wir sind gleich da, Mädchen«, sagte Karl der Schweizer Flein. »Grosse und Söhne liegt hinterm Rathaus, weißt du das nicht?«

Wanda zuckte mit den Schultern. »Ich war bisher erst ein einziges Mal auf dem Marktplatz. Mit Johanna, und die hatte es damals eilig.« Wie immer, ging es Wanda durch den Kopf.

Gustav Müller Sohn schüttelte den Kopf. »Versteh einer deine Tante! Also, wenn ich Besuch aus Amerika bekäme, ich würde ihm all die Schönheiten unserer Heimat mit Freuden zeigen! Kein Weg wäre mir zu lang, keine Anstrengung zu schwer. Und mein Weib würde das genauso sehen. Doch du bist ja offenbar aus der Werkstatt noch nie richtig herausgekommen!«

Wanda schwieg. Der Mann hatte recht, ein klassischer Verwandtenbesuch war ihr Aufenthalt in Lauscha von Anfang an nicht gewesen. Für Besichtigungstouren hatte Johanna einfach keine Zeit gehabt, dazu war in der Werkstatt stets zuviel zu tun. Dafür hatte Cousin Johannes ihr jeden Winkel Lauschas gezeigt, was durchaus auch etwas für sich hatte – immerhin hatte sie so Richard kennengelernt.

Aber Sonneberg war wirklich eine recht ansehnliche Stadt! Die hohen, schmalen Häuser, deren Erdgeschosse allesamt Geschäfte beherbergten. Die malerischen Straßenlaternen. Die Eimer mit den dicken Sträußen bunter Schnittblumen vor dem Floristengeschäft. Wo Lauscha heimelig und ein Dorf war, in dem jeder jeden kannte, spürte Wanda in der größeren Stadt eine Art von Anonymität, wie sie ihr aus New York bekannt war. Es erstaunte und erschreckte sie zugleich, wie sie es genoß, nicht alle paar Schritte von einem bekannten Gesicht angesprochen zu werden. Dazu herrschte hier in den Straßen ein solch reges Treiben, daß Wanda versucht war, den Banktermin sausenzulassen und sich statt dessen auf einen ausgiebigen Einkaufsbummel zu begeben. Ach, sie konnte sich gar nicht mehr daran erinnern, wie es sich anfühlte, durch Geschäfte zu schlendern, sich schöne Dinge vorlegen zu lassen, Stoffe zu prüfen, Seidenblumen ans Revers zu halten, zwischen einem Schal und einer Stola zu wählen! Sie nahm sich vor, dies so bald wie möglich nachzuholen. Vielleicht mit Sylvie und Eva im Schlepptau? Sie würde Eva als Dankeschön für ihre Hilfe etwas Hübsches kaufen, etwas Modisches, etwas –

Aber wer hatte in Lauscha schon Zeit für modischen Schnickschnack, fragte sich Wanda im selben Moment. Im gläsernen Paradies waren andere Dinge wichtig.

Unauffällig wanderte ihr Blick zu ihren Begleitern hinüber. Alle drei trugen ihre Sonntagskleidung, was bedeutete, daß Karl mitten im Hochsommer mit viel zu schweren, auf Hochglanz polierten Lederstiefeln daherkam und Martin Ehrenpreis' bestickte Weste über seiner Wampe derart spannte, daß die goldfarbenen Knöpfe halb durch die Knopflöcher gequetscht wurden. Gustav Müller Sohn trug ein gebügeltes langärmeliges Hemd, das hinten teilweise aus der Hose hing.

Unwillkürlich mußte Wanda lachen. Einen sehr geschäftsmäßigen Eindruck machten die Männer wirklich nicht … Aber kam es darauf an? Ging es nicht vielmehr um eine überzeugende Geschäftsidee?

»Hast du vor, auf einen Staatsempfang zu gehen?« hatte

Eva gespottet, als Wanda ihr dunkelblaues Seidenkostüm aus dem Schrank holte. Dazu trug sie halbhohe Schuhe, eine farblich passende Handtasche und einen kleinen Hut mit Federschmuck.

Das letzte Mal hatte sie diese Kombination während ihrer Überfahrt von New York nach Hamburg getragen. Erwachsen hatte sie sich darin gefühlt, gereift und sicher. Und so war das Kleid für sie zu einem Symbol des Neuanfangs geworden. Daß dieser Neuanfang beim letzten Mal völlig anders ausgefallen war, als sie es sich ausgemalt hatte, verdrängte sie.

21. KAPITEL

»Was der August nicht kocht, kann der September nicht braten« – wo hatte er diesen Spruch schon mal gehört?

David Wagner starrte aus dem Fenster. Es dauerte einen Moment, bis ihm einfiel, daß seine Großmutter ihn immer zitiert hatte. Als Kinder hatten sie ihr oft auf dem Acker helfen und sich dabei Bauernregeln aller Art anhören müssen.

Die Großmutter – wer wohl jetzt den Hafer auf ihrem alten Acker erntete? Und ob der neue Besitzer auch Kartoffeln gesetzt hatte?

Im August war Erntezeit. Auf den Wiesen, Feldern und Äckern war alles reif, erntereif.

Nur sein eigenes Leben war dürr. So ausgedörrt und rissig wie der Boden rund um die Kastanienbäume, die er von seinem Fenster aus sehen konnte.

Welchen Spruch die Großmutter – Gott hab sie selig –

wohl für ihn parat haben würde? »Schuster, bleib bei deinen Leisten« womöglich?

Gleich zwei Termine waren für diesen Vormittag in seinem Kalender eingetragen. Der zweite davon versprach durchaus interessant zu werden. Aber der erste … David verzog das Gesicht. Ein Blick auf die Uhr sagte ihm, daß die Leute – Glasbläser aus Lauscha – wahrscheinlich schon vor der Tür warteten. Sollen sie ruhig noch ein bißchen länger warten, dachte er und schämte sich ein wenig dafür.

Macht war ein leises Tier.

Wie gern hätte er die Ärmel hochgekrempelt, die obersten Knöpfe seines Hemdes geöffnet, die Fenster weit aufgerissen, um so an etwas Luft zu kommen. Um nicht mehr so schwitzen zu müssen. Um dem Gefühl des Erstickens zu entgehen.

Statt dessen stand er auf, trat vor den winzigen Spiegel, den er hinter einem Aktenschrank versteckt aufgehängt hatte, und prüfte seine Krawatte. Dunkelgraue Seide, ein bißchen abgewetzt an den Stellen, wo der Knoten tagtäglich gebunden wurde, aber sonst ganz ansehnlich. Das dunkle Grau ließ seine Haut sehr blaß wirken. Sah er aus wie ein Stubenhocker? Wie jemand, der nirgendwo eingeladen wurde? Der tagsüber in seiner Schreibstube und abends mutterseelenallein in seiner Kammer saß?

Stirnrunzelnd starrte David auf sein Hemd und beruhigte sich wieder. Es war reinweiß, der Kragen ein bißchen zu steif, dafür fast ohne Falten – ja, langsam bekam er Übung mit dem Eisen.

Schmunzelnd dachte er an das Gesicht, das seine Wirtin gemacht hatte, als er sie zum ersten Mal nach heißer Kohle für sein Bügeleisen gefragt hatte. Daß ein Mann seine Hemden und Anzüge selbst bügelte, war ihr anscheinend noch nie untergekommen. Wer soll es denn sonst machen? hätte er sie am liebsten gefragt. Sein Geld reichte nicht, um die Wäsche außer Haus zu geben. Und zu Hause – weder seine Mutter noch seine Schwestern wußten, wie mit solch guten Stoffen umzugehen war. Bestimmt hätten sie den feinen Anzugzwirn gleich beim ersten Versuch versengt! Also stand er abends selbst in seinem Mansardenzimmer und bügelte. War nicht der erste Eindruck entscheidend? Wie sollten die Geschäftsleute dieser Welt ihn ernst nehmen, wenn er wie ein Bettler daherkam? Nein, er konnte mit seinem Aussehen recht zufrieden sein. Er wirkte reif, erwachsen und sehr geschäftsmäßig.

Macht war ein leises Tier. Und gut angezogen.

Und deshalb war es wichtig, eine gute Erscheinung abzugeben, selbst wenn wieder einmal nur ein kleiner Handwerker vor der Tür stand und darauf wartete, ihm seine desolate Lage zu schildern und um ein Darlehen zu betteln.

Guck nicht hin, konzentriere dich auf die Arbeit, sagte sich David stumm, während er wieder zu seinem Schreibtisch ging. Dennoch fiel sein Blick auf den Stapel Zeitungen, die er vor Arbeitsbeginn gekauft hatte, und schon griff er nach dem zuoberst liegenden Blatt, um die Schlagzeilen zu überfliegen. Am liebsten hätte er sich gleich in die Lektüre vertieft, aber das mußte warten.

Wie so vieles andere auch. Verflixt!

Warum konnte nicht einmal jemand kommen, ihm ein Vermögen auf den Tisch knallen und zu ihm sagen: »Bitte schön! Machen Sie was draus!« Aktien, Wechselanleihen, Devisengeschäfte – oh, er wüßte schon, wie er das Geld vermehren würde! Nicht umsonst wühlte er sich durch Berge von Zeitungen und Anzeigeblättern, ja, sogar die eine oder andere Damenzeitschrift war darunter! Die versuchte er unter all den anderen Blättern zu verstecken. Aber immerhin hatte er bei der Lektüre gelernt, daß es in Amerika große Firmen gab, die mit der Herstellung von Lippenstiften, Wangenrot und Gesichtscremes ein Vermögen verdienten. Diese galt es im Auge zu behalten – womöglich würde eine davon an die Börse gehen? Mit der Eitelkeit der Frauen war zum richtigen Zeitpunkt bestimmt gutes Geld zu verdienen! Aus solchen Überlegungen heraus investierte er einen nicht unerheblichen Teil seines Gehaltes in Publikationen, die er allwöchentlich im Laden von Alois Sawatzky abholte. Als er den Buchhändler gefragt hatte, ob dieser bereit wäre, für ihn auch außergewöhnliche Blätter zu ordern, waren sie ins Gespräch gekommen. Nachdem Sawatzky erfahren hatte, daß David sich mittels der Zeitschriften weiterbilden wollte, Informationen sammelte über Firmen, Wirtschaftszweige, politische Entwicklungen und so weiter, bot der Buchhändler an, ihm ältere Ausgaben zum halben Preis zu besorgen. David hatte dankend angenommen.

O ja, er hatte sein Ohr am Puls der Zeit! Er wußte, wo in der Welt man welches Geld verdienen konnte. Er kannte sich aus. Und irgendwann würde das auch der Bankdirektor erkennen. Natürlich war seine Aufgabe – das Prüfen von Kreditanfragen – ehrenvoll. Für einen jungen Mann wie ihn sei es eine Ehre, an so vertrauensvoller Stelle eingesetzt zu werden, wurde Gerhard Grosse nicht müde zu betonen. Dagegen konnte David schlecht etwas sagen. Aber Ehre hin oder her – es war der Wertpapierhandel, das Büro drei Türen weiter, nach dem es ihn gelüstete.

Mit einem Seufzer rückte David seinen Schreibtischstuhl zurecht. Bis man im Bankhaus Grosse seine wahre Berufung erkannte, würde er auch weiterhin seinen Klienten interessiert zuhören, an den richtigen Stellen »Aha!«

und »Oje!« sagen und sich ein paar Notizen machen. Er würde mitfühlend wirken, aber gleichzeitig eine gewisse Distanz wahren. Danach würde er zu Gerhard Grosse gehen und den Fall vortragen. Doch ganz gleich, wie vehement er sich für die armen Schlucker einsetzte – er wußte meist schon vorher, daß sein Chef einen Kredit ablehnen würde. Oder daß er, falls er ihn tatsächlich gewährte, horrende Zinsen dafür verlangen würde.

»Die Zeiten haben sich geändert, mein Junge!« bekam David dann regelmäßig zu hören. »Ein weiches Herz können wir uns nicht erlauben. Auch eine Bank wie die unsere muß schauen, wo sie bleibt!« Dann würde er noch seinen Standardspruch hinterherschicken: »Lieber zehn Geschäfte weniger als einen Verlust!« Sein Chef würde ihm auf die Schulter klopfen und ihm gleichzeitig zu verstehen geben, daß der richtige Kunde mit dem richtigen Anliegen selbstverständlich jederzeit willkommen wäre. Und daß es an David Wagner läge, die richtigen Kunden mit den richtigen Anliegen an Land zu ziehen. Große Fische eben. Schließlich brachten dies seine älteren, erfolgreicheren Kollegen auch fertig. Wollte er, David Wagner, als Versager daneben stehen? Mußte das Bankhaus Grosse daraus die entsprechenden Schlüsse ziehen? Nicht, daß dies je laut ausgesprochen wurde!

Macht war ein leises Tier.

Und versperrte so manche Tür.

Daß hier, in Sonneberg im Bankhaus Grosse, subtilere Spielregeln herrschten als dort, wo er herkam, hatte David schon vor langer Zeit lernen müssen.

Dort, wo er herkam – aus dem wenige Meilen entfernt gelegenen Ort Steinach –, waren die Regeln einfach. Wer aus dem Schiefersteinbruch das Geld nach Hause brachte, hatte die Macht. Da dies meist die Männer waren, hatten sie das Recht zu brüllen, ihren Willen durchzusetzen, zu drohen. All die Männer, die hier bei ihm antanzten, den Hut in der Hand kneteten, als handle es sich um Aladins Wunderlampe, waren dieselben Männer, die in der Wirtschaft von Davids Vater abends große Sprüche klopften. *Danach* wurde ein Mann beurteilt.

Macht war in Steinach ein brüllendes Biest.

Was denkst du nur für seltsame Dinge, schalt sich David. Es war ungewöhnlich, daß er Tagträumen nachhing, noch dazu solchen, die mit Steinach und seiner Familie zu tun hatten. Er warf einen raschen Blick auf die Uhr. Zwanzig nach neun – Zeit, seine nächsten Kunden hereinzubitten! Ein letztes Mal rückte David die Krawatte zurecht, setzte sich aufrecht hin und drückte den Klingelknopf, der seiner Vorzimmerdame signalisierte, daß er zu großen Geschäften bereit war.

22. KAPITEL

»Und so sind wir die Repräsentanten der in der Entstehung befindlichen Genossenschaft ›Gründler-Hütte‹!« Wanda lächelte angestrengt. »Die nötigen neun Gründungsmitglieder sind gefunden, alle Papiere aufgesetzt.«

Der Bankangestellte schaute von ihr zu seinen drei anderen Besuchern. Sein Kopfnicken war für Wanda nicht zu deuten. Warum sagte er nichts? Ihm mußten doch zig Fragen auf der Zunge liegen! Und warum sagten die anderen nichts? War nicht ausgemacht gewesen, daß sie nur als Unterstützung dabeisein sollte? Daß Karl das Reden übernahm? Statt dessen rutschten die drei Männer unruhig auf ihren Stühlen herum wie drei Schulbuben, die Angst vor der nächsten Klassenarbeit hatten.

Was blieb ihr also anderes übrig, als sich hier und jetzt David Wagner als Wortführer zu stellen? Die lange Wartezeit in dem nüchternen Vorzimmer, die gestrengen Blicke der Sekretärin bei jedem Hüsteln seitens der Besucher, die viel zu zierlichen Stühle, auf denen kein normaler Mann bequem sitzen konnte – all das hatte nicht gerade dazu beigetragen, die Nervosität der Glasbläser zu lindern. Von Karls großspurigen Reden wie »Wir werden dem Bankmenschen schon klar machen, daß er wahre Unternehmer vor sich hat!« und »Der Bankmensch wird sich die Finger danach lecken, uns einen Kredit geben zu dürfen!« war nichts mehr übriggeblieben. Als sie endlich zu ihm ins Büro gebeten wurden, hatte es nochmals eine halbe Ewigkeit gedauert, bis sie alle Platz genommen hatten. Was vor allem damit zusammenhing, daß die Männer darauf bestanden, Wanda direkt vor Wagners Schreibtisch zu plazieren, während Wanda viel lieber ganz hinten, auf dem Stuhl neben der Tür, Platz genommen hätte. Um die Diskussionen nicht ins Endlose auszuweiten, hatte sie schließlich nachgegeben.

Was sich nun als Fehler herausstellte – denn mit ihrem Stuhl schien sie automatisch auch die Rolle der Rednerin übertragen bekommen zu haben.

Sie drehte sich zu Karl um und nickte ihm auffordernd zu, was bedeuten sollte: »Nun sag doch was!«, woraufhin er heftig zurücknickte und schwieg.

»Die Repräsentanten einer Genossenschaft, ich verstehe ...« David Wagner räusperte sich. Dabei sah er aus, als verstehe er gar nichts, vor allem nicht, wie es kam, daß eine junge Frau und drei alte Glasbläser in gemeinsamer Sache bei ihm antraten.

Wanda beugte sich über den Schreibtisch. Durch die Bewegung hatte sie den Duft ihres eigenen Parfüms in der Nase – ob sie vielleicht ein wenig zuviel davon aufgetupft hatte? Vorsichtig schnupperte sie in die Luft und merkte erst da, daß es David Wagners Rasierwasser war – sehr viel herber als ihr eigener Duft. Mißbilligend runzelte sie die Stirn. Der Mann war wohl ziemlich eitel.

»Die Sache eilt sehr, verstehen Sie? Herr Gründler hat zugesagt, uns bis Mitte September Zeit zu geben, das fehlende Geld aufzutreiben. Mir ist natürlich klar, daß die Vergabe eines Kredits einige Formalitäten mit sich bringt. Formalitäten, die Zeit kosten ...« Sie versuchte sich an einem Blick, der Wagner zu verstehen geben sollte: Mach endlich voran! Wir sind wichtige Leute, und wichtige Leute haben nicht unendlich viel Zeit zu verschenken.

»Da haben Sie in der Tat recht, Fräulein ...«

»Miles«, antwortete Wanda mit einem gewinnenden Lächeln. »Ich bin die Stieftochter von Steven Miles. Ihm gehört ein großes Handelsunternehmen in New York, vielleicht haben Sie schon von ihm –« Wanda brach ab, als Gustav Müller Sohn sich urplötzlich nach vorn beugte.

»David Wagner«, murmelte er vor sich hin. Gleichzeitig glotzte er den Bankangestellten an, als habe er ein Kalb mit zwei Köpfen vor sich.

Wanda entgingen nicht David Wagners Versuche, sein Gegenüber niederzustarren. Sie räusperte sich, um Gustavs Aufmerksamkeit auf sich zu lenken. Doch es war Wagner, der als erster wegschaute und sich statt dessen in den Unterlagen vergrub, die Wanda ihm übergeben hatte. Die Summe Bargeld, über welche die Genossenschaft schon verfügte, die Anzahl der Mitglieder, Alois Gründlers Unterschrift, mit der er sich bereit erklärte, auch die Genossenschaft als potentiellen Käufer zu akzeptieren –

alles hatte Wanda fein säuberlich aufgeschrieben. Warum äußerte er sich nicht dazu? Die Unterlagen mußten ihn doch beeindrucken.

»Mir kommt er irgendwie bekannt vor«, flüsterte Gustav Wanda ins Ohr.

»Deshalb brauchst du ihn doch nicht so anzustarren!« gab sie ebenso leise zurück. »Herr Wagner muß sich konzentrieren.« Dabei hätte nicht viel gefehlt und sie hätte David Wagner in derselben Art und Weise angeglotzt.

Der Mann war so jung! Der Name »Bankhaus Grosse & Söhne«, die Art, wie die Glasbläser ehrfurchtsvoll von dieser Sonneberger Institution sprachen – all das hatte dazu beigetragen, daß sich Wanda im Geist einem alten, verknöcherten Herrn gegenübersitzen sah. Aber David Wagner war höchstens Mitte bis Ende Zwanzig, darüber täuschten auch sein altmodischer Anzug und sein steifes Auftreten nicht hinweg.

Jetzt war Wagner gerade dabei, einige der Zahlen aus Wandas Unterlagen in ein eigenes Formular zu übertragen. Immerhin! Daß seine Augen dabei funkelten wie zwei glühende Kohlestückchen, mußte schließlich kein Zeichen mangelnder Kompetenz sein, oder? Und auch sein verwegenes, fast attraktives Aussehen mußte nicht bedeuten, daß er keinen Sinn für Zahlen hatte.

Unvermittelt fiel Wanda Harry, ihr ehemaliger Verlobter, ein. Ob Harry die gleiche Skepsis erfuhr, die sie Herrn Wagner gegenüber an den Tag legte? Als seine Bank ihn zum Leiter der Niederlassung in New Mexico machte, war er eher noch jünger als Wagner gewesen.

Wanda hätte nicht sagen können, warum, aber ihr wäre es lieber gewesen, einem alten Herrn mit arroganter Miene und blassen Augen gegenüberzusitzen.

Und nicht diesem gutaussehenden Kerl mit seinen blitzenden Augen und den dunklen Haarlocken, die ihm immer wieder in die Stirn fielen. Schon schob er erneut seine Unterlippe nach vorn und versuchte, die Haarsträhne unauffällig wegzublasen. Wanda mußte ein Kichern unterdrücken.

David Wagner schaute kurz von seinen Unterlagen auf. »Die Angelegenheit ist ein wenig diffizil ...«, sagte er gedehnt. »Sie wissen ja, daß es einen zweiten Kaufinteressenten gibt. Dieser Herr ist ... ebenfalls Kunde unseres Hauses, ein langjähriger und sehr geschätzter Kunde, falls ich das anfügen darf. Auch mit ihm verhandeln wir in dieser Angelegenheit und zwar schon seit einiger Zeit.« Bedeutungsvoll blieb sein Blick auf Wanda haften, die daraufhin unruhig auf ihrem Stuhl hin und her zu rutschen begann.

»Sie fragen sich, ob Sie dadurch in einen Interessenkonflikt geraten könnten?« piepste sie mit zu hoher Stimme. Verflixt! Daß die Bank ihr Kreditgesuch erst gar nicht bearbeiten würde – daran hatte keiner von ihnen gedacht.

Der Bankangestellte hob bedauernd die Schultern. »Darlehen sind in der Regel zweckgebunden. Das bedeutet, daß wir schlecht zwei Darlehen für ein und dieselbe Sache herausgeben können. In Ihrem Fall verhält es sich ähnlich wie beim Kauf einer Immobilie: Wenn es dafür mehrere Interessenten gibt, erhält in der Regel der Kaufinteressent mit der größeren Bonität den Zuschlag, anders können Banken heutzutage gar nicht mehr agieren. In diesem Fall sieht es so aus, daß Ihr ... Konkurrent ein wesentlich geringeres Darlehen beantragt hat, für das er außerdem beachtliche Sicherheiten aufweisen kann. Im Gegensatz zu Ihnen ... Das von Ihnen gewünschte Darlehen von 54000 Goldmark stellt selbst für unsere Bank eine hohe Summe dar!«

»Der Verleger! Hat Sicherheiten aufzuweisen, pah!« Karl spuckte die Worte aus, bevor Wanda etwas dagegen tun konnte. »Haben Sie sich schon einmal gefragt, wie Ihr Herr Verleger zu seinem Vermögen gekommen ist?« fragte er dann und beugte sich dabei weit in Wagners Richtung. »Auf dem Rücken von uns Glasbläsern hat er es sich ergaunert, so sieht's doch aus!«

»Karl ...«, murmelte Wanda.

David Wagner verzog keine Miene. »Natürlich werde ich Ihr Anliegen mit Herrn Grosse persönlich durchsprechen, aber große Hoffnungen kann ich Ihnen nicht machen.« Er öffnete eine dicke, leicht zerfledderte Kladde und begann darin zu blättern. Als er die richtige Seite gefunden hatte, fuhr er mit dem Zeigefinger von oben nach unten.

Unwillkürlich verfolgten Wandas Augen jede seiner Bewegungen, als hinge ihr Leben davon ab.

»Herr Gründler will der Genossenschaft auf alle Fälle den Vorzug geben, wenn wir nur das Geld zusammenbekommen! Wenn es eine Hilfe wäre, könnte ich Herrn Gründler bitten, Ihnen dies nochmals persönlich zu bestätigen ...«

David Wagner nickte gedankenverloren, dann klappte er seine Kladde zu.

»Kommen Sie morgen nachmittag um drei Uhr wieder. Bis dahin kann ich Ihnen bezüglich Ihres Kreditwunsches Näheres sagen und –«

»Teufel auch! Jetzt weiß ich's endlich!« platzte Gustav heraus. »Du bist der Wagner-David! Der Sohn vom Wagner-Wirt aus Steinach!«

»Genau!« rief nun auch Martin Ehrenpreis. »Mir ist der Junge auch gleich so bekannt vorgekommen! Das waren noch Zeiten, als wir nach jedem Gang nach Sonneberg in

Steinach bei deinem Vater in der Wirtschaft landeten!« Er lachte so heftig, daß sein fetter Wanst bebte. »Wer nichts wird, wird Wirt, heißt es doch! Und jetzt sitzt der Sohn vom Wirt in der feinsten Bank Sonnebergs! Wer hätte das gedacht ...«

Wanda glaubte, vor Scham im nächsten Moment tot umzufallen.

»Martin, Gustav!« zischte sie. »Das gehört doch nun wirklich nicht hierher.« Sie lächelte David entschuldigend an. Das Feuer in seinen Augen war erloschen, zurückgeblieben war kalte Glut.

»So ein kleiner Bub war er!« sagte Martin Ehrenpreis zu Wanda, als habe er nichts gehört. »So klein!« wiederholte er, seine Hand auf Bauchhöhe haltend. »Ist immer zwischen den Wirtshaustischen herumgesprungen und hat Bierreste erbettelt. Und sein Vater, der Wagner-Wirt, ist in der ganzen Gegend wie ein bunter Hund dafür bekannt, daß er –«

Wanda, die keinesfalls hören wollte, wofür Davids Vater bekannt war, räusperte sich so heftig, daß ein Hustenanfall die Folge war. Wenigstens reichte er aus, Martin in seiner Rede zu unterbrechen.

Hastig schnappte Wanda ihre Handtasche und stand auf.

»Es ist sehr freundlich von Ihnen, sich bis morgen in unserer Sache zu erkundigen. Punkt drei Uhr werden wir also hiersein. Vielleicht komme ich aber auch allein ...«, fügte sie mit einem giftigen Blick in Richtung der Männer noch hinzu.

23. Kapitel

Die Jahre hatten es nicht gut gemeint mit Friedhelm Strobel. Wer ihn durch die Straßen Sonnebergs hetzen sah, erblickte einen alten, mürrisch dreinschauenden, hageren Mann mit leicht unregelmäßigem Gang. Daß er sein linkes Bein ein wenig nachzog, verdankte er einer Schlägerei, der er vor vielen Jahren zum Opfer gefallen war. Aber es lag nicht an seinem Bein, daß sein Gesicht an diesem Tag zu einer Grimasse verzogen war.

Er haßte die Hitze. Wenn andere Leute aufblühten, das schöne Wetter lobten und den Sonnenschein, überfiel ihn der Drang, den Redner zu verprügeln. Was war schön an Tagen, an denen das grelle Licht die müde gewordenen Augen tränen ließ? Was war schön am penetranten Schweißgeruch, der einen umwehte, ganz gleich, ob man allein war oder in Gesellschaft anderer? Und was war schön an geschwollenen Füßen, an vom Schweiß aufgeweichter Haut im Nacken und einem feuchten Händedruck?

Solche Tage verbrachte man am besten im abgedunkelten Haus.

Statt dessen mußte er sich abhetzen, um nicht noch später zu seinem Banktermin zu kommen! Elende Rennerei, und wem hatte er das zu verdanken?

Wie selbstgefällig der Einkäufer des Münchner Kaufhauses bei ihm gesessen hatte! Jahrelang hatte er Glaswaren mit Fadenmuster nur allzugern auf seine Bestelliste gesetzt! Aber plötzlich meinte er, das Muster sei nicht mehr »en mode«.

Strobel schnaufte. Altmodisches Muster – von wegen! Dem Burschen war es doch von Anfang an nur darum gegangen, den Preis zu drücken.

»Vier Mark achtzig für das Dutzend ist ein sehr redlicher Preis für echte Lauschaer Glaskunst, aber Ihnen zuliebe könnte ich mich vielleicht dazu durchringen … Einen Moment bitte!« hatte Strobel gesagt, sein ledernes Notizbuch gezückt und so getan, als würde er angestrengt Zahlen darin vergleichen. Doch außer dem Hinweis, daß er am selben Tag einen Banktermin hatte, war die Seite leer. Keine gesellschaftlichen Termine, keine Verabredung, nichts, was das Alltagseinerlei hätte vertreiben können. Was die Geschäfte mit kleingeistigen Männern wie dem Bayern erträglicher gemacht hätte. Und nun würde er seinen Banktermin nicht einmal pünktlich einhalten können!

Er blieb abrupt stehen. Hatte er in der Eile daran gedacht, die Ladentür abzuschließen? Ja, er konnte sich daran erinnern, den Schlüssel im Schloß umgedreht zu haben.

Und wenn nicht, würde ihn das auch nicht umbringen. Die Zeiten, in denen ihm allein ein Blick auf das edle Wurzelholz, mit dem sein Geschäft ausgestattet war, Vergnügen bereitet hatte, waren längst vorbei. Inzwischen langweilte ihn die Behäbigkeit seiner Räume, die nichts mit wechselnden Moden, sondern mit dauerhaft gutem Geschmack zu tun hatte. Ja, es hatte einmal Zeiten gegeben, in denen er stolz darauf gewesen war, ganz genau zu wissen, welche Waren sich hinter jeder Schublade und in welchem Fach befanden: handgerollte Seifen in den Körben oben links. Porzellanpuppen der Marke Heubach im mittleren Schrankelement. Schultafeln aus Steinach im untersten Fach. Holzspielzeug in den drei mittleren Schubladen. Und so weiter. Nach mehr als dreißig Jahren langweilte ihn jedoch auch dieser Gedanke.

Außerdem waren die Zeiten des schwunghaften Handels sowieso vorüber, die Einkäufer wurden immer wählerischer, immer schwieriger. Darin machte der Münchner keine Ausnahme.

Strobel schnaubte lautlos. Früher hätte es eine Herausforderung für ihn bedeutet, einen zögerlichen Einkäufer so lange zu bezirzen, bis der Orderzettel randvoll war. Es hatte ihn geradezu erregt zu sehen, wie er seine Kunden beeinflussen und manipulieren konnte, bis sie wie die Ratten von Hameln nach seiner Pfeife tanzten.

Aber diese Zeiten waren vorbei. Heutzutage ging es nur noch ums Geld.

Es war schwer, den Lauschaern klarzumachen, daß die Preise für Glaswaren ständig sanken und daß er sich deshalb nicht an einst getroffene Absprachen halten konnte. Aber es war geradezu unmöglich, den Lauschaern die Wahrheit zu sagen: Daß die Preise nämlich nur deshalb fielen, weil sich die Verleger im Preiskampf gegenseitig zu unterbieten versuchten.

Doch diese Zeiten würden bald der Vergangenheit angehören – dem Himmel sei Dank! Andererseits, der Himmel hatte nicht viel damit zu tun, der heutige Banktermin und Strobels geschäftlicher Einfallsreichtum dafür um so mehr.

Mit einem bösen Grinsen tupfte sich Friedhelm Strobel mit seinem Taschentuch den Schweiß von der Stirn. Vor einem der vielen Schaufenster blieb er stehen, um unauffällig seine Erscheinung zu prüfen.

Nein, die Jahre hatten es nicht gut gemeint mit ihm.

Er hatte jene herbe Attraktivität verloren, die ihn seine Jugend hindurch begleitet und Männer wie Frauen gleichermaßen angesprochen hatte. Tiefe Falten hatten sich in sein Gesicht gegraben. An Tagen wie diesem, bestimmt von Verdruß und lästigen Pflichten, schienen sie noch tiefer zu sein. Sie erzählten nicht von Scharfsinn und der Weisheit des Alters, sondern von einem verlebten Leben.

Strobel reckte das Kinn nach oben, hob die Augenlider nur halb und versuchte sich an seinem berühmten arroganten Blick. Früher, da war es den Leuten anders geworden, wenn er sie so von oben angeschaut hatte.

Strobel schluckte. Vorsichtig, als vermute er Gräten in seinem Mund.

Seine schmale Nase, die früher der eines Falken geähnelt hatte, war nur noch eine schwache Erhebung. Die Nasenflügel waren eingefallen, auf dem linken hatte sich ein häßlicher Leberfleck gebildet.

Seine Spürnase ... Was hatte er sich darauf eingebildet! Das also war von ihr übriggeblieben.

Nachdem er dem Ladenbesitzer, in dessen Fenster er so ausgiebig gestarrt hatte, einen Gruß zugeworfen hatte, marschierte er wieder los. Wieviel lieber hätte er den Laden betreten und dem Mann eine Ohrfeige verpaßt! Einfach so.

Strobel spürte, wie seine Aggressivität anschwoll. Ihm war danach, seinen Stachel auszufahren wie eine Wespe, die nach einem langen, heißen Sommer ihr eigenes Ende nahen spürt.

Als Tand hatte der Münchner Einkäufer seine Waren bezeichnet. Auch so etwas wäre früher undenkbar gewesen. Sicher, Einkäufer hatten schon immer mit harten Bandagen gekämpft, aber keiner hätte es gewagt, ihm, Friedhelm Strobel, derart freche, aufsässige Blicke zuzuwerfen und dabei –

Strobel schluckte erneut. Vor lauter Trockenheit klebten seine Mundwinkel zusammen. Die Gräten hatten sich in seinem Hals verkantet und rieben und drückten.

Kunst wollte er haben, ha! Dieser aufgeblasene Gockel.

Schrie nach Kunst, aber zahlen wollte er nur für Tand. So waren sie, allesamt!

Auch an diesem Tag hätte Strobel seine rechte Hand auf den Ausgang seines Verkaufsgespräches verwettet: Nach einer erneuten und schmerzhaften Runde Preisdrückerei war der sogenannte Tand plötzlich für den feinen Münchner Herrn wieder recht attraktiv geworden. Die Bestellmengen hätten in früheren Zeiten ausgereicht, ein zufriedenes Lächeln auf Strobels Gesicht zu zeichnen. Wenn er aber die Preise anschaute, die hinter den Bestellungen standen, gelang es ihm nicht einmal mehr, die Erinnerung an ein Lächeln hervorzurufen.

So konnte es nicht weitergehen.

Und deshalb war sein Termin im Bankhaus Grosse vielleicht gar keine so lästige Pflicht.

Vielleicht tat es doch nicht not, den kleinen Bankangestellten, dessen Name ihm schon wieder nicht einfallen wollte, herunterzuputzen. Er konnte schließlich nichts dafür, daß sein Chef ein Wichtigtuer war, der sich gern rar machte. Der selbst so wichtige Leute wie ihn, Friedhelm Strobel, an seinen Lakaien verwies, obwohl sie sich seit mindestens zwanzig Jahren kannten! Sie trafen sich Woche für Woche im »Schwanen« mit anderen Honoratioren der Stadt, diskutierten über Wohl und Wehe Sonnebergs, tauschten sich aus über die wirtschaftliche Lage im besonderen und allgemeinen. Bei diesen Stammtischen trat Grosse stets als Freund von jedermann auf, aber wehe, er hatte einen Kunden erst einmal an der Angel! Dann hatte er es offenbar nicht mehr nötig, sich höchstpersönlich um dessen Belange zu kümmern. Dann schickte er Lakaien.

Strobel holte tief Luft. Es machte keinen Sinn, wertvolle Energie an Dummköpfe wie Grosse zu vergeuden. Eines

Tages würde er dem Mann zeigen, was er wirklich von ihm hielt.

Aber vielleicht war es gar nicht nötig, Befriedigung aus solch läppischen Dingen zu ziehen.

Wo doch eine viel größere Befriedigung auf ihn wartete.

Gehörte ihm die Gründler-Hütte erst einmal, würde er in zukünftigen Verkaufsgesprächen ganz andere Karten in der Hand halten.

Wie viele Glasteile wollen Sie?

Was, in so kurzer Zeit?

Kein Problem, dann lass' ich meine Arbeiter eben länger schuften.

Ach, zahlen wollen Sie dafür aber nicht? Oder zumindest nicht viel?

Macht nichts, dann bezahl ich meinen Arbeitern eben auch weniger.

Ob die nicht murren werden, wollen Sie wissen?

Das werden sie nicht tun, seien Sie unbesorgt. Arbeitslose Hüttenarbeiter gibt es wie Zecken im Wald.

Strobel war so in seine Gedanken vertieft – Gedanken, die seine Spucke wieder fließen ließen, Gedanken, die seine Falten glätteten und seinen Blick wieder hochmütig werden ließen –, daß er die junge Frau, die ihm entgegenkam, nicht sah.

Die Frau, die sich über ihre Schulter hinweg mit jemandem unterhielt, bemerkte den Mann, der ihr mit raschen Schritten entgegenkam, ebenfalls nicht.

Der Aufprall war weniger hart als unerwartet. Die Frau stieß lediglich einen kleinen Schreckensschrei aus und rieb sich ihren Oberarm.

Strobel hatte schon Worte wie »Keine Augen im Kopf?« auf der Zunge, als er spürte, wie ein Prickeln seinen Körper durchzog. Eine Art Gänsehaut, nur intensiver. Das

Prickeln setzte sich zwischen seinen Beinen fest, und er spürte, wie sein schlaffes Fleisch reagierte. Langsam, wie ein Hund, der eine interessante Fährte mehr ahnt als wittert, hob er die Nase. Blähte die Nasenflügel. Seiner Spürnase.

Sie war jung. Diese rosige Haut, die dunklen Augen, das herzförmige Gesicht ...

Der Anblick quälte Strobel wie ein Lied, dessen Melodie man nicht mehr abrufen kann. An wen erinnerte ihn diese Fremde?

Groß war sie. Fast so groß wie er selbst. Kein kleines Mädchen. Drahtig. Mit den Bewegungen eines jungen Rennpferdes. Kein Ackergaul, sondern mit warmem, sehr warmem Blut. Genauso unruhig, so –

Dieser Blick! So arrogant!

Eine heiße Woge des Erkennens überflutete ihn. Die Anfangstakte des Liedes, das er so tief in sich vergraben hatte, kehrten zu ihm zurück. Oh, wie gut kannte er diesen Blick, bis heute hatte er ihn nicht vergessen können! Auch damals war es eine junge Frau gewesen, die ihre Unsicherheit sorgfältig dahinter versteckt hatte. Stolz und arrogant hatte auch sie gewirkt, dabei –

Nein, ihm konnte man in dieser Hinsicht nichts vormachen. Damals nicht und heute nicht.

Johanna hatte sie geheißen, Johanna Steinmann. Aber halt! Er wollte jetzt nicht an sie denken. Und nicht an damals.

Während er eine Entschuldigung murmelte und gleichzeitig drei Männer, die ihn unwirsch anstarrten, an sich vorbeiließ, trat er unruhig von einem Bein aufs andere, das Ziehen in seinen Lenden genießend. Energie, die er seit langem nicht mehr gespürt hatte, durchflutete ihn. Holte Erinnerungen zurück, die er längst verloren wähnte.

Wer war die Fremde?

Was machte sie hier?

Und wie –

Bevor er etwas tun oder sagen konnte, um sie in ein Gespräch zu verwickeln, warf sie ihm einen letzten Blick zu und rauschte davon.

24. KAPITEL

»Eines ist mir inzwischen klargeworden: In Ihrer Position bekommen Sie einiges zu sehen ...« Strobel nickte bedeutungsvoll in Richtung Tür. Während er sein Gegenüber angrinste, dachte er krampfhaft darüber nach, wie er den Lakaien zum Reden bringen konnte. Ein wenig Schmeichelei hatte schon so manche Zunge gesprächig gemacht. Ein wenig Schmeichelei, und die meisten Menschen ließen sich umdrehen wie ein Omelett. Wer zuvor A gesagt hatte, pflichtete Strobel dann eifrig bei, wenn dieser B sagte. Aber dazu mußte ihm wenigstens der Name seines Gegenübers einfallen ... Walter? Wanner? Wagner?

»... und zu hören«, bestätigte der Bankangestellte und lehnte sich auf seinem Stuhl zurück. Die Hände über dem Kopf dachartig verschränkt, dehnte er sich, bis ein Knakken zu hören war. Im Schein des Sonnenlichtes, das durch die vorgeschobenen Fensterläden fiel, glänzten die abgewetzten Ärmel seines Jacketts.

Strobel biß sich auf die Zunge, doch schon im nächsten Augenblick konnte er sich nicht länger zurückhalten.

»Die junge Dame, der ich gerade auf dem Flur begegnet bin ... Mir war so, als würde ich sie kennen.«

Der Mann dehnte erneut seine Arme, diesmal über den Schreibtisch hinweg. »Das kann gut sein. Wanda Miles heißt sie. Kommt aus Lauscha.«

Strobel nickte, als wäre ihm damit alles klar. Wanda Miles – der Name sagte ihm etwas. Doch bevor ihm eine Zuordnung gelang, verschwammen seine Gedanken wie Tinte auf einem nassen Blatt Papier.

Wie sie die Schultern nach hinten geschoben hatte.

Der Blick, fast ein Silberblick, nicht direkt, aber auch keine niedergeschlagenen Lider.

»Eine so junge Frau – man möchte fast nicht glauben, daß sie schon mit Bankgeschäften zu tun hat …« Strobel schüttelte den Kopf. »Andererseits«, fuhr er fort, »sind Sie ja auch noch recht jung und machen Ihre Arbeit vorzüglich, wie ich von Ihrem Vorgesetzten gehört habe.«

Der Bankangestellte runzelte die Stirn. Ein ungläubiger Ausdruck huschte über sein Gesicht, bevor er im nächsten Moment eine geschäftige Miene aufsetzte.

»Ihre Kreditpapiere liegen zur Unterzeichnung bereit, Sie müssen lediglich noch unterschreiben und –«

Strobel winkte ab. »Sehr gut, sehr gut, junger Freund.« Unwillkürlich begann er die Nagelhaut von seinem rechten Zeigefinger abzukauen. Wie um alles in der Welt konnte er das Gespräch wieder auf das Weibsbild bringen?

Er räusperte sich. »Handelt es sich bei der Dame etwa um eine Kundin des Bankhauses Grosse?« Seine Stimme war einen Ton zu hell, zu gierig.

Sein Gegenüber zuckte mit den Schultern. »Das kann man so nicht sagen. Sie kam mit drei Glasbläsern hier an und –« Stockend begann David Wagner von seinem vorhergehenden Treffen zu erzählen.

Strobel lauschte angestrengt. Es war offensichtlich, daß Wagner mehr daran gelegen war, das Bankgeheimnis zu wahren, als sich Strobel gegenüber zu offenbaren. Gleichzeitig schien es aber so, als wolle er Strobel nicht durch stoisches Schweigen verärgern – ein Spagat, für den Strobel seinem jungen Gegenüber ein Lob aussprechen mußte. Hier eine nebulöse Redewendung, da ein zweideutiger Blick, dann ein nicht zu Ende gesprochener Satz. Alles stockend vorgebracht, zögerlich, als überlege er sich jedes Wort sehr genau. Ein weniger aufmerksamer Zuhörer hätte mit seinen Ausführungen vielleicht nichts anfangen können, aber für Strobel stand danach eines fest: Es gab einen weiteren Kaufinteressenten für die Gründler-Hütte.

Wie konnte Alois Gründler es wagen, mit noch jemandem zu verhandeln? Wie konnte er es wagen, ihn nicht davon in Kenntnis zu setzen? Wie konnte es angehen, daß er solche Neuigkeiten von einem kleinen Bankangestellten erfahren mußte?

Jemand wollte ihm einen Strich durch die Rechnung machen.

Normalerweise hätte ihn eine solche Entwicklung in Rage gebracht. Er konnte keine Schwierigkeiten gebrauchen. Nicht jetzt, nicht in dieser Angelegenheit, die sein ganzes Leben verändern würde. Die ihm sein geschäftliches Fortbestehen garantieren sollte. Aber der Gedanke, daß die Amazone sein Interesse an der Gründler-Hütte teilte, amüsierte ihn mehr, als daß er ihn ärgerte. Er erregte ihn geradezu. Diese Erregung wurde gespeist von dem Wissen, daß Gerhard Grosse den Darlehenswunsch der Lauschaer nie bewilligen würde. Und so, wie er die wirtschaftliche Lage der anderen Banken einschätzte, würden die sich nicht trauen. Allein das Wort Genossenschaft! Glasbläser, die sich in gemeinsamer Sache versuchten. Eine junge Frau als Wortführerin? Genau das, was eine angeschlagene Bank brauchte ... Nein, nein, das Thema würde so schnell wieder vom Tisch sein, wie es aufgekommen war. Und Alois Gründler würde ihm zu Füßen liegen aus lauter Dankbarkeit, in ihm einen verläßlichen Käufer zu haben.

Kein Grund also, in Rage zu geraten.

Aber vielleicht ein Grund, Gründler im Preis zu drücken, wenn es soweit war. Der Mann hatte auch noch seine Lektion zu lernen.

Der Rücken fest durchgedrückt ... Das Rückgrat stark und –

Solch eine Unverfrorenheit! Das junge Ding glaubte ernsthaft, ihm Konkurrenz machen zu können.

Aber wie kam die Amazone zur Gründler-Hütte? Über das Warum und Wieso hatte sein Gegenüber noch kein Wort verloren. Dabei war das der Punkt, der Strobel am meisten interessierte.

»Ehrlich gesagt weiß ich gar nicht, ob ich Ihnen das alles erzählen darf«, sagte der Bankangestellte jetzt, und es war offensichtlich, daß er irgendeine Reaktion erwartete.

»Sie haben doch nicht mehr gesagt, als ich eh schon wußte«, sagte Strobel deshalb betont beiläufig. »Alois Gründler hat einen zweiten Kaufinteressenten erwähnt, nur hätte ich ihn nie und nimmer mit so einem jungen Mädchen in Verbindung gebracht!« Dies und sein Lächeln reichten, daß der Bankangestellte sich entspannte. Rote Flecken hatten sich auf seinen Wangen gebildet, wie weggewischt war seine Blässe, er wirkte erhitzt und etwas verlegen.

»Das habe ich mir fast gedacht, daß Sie als Geschäftsmann längst informiert sind! Informationen – die sind doch das A und das O, nicht wahr?« Er schaute Strobel beifallheischend an.

Strobel nickte. Die Amazone – dieser hochmütige

Blick … War es nur die Erinnerung an Johanna, die ihn so verwirrte, oder …

Krampfhaft versuchte Strobel, diese Gedanken zu verdrängen. Hatte er hier und jetzt nicht Wichtigeres zu tun?

Der Bankangestellte schwatzte weiter. »Ich bewundere Ihre Gelassenheit! Ob ich an Ihrer Stelle auch so viel Gleichmut an den Tag gelegt hätte? Da kommt Herr Gründler auf einmal mit einem zweiten Kaufinteressenten an …« Er zuckte mit den Schultern.

Strobel machte eine weltmännische Geste. Glaubte der Lakai allen Ernstes, er würde sich die Butter vom Brot nehmen lassen? Glaubte er allen Ernstes, er, Strobel, hätte sein Wohlwollen, seinen Schutz nötig? Der Gedanke machte ihn wütend. Trotzdem sagte er äußerlich gelassen:

»Konkurrenz belebt das Geschäft – ist es nicht so?« Und nicht nur das, schoß es ihm durch den Kopf, während er die Beine übereinanderschlug, um seine steigende Erregung zu verbergen. Im selben Moment kam ihm ein neuer Gedanke: Warum nicht das Geschäftliche mit dem Angenehmen verbinden? So wie früher. In diesem Fall würde das für ihn bedeuten: die Gründler-Hütte *und* ein bißchen Spaß.

Der Bankangestellte lachte leise auf, und Strobel glaubte einen Hauch von Bedauern in seinem Lachen zu hören. »Von Konkurrenz würde ich bei der Lauschaer Genossenschaft nicht reden wollen, verehrter Herr Strobel. Wo Ihr Kredit doch längst von Herrn Grosse unterzeichnet ist. Es fehlt lediglich noch Ihre Unterschrift, und dann …« Er machte ein Gesicht, als wolle er sagen: »Dann gehört die Welt Ihnen!« Geschäftig begann er, den Stapel Aktenmappen auf seinem Schreibtisch durchzusehen.

Die Hände im Schoß verschränkt, schaute Strobel ihm dabei zu. Oh, wie gern hätte er dem kleinen Schleicher seine Wichtigtuerei ausgetrieben! Tat, als habe er Gott weiß wie viele Kreditgesuche zu bewilligen, dabei hatte Strobel seinen Namen längst auf der zuoberst liegenden Akte erspäht. Aber er hielt sich im Zaum.

Er würde diesen Lakaien noch brauchen. Der Mann war jung. Jugend war eitel. Und verführbar.

Der Kerl würde für ihn das Jagen übernehmen. Dafür war der Fuchs zu alt, auch wenn es in seinen Lenden heftig juckte. Das Spiel mit der Beute hingegen würde er selbst übernehmen.

Doch halt: Welche Falle? Welche Beute? Wie konnte es ihm gelingen, Wanda Miles im Spiel zu halten? Fieberhaft suchte sein Verstand nach einem Ansatz.

Er mußte klug vorgehen, nicht zu offensichtlich. Was immer er tat, zu was immer er den Bankangestellten bringen würde – Glaubwürdigkeit war dabei das wichtigste!

Wanda Miles … Miles … Miles!

Die Tochter von Steven Miles! *Dem* Steven Miles. Warum war er nicht gleich darauf gekommen?

Wanda Miles war die »Amerikanerin«. Hatte sein Gegenüber das vorhin nicht sogar erwähnt?

Die Mutter hieß … Ja, genau! Ruth. Ruth Miles. Sie war die jüngere Schwester von Johanna Steinmann.

Dann war auch Wanda Miles – eine Steinmann!

Die plötzliche Erkenntnis traf Strobel wie ein Paukenschlag.

25. Kapitel

»Die junge Frau hat eine Chance verdient! So wie Sie selbst auch! Wie alle fleißigen, aufstrebenden jungen Leute!«

Als seien es die Worte eines lästigen Kinderreimes, gingen David Wagner Strobels Worte nicht mehr aus dem Kopf.

Die aufstrebende Jugend! Wer hätte gedacht, daß sich ein Friedhelm Strobel *dafür* interessierte? Daß sich Strobel für seine junge Konkurrentin einsetzte, daß er im Ernstfall sogar bereit war, von dem Geschäft Abstand zu nehmen –

Aus Gründen der Fairness?

David schüttelte verwirrt den Kopf. Nie im Leben hätte er so etwas für möglich gehalten.

Sein Blick fiel auf den Zeitungsstapel, und zum ersten Mal empfand er keine Freude dabei. Der Anblick war ihm fast peinlich. Glaubte er allen Ernstes, durch derartige Lektüre dazulernen zu können? Etwas von der Welt und den Menschen zu erfahren?

Hoffentlich hatte Strobel die Zeitungen nicht gesehen.

Ja, das war wirklich ein Mann von Welt. Einer mit Format und Weitsicht.

Ganz wohl war David nicht dabei gewesen, Strobel von Wanda Miles' Anliegen zu erzählen. Andererseits hatte er dem Mann nichts Neues berichtet. Und das Bankgeheimnis hatte er auch nicht verletzt – Gott sei Dank! Wanda Miles und ihre Begleiter waren schließlich keine Kunden der Bank und würden es wahrscheinlich auch nie werden – somit sah er sich in bezug auf ihre Belange auch nicht zur absoluten Verschwiegenheit verpflichtet.

Trotzdem blieb die Frage: Warum war er so schwatzhaft gewesen? Das war doch sonst nicht seine Art!

Andererseits: Seiner Schwatzhaftigkeit war es zu verdanken, daß Friedhelm Strobel ihn wahrgenommen hatte. Zum ersten Mal wahrscheinlich. So, wie er sich das immer gewünscht hatte.

Beim Abschied hatte er ihm sogar die Hand gegeben.

Wenn es ihm gelänge, die nächsten Schritte – wie immer sie aussehen mochten – in Strobels Sinne zu tun, würde der beim nächsten Stammtisch vielleicht sogar ein paar lobende Worte gegenüber seinem Busenfreund Grosse fallenlassen.

»*Einen intelligenten jungen Mann hast du da in der Kreditabteilung sitzen, Gerhard! Auf den solltest du ein Auge haben, dieser David Wagner ist doch zu viel Höherem berufen, findest du nicht auch?*«

Und Grosse würde nicken, sich auf dem Heimweg ein paar Gedanken machen und ihn, David, vielleicht bald mit anderen Augen betrachten.

So, wie er sich das immer gewünscht hatte.

David streckte seine Arme nach oben. Sein Brustkorb weitete sich, und er holte tief Luft. Woher kam die leise Beklemmung?

Was wäre, wenn er Grosse gegenüber das Ansinnen der Lauschaer noch schlechter darstellen würde? Damit dieser deren Kreditwunsch ganz gewiß ablehnte. Dann könnte er dies Strobel gegenüber betonen, nach dem Motto: Ohne mein Dazutun – wer weiß, was dann geworden wäre?

Davids Arme sanken wieder nach unten, und er seufzte aus tiefster Seele. Nein, das war nicht seine Art. Wenn er Strobel beeindrucken wollte, dann mußte ihm das mit sauberen Mitteln gelingen.

Strobel beeindrucken, ha!

Während *er* sich damit gebrüstet hatte, Steven Miles aus der Zeitung zu kennen, hatte Strobel ganz nebenbei erwähnt, daß er den Amerikaner schon vor zwanzig Jahren kennengelernt habe, damals, als Miles noch Assistent von Franklin Woolworth gewesen sei, den er selbstverständlich auch kenne.

Während *er* sich wegen Alois Gründlers nicht ganz fairer Vorgehensweise aufgeregt hatte, hatte Strobel lässig gesagt: »Chacun à son gout – jeder, wie es ihm gefällt!« Und: »Natürlich würde ich die Glashütte gern kaufen, aber das heißt nicht, daß ich mit unfairen Mitteln spielen werde. Und es *wäre* unfair, der jungen Frau und ihren Mitstreitern erst gar keine Chance zu geben. Sollen Sie doch versuchen, bis zum Stichtag den Kaufpreis zusammenzukriegen!« An dieser Stelle hatte sich Strobel über den Schreibtisch gebeugt und ihn sehr streng angeschaut. Gerade so, als habe *er*, David, unfaire Methoden vorgeschlagen.

Vielleicht war er doch zu schwatzhaft gewesen? Womöglich glaubte Strobel nun, er wäre in Dingen, die ihn, Strobel, angingen, genauso geschwätzig?

David legte beide Handballen seitlich an seine Schläfen und begann mit einer ziemlich kräftigen Massage.

Noch immer schwirrte ihm der Kopf von Strobels Erzählungen von einer sagenhaften Glasbläserin, von der Erfindung der Christbaumkugeln, von einer Werkstatt, in der Frauen das Sagen hatten und die Wanda Miles' Tante gehörte. Johanna Steinmann – von ihr hatte David schon mal gehört. Ganz hatte er die Zusammenhänge nicht verstanden, aber eines war ihm klargeworden: Das Fräulein Wanda hatte nicht nur wichtig getan, sie war es irgendwie auch. Und sie hatte es absolut nicht nötig, sich die Hände mit Arbeit schmutzig zu machen. Oder sich für andere einzusetzen.

Daß sie es dennoch tat, verstand David nicht. Warum

machte sich eine wie sie nicht einfach einen schönen Lenz?

Was für eine Frau! Diese Selbstsicherheit! Und dabei noch so hübsch ...

Was für eine Frau ... Für einen wie ihn unerreichbar, so viel stand fest. Daran brauchte er keinen weiteren Gedanken zu verschwenden.

Du wirst hier nicht fürs Schwärmen bezahlt! ermahnte er sich.

Abrupt stand er vom Schreibtisch auf, schenkte sich aus einer Karaffe ein Glas schales Wasser ein und hielt dieses gegen seine Stirn. Sein Kopfschmerz hatte sich vor lauter Kneten und Reiben noch verstärkt. Was hätte er darum gegeben, jetzt einfach die Tür hinter sich schließen und heimgehen zu können! Oder einfach spazierengehen zu können.

In das feine Viertel von Sonneberg vielleicht. Dorthin, wo die Straßen unter ihrem Sonnendach aus Baumwipfeln schön schattig waren. Dorthin, wo die vielen neuen Häuser standen. Wo man nie Fuhrwerke mit Möbeln vor den Häusern sah. Wer einmal dort wohnte, der zog nicht mehr um. Anders als er, David, der sich in den nächsten Monaten eine neue Bleibe würde suchen müssen, weil er einen weiteren Winter in seiner ungeheizten Dachkammer kaum überleben würde.

Zurück am Schreibtisch, schob er den Stuhl nach hinten und legte seine Beine auf die Tischplatte. Gleichzeitig lauschte er angestrengt mit einem Ohr in Richtung Tür – wehe, die Vorzimmerdame würde ihn so erwischen!

Wanda Miles. Bevor David etwas dagegen tun konnte, wanderten seine Gedanken erneut zu der Amerikanerin. Er schätzte, daß sie einige Jahre jünger war als er. Er mußte an ihr dunkelblaues Kostüm und ihre geschäftige

Miene denken und lächelte. Wollte sie sich damit älter machen?

Und ihr Duft … Er hatte ihn noch genau in der Nase: blumig, mit einer herben Note, ein bißchen wie der Duft einer Quitte. Wunderbar … Es hatte ihn Überwindung gekostet, sich nicht weiter über den Schreibtisch zu lehnen und an ihrem weißen Hals zu schnuppern.

Wanda Miles – wie vergnügt Strobel den Namen immer und immer wieder gemurmelt hatte. Ja, Strobel war ein Mann, der Vergnügen empfinden konnte in der Gegenwart einer solchen Frau. Nie würde sich ein Friedhelm Strobel Gedanken darüber machen, was Wanda Miles wohl von ihm hielt, was sie über ihn dachte.

Wanda Miles. Hörte sich weich an. Weiblich, nicht so wie Katharina Krotzmann, die Tochter seiner Vermieterin, die ihn jeden Morgen anschmachtete.

Wanda Miles.

Warum sich Strobel einerseits so für sie eingesetzt hatte, ihn aber andererseits eindringlich bat, weiterhin über alle Belange der Genossenschaft informiert zu werden, war David noch immer nicht klar. Verstand man das unter »fair spielen«? Wer informierte denn Wanda Miles und die Glasbläser über Strobels Belange?

Nein, zukünftig würde er bei Strobel nicht mehr so großzügig plaudern. Falls es überhaupt noch etwas zu plaudern gab. Wahrscheinlich bekam er Wanda Miles nach dem morgigen Treffen eh nicht mehr zu Gesicht.

Er schnappte sich seine Jacke, schaute nochmals die Unterlagen durch, die Wanda ihm dagelassen hatte, und machte sich dann auf den Weg zu Gerhard Grosse.

Vielleicht würde es ihm ja doch gelingen, seinen Chef von der Vergabe eines Kredits an die Glasbläser zu überzeugen!

26. KAPITEL

»Was heißt das, die Bank will uns das Darlehen nicht gewähren?« Gustav Müller Sohn schaute David Wagner konsterniert an.

»Die Gründler-Hütte ist mit Sicherheit ein lohnenswertes Anlageobjekt. Aber die Problematik liegt woanders, wie ich Ihnen schon gestern zu erklären versuchte.« Mit einer Geste des Bedauerns hob David Wagner beide Hände. »Wenn Ihr – Konkurrent nicht ausgerechnet auch ein Kunde unserer Bank wäre … Und wenn sein Kreditantrag nicht ein wesentlich geringeres Volumen als das Ihre hätte. Und wenn er nicht so große Sicherheiten hätte …«

Gustav Müller Sohn biß sich auf die Unterlippe wie ein Schüler, der gerade gerügt wurde.

Karl der Schweizer Flein sprach aus, was allen vieren auf der Zunge lag.

»Und jetzt? Was soll jetzt geschehen?«

Ratloses Schweigen folgte. War das das Ende des Unternehmens »Genossenschaft Gründler-Hütte«?

Das konnte nicht sein. Das durfte nicht sein! Fieberhaft grübelte Wanda über andere Möglichkeiten nach, während David Wagner Unterlagen von einem Stapel auf einen anderen hievte und dabei einen sehr beschäftigten Eindruck zu machen versuchte. Nur keine Eile, sagte Wanda stumm. So schnell wirst du uns nicht los.

Verflixt!

Schon auf der Fahrt nach Sonneberg hatte sich das ungute Gefühl in Wandas Magen breitgemacht, daß alles längst nicht so glattlaufen würde, wie die Männer annahmen. Als am Abend zuvor im »Schwarzen Adler« die Biergläser erhoben wurden, um den »erfolgreichen« Bankbesuch zu feiern, hatte Wanda zwar den anderen zugeprostet, den Optimismus der Männer, für die der Bankbesuch am nächsten Tag nur noch eine Formsache bedeutete, aber nicht teilen können. Ganz im Gegenteil: David Wagner hatte doch schon angedeutet, daß es Probleme geben könnte! Und war es nicht ein schlechtes Omen, etwas zu feiern, was noch gar keinen Bestand hatte? Beschwor man durch solch ein Verhalten das Übel nicht geradezu herauf?

Das haben wir nun davon, ging es ihr jetzt durch den Kopf, während das Schweigen immer mehr Raum einnahm.

Karl starrte angestrengt aus dem Fenster, als erwarte er, irgendwo im dichten Blätterwerk der Kastanie eine Lösung zu finden.

Gustav Müller Sohn pulte so lange an seinem Westenknopf herum, bis er diesen in der Hand hielt.

Der Bankangestellte schaute bedeutungsvoll auf die Uhr, als wolle er sagen: Ich habe noch andere Termine! Termine, die erfolgversprechender sind.

Es war dieser Blick, der Wandas Kampfgeist erwachen ließ.

Nicht mit ihr! Sollten die vielen Stunden, die sie mit Harry in der Brooklyn Bar verbracht hatte, umsonst gewesen sein? Stunden, in denen ihr nichts anderes übriggeblieben war, als den Heldengeschichten der Börsianer zu lauschen?

Vielleicht war jetzt der Zeitpunkt gekommen, an dem sich ihre Anwesenheit in der Brooklyn Bar auszahlte!

Sie holte tief Luft, zog gleichzeitig das dicke Bündel Geldnoten, das Startkapital der Genossenschaft, aus ihrer Tasche und legte es mit einer nachdrücklichen Geste auf den Tisch. Funkelte David an.

»Es gibt noch eine andere Möglichkeit, wie Sie uns zu unserem Geld verhelfen können …«

»Was heißt das, die Lauschaer haben sich nicht abwimmeln lassen?« Gerhard Grosse runzelte die Stirn. »Bestimmen inzwischen schon die Kunden, mit wem wir Geschäfte machen? Warum haben Sie die Kerle nicht einfach zu einer anderen Bank geschickt? Sollen die sich doch mit deren Kreditwunsch abgeben, wir werden es jedenfalls nicht tun.«

David Wagner versuchte krampfhaft, sich die Aufregung, die er verspürte, nicht anmerken zu lassen.

»Genau das habe ich den Herren auch vermittelt. Sie sitzen übrigens noch unten in meinem Büro«, erwiderte er so ruhig wie möglich. »Aber – inzwischen geht es nicht mehr um einen Kredit.« David machte eine Pause, was ein erneutes Stirnrunzeln seines Vorgesetzten zur Folge hatte. Hastig, ohne sich die Worte so sorgfältig zurechtgelegt zu haben, wie er es gern getan hätte, fuhr er fort:

»Es ist vielmehr so, daß die Lauschaer Genossenschaft allergrößtes Vertrauen in unser Bankhaus hat.« Wie ein aufgeregter Bräutigam trat er von einem Bein aufs andere.

Es war geschehen!

Das, wovon er so lange geträumt hatte, war eingetreten: Es war tatsächlich jemand gekommen, der ihm einen Batzen Geld auf den Tisch knallte und sagte: »Machen Sie was draus!« Daß dieser Jemand ausgerechnet in der Gestalt von Wanda Miles daherkam … Wer hätte das gedacht?

Wie sie ihn dabei angeguckt hatte! So herausfordernd, als wolle sie fragen: Traust du dich? Und David hatte Mühe gehabt, nicht laut hinauszuschreien: Ja! Ja! Ja!

Elftausend Goldmark lagen zwei Stockwerke tiefer auf seinem Schreibtisch! Du lieber Himmel – was für Möglichkeiten! Oh, er hatte schon genau im Kopf, wie er es anfangen würde. Alle Börsenberichte der letzten vier Wochen würde er nochmals gründlich durchgehen, jede noch so kleine Chance würde er aufspüren, das Geld sorgfältig aufteilen, ein bißchen in diesen Topf, einen Teil in jenen … Wie hatte seine Großmutter stets gesagt? Es wäre unklug, alle Eier in einen Korb zu legen.

Aber …

Das Geld stand nicht *ihm* zur Verfügung. Niemand verlangte von *ihm*, es zu vermehren. Niemand traute *ihm* das zu. Statt dessen würde er es zu seinem Kollegen Siegbert Breuer bringen müssen, der für die Börsengeschäfte des Bankhauses zuständig war und –

Nachdem David in groben Zügen erklärt hatte, welches Anliegen die Lauschaer hatten, schüttelte Gerhard Grosse nur den Kopf.

»Sagen Sie den Leuten, sie sollen sich in Berlin eine Spielbank suchen und sich an den Roulettetisch setzen. Oder auf den Jahrmarkt zu einem Zauberer gehen.« Er winkte ab, offensichtlich von seinem eigenen Witz gelangweilt. David nutzte die Chance, das Wort erneut zu ergreifen.

»Sechs Wochen – ich weiß, daß das sehr wenig Zeit ist! Aber mit ein bißchen Phantasie und –«

»Und was?« fuhr Grosse dazwischen. »Wahnsinn? Tollkühnheit? Wollten Sie das sagen?«

»Den Lauschaern ist sehr wohl bewußt, daß es keine wundersame Geldvermehrung gibt, daß solche Geschäfte stets auch mit einem Risiko behaftet sind. Trotzdem sind sie bereit, uns ihr Geld anzuvertrauen. Ist ein solches Vertrauen es nicht wert, daß man es annimmt? Natürlich bin ich nicht so vermessen zu glauben, daß es uns gelingt, in dieser kurzen Zeit den vollen Kaufpreis für die Gründler-

Hütte durch Termingeschäfte zusammenzubekommen.«
Er zuckte mit den Schultern. Insgeheim war er genau davon überzeugt – aber das brauchte Grosse nicht zu wissen. Er fuhr fort: »Selbst wenn wir das Geld nur ein bißchen vermehren, haben die Leute am Ende der sechs Wochen mehr in der Tasche als jetzt. Weniger wird es bestimmt nicht werden, die Börse steht derzeit sehr optimistisch da und –« Ihm fiel ein, daß Grosse ja gar nicht wußte, *wie* gut sein kleiner Kreditvermittler über die Börsenplätze dieser Welt Bescheid wußte. So beeilte er sich, in seichtere Gewässer zu kommen. »Bei diesem Geschäft kann also niemand etwas verlieren, ganz im Gegenteil, die Bank würde noch eine ordentliche Provision einstreichen.« Die Worte sprudelten nur so aus ihm heraus.

Ha, nun hätte Wanda ihn hören sollen! Oder der gute Herr Strobel! Unwillkürlich richtete sich David ein Stückchen auf.

Gerhard Grosse schaute ihn an, als habe er einen Fremden vor sich. Jemanden, dessen Geisteszustand einzuschätzen ihm Mühe machte. Sein Blick wanderte von Davids blankpolierten Schuhen über seine Hose mit der akkuraten Bügelfalte hinauf zu den Händen, die sich aufgeregt zu Fäusten ballten und wieder öffneten, und weiter zu seinen Augen.

David versuchte, so ruhig wie möglich weiterzusprechen.

»Übrigens: Friedhelm Strobel hat nichts dagegen, daß die Lauschaer ihre Chance bekommen. Er meinte sogar, er würde sich gern einem fairen Wettbewerb um die Glashütte stellen.« David war sich allerdings nicht sicher, ob es Strobel überhaupt recht war, daß diese Information weitergegeben wurde. Und erst, als er alles ausgesprochen hatte, wurde ihm klar, daß er damit gleichzeitig zugegeben hatte, vor Strobel geplaudert zu haben … Doch die Rüge, die David erwartete, kam nicht. Statt dessen starrte sein Chef ihn weiter unverwandt an und holte schließlich tief Luft. Schüttelte den Kopf. Lachte fast unmerklich in sich hinein. Sagte:

»In des Teufels Namen – schicken Sie die Leute zu Breuer. Soll er zeigen, was er draufhat. Sollen die Lauschaer ihre *Chance* bekommen. Friedhelm Strobel, pfff!« Wieder lachte er, diesmal lauter.

Und David verspürte Triumph und Niederlage im selben Moment. Siegbert Breuer war ein fähiger Mann. Durch seine Hände wanderte alljährlich ein kleines Vermögen, das er mit großer Achtsamkeit für seine Kunden verwaltete. Daß Gerhard Grosse den Auftrag der Lauschaer annahm und Breuer das Geld anvertraute, war ein Triumph von Davids Überzeugungskunst. Es zeugte davon, daß David auf dem richtigen Weg war.

Nur: Der Haufen Geld auf seinem Schreibtisch – von dem würde er sich trennen müssen. Niemand wollte, daß *er* damit spekulierte. Das war die Niederlage. Aber davon konnte Grosse nichts wissen.

27. Kapitel

»Ich weiß nicht …« Karl schüttelte sorgenvoll den Kopf. »Börsengeschäfte …«

»Mit unserem guten Geld«, fügte Gustav Müller Sohn genauso sorgenvoll hinzu.

»Ob's dabei mit rechten Dingen zugeht?« kam es von Martin Ehrenpreis. Er schaute auf die Aktenmappen auf

Wagners Schreibtisch, als erwarte er, daß im nächsten Moment irgendwelche bösen Geister daraus aufstiegen.

Wanda lachte kopfschüttelnd. »Das meint ihr nicht im Ernst, oder?« Doch als sie von einer bekümmerten Miene zur anderen sah, wurde ihr klar, wie ernst die Männer es meinten.

»Welche andere Möglichkeit haben wir denn?« sagte sie flüsternd, den Blick auf die angelehnte Tür gerichtet.

»Es kommt nur darauf an, das Geld *richtig* zu investieren! Und ihr haltet doch so große Stücke auf das Bankhaus Grosse! Ihr habt mir doch erzählt, was für fähige Leute hier arbeiten. Darauf müßt ihr jetzt eben vertrauen.«

»Es geht ja nicht allein um *unser* Geld«, fuhr Karl sie an. »Du weißt doch, wie mühsam es für viele war, die Beträge für unser Unternehmen überhaupt aufzubringen. Und jetzt sollen wir den Leuten etwas von ›Börsengeschäften‹ erzählen?«

Wanda verzog den Mund. »So, wie du das Wort betonst, könnte man meinen, wir übergeben das Geld Ganoven für irgendwelche düstere Machenschaften. Aber ein Termingeschäft oder das Kaufen und Verkaufen von Aktien ist völlig redlich. In New York ist eine ganze Armee von Börsenmaklern tagtäglich mit nichts anderem beschäftigt! Die Männer verdienen damit das Geld für sich und ihre Familien. Und sie leben gut davon.«

»Wovon?« unterbrach Gustav sie. »Wovon leben sie, hä? Sie produzieren nichts. Sie handeln mit nichts. Sie schieben lediglich Zahlen auf Papier hin und her. Oder Papiere selbst – das soll redlich sein?«

Unwirsch winkte Wanda ab. Für solche Grundsatzdiskussionen hatten sie jetzt wahrhaftig keine Zeit. Sie schaute jeden der Männer einen langen Moment eindringlich an.

»Uns bleiben genau zwei Möglichkeiten: Entweder, wir fahren nach Hause und vergessen die ganze Sache ...« Sie hielt kurz inne, um ihren Worten mehr Gewicht zu verleihen. »Das würde bedeuten: *Keine* Genossenschaft. *Keine* Gründler-Hütte. Alle schönen Pläne dahin. Oder –«

Bevor sie weitersprechen konnte, wurde die Tür aufgerissen.

David Wagner nahm sich Zeit. Geduldig und mit einfachen Worten erklärte er Karl und den anderen, welche Art von Börsengeschäften für sie in Frage kam – Termingeschäfte nämlich. Natürlich würde das Bankhaus Grosse auch nach anderen Gelegenheiten Ausschau halten, aber angesichts der kurzen Zeitspanne, die ihnen zur Verfügung stand ... Wagner zuckte mit den Schultern. Und ob mit dem eingesetzten Geld überhaupt ein annähernd hoher Betrag wie der von den Lauschaern benötigte zu erzielen sei? Abermals wanderten Wagners Schultern in die Höhe. Es sei machbar, meinte er, aber versprechen könne er nichts.

»Wir werden Ihnen unser Geld überlassen!«

Es war Karl, der die Rolle des Redners übernahm.

Wanda war dies nur recht. Ihre Handtasche auf dem Schoß, die beiden Hände bequem darauf abgestützt, lehnte sie sich zurück, als gehörten solche Gespräche zu ihrem Tagesgeschäft.

Lieber Gott, mach, daß das die richtige Entscheidung ist, betete sie stumm vor sich hin. Und mach, daß das Bankhaus Grosse wirklich so gut ist wie der Ruf, der ihm vorauseilt. Denn wenn etwas schiefgeht, bin ich die Dumme! Daß es ihre Überredungskünste waren, die den Ausschlag für Karls Worte gegeben hatten, stand fest.

Richard wird mir den Kopf abreißen, dachte sie plötzlich. Aber der wußte ja nicht einmal, daß sie heute hier war. Als sie am Abend zuvor diesen weiteren Bankbesuch ansprechen wollte, hatte er nur gesagt: »Die Bank, aha.« Nicht schon wieder dieses Thema, hatte Wanda aus seinem Ton herausgehört und war seinem Wunsch gefolgt.

»Wir geben es Ihnen mit dem Wissen, daß Sie es bestmöglich für uns verwenden werden.« Fast übertrieben genau artikulierte Karl jedes Wort. »Sie wissen, daß wir unser Geld in der zweiten Septemberwoche wieder brauchen. Unser Geld und« – er drehte sich zu seinen Mitstreitern um – »das Geld, das Sie für uns erwirtschaften, noch dazu. Nur dann sind wir in der Lage, die Gründler-Hütte zu kaufen. Und damit eine Zukunft für viele Glasbläser und ihre Familien zu schaffen.«

Die beiden anderen Männer nickten.

Auch Wanda nickte. Ach, wie stolz war sie auf Karl! Der Mann, der seiner Frau noch vor wenigen Wochen so viel Kummer bereitet hatte, weil er selbst vom Kummer zerfressen war, redete nun von »einer besseren Zukunft«!

»Das Bankhaus Grosse wird sein Bestes tun«, versicherte David Wagner, und es kam Wanda so vor, als zittere seine Stimme ein wenig. War er womöglich von Karls eindringlichen Worten berührt? Spürte er ebenfalls, welch fabelhaftes Unterfangen im Gange war? Empfand er es gar als Ehre, am Gelingen mitwirken zu dürfen?

Der Gedanke gefiel Wanda. Sie lächelte. David Wagner tat zwar ein bißchen naseweis und altklug, aber davon abgesehen war auch er Teil dieser großartigen Sache.

Ich vertraue ihm! dachte sie plötzlich.

David Wagner schaute auf den Stapel Geld vor sich auf dem Schreibtisch. In seinem Blick lag etwas Sehnsüchtiges, fast Andächtiges, so als liebkosten seine Augen nicht ein Bündel Papier, sondern ein wertvolles Kunstobjekt.

Mit einem Seufzer sah er von dem Geld zu Karl und räusperte sich.

»Mein verehrter Kollege Siegbert Breuer ist ein sehr fähiger Mann mit großer Erfahrung im Börsengeschäft. Er wird –«

»Siegbert *wer*?« unterbrach Karl ihn knapp. »Wir wollen keinen Siegbert irgendwas! Du, äh, Sie sind der Sohn vom Wagner-Wirt! Ihren Vater kennen wir seit Jahrzehnten! Und bei einem Geschäft wie diesem ist Vertrauen das Wichtigste, oder?« Wieder schaute er sich zu seinen Begleitern um.

Die beiden Männer nickten. Wanda zuckte mit den Schultern. Worauf wollte Karl hinaus? fragte sie sich. Was hatte er gegen diesen Herrn Siegbert? Wo er ihn doch gar nicht kannte! Und warum um Himmels willen fing er schon wieder mit dem Wagner-Wirt an, der mit jedem Glas Bier, das er ausschenkte, mithalten mußte? *Dafür* war der Wagner-Wirt bekannt, hatte Wanda inzwischen mitbekommen. Auf dem Heimweg am Tag zuvor hatte sie die Männer gerade noch davon abhalten können, dem Wagner-Wirt in Steinach einen Besuch abzustatten. Statt dessen hatten sie sie mit einer Geschichte nach der anderen unterhalten.

Karl der Schweizer Flein holte tief Luft. »Ihr Vater ist eine ehrliche Haut. Und deshalb –«

»Ja?« krächzte David Wagner.

»Deshalb wollen wir, daß *Sie* sich unseres Geldes annehmen!«

»Du hast wirklich zugestimmt, daß die Männer …? Du hast sie nicht davon abgehalten?«

Wanda ersparte sich die Antwort.

Lang und breit hatte sie Richard vom Ergebnis ihres

Bankbesuches erzählt. Ihm und ihrem Vater und Michel und Eva. Alle hatten ihr zugehört. Sie hatte in skeptische Gesichter geblickt. Und trotzdem hatte sie alles berichtet.

Von den Börsengeschäften, in die sie nun einstiegen.

Von dem Vertrauen, das Karl und die anderen in den jungen David Wagner setzten.

Von der Aufregung, die sie danach in einem Glas Bier ertränken mußten. Diesmal ging natürlich kein Weg an der Wirtschaft vom Wagner-Wirt in Steinach vorbei, das hatte selbst Wanda einsehen müssen.

Zum Schluß sagte sie, daß dies der Grund für ihre späte Rückkehr sei und dafür, daß sie fast verhungere. Nicht, daß sich Richard bis zu diesem Punkt sonderlich für ihre Ausführungen interessiert hätte! Dazu war er viel zu vertieft gewesen in irgendwelche Zeichnungen, die er ihrem Vater gezeigt hatte und die immer noch vor ihm auf dem Küchentisch lagen.

Wandas Stimme hatte gezittert, nur der Name David Wagner war ihr stets flüssig von den Lippen gekommen. Vielleicht war ihr der Name sogar ein bißchen oft über die Lippen gekommen ... Die freudige Erregung, die sie dabei verspürte, schob sie auf die allgemeine Erregung, die dem ganzen Unternehmen innewohnte.

Inzwischen waren alle bis auf Richard wieder ihrer Wege gegangen. Michel und der Vater waren im »Schwarzen Adler«, wohin Wanda später auch noch wollte. Eva war oben bei Sylvie, die heute ein wenig weinerlich war.

Arme Sylvie. Eine dicke Wolke schlechten Gewissens breitete sich über Wanda aus. Viel zuwenig hatte sie sich in den letzten Tagen um das Kind gekümmert – wenn Marie das wüßte! Andererseits: Marie hätte verstanden, wie wichtig die Sache mit der Gründler-Hütte war. Sie hätte sie sogar ermuntert, ihren Part dabei zu übernehmen.

Im Gegensatz zu Richard. Gegen ein bißchen Ermunterung seinerseits hätte Wanda weiß Gott nichts einzuwenden gehabt. Statt dessen sah er sie an, als ob … Vor lauter Ärger fiel Wanda kein passender Vergleich ein. Freundlich waren seine Blicke jedenfalls nicht zu nennen. Da hatte sie in dem Bankangestellten einen willigeren Komplizen als in ihrem zukünftigen Ehemann!

Wütend biß Wanda in ein weiteres dick geschmiertes Butterbrot und betrachtete dann das Muster, das ihre Zähne in der Butter hinterlassen hatten. Wenigstens der Appetit war ihr nicht verlorengegangen …

»Du sitzt da und ißt, als ob nichts wäre! Du … Du bist wahnsinnig geworden.«

28. KAPITEL

Wenn Benno geglaubt hatte, sein »Schwarzer Adler« wäre zum Debattierklub verkommen, dann hatte er sich getäuscht.

Ein Tollhaus war daraus geworden!

Zumindest an diesem Abend war er davon überzeugt, nur noch Irre um sich zu haben. Irre, die nach Bier und Schnaps schrieen, als gäbe es kein Morgen. Irre, die von ihren Tischen aufsprangen, sich abrupt wieder setzten, erneut aufsprangen – Irre mit hochroten Gesichtern, stierem Blick und geifernder Stimme.

Frische Luft zur Abkühlung hat noch keinem erhitzten Gemüt geschadet, dachte Benno und riß sowohl die Vorder- als auch die Hintertür auf. Der Geruch von gemähtem Öhmd wehte herein und erinnerte Benno daran, wie einfach und schön das Leben sein konnte. Wenn da nicht die Irren wären, die mit den Fäusten auf die Tische knallten!

Nach Karls Eröffnung, das Geld der Genossenschaft werde von diesem Tag an sechs Wochen lang in Börsenge-schäfte investiert, war der Wahnsinn ausgebrochen. Was Benno sogar verstehen konnte. Allein die Vorstellung, je-mand käme auf die Idee, *sein* schwerverdientes Geld auf diese Weise zu verwenden – oder sollte er nicht gleich sagen: zu verschwenden? –, brachte ihn in Aufruhr.

Insofern war die Reaktion von Hansens Sohn verständ-lich. Zugegeben, der Kerl hätte Karl nicht sofort an die Kehle gehen müssen, aber bei einem Hänfling wie Han-sens Sohn wirkte eine solche Geste sowieso eher lächerlich als einschüchternd.

Benno hatte weniger Verständnis für Jockel, der nicht Karl angegriffen hatte, sondern die Amerikanerin. Und dies nicht tätlich, sondern mit Worten, die vielleicht noch schmerzhafter waren.

»Das kommt davon, wenn man eine Dahergelaufene in die eigenen Reihen aufnimmt!« hatte er getönt und dabei so offensichtlich zu Wanda hinübergestarrt, daß auch der letzte kapierte, wen er meinte. »Und noch dazu eine, die mit einem goldenen Löffel im Maul geboren wurde. Für so eine ist unser gutes Geld nicht mehr als Spielzeug! Spiel-zeug, das man wegwirft, wenn man keinen Gefallen mehr dran hat!«

Wanda, die sich daraufhin verteidigen wollte, fand kein Gehör. Denn natürlich hatte es niemandem gefallen, daß sein Geld mit Spielzeug verglichen wurde.

Der Lärmpegel stieg.

Thomas Heimer wehrte sich dagegen, daß seine Tochter eine Dahergelaufene genannt wurde. Sein Geschrei ließ den Lärmpegel noch weiter anschwellen.

Benno, der genug Erfahrungen mit Streithähnen hatte und wußte, wann eine Sache zu einer handfesten Prügelei ausarten würde, sah sich zu einem Machtwort gezwungen. Er drohte jedem, der es wagte, von seinem Platz aufzustehen, einen Rauswurf und Hausverbot an, was zwar die verbalen Attacken nicht minderte, sondern sogar noch zusätzliche Schimpftiraden auf seine Person auslöste, sein Inventar jedoch vor größerem Schaden bewahrte.

Es war Thomas Heimer, dem es schließlich gelang, die Gemüter halbwegs zu besänftigen.

»Eigentlich sind doch die Banken an allem schuld«, sagte er, und schon bei diesen Worten nickte der eine oder andere zustimmend. »Statt mutig genug zu sein, Männer mit einer guten Idee zu unterstützen, lassen sie die Leute im Regen stehen! Hätte die Genossenschaft ein Darlehen erhalten, wäre doch kein Mensch auf die Idee mit den Börsengeschäften gekommen! Ein rechtschaffener Kredit hätte es getan, oder?« Karl, Gustav und Martin Ehrenpreis nickten an dieser Stelle heftig.

Als sämtliche Streitmichel zu Bennos Erleichterung schließlich vereint dem gemeinsamen Bankenfeind gegenüberstanden, ergriff Thomas Heimer erneut das Wort.

»Aber so ist das Leben nun einmal. Geschenkt bekommt keiner was, alles hat seinen Preis, das weiß niemand besser als ich!«

»Glaubst du, das wissen wir anderen nicht? Sehen wir etwa aus, als hätten wir im Leben schon mal was geschenkt bekommen?« fuhr Jockel ihn an.

»Eben!« pflichtete Heimer dem Mann bei, der daraufhin etwas konsterniert dreinschaute. »Aber genau deshalb lohnt es sich doch, eine Chance zu nutzen! Auch einmal ein Risiko einzugehen!«

Warum er bei diesen Worten seinen zukünftigen Schwiegersohn anstarrte und warum dieser gleichzeitig den Blick nicht von seinem Bierglas hob, verstand Benno nicht ganz. Erhoffte sich Heimer Zustimmung von Richard? Wenn ja, warum bekam er sie nicht? Wo Richard, der verrückte Glasbläser, doch das Paradebeispiel für Mut und das Nutzen von Chancen war. Und außerdem seine Braut hätte in Schutz nehmen müssen. Statt dessen schaute er muffelig drein, fast abweisend. Saß mit hochgezogenen Schultern da, die Arme vor der Brust verschränkt. So sind halt die jungen Leute, ging es Benno durch den Kopf. Wenn's darauf ankommt, kneifen sie. Oder denken nur an sich. Da! Jetzt holte Richard doch tatsächlich sein dämliches Notizbuch aus der Tasche und begann, wie wild darin herumzukritzeln. Als ob ihn die ganze Debatte nichts anginge!

Daß das Leben auch angenehme Überraschungen bereithalten könne, habe er erst von seiner Tochter lernen müssen, fuhr Thomas Heimer fort. Nach allem, was Karl der Schweizer Flein über das Gespräch auf der Bank berichtet habe, und angesichts der allgemeinen wirtschaftlichen Lage sei ein positiver Ausgang dieses Börsenhandels das einzige, was die Genossenschaft weiterbringen werde. Darauf würde man hoffen müssen. Heimer beendete seine kleine Rede mit einem Achselzucken.

»Am besten vergessen wir die ganze spinnerte Idee!« übernahm Jockel sofort das Wort.

»*Ich* schlage vor, wir vergessen lieber diese Debatte und stimmen einfach darüber ab, wer für das Börsengeschäft ist und wer dagegen!« widersprach Karl der Schweizer Flein und hatte die Leute auf seiner Seite.

Alois Gründler, der den ganzen Abend reglos und ohne ein Wort zu sagen dagesessen hatte wie ein Opferlamm, sah zu diesem Zeitpunkt aus, als würde er vor Unwohlsein sterben. Was habe ich nur angerichtet? schien seine Haltung auszudrücken.

Mit knapper Mehrheit stimmten die Mitglieder der Genossenschaft für das Börsengeschäft.

Alois Gründler entspannte sich und warf eine weitere Woche Aufschub in die Waagschale, was mit viel Zustimmung aufgenommen wurde.

29. KAPITEL

»Sag mal, Wanda, ich wollte das gestern nicht fragen ... man will ja nicht dumm dastehen ... und ich bin mir auch gar nicht so sicher, ob Karl richtig Bescheid weiß. Aber –« Maria Schweizer linste die Straße auf und ab, als wolle sie sich versichern, daß keine Mithörer in der Nähe waren.

»Ja?« Unruhig trat Wanda von einem Bein aufs andere. Als sie mit Sylvie aus dem Haus gegangen war, war der Himmel mit rasch dahinziehenden Wolken übersät gewesen; nun würde es nicht mehr lange dauern, bis die ersten Regentropfen fielen. Sie hatte Eva versprochen, schnell in den Laden zu gehen, um Räucherfisch für den Mittagstisch zu besorgen; daß Maria Schweizer sie nun aufhielt, war Wanda gar nicht recht.

»Wie funktioniert das mit der Börse eigentlich?« platzte Maria heraus, von den drohenden Regengüssen scheinbar unbeeindruckt. »Ich meine – wie verdient man dort sein Geld?« schob sie nach, als Wanda nicht gleich antwortete.

Und Wanda gab sich geschlagen. Je besser die Leute Bescheid wußten, desto wohler würden sie sich fühlen – mit diesem Gedanken im Hinterkopf schob sie Sylvies Kinderwagen unter Marias Kirschbaum, wo sie zumindest teilweise vor den Regentropfen geschützt wären, und begann von Börsenplätzen, Dividenden, Kurszetteln, Haussiers und Baissiers zu erzählen.

Doch je weiter Wanda ausholte, desto verwirrter wurde Marias Blick.

Und Wanda gab sich ein zweites Mal geschlagen. Pfeif auf all die Theorie dachte sie. Wen willst du *damit* beeindrucken? Sie holte tief Luft. Auf ein neues!

»Nehmen wir einmal an, es gibt eine Firma, die ... äh ... Regenschirme herstellt«, sagte sie mit einem Blick in den sich weiter verdunkelnden Himmel. »Handgefertigte, hochfeine Regenschirme von allergrößter Qualität und Güte und –«

»Was kann denn an Regenschirmen so hochfein sein?« wurde sie von Maria unterbrochen. »Hauptsache, sie lassen das Wasser nicht durch, oder?«

Wanda winkte ab. »Ist doch nur ein Beispiel! Also, diese Firma stellt wunderbare Regenschirme her, die sich leidlich gut verkaufen. Eines Tages kommt dann ein amerikanischer Großkunde zu dieser Firma und ist begeistert von den handgefertigten Schirmen. Er bietet der Firma an, alljährlich eine bestimmte Anzahl Schirme, sagen wir einmal fünftausend Stück, zu kaufen.«

»Das muß aber ein sehr großer Großkunde sein«, warf Maria skeptisch ein.

»Genau! Einer wie Mister Woolworth zum Beispiel«, sagte Wanda. Dann holte sie erneut Luft und fuhr fort: »Jedenfalls – nach diesem Großauftrag ist die Aktie der Regenschirmfirma viel mehr wert als vorher, verstehst du? Es geht also darum, die Aktie günstig zu kaufen, solange noch niemand etwas von Regenschirmen wissen will, und sie teuer zu verkaufen, wenn alle verrückt nach Regenschirmen sind. Wenn das Bankhaus Grosse also unser Geld in solch ein Unternehmen steckt, sind wir gemachte Leute!«

Maria kaute nachdenklich auf ihrer Unterlippe herum.

Du lieber Himmel, was konnte man denn an diesem Beispiel nicht verstehen, fragte sich Wanda. Noch einfacher ging es doch nicht!

»Aber warum …« Maria hielt inne, als habe sie Mühe, ihre Frage zu formulieren. »Warum hat der Regenschirmfabrikant aus seiner Firma überhaupt eine Aktiengesellschaft gemacht? Warum hat er nicht alle Anteile selbst behalten? Dann wäre er nach dem Großauftrag ein gemachter Mann, während nun vor allem die … Wie heißen sie? Die Aktionäre profitieren. Oder?«

Wanda nickte heftig. »Genau! Die Aktionäre profitieren!«

»Aber warum –«

»Herrje, Maria, frag mir doch keine Löcher in den Bauch«, lachte Wanda, konnte aber nichts gegen den gereizten Unterton in ihrer Stimme tun. »Vielleicht reichte dem Firmeninhaber die Lagerfläche nicht mehr. Er wollte also ein neues Lager kaufen, was natürlich Geld kostet. Oder er wollte gleich eine ganz neue Fabrik bauen und brauchte dafür Geld. Es gibt viele Gründe, die einen Firmeninhaber dazu bewegen, sein Geschäft in eine Aktiengesellschaft umzuwandeln. Wenn ich so darüber nachdenke … Die Genossenschaftshütte wird später einmal ein ganz ähnliches Gebilde sein.«

Maria nickte nachdenklich. Ihre Miene verzog sich zu einem spitzbübischen Grinsen, und sie versetzte Wanda einen kleinen Schubs in die Seite. »Daß wir Lauschaer so fortschrittlich sein können, hättest du nicht gedacht, was, Mädchen?«

Die Regenschirme waren der Anfang. Beim nächsten Mal – Wanda war Magnus über den Weg gelaufen – mußten Gasbrenner herhalten, ein drittes Mal stand ein Hersteller von Schmierseife im Mittelpunkt ihrer Erörterungen. Sie hatte es leichter, wenn sie ihre Beispiele passend zum jeweils Fragenden wählte.

Es verging kein Tag, an dem sie nicht mindestens einer Person das Wesen der Börse erklärte. Harry, wenn du mich hören könntest, du wärst stolz auf mich! ging es ihr mehr als einmal durch den Kopf.

Ihre Bemühungen trugen Früchte. Als sie ein paar Tage später in den Laden ging, um Zucker fürs Marmeladekochen zu kaufen, kam sie dazu, wie Maria Karline unter Zuhilfenahme des Regenschirmfabrikanten ein lukratives Aktiengeschäft zu erklären versuchte. Als Karline die Frage stellte, warum der Amerikaner ausgerechnet Regenschirme wollte und keine Spazierstöcke oder Kuckucksuhren, plusterte sich Maria regelrecht auf. »Das ist doch nur ein Beispiel!« rief sie mit einem Ton in der Stimme, der besagte: Wie kann man nur so dumm fragen?

Wanda hatte Mühe, nicht laut loszuprusten.

30. Kapitel

Die Luft war erfüllt von Parfüm, Zigarettenrauch und dem säuerlichen Geruch von billigem Sekt.

Friedhelm Strobel ließ sich an einem der winzigen runden Tischchen nieder, die rings um die Bühne angeordnet waren. Der Rauch brannte in seinen Augen, er hatte Mühe, im schummrigen Dunkel des Lokals etwas zu erkennen. Er saß noch nicht richtig, als schon eines der Animiermädchen auf seinen Schoß rutschen wollte. »Willkommen in der ›Blauen Eule‹«, raunte sie und rief kurz danach: »Aua!«, als Strobel sie mit einem nicht gerade sachten Klaps auf ihr Hinterteil davonschickte.

Später vielleicht.

Nachdem er seine Getränkebestellung aufgegeben hatte, lehnte er sich zurück. Seine Augen tränten, und einen Moment lang bedauerte er, nach dem Essen nicht gleich in sein Hotel gegangen zu sein.

Die Reise nach Berlin hatte ihn über die Maßen erschöpft. Lag es an der Hitze, die auch das Reisen im Erste-Klasse-Wagen unerträglich gemacht hatte? Lag es daran, daß er alt wurde? War es gar die Aufregung, die er schlecht vertrug? Strobel weigerte sich, letzteres zu glauben.

Das Serviermädchen kam und stellte ein Glas Absinth und eine feingeschliffene Wasserkaraffe vor ihm ab. Auf einem Teller daneben lagen Zuckerstücke und ein Löffel, der mehrere Löcher aufwies.

Mit einem wohlwollenden Lächeln steckte Strobel dem Mädchen einen Geldschein zu. Ob er noch andere Wünsche habe, fragte sie und rieb sich dabei auffällig die Nase.

Strobel verneinte. Ab und an war er bei seinen Berlinbesuchen einer Prise Kokain nicht abgeneigt, aber an diesem Abend wollte er einen klaren Verstand behalten.

»Gib Santiago Bescheid, daß Friedhelm da ist«, sagte er. Die junge Frau nickte.

Sorgsam plazierte Strobel zwei Stücke Zucker auf dem Löffel und hielt diesen über sein Glas Absinth. Das Wasser aus der Karaffe war eiskalt, genau so, wie er es mochte. Langsam, fast tropfenweise, schüttete er es über den Zucker und sah zu, wie dieser sich allmählich auflöste. Genauso allmählich spürte er, wie die Spannung, unter der er seit Tagen stand, schwächer wurde.

Er hatte seine Aufgabe für diesen Tag erfüllt. Seine Berlinreise war nicht umsonst, seine alten Kontakte wieder einmal von großem Nutzen gewesen ... Die ersten Schritte zur Umsetzung seines Planes waren in die Wege geleitet.

Mit einem Grinsen hob Strobel sein Glas, bewunderte die milchige Trübung, die die grüne Flüssigkeit inzwischen angenommen hatte.

Er prostete sich selbst zu, bevor er den ersten Schluck nahm.

Auf seinen Plan!

Ausgerechnet ein Lauschaer Glasbläser war es gewesen, der Friedhelm Strobel die »frohe Nachricht« überbracht hatte.

Als der Mann, ein Heimgewerbetreibender, der Tischvasen herstellte, seine Ware bei ihm ablieferte, hatte er von seinem Wirtshausbesuch am Vorabend erzählt. Ganz aufgeregt war er gewesen angesichts der Diskussionen, die geführt worden waren, völlig arglos hatte er jedes Detail hinausposaunt.

Aktienspekulationen? Um den Kaufpreis für die Glashütte doch noch zusammenzubekommen? Friedhelm Strobel glaubte nicht richtig zu hören. Als der Mann jedoch erzählte, daß Wanda Miles bei der ganzen Sache das Sagen hatte, erloschen Strobels Zweifel sofort. Allein wären die Lauschaer auf eine solche Idee nie gekommen! Aber zusammen mit dem Steinmann-Weibsbild ...

Aktienspekulationen – dieses Wort hatte gereicht, um in Strobels Kopf unzählige Rädchen in Gang zu setzen. Er brauchte einen Plan! Einen Gegenplan sozusagen.

Aber sehr schnell hatte er festgestellt, daß seine bisherigen Informationen nicht ausreichten, um einen tragfähigen Plan entwickeln zu können, der ihm einerseits den Kauf der Hütte garantierte und andererseits dazu geschaffen war, gewissen »Herrschaften« eine Lektion zu erteilen.

So hatte er die Zähne zusammengebissen und Gerhard Grosse beim nächsten Stammtischtreffen auf die Lauschaer angesprochen.

»Hat sich das also auch schon herumgesprochen, ja? Von wegen Löffelschnitzer hinter den Bergen! Ausgebuffte Geschäftsleute sind das! Ja, ja, daran müssen wir Stadtmenschen uns wohl gewöhnen ...« Grosse hatte gelacht. Und noch angefügt, daß Strobel bei dem Kauf der Hütte offenbar doch ernsthafte Konkurrenz bekommen habe.

Grosse! Dem würde seine Häme auch noch vergehen, schoß es Strobel durch den Kopf. Wie er mit einem falschen Lächeln bedauernd gemeint hatte, weitere Auskünfte könne er leider nicht erteilen. Das Bankgeheimnis, Strobel wisse schon ...

Ja, auch Grosse würde seine Lektion erteilt bekommen.

Friedhelm Strobel nahm einen weiteren Schluck aus seinem Glas, genoß das leicht Bittere, das seine Kehle hinabbrann. Die »Blaue Eule« war für Genüsse aller Art bekannt, und einer davon war Absinth von höchster Qualität. Aber der Abend war noch jung – vielleicht sollte er sich doch noch nach einer weiteren Zerstreuung umsehen?

Inzwischen hatte sich der Bühnenvorhang gehoben. Eine Tänzerin, die nur ein zartes Tuch um die Hüften gewickelt hatte, begann, sich zur Musik des Pianospielers zu bewegen. Ihre Haut war dünn, fast durchsichtig, an manchen Stellen konnte man deutlich ihre Adern sehen. Strobel fuhr sich mit der Zunge über die Lippen. Obwohl ihn ihr erotischer Tanz faszinierte, gelang es ihm nicht, den Teil seines Gehirns abzuschalten, der mit dem Zweck seiner Berliner Reise beschäftigt war.

War es Zufall gewesen, daß seine Hamburger Bank ihm ausgerechnet jetzt ein vielversprechendes Börsengeschäft vorgeschlagen hatte? Oder war es gar ein Wink des Schicksals?

Gedankenverloren starrte Strobel auf die Bühne, ohne das Geschehen wirklich wahrzunehmen. Wenn das Geschäft tatsächlich so großartig liefe, wie es sein Hamburger Bankberater prognostizierte, hätte er Grosses Kredit gar nicht mehr nötig. Trotzdem würde er ihn annehmen, man wollte ja schließlich unauffällig agieren …

Die Informationen aus Hamburg waren aber noch sehr viel mehr wert als bares Geld. Sie hatten ihn letztlich auf seine grandiose Idee gebracht, die –

Strobel zuckte zusammen, als er eine Hand auf seiner Schulter spürte.

Santiago. Er hatte ihn nicht kommen hören.

»Alles in Ordnung, mon ami?« Geschmeidig wie eine Katze ließ sich der Wirt der »Blauen Eule« auf einem der winzigen Stühle nieder.

»Hat es mit dem Treffen bei unserem gemeinsamen Freund geklappt?«

Strobel nickte. »Auftrag erteilt, alles erledigt.«

»Sag, brauchst du einen neuen Paß? Hast du vor, dem Deutschen Reich zu entfliehen? Bist du etwa gar in Umstände geraten, die solch ein Vorgehen nötig machen?« Der Wirt lachte.

Strobel lachte mit, machte aber eine abwehrende Handbewegung.

»Ich brauche lediglich ganz bestimmte … Geschäftspapiere, nichts Wichtiges! Aber trotzdem nochmals vielen

Dank für die Adresse. Der Drucker scheint sein Handwerk zu verstehen.«

Eigentlich hatte Strobel den Wirt um einen weiteren Gefallen bitten wollen, doch nun entschied er sich dagegen. Es tat nicht not, daß Santiago so viel über ihn wußte. Einen Helfershelfer für sein Unternehmen würde er auch anderweitig finden.

Er hob sein Glas, prostete dem Wirt zu und nickte dann in Richtung der Bühne. »Ein wildes Kätzchen hast du da.«

»Das gewaltig seine Krallen ausfahren kann! Soll ich es dir später schicken?« Santiago grinste.

»Warum nicht?« sagte Strobel. »Aber zuerst hätte ich gern noch ein Glas Absinth. Oder wird das Gesöff bei euch neuerdings rationiert?«

»Wir sind und bleiben maßlos, das müßtest du doch am besten wissen!« Lachend und mit einem weiteren Schlag auf Strobels Schulter verschwand Santiago in Richtung Theke.

Friedhelm Strobel schaute ihm nach. Ein wohliger Schauer lief seinen Rücken hinab, wenn er an die alten Zeiten mit Santiago dachte. Damals, als der Mann von allen nur »der Spanier« genannt worden war. Damals, als ihm ein Etablissement ganz anderer Art gehört hatte. Sicher, auch in der »Blauen Eule« war einiges käuflich. Aber Herren – und Damen – mit außerordentlichen Wünschen kamen hier nicht auf ihre Kosten. Leider …

Obwohl – wenn er sich die Tänzerin anschaute … Diese weitaufgerissenen Augen, der abwesende Blick, ihr fast tranceartiges Tanzen …

»Bravo! Zugabe!«

Das Klatschen der applaudierenden Gäste riß ihn abrupt aus seinen Erinnerungen.

Die Tänzerin sprang von der Bühne und war mit wenigen Schritten an seinem Tisch. »Santiago sagt, ich hätte die Ehre, einen ganz besonderen Gast begrüßen zu dürfen?« Sie zog den Stuhl, auf dem kurz zuvor der Wirt gesessen hatte, näher an Strobel heran. Dann lächelte sie und leckte ein paar kleine Schweißperlen über ihrem Mund ab. Die Haut ihrer Lippen war so prall, als würde sie bald bersten.

Strobel fuhr sich wieder mit der Zungenspitze über die Lippen. Die Nähe der Frau erregte ihn. Unruhig rutschte er auf seinem Stuhl hin und her.

»Ein gelungener Auftritt«, sagte er. »Aber ich bin sicher, daß du noch mehr kannst.« In seinem Rücken spürte er die neidvollen Blicke der anderen Gäste auf sich ruhen.

»Und ob«, flüsterte die Frau und lehnte sich so nah zu ihm herüber, daß ihre nackten Brustwarzen sein Jackett berührten. Er spürte ihre Hand an seinem Knie. Finger, die behende nach oben wanderten, sich durch den schweren Stoff tasteten, die forschten, suchten …

Friedhelm Strobel wollte sich schon zurücklehnen, die Augen schließen und –

Im nächsten Moment langte er nach unten, packte die Frau am Handgelenk. Sie schrie leise auf.

»Diebin! Was glaubst du Hurenstück dir erlauben zu können?« Ruckartig riß er ihr sein Portemonnaie aus der Hand, schob es wieder in seine Hosentasche.

Ganz offen schauten die Gäste inzwischen zu ihnen herüber, nicht sicher, ob das Schauspiel, das ihnen geboten wurde, zum Programm gehörte oder eine kleine Eskapade am Rande und dafür um so amüsanter war.

»Ich wollte nicht … Ich flehe Sie an, sagen Sie Santiago nichts davon! Bitte, ich …« Die Worte stürzten nur so aus dem Mund der jungen Frau. »Bestimmt können wir dieses … Mißverständnis auch auf andere Art klären!«

Strobel dachte kurz nach. Dann schaute er mit einem spöttischen Lächeln in die Runde. »Ist sie nicht wirklich eine Diebin? Stiehlt sie uns nicht den letzten Rest Contenance?«

Die Leute an den umstehenden Tischen lachten und wandten sich wieder ihren Angelegenheiten zu.

»Raus mit dir, du Miststück!« raunte Strobel leise. Die Tänzerin noch immer am Handgelenk festhaltend, schob er sie in Richtung Ausgang. Santiago, der ihn über die Theke hinweg fragend anschaute, rief er zu: »Du hast doch nichts dagegen …« Der Wirt zuckte mit den Schultern.

Sie hatten sich gerade durch den schweren Samtvorhang geschoben, als ein Mann, der Garderobier, auf sie zustürzte.

»Klara! Claire, Liebes! Was ist denn los …«

»Das ist mein Ehemann«, murmelte die Tänzerin und sackte in sich zusammen.

Strobel musterte den Mann vom Kopf bis zu den Schuhen.

»Hat sie etwa … Oje! O nein! Verehrter Herr, ich flehe Sie an –«

Strobel hob die Hand. Er wollte kein Gejammer hören. Er brauchte einen Moment lang Ruhe. Mußte nachdenken. Mußte das Glück verstehen, das ihm so abrupt auf den Schoß gesprungen war.

Der Garderobier ergriff Strobels Arm, drückte ihn.

»Bitte! Verehrter Herr! Ich weiß nicht, was im Saal vorgefallen ist. Aber alles läßt sich regeln – unter uns –, verstehen Sie?«

Strobel nickte bedächtig. Schaute sich nochmals die Frau, dann den Mann an.

»Ja …«, sagte er gedehnt. »Das läßt es sich bestimmt.«

31. KAPITEL

Während Strobel in Berlin weilte und Wanda den Lauschaern mittels Regenschirmen und Gasbrennern die Welt der Börse erklärte, war David Wagner auf der Suche nach einer Firma ähnlich denen aus Wandas Geschichten. Fündig wurde er nicht. Nicht, weil es ihm an Fleiß fehlte. Auch nicht, weil es ihm an Phantasie gemangelt hätte. Oh, er schaute sich sehr wohl auch unter den Regenschirmherstellern und Schmierseifeproduzenten um!

Allmorgendlich lief er zu Alois Sawatzky, schleppte Arme voller Zeitungen ins Büro – endlich mußte er mit dem Lesen nicht mehr bis zum Feierabend warten, sondern durfte dies hochoffiziell an seinem Schreibtisch tun.

Die *Berliner Zeitung und Handelsblatt*.

Die *Frankfurter Nachrichten*.

Die *Frankfurter Zeitung und Handelsblatt*.

Ja, er war sogar dazu übergegangen, *The Illustrated London News* zu lesen, was angesichts seiner äußerst mageren Englischkenntnisse mehr als beschwerlich war. Aber da Sawatzky ihm das Blatt umsonst obendrauf legte, quälte er sich eben auch damit herum. Genauso wie mit der *Fackel*, für deren Plauderton er nicht viel übrighatte. Oder mit dem Berliner Volksblatt *Vorwärts*, das auch nicht ganz seinem Geschmack entsprach. Aber Nachrichten waren Nachrichten, ganz gleich, aus welcher Feder sie flossen.

Seit Gerhard Grosse ihm erlaubt hatte, sich des Lauschaer Anliegens anzunehmen, nahm er sich täglich eine Stunde Zeit für seine Lektüre, danach mußte er sich schweren Herzens seinem üblichen Tagesgeschäft widmen.

Eine Stunde Zeit dafür, ein Wunder zu bewirken. Eine

Stunde Zeit, sich groß und wichtig zu fühlen. Oder auch das Gegenteil davon.

Denn selbst wenn er Tag und Nacht in den Zeitschriften, Börsenberichten und Wirtschaftsseiten geschmökert hätte: Keinem einzigen Unternehmen wurde von den Wirtschaftsexperten eine solch erfolgversprechende Zukunft vorhergesagt, wie Wanda sie in ihren Erläuterungen ausgemalt hatte.

Wie ein gefangenes Raubtier begann David zwischen seinem Schreibtisch und dem Aktenschrank hin- und her zu tigern.

Was zum Teufel übersah er?

Warum wollte ihm der ganz große Coup nicht gelingen?

Oder war es vermessen, angesichts der kurzen Zeitspanne überhaupt auf einen solchen zu hoffen? Soviel David wußte, war Siegbert Breuer in all seinen Jahren bei der Bank auch noch nie ein richtig spektakuläres Geschäft gelungen. Hier ein paar Dividenden, da ein leicht gestiegener Aktienkurs – der ältere Kollege vermehrte das Geld seiner Kunden auf redliche Weise. Und kontinuierlich. Aber verflixt noch mal, das allein würde im Fall der Lauschaer Genossenschaft einfach nicht genügen! Über fünfzigtausend Goldmark mußte er erwirtschaften!

Als David las, daß die führende Waschmittelfabrik Berlins in unmittelbarer Nähe Konkurrenz bekommen hatte – Konkurrenz, die zu günstigeren Konditionen produzierte –, spekulierte er an der Berliner Börse auf fallende Kurse des einstigen Marktführers. An der Hamburger Börse verkaufte David Effekten eines Glühbirnenherstellers in blanco, was bedeutete, daß er sie gar nicht besaß, nur um sie wenige Tage später tatsächlich zu einem niedrigeren Kurs zu kaufen. Im ersten Fall machte er fast dreihundert Goldmark gut, im zweiten Fall belief sich sein Gewinn auf vierhundertachtzig Mark. Diese Anfangserfolge waren natürlich sehr erfreulich, bestätigten sie ihm doch, die Nase richtig im Wind zu haben. Aber würden solche Erfolge ausreichen, um das hochgesteckte Ziel von Wanda Miles und den Männern zu erreichen? David Wagner war mehr als skeptisch.

Natürlich war Gerhard Grosse nicht begeistert gewesen von der Aussicht, ausgerechnet David mit Zeitgeschäften zu betrauen. Etwas anderes als diese hochspekulative Anlageform kam angesichts der kurzen Zeitspanne nicht in Frage, darüber bestand von Anfang an kein Zweifel. Auch bestand kein Zweifel daran, daß die »freundschaftlichen Bande«, die es zwischen den Familien Flein und Wagner gab, ausschlaggebend waren für Karl Fleins Wunsch, David möge in ihrem Sinne tätig werden. Da Gerhard Grosse seine Angestellten stets ermunterte, persönliche Kontakte fürs Geschäft zu nutzen, konnte er nun, da dies David endlich gelungen war, schlecht etwas dagegen einwenden.

Statt dessen hatte er gesagt: »Ich bestehe darauf, daß Sie Siegbert Breuer über jeden noch so kleinen Schritt informieren, daß Sie sich jede Aktion von ihm absegnen lassen! Und glauben Sie nicht, diese Eskapade würde zukünftig eine Fortsetzung finden. Falls Ihre bisherige Arbeit nicht mehr Ihren Ansprüchen genügen sollte, dann …« Er hatte seinen Satz bedeutungsschwer ausklingen lassen.

David Wagner hatte ihm eiligst versichert, daß er zwar in diesem Fall sein Bestes geben werde, ansonsten aber sehr zufrieden sei mit seiner eigentlichen Arbeit. Und daß er keineswegs daran denke, Siegbert Breuer die Arbeit wegzunehmen. Wartet nur, bis ihr seht, wie genial ich bin, dann werdet ihr mich auf Knien anflehen! hatte er jedoch stumm bei sich gedacht.

Arroganter Angeber!

Eingebildeter Lackaffe!

Alter Wichtigtuer!

An diesem Morgen Mitte August konnte David gar nicht genug Schimpfworte für sich selbst finden.

Eine ganze Woche war vergangen, seit Wanda Miles ihm das Geld auf den Tisch geknallt hatte.

Siebenhundertachtzig Mark Gewinn hatte er bisher erwirtschaftet.

Siegbert Breuer, der zuvor beide Geschäfte abgesegnet hatte, bezeichnete dies als »achtsames Ergebnis«. David Wagner fand andere Worte dafür.

Versagen auf der ganzen Linie. Stümperei auf hohem Niveau.

Wenn er mehr Zeit hätte, so zwei, drei Jahre vielleicht …

Dann würde er eine ordentliche Summe Geld in Neuseeland investieren, und zwar auf Obstplantagen. David wußte zwar nicht, ob und wie so etwas möglich war, aber solche Informationen waren mit etwas Anstrengung zu bekommen. Chinesische Stachelbeeren – David war davon überzeugt, daß sie in den nächsten Jahrzehnten der große Renner auf dem Obstmarkt werden würden, so berühmt wie Bananen oder Ananas, vielleicht sogar noch berühmter. Eine reiche Ernte, extrem lange haltbar und schmackhaft – was konnte sich ein Obstbauer mehr wünschen? Wie diese Frucht aussah, deren Samen erst fünf Jahre zuvor von China nach Neuseeland gebracht worden waren, wußte David nicht, und wahrscheinlich würde er in seinem ganzen Leben auch nie eine davon kosten, aber nur allzugern hätte er in sie investiert.

Aus der Sicht von Kapitalanlegern fand er auch Klein-Texas interessant. So wurde Wietze genannt, das in der Lüneburger Heide lag. Über zweitausend Bohrtürme ragten dort in den Himmel, mit denen achtzig Prozent der deutschen Erdölproduktion gefördert wurden.

Bestimmt ein prächtiger Anblick! Und garantiert würde dieser Ertrag in den nächsten Jahren noch steigen – schließlich gab es immer mehr Maschinen, die immer mehr Erdöl benötigten.

Beste Anlagemöglichkeiten also. Langfristige, wohlgemerkt.

Nein, Wietze konnte er vergessen. Genauso, wie er die Jutespinnerei und -Weberei Bremen vergessen konnte. Obwohl … Diese galt es in den nächsten Monaten im Auge zu behalten – falls er jemals wieder mit Aktien zu tun haben würde. David hatte ein ausführliches Firmenporträt gelesen, in dem erwähnt worden war, daß die Firmengründer schon wieder eine unglaublich hohe Summe in sogenannte »Arbeiterwohlfahrtseinrichtungen« investiert hatten. Worunter man wahrscheinlich Wohnungen für Arbeiter, Kindertagesstätten und dergleichen verstand.

Die Bilanz einer Firma, die sich solch einen Luxus leisten konnte, war in Davids Augen nicht nur solide, sondern brillant.

Gedankenverloren zog David das Firmenporträt der Jutespinnerei erneut aus dem Zeitungsstapel heraus.

Die Firma lag im Bremer Freihafen. Der Rohstoff Jute wurde direkt aus Indien zu billigen Preisen importiert. Die Arbeiter waren willig, keine Gefahr von Streiks wie andernorts.

Was für eine Ironie! Die Bremer Jutearbeiter stammten zum größten Teil aus Thüringen, genauer gesagt aus dem thüringischen Eichsfeld, das einstmals ein traditionelles Flachsanbaugebiet mit dem dazugehörigen verarbeitenden Handwerk gewesen war. Als dort nach dem Vorbild Englands immer mehr Maschinen die Arbeit von Menschen übernommen hatten, waren die Menschen abgewandert, viele von ihnen nach Bremen.

Heute nannte man das Eichsfeld »Preußens Armenhaus«, wohingegen Bremen florierte wie noch nie …

David kniff die Augen zusammen. Wäre es nicht ausgleichende Gerechtigkeit, wenn Karl der Schweizer Flein und andere Thüringer vom Bremer Reichtum profitieren könnten?

Ausgleichende Gerechtigkeit? Du lieber Himmel, auf welchen Irrwegen wanderten seine Gedanken inzwischen!

Verärgert setzte sich David wieder an seinen Schreibtisch. Vielleicht würden ihm hier, an seinem ernsthaften Arbeitsplatz, ernsthafte Gedanken kommen. Und keine Spinnereien, die mit Lüneburger Bohrtürmen, indischer Jute oder neuseeländischem Obst zu tun hatten.

Doch der heißersehnte Geistesblitz wollte sich auch am Schreibtisch nicht einstellen. Es hätte nicht viel gefehlt und David wäre ein paar Türen weitergegangen und hätte Siegbert Breuer um Rat gebeten – so verzweifelt war er inzwischen. Da hatte er nun die Chance seines Lebens und war dabei, sie zu vertun. Und nicht nur seine! Schließlich ging es um das Geld der Glasbläser, es ging um die Existenz vieler Familien – da konnte er sich ein Versagen einfach nicht erlauben!

An die Amerikanerin durfte er erst gar nicht denken. Das hoffnungsvolle – und vertrauensvolle – Funkeln in ihren Augen, wenn sie ihn ansah … Verflixt noch mal, war es zuviel verlangt, eine Frau wie sie nicht enttäuschen zu wollen?

Ja, auch darum ging es, gestand sich David zähneknirschend ein. Es ging nicht nur um seine Karriere. Es ging auch um Wanda Miles. Darum, was sie von ihm hielt und dachte.

Wenn wenigstens ein Krieg in Aussicht wäre …

Als sich David bei diesem Gedanken ertappte, erschrak er. Gleichzeitig versuchte er seine Denkweise vor sich selbst zu rechtfertigen. Als im letzten Jahr dem Luftschiff LZ 5 die Fahrt vom Bodensee nach München und weiter bis nach Norddeutschland gelungen war, hatte jeder mit einem Ansteigen der Aktien der »Deutschen Luftschiff-Aktien-Gesellschaft« gerechnet. Doch anscheinend hatten die Anleger noch immer die vielen Unglücksfälle aus den vergangenen Jahren im Hinterkopf. David war davon überzeugt, daß diese schnell vergessen wären, wenn sich das Kriegsministerium endlich für die Luftschiffe zum Zwecke der Fernaufklärung interessiert hätte.

Ein dicker Auftrag vom Kriegsministerium. Und das in den nächsten Wochen.

Und zuvor ein Spatz, der ihm genau diese Nachricht ins Ohr zwitschern würde.

Das wäre das Wunder, das er genau jetzt brauchte!

Er blickte auf die Uhr. Schon nach eins!

Mittagspause – kein Wunder, daß es auf den Fluren so still war. Der halbe Tag war herum, ohne daß er einen vernünftigen Handstreich erledigt hätte.

Er schnappte seine Jacke. Raus hier, nichts wie raus!

32. Kapitel

Unruhig rutschte Strobel auf seinem Stuhl hin und her und versuchte dabei, etwas Luft zwischen seine Schenkel und den Stoff seiner Hose zu bringen.

Alles klebte!

Mit einem letzten Rest Nonchalance zog er ein Seidentuch aus der Tasche und tupfte seine feuchte Stirn ab. Den Gedanken an sein kühles Eßzimmer, in das dank geschlossener Fensterläden kein einziger Sonnenstrahl dringen konnte, verbot er sich. Den Gedanken an ein Glas gutgekühlten Weißwein ebenfalls. Auch an den hauchdünn aufgeschnittenen kalten Braten, zu dem sein Hausmädchen ihm lediglich frisches Weißbrot und etwas Salat serviert hätte, wollte er nicht denken.

Du bist nicht der kulinarischen Genüsse wegen hier, ermahnte er sich. Gleichzeitig schob er das Stück Kartoffelkuchen, das die Bedienung gerade erst gebracht hatte, angewidert zur Seite. Soweit es ging, rückte er seinen Tisch an die Wand, um den Sonnenstrahlen, die ungebrochen durch das schmutzige Fenster hereindrängten, zu entgehen. Keine Vorhänge schützten vor der Sonne oder den vorübergehenden Passanten, die Gäste – also auch er – saßen wie auf einem Präsentierteller. Widerlich war das, einfach widerlich!

Bis auf einen Tisch am Eingang zur Küche waren alle Plätze besetzt, und außer Strobel schien kein anderer Gast etwas am Essen auszusetzen zu haben. Zu seiner Rechten saßen zwei alte Leute, die ohne aufzublicken ihre Gabeln ins Essen gruben. Linkerhand hockten drei junge Burschen, die großspurig taten, aber nur ein Tagesgericht bestellten und um drei Gabeln baten – ein Wunsch, den das Serviermädchen mürrisch erfüllte. Schon beim Eintreten hatte Strobel das Dreiergespann bemerkt und sich einen Tisch in der Nähe gesucht. Doch der, auf den er wartete, war nicht darunter.

Das Serviermädchen stürzte auf Strobel zu. Ob er noch Nachschlag wolle? Ob es noch ein Nachtisch sein dürfe? Mit einem gequälten Lächeln bestellte er einen extrastarken Mokka. Alles, bloß nicht noch mehr Essen.

Heute Kartoffelkuchen, gestern Bratkartoffeln, am Tag davor eine Suppe aus Kartoffeln. Andere Zutaten schien sich der Koch des Gasthauses, in dem sich Strobel seit einer Woche jeden Tag um Punkt zwölf Uhr einfand, nicht leisten zu können. Der Gästeraum roch nach Speck, gebratenem Fett und Kartoffeln. Der Geruch war so penetrant, daß er sich in jede Stoffaser setzte. Bevor er wieder zurück ins Geschäft ging, mußte Strobel immer erst in seine Wohnung, um Hemd und Jackett zu wechseln.

Was für ein Unterschied zu den feinen Restaurants, die er in Berlin besucht hatte! Ausgesuchte Speisen. Unaufdringlicher, aber perfekter Service. Schöne Menschen, wohin das Auge sah. Wohingegen hier …

Seufzend schlug er die Zeitung auf, die er mitgebracht hatte. Gleichzeitig versuchte er, den Eingang im Blick zu behalten, was ihm von seinem Platz am Fenster aus vorzüglich gelang.

Von den schlecht zubereiteten Kartoffelgerichten und der übereifrigen Bedienung abgesehen, hatte das Gasthaus zwei unschlagbare Vorteile: Es lag direkt gegenüber dem Bankhaus Grosse, und es war so billig, daß auch kleine Angestellte es sich leisten konnten, mittags hier zu essen.

So waren zumindest Friedhelm Strobels Überlegungen gewesen, als er direkt nach seiner Rückkehr aus Berlin mit seinem alltäglichen Kartoffelritual begonnen hatte. Drei Tage lang hatte er inzwischen diese Qual umsonst auf sich genommen, denn noch kein einziges Mal hatte sich David Wagner hier blicken lassen. Was bedeutete, daß er auch keine andere Gaststätte in seiner Mittagspause aufsuchte. Konnte es sein, daß er durcharbeitete? Daß Grosse seinen Angestellten keine Pause erlaubte? Oder war es einfach so, daß der Lakai zwischen Aktenmappen und Heftklammern seine mitgebrachten Brote verzehrte?

Strobel nahm einen Schluck abgestandenes Bier. Der Impuls, die schale Brühe sofort wieder auszuspucken, war so groß, daß er heftig würgte.

Genug war genug! Er tupfte seinen Mund ab und rückte seine Krawatte zurecht. O ja, er war bereit, für seinen Plan einiges auf sich zu nehmen – sogar schlechtes Essen. Aber wenn er diesmal wieder kein Glück hatte, würde er den Angestellten wohl oder übel aufsuchen müssen. Was ganz und gar nicht in Strobels Sinn war. Nein, eine »zufällige« Begegnung, ein kleines Mittagsmahl unter Männern, die sich auf Augenhöhe begegneten – das wollte er bezwecken! Aber der Zeitfaktor war von größter Wichtigkeit. Und die Zeit rannte ihm davon. Seit seiner Rückkehr aus Berlin war er noch keinen Schritt weitergekommen!

Strobel atmete tief durch, zwang sich zu innerer Ruhe. Hatte er nicht trotz allem Grund, mit dem Verlauf seiner Planungen zufrieden zu sein? Alle Rädchen griffen bisher ineinander …

Daß es ausgerechnet David Wagner war, der die wundersame Geldvermehrung für die Lauschaer Glasbläser vornehmen sollte, war in seinen Augen ein Geschenk des Schicksals.

»Der Bursche ist ehrgeizig«, hatte Grosse gesagt, »ehrgeiziger, als ich bislang wahrgenommen habe. Die Lauschaer bestehen darauf, daß er ihre Interessen wahrnimmt. Nun, von mir aus soll er beweisen, was er kann! Dann lernt er auch gleich, daß die süßesten Kirschen immer ganz oben hängen.« An dieser Stelle hatte Grosse jovial gelacht. Strobel hatte in das Lachen mit eingestimmt, es war ihm nicht einmal schwergefallen.

Nun verzog er das Gesicht, als habe er Zahnschmerzen. Von wegen: »Soll er zeigen, was er kann!« Auch der junge

Wagner hatte eine Lektion verdient. Wieviel Spaß würde es machen, zuzusehen, wie seine jugendliche Forschheit unter der Last der Erkenntnis, doch nur klein und unbedeutend zu sein, eintrocknete wie eine Pflanze, die niemand mehr goß! Der Erkenntnis, daß es Männer wie Strobel waren, die die Welt bewegten.

David Wagner – da tat der Bursche ihm gegenüber so, als wolle er sich bei ihm einschmeicheln, dabei stand er die ganze Zeit in Wahrheit auf der Seite der Glasbläser!

Die Glasbläser. Seine zukünftigen Arbeiter, ha! Na, die hatten sowieso eine Lektion verdient.

Und Wanda Miles. Die vor allem. Ach, wie märchenhaft würde das werden!

Wanda Miles … Die Nichte von Johanna Steinmann. Seine frühere Assistentin.

Das gleiche Blut. Die gleiche *Brut*. Gute Anlagen, dafür hatte er einen Blick. Er war inzwischen alt geworden, aber die Wonnen, die er durch Johanna erlebt hatte, waren noch längst nicht vergessen. Sein Rohdiamant. Ach, was war es für eine Lust gewesen, sie zu schleifen! Sie zum Glänzen zu bringen, Facetten herauszuarbeiten, die kein anderer in ihr gesehen hätte. Noch heute sollte sie ihm dafür auf den Knien danken!

Er hatte sie hart gemacht! Und wie hatte sie es ihm gedankt? Davongerannt war sie und hatte ihm ihren Schläger geschickt. Den Wurm, den sie heute ihren Mann nannte. Den Wurm, dem er sein Hinken und die Schmerzen im Bein bei jedem Wetterwechsel zu verdanken hatte.

Oh, er wußte Bescheid über sie. Über sie und ihre ganze Brut. Er hatte sie in all den Jahren nicht aus den Augen verloren. Und er haßte sie allesamt.

Wenn er zurückschaute, was in letzter Zeit immer häufiger vorkam, dann sah er in Johannas Fortgang aus seinem Geschäft einen Wendepunkt. *Den* Wendepunkt in seinem Leben.

Der Tag, an dem süßer Wein sauer geworden war.

Er holte tief Luft. Wenn er damals nicht schnellstens reagiert, nicht sofort seine Spuren verwischt hätte – die Geschichte hätte böse ausgehen können. Nie hätte er gedacht, daß Johanna so zickig reagieren würde! Nur dank seines schnellen Handelns war er unbefleckt aus allem hervorgegangen.

Daß der Wein – und damit das Leben – nach Johannas Fortgang nicht mehr so schmeckte wie vorher, hatte er erst später bemerkt.

Und nun hatte das Schicksal ihm einen Weg gezeigt, all das zu revidieren. Ach, süßer Wein würde bald noch süßer schmecken!

Aber dafür mußte sein Plan erst einmal aufgehen. Der Plan, für den er in Berlin den Grundstein gelegt hatte. Der Plan, den er vergessen konnte, wenn er den jungen Mann von der Bank nicht sehr bald traf.

Fahrig suchten Strobels Augen wieder einmal die Straße ab.

Er war sich sehr wohl im klaren darüber, daß sein Vorhaben ein Dutzend Haken und Ösen hatte. Das galt auch für den Fall, daß er diesen Lakaien zwar traf, dieser aber nicht so ansprang, wie Friedhelm Strobel es sich vorstellte.

Kopfzerbrechen bereitete Strobel auch der Mann, den er sich als Helfershelfer ausgesucht hatte. Gut, er war besser als keiner, und Strobel konnte sich seiner Kooperation und seines Schweigens ziemlich sicher sein. So gesehen war es ein Wink des Schicksals, daß sich die Sache mit dem Burschen überhaupt ergeben hatte. Daneben bestand allerdings die Gefahr, daß einer wie er nicht glaubhaft genug wirkte …

Hätte ihm mehr Zeit zur Verfügung gestanden – oh, er hätte schon gewußt, an welchen Ecken und Kanten er feilen müßte, um der ganzen Angelegenheit mehr Schliff zu geben! Um aus einer Provinzposse ein Schauspiel erster Güte zu machen. Aber so, wie die Dinge lagen, durfte er froh sein, daß sich ihm diese Chance überhaupt eröffnet hatte. Vier auf einen Streich und die Glashütte noch dazu – Friedhelm Strobel schmunzelte zufrieden.

Und es würde funktionieren! Basierte sein Plan nicht auf dem solidesten Gerüst, das Strobel kannte? Die Gier der Menschen. Gier machte unvorsichtig. Und das Schöne daran war, daß jeder Mensch seine eigene Gier besaß. Er, Strobel, nahm für sich in Anspruch, ein Meister im Erkennen dieser Gier zu sein. Er wußte, wonach der junge David Wagner gierte. Er glaubte zu wissen, wonach Wanda Miles gierte.

Und er wußte ganz genau, wonach es ihn selbst gelüstete: Wanda Miles vor sich zu sehen. Auf den Knien. Flehend. Den Rücken gebeugt, die Schultern gekrümmt, den Blick demütig nach unten gerichtet. Gebrochen, für immer. Mit ihr wollte er erleben, was ihm bei Johanna Steinmann versagt geblieben war.

All diese Komponenten beinhaltete sein Plan. Alle Rädchen griffen ineinander. Wie bei einem sorgfältig austarierten Uhrwerk. Allein die Reise nach Berlin, um einen Drucker zu finden, der sich bereit erklärte, seinen Auftrag auszuführen! Billig war solch ein Fachmann nicht, aber dafür lieferte er exquisite Qualität. Er brauchte nur noch eine Vorlage, um loszulegen, aber diese war inzwischen auf dem Weg von Hamburg nach Sonneberg. Sobald Strobel sie in der Hand hielt, würde er sie nach Berlin weiterschicken.

Die Erregung ließ Strobel unruhig werden, er war es leid zu warten, zu sitzen, zu –

Wenn nur der junge Kerl endlich käme!

Just in dem Moment entdeckte er die hochaufgeschossene Statur von David Wagner im Türrahmen der Wirtschaft.

33. KAPITEL

»Und wie laufen Ihre Aktiengeschäfte bisher, mein junger Freund?«

»Meine … äh … ich weiß nicht genau, was Sie meinen …« Woher zum Teufel wußte Friedhelm Strobel darüber Bescheid, fragte sich David Wagner verwirrt.

Strobel lächelte. »Jetzt tun Sie nicht so geheimnisvoll! Die Spatzen zwitschern doch überall schon von den Dächern, daß Sie sich für die Lauschaer phantasievoll ins Zeug legen! Ich hätte eigentlich gedacht, daß ich diese Neuigkeiten von Ihnen erfahre, statt dessen hat mir Gerhard Grosse davon erzählt. Dabei – haben wir beide nicht dasselbe Anliegen? Den Lauschaern eine Chance zu geben?«

David zuckte mit den Schultern. Phantasievoll ins Zeug legen? Machte sich Strobel über ihn lustig? Friedhelm Strobel tat ja so, als ob seine neue Beschäftigung *das* Stadtgespräch sei! Dabei hatte Grosse sicher nur seinem Stammtischnachbarn gegenüber mehr ausgeplaudert, als er sollte! Seltsam, eigentlich hatte David gedacht, daß Grosse Strobel nicht leiden konnte. Oder hatte Grosse dem Mann etwa genau aus dem Grund so viel erzählt?

»Ich weiß nicht, was ich Ihnen erzählen soll – der richtig große Coup ist mir leider noch nicht gelungen …« Bedauernd hob David Wagner seine Hände. Mehr würde der Mann von ihm nicht erfahren. Dabei drängte es ihn doch geradezu danach, von seinen Qualen zu erzählen! Wie gern hätte er sich jemandem mitgeteilt. Einfach einmal die Meinung eines anderen gehört!

Strobel nahm einen Schluck Mokka, und über der erhobenen Tasse trafen sich einen Moment lang ihre Blicke.

»Sie sind ein fähiger junger Mann, die Lauschaer können sich voll und ganz auf Sie verlassen, da bin ich mir sicher!«

David lächelte verlegen, was mit vollem Mund nicht ganz leicht war.

Beim Betreten des Lokals hatte er gerade auf seine drei Kollegen zugehen wollen, als er aus dem Augenwinkel heraus ein Winken wahrnahm und im nächsten Augenblick Friedhelm Strobel erkannte, der mit einer Zeitung an einem der Fenstertische saß. David war nichts anderes übriggeblieben, als seinem Winken zu folgen. Seine Kollegen hatten nicht schlecht gestaunt, als er wie selbstverständlich auf den Tisch des feingekleideten Herrn zusteuerte. Im Vorübergehen hatte er ihnen freundlich zugenickt, sich im nächsten Moment jedoch gefragt, ob diese Geste nicht ein wenig zu herablassend gewesen war. Nach dem Motto: Schaut her, ich pinkele inzwischen mit den großen Hunden! Andererseits: Wenn er lernen wollte, sich irgendwann mit derselben Selbstverständlichkeit in der Öffentlichkeit zu bewegen wie Strobel, mußte er sich an die Wirkung solcher Auftritte gewöhnen.

Strobel hatte darauf bestanden, für ihn zu bestellen. Zuerst hatten sie ein wenig über dieses und jenes geplaudert. Krampfhaft hatte David dabei nach Themen aus seiner Zeitungslektüre gesucht, mit denen er einen Mann wie Strobel hätte unterhalten können – schließlich sollte der ihn nicht für einen Langweiler halten. Als dann sein Essen serviert worden war, hatte Strobel das Gespräch auf Wanda Miles und die Aktiengeschäfte gebracht.

»Der große Coup – darauf warten viele Menschen ein Leben lang«, seufzte Strobel jetzt auf. »Ich glaube allerdings kaum, daß Alois Gründler bereit wäre, so lange auf den Kaufpreis seiner Hütte zu warten. Hoffen wir also, daß Sie Ihren Coup schnellstmöglich landen ...«

David lachte gequält. Was wollte der Mann von ihm? Ihn aushorchen? Nein, dann hätte er doch bohrende Fragen gestellt und es nicht bei ein, zwei humorigen Kommentaren belassen. Andererseits war sein Interesse an dem Geschäft offensichtlich. Nun ja, daß er über seine »Konkurrenz« Bescheid wissen wollte, war ihm nicht zu verdenken.

»Der große Coup«, wiederholte Strobel erneut und riß David damit aus seinen Gedanken.

»Wenn ich das so sagen darf, mein junger Freund –«

Bei dieser Anrede wand sich David innerlich wie ein Wurm, nickte Strobel aber gleichzeitig höflich zu. Mein junger Freund – brrr! Warum mußten manche Leute so furchtbar gestelzt daherreden?

»Vielleicht befinden Sie sich damit auf dem Holzweg?« Das Mokkatäßchen auf halbem Weg zwischen Lippen und Tisch haltend, schaute Strobel ihn bedeutsam an. »Vielleicht genügt manchmal einfach ein Quentchen Glück!« Er beugte sich vor.

Unwillkürlich wich David ein Stück zurück. Er hätte nicht sagen können, warum ihm jedesmal ein wenig unwohl war, wenn der Mann ihm nahekam.

»Ich glaube kaum, daß die Lauschaer mit mir zufrieden wären, wenn ich mich allein aufs Glück verlassen würde!« So ein blödes Gerede, dachte er insgeheim. Fast sehnsüchtig schaute er zu seinen drei Kollegen hinüber, die ein Kartenspiel aus der Tasche gezogen hatten und gerade ein Blatt verteilten.

Strobel lächelte milde. »Ach, das würde ich nicht sagen. Schauen Sie mich an: Durch puren Zufall bin ich an Informationen gekommen, die mich wahrscheinlich in den kommenden Wochen noch reicher machen werden. Natürlich könnte man darüber streiten, ob es allein Glück war oder ich diese Informationen nicht doch äußerst guten Kontakten zu verdanken habe. Wie dem auch sei – haben Sie schon einmal etwas von der Bremer Schlüter-Reederei gehört?«

David schüttelte den Kopf.

»Das müssen Sie auch nicht. Die Schlüter-Reederei besteht zwar aus einer sehr stattlichen Flotte von Kähnen und gehört somit zu den größeren ihrer Branche. Aber bei genauerer Betrachtung muß man feststellen, daß die Schiffe vorwiegend in der Nordsee dümpeln, statt ihren Besitzern etwas einzubringen. Dementsprechend billig waren die Aktien bisher zu haben – der jeweilige Spekulant mußte ständig fürchten, daß die Reederei in Konkurs geht!« Strobel lachte erneut.

»Und das hat sich nun geändert?« fragte David, und seine Stimme war dabei eine Spur zu hoch. Warum hatte er von dem Unternehmen noch nie gehört? Wenn es eine Aktiengesellschaft war, hätte der Name doch irgendwo schon einmal auftauchen müssen! Wahrscheinlich waren für diese Firma wirklich kaum Aktienbewegungen notiert worden. Oder hatte er wichtige Informationen einfach überlesen? Wenn ja, was hatte er dann auf seiner Suche noch alles übersehen?

Strobel grinste breit, was ihm jede Spur von Eleganz nahm und ihm gleichzeitig ein verwegenes Aussehen verlieh. David lauschte gebannt seinen Ausführungen.

Strobel hatte offenbar noch immer beste Kontakte zur Hamburger Finanzwelt, in der seine Familie wohl einst eine nicht unerhebliche Rolle gespielt hatte. Hamburg, Bremen, dazu Kontakte zur Welt der Reeder ... Hier machte Strobel ein äußerst bedeutungsvolles Gesicht. So käme man an Informationen, die *eigentlich* unter Verschluß gehörten ... Geheim waren. Sehr geheim. Flüstertongeheim.

Heißt es nicht, Strobel käme aus Berlin? dachte David kurz, hatte aber weder Zeit, diese Frage zu stellen, noch, weiter darüber nachzudenken.

Laut Strobel wurde darüber geflüstert, daß die fragliche Reederei, die bisher ständig kurz vor dem Ende stand und deren Aktien keinen Pfifferling wert waren, nun kurz vor dem Abschluß eines Rahmenvertrags mit einer Baumwollplantage in den amerikanischen Südstaaten stünde. Sehr geheim. Nichts, worüber man bisher in den Zeitungen lesen konnte. Fast alle Schlüter-Frachter seien derzeit schon auf dem Weg nach Mississippi, um Ware aufzunehmen und sie nach Bremen zu bringen. Sollte bei dieser ersten Lieferung alles glatt- und keines der Schiffe verlorengehen – hier klatschte Strobel in die Hände –, wäre der Rahmenvertrag perfekt, die Schlüter-Reederei auf Jahre gerettet und die Aktien ... Strobels rechte Hand flatterte wie ein Vogel in die Höhe.

»Natürlich habe ich einiges an Geldern flüssiggemacht und investiert«, endete er. Im nächsten Moment riß er seine Augen auf, die sich gleich wieder verengten und David intensiv musterten. David mußte gegen das mulmige Gefühl ankämpfen, sich Auge in Auge mit einer gefährlichen Raubkatze zu befinden.

»Es wäre mir sehr daran gelegen, wenn Sie diese Information für sich behielten. Ihr von mir hochgeschätzter

Chef Gerhard Grosse wäre sicher allzu betrübt zu erfahren, daß ich weiterhin auch Geschäfte mit anderen Banken mache.«

David nickte langsam. Die Bewegung tat ihm weh. Sein Hals und Nacken fühlten sich steif und eingerostet an.

»Warum erzählen Sie mir das alles?« platzte er heraus.

»Ich meine – was haben *Sie* davon? Ihnen muß doch klar sein, daß ich gleich nachher« – er nickte in Richtung Bankhaus Grosse – »selbst Informationen über diese Reederei einholen werde …« Wobei die große Frage lautete: Waren seine Informationsquellen gut genug, um schon von dem »Flüstern« gehört zu haben?

Bremen! Da sinnierte er tagelang über Jute in Bremen, und nun schien Baumwolle der Schlüssel zum Glück zu sein? Wieviel konnte man auf Strobels Geschwätz geben? Wollte der Mann ihn auf eine falsche Fährte bringen? Aber was hätte er davon? Und was hätte er davon, wenn seine Informationen wahr wären?

Strobel lehnte sich auf seinem Stuhl zurück, und David bewunderte die souveräne Art, in der er dies tat. Kein Wackeln der Lehne, kein Quietschen der Stuhlbeine, eine schlichte Geste, aber sie sagte alles aus über einen Mann, der sich mehr als wohl fühlte in seiner Haut.

»Zum einen möchte ich Ihnen damit sagen, daß das Glück auch zu *Ihnen* kommen kann. So, wie es mir hold gewesen ist. Zum andern …« – er legte eine bedeutsame Sprechpause ein – »können Sie sich gern und jederzeit über die Reederei informieren – auch hier zähle ich auf Ihre Diskretion –, und Sie werden alle meine Angaben bestätigt finden. Aber –« Erneut unterbrach sich Strobel, bevor er leise fortfuhr: »Selbst wenn Sie beschließen sollten, ebenfalls auf diesen Zug zum großen Geld aufzuspringen, wird Ihnen das nicht gelingen, denn offiziell sind keine

Aktien mehr auf dem Markt zu haben. Es gibt lediglich noch eine einzige Quelle …«

Es war immer dieselbe Frage, die David stellte:

»Haben Sie in der letzten Zeit etwas Neues von der Schlüter-Reederei gehört?« Er erklärte nichts weiter, er führte nichts aus, lieferte keine Hintergrundinformationen.

Er stellte nur diese eine Frage.

Hatte sein Gesprächspartner einen Telefonanschluß, stellte er sie persönlich. Hatte er keinen, schickte er ein Telegramm. Sollten Grosse oder Siegbert Breuer ihm doch angesichts der horrenden Kosten, die er damit verursachte, den Kopf abreißen!

Wenn sie es nur später taten.

Denn jetzt hatte er dafür keine Zeit.

Aus seiner dreimonatigen Volontärszeit an der Berliner Börse hatte er noch einige Kontakte – Männer, an denen er penetrant wie eine Klette gegangen hatte, um zu lernen. Manch einer hatte auf den jungen, übereifrigen Volontär mit gelassener Toleranz reagiert, hatte ihm mehr erklärt, als nötig gewesen wäre. Manch anderem war David lästig gewesen. Aber David hatte sich nicht abschütteln lassen.

Was seine Telegramme anging, konnte er nicht bei allen auf eine Rückantwort hoffen. Warum hätte ihm einer antworten sollen, wenn er nichts wußte? Und warum hätte ihm einer antworten sollen, *wenn* er etwas wußte? Bei seinen Telefonaten war das anders – hatte er seinen Gesprächspartner erst einmal in der Leitung, mußte dieser schließlich antworten.

»Schlüter-Reederei? Keine besonderen Vorkommnisse.« So oder so ähnlich lauteten die Aussagen, die David hinnehmen mußte.

Natürlich hatte er auch mit Siegbert Breuer gesprochen. Daß dieser nichts wußte, war offensichtlich, David mußte sich nicht einmal die Mühe machen, sein Schweigen zu deuten. Es sagte David allerdings, daß es Breuer nicht paßte, derartige Fragen von David gestellt zu bekommen. Vermutlich würde er sich unter viel Aufplustern bei Grosse darüber beschweren.

Sollte er es doch tun!

Später.

Jetzt hatte David keine Zeit.

Denn sein letzter Anruf hatte ihm bestätigt, was er von Strobel erfahren hatte.

»Haben Sie in der letzten Zeit etwas Neues von der Schlüter-Reederei gehört?« hatte er Hans-Dietrich Klamm gefragt, seinen »Lehrherrn« während der Berliner Zeit.

»Und wie um alles in der Welt weiß ein Landei wie du davon?« hatte Klamm, der schlauste unter den alten Füchsen, zurückgefragt.

Mehr wollte David nicht hören. Alles weitere war süße Zugabe. Rosa Zuckerguß auf einer eh schon üppigen Torte, von der ihm beziehungsweise Wanda Miles beziehungsweise den Glasbläsern bald ein dickes Stück gehören könnte.

34. Kapitel

»Dieses Geschäft ist das beste, das ich Ihnen anbieten kann. Wenn es funktioniert« – David Wagner schaute von Wanda zu ihren Begleitern – »werden Sie in vier bis fünf Wochen über mehr Geld verfügen, als Sie brauchen.« Er lachte auf. »Dann können Sie den alten Schuppen gleich noch ordentlich renovieren!«

Karl der Schweizer Flein runzelte die Stirn. Daß die Gründler-Hütte, die er fast schon als sein eigen ansah, als »alter Schuppen« bezeichnet wurde, gefiel ihm nicht. Alles andere, was er hörte, hingegen schon.

»Dieses Geschäft – das scheint ja noch aufregender zu sein als die sagenhaften Erfolge eines Regenschirmfabrikanten, von dem ich erst kürzlich gehört habe.« Er kratzte sich am Kopf.

Wanda, die bisher noch kein Wort gesagt hatte, stöhnte leise und legte eine Hand auf ihren Bauch, als hoffe sie, dadurch das Grummeln unterdrücken zu können. Gleichzeitig schaute sie sich in Wagners Büro um. Alles sah aus wie sonst: der übervolle Schreibtisch, die Regale, aus denen Aktenmappen quollen, die Staubflusen, die in dem hereinfallenden Sonnenlicht wie weiße Wölkchen tanzten. Und dennoch: Irgend etwas war anders. Eine unglaubliche Energie war spürbar. Unwillkürlich holte Wanda tief Luft.

David Wagners Augen ruhten auf ihrem Gesicht. »Sie fragen sich, woher ich diese Informationen habe.«

Nicht nur das, wollte Wanda sagen, schwieg aber weiter.

Konnte es sein? Konnte es wirklich sein? Es gab keine derart erfolgreichen Regenschirmfabrikanten.

Also gab es doch sicher auch keine derart vom Glück gesegneten Reedereien, oder?

Dasselbe sagte ihr das nervöse Grummeln in ihrem Bauch.

Andererseits war sie selbst nicht müde geworden, immer und immer wieder von einem solchen Geschäft zu reden. Darauf zu hoffen. Hatte sie nicht die Männer überredet, darin ihre Chance zu suchen? Nun sah es danach aus, als würden sie tatsächlich eine solche Chance bekommen –

und sie zog den Schwanz ein wie ein Hund, der nach dem ersten Kläffen zu feige war, einen Schritt nach vorn zu machen! Der Gedanke gefiel Wanda nicht.

Um sich abzulenken, versuchte sie sich in Erinnerung zu rufen, was sie von Bremen wußte: Es lag irgendwo im Norden Deutschlands und hatte einen großen Hafen. Zwischen Bremen und New York gab es einen regen Linienverkehr. Während Wandas Reisevorbereitungen war auch eine Überfahrt von New York nach Bremen im Gespräch gewesen. »Bremen wird das Tor Europas nach Amerika genannt«, hatte Steven ihr damals erklärt und im selben Atemzug hinzugefügt, daß er dennoch Hamburg den Vorzug gebe – die Verkehrsverbindungen von dort aus seien doch wesentlich vielfältiger.

Wanda runzelte die Stirn. Hatte Steven auch etwas von Baumwollieferungen aus den Südstaaten nach Bremen erzählt? Falls ja, konnte sie sich nicht daran erinnern.

David Wagner legte beide Hände auf den Tisch, als wolle er sagen: Ich spiele mit offenen Karten, keine verdeckten Tricks bei mir!

»Auch ich war skeptisch, als ich von dieser Möglichkeit zum ersten Mal hörte. Es war ausgerechnet Ihr Konkurrent, der mir von der Schlüter-Reederei erzählte.«

»Wie? Was? Was soll das heißen?« fuhr Karl dazwischen.

»Der Verleger? Wieso soll von dem ausgerechnet für uns ein heißer Tip abfallen?« Martin lachte.

»Der erzählt Ihnen Märchen, und Sie glauben daran!« Gustav Müller Sohn blähte sich auf wie ein kampfeslustiger Bulle.

Wanda schwieg immer noch. Dieses Mal machte Empörung sie sprachlos. Wie naiv war Wagner eigentlich? Wie konnte er hier sitzen, ihnen von einem Geschäft erzählen, auf das ausgerechnet ihr Mitbewerber ihn aufmerksam gemacht hatte? Kein Wunder, daß es in ihrem Bauch grummelte und grummelte!

Martin Ehrenpreis war schon auf halbem Weg zur Tür, die beiden anderen beschimpften den jungen Bankangestellten, der händeringend um Ruhe bat.

Wanda befürchtete, im nächsten Moment würde die säuerlich dreinschauende Vorzimmerdame auftauchen und sie mit noch säuerlicherer Miene allesamt aus dem Zimmer werfen.

Sie ordnete die Kordel ihres Samtbeutels, richtete die Falten ihres Rockes, stellte beide Füße nebeneinander und –

David Wagner sprang auf und machte ein paar Schritte, als wolle er den Weg zur Tür versperren. Aus einem Regalfach holte er einen Stapel Papier und wedelte damit hektisch in Martins Richtung.

»Ich habe alles gründlich geprüft, die Sache hat Hand und Fuß. Die Reederei existiert, der Rahmenvertrag liegt offenbar zur Unterzeichnung bereit. Ihr sogenannter Konkurrent und ich – wir sind einander … freundschaftlich verbunden. All seine Informationen wurden mir von anderer Seite bestätigt. Von einer Quelle, deren Aussagen ich äußerst ernst nehme. Jemand, der Kontakte direkt in die Reederei hat. Ihr Konkurrent lügt nicht! Ihm liege viel daran, daß eine Lauschaer Glashütte auch in Lauschaer Hände komme, sagt er.« Hektisch sprang Wagners Blick von einem Gesicht zum anderen, blieb auf Wandas Miene einen Moment länger hängen, huschte dann weiter zu Karl.

»Er habe nur deshalb ein Angebot abgegeben, weil Adolf Gründler seinerzeit keinen anderen Kaufinteressenten gefunden hatte. Als Verleger sei es ihm aber wichtig, die Lauschaer Glasindustrie vor dem Aussterben zu bewahren, schließlich lebe er vom Handel mit Glas.«

»Und das nicht schlecht, würde ich sagen!« fuhr Martin Ehrenpreis dazwischen.

»Vor dem Aussterben bewahren – wie redet der denn daher?« plusterte Karl sich auf.

»Wußte gar nicht, daß es unter den Herren Verlegern solche Wohltäter gibt!« spottete Martin.

Alle drei lachten rauh.

Wanda entspannte sich ein wenig. Es tat gut zu sehen, daß sich weder Karl noch die beiden anderen blenden ließen. David Wagners Enthusiasmus in allen Ehren – irgendwie fand sie es reizend, wie heftig er sich ins Zeug legte –, aber die drei Männer konnten sehen, was seinem etwas naiven Gemüt bisher scheinbar verborgen geblieben war: Nichts auf der Welt gab es umsonst. Und deshalb *mußte* man einem solchen Angebot mißtrauen! Vor allem, wenn es von einem Verleger kam.

Wanda richtete sich auf ihrem Stuhl auf und legte ihre Tasche wieder auf ihren Schoß, bereit, dem Schauspiel noch einen Moment länger zuzusehen.

»Was meint denn die Amerikanerin zu alldem?« sprach Karl sie so abrupt an, daß Wanda fast zusammenschrak.

Sie zuckte mit den Schultern. »Eine Frage treibt mich schon lange um …« Langsam schaute sie von einem zum anderen. »Wenn unserem *Konkurrenten*« – sie betonte das Wort ironisch – »so viel daran gelegen ist, daß die Glasbläser selbst Besitzer der Gründler-Hütte werden, warum hat er dann nicht längst sein Kreditgesuch und somit sein Interesse zurückgezogen? Ich meine, dann hätte unsere Genossenschaft doch bestimmt den Kredit von Ihrer Bank bekommen, oder? Und all das hier« – sie wies auf Davids Schreibtisch – »wäre unnötig gewesen.«

Karl und die anderen Männer runzelten die Stirn.

David Wagner räusperte sich. »Ehrlich gesagt habe ich

mich das auch schon gefragt, bin aber noch zu keinem Ergebnis gekommen. Ich nehme an, er wird sich spätestens in dem Moment zurückziehen, in dem Sie die Kaufsumme aufgetrieben haben.«

»Aber –«, hob Wanda an, doch Wagner unterbrach sie.

»Was mich betrifft, schwöre ich Ihnen, daß ich alles in meiner Macht Stehende tun werde, damit Sie die Gründler-Hütte kaufen können. Allerdings hat die Sache noch einen kleinen Haken ...«

»Ein Haken, na so etwas!« spottete Karl.

David Wagner erklärte, daß der Aktienkurs der besagten Reederei zwar derzeit extrem niedrig notiert werde, daß es die Papiere aber an keinem Börsenplatz Deutschlands zu kaufen gebe. Es sei einfach nichts auf dem Markt! Allerdings weile ein Berliner Aktienhändler – eine Art Privatier – in Sonneberg, der einen dicken Stapel der begehrlichen Papiere zu veräußern habe. Sie seien für eine Familie des reichen Landadels bestimmt gewesen, die nun aber urplötzlich einen finanziellen Engpaß erleide und von dem Geschäft Abstand nehmen müsse. Von besagtem Aktienhändler beziehe auch Wagners Informant, der Verleger, seine Papiere. Er habe in der Vergangenheit schon einige lukrative Geschäfte mit ihm abgewickelt.

Die Information, daß der Verleger selbst ebenfalls investierte, wurde mit neuem Interesse aufgenommen. Das Grummeln in Wandas Bauch verstummte für einen Moment.

Vielleicht ...

»Die Papiere sind in Ordnung! Ich habe mich gestern mit diesem Herrn aus Berlin getroffen, habe die Aktien selbst in Augenschein genommen und genauestens geprüft! Alles geht mit rechten Dingen zu.« David Wagner lachte. »Es ist unglaublich – aber wir reden hier wirklich über den großen Coup ...« Sein Lachen wurde mit Schweigen quittiert.

»Vielleicht sind wir zu mißtrauisch, was meinst du, Gustav?« sagte Karl schließlich.

Gustav zuckte mit den Schultern. »Hört sich nicht schlecht an.«

»Und wo ist nun der Haken, von dem Sie sprachen?« fragte Wanda. Der Berliner Aktienhändler schien ihr doch eher ein Glücksfall zu sein.

Wagner erklärte, daß das Bankhaus Grosse bei der Lage der Dinge nicht als Zwischenhändler auftreten werde. Daß sein Chef Gerhard Grosse es abgelehnt habe, in dieser Angelegenheit tätig zu werden. Wären die Aktien an einer der Börsen frei käuflich gewesen ...

Sollte die Lauschaer Genossenschaft die Aktien allerdings auf eigenes Risiko erwerben und sollten diese dann zu einem späteren Zeitpunkt an das Bankhaus übergeben werden, sei Grosse bereit, sie an der Börse zu verkaufen. Gegen die übliche Provision, das verstehe sich von selbst.

»Natürlich«, knurrte Karl.

»Selbstredend«, murmelte Gustav.

»Hmm«, brummelte Martin Ehrenpreis.

Und Wanda schwieg. Lauschte in ihren Bauch. Konnte nichts mehr hören. Wußte nicht, ob dies ein gutes oder ein schlechtes Zeichen war. Sie suchte in Wagners Miene nach einer Antwort.

»Ich kann und will Ihnen Ihre Entscheidung nicht abnehmen«, sagte er, und seine Wangen waren mit hektischen roten Flecken übersät.

»Aber ... Die Bank kann Ihnen kein besseres Geschäft anbieten. Wir haben nur diese eine Chance. Und wenn wir die nicht beim Schopfe packen ...«

35. Kapitel

Es war einer dieser Tage, von denen Anna recht bald wußte, daß sie nicht mehr besser wurden: Gleich am Morgen
war es mit der Nachricht losgegangen, daß zwei der Ver-
packerinnen an der Sommergrippe litten und nicht zur
Arbeit kommen konnten. Dann traf der Wagen ein, der
eine Ladung Christbaumschmuck für einen Großhändler
in Frankreich abholen sollte. Anna, die noch dabei war,
das Tagewerk umzuverteilen, hatte Johannes nach draußen geschickt, damit er das Beladen überwachte. Erst als
der Wagen längst weg war, hatte sie gemerkt, daß ihr Bruder drei Kisten übersehen hatte. Drei Kisten! Die man
nun mühselig per Bahn verschicken mußte. Auf eigene
Kosten.

Doch trotz des Ärgers am Morgen strahlte Anna übers
ganze Gesicht. Was für ein wunderbarer Tag!

Immer wieder schaute Johannes von seinem Bolg herüber zu ihrem. Wenn sich ihre Blicke trafen, sah sie rasch
fort. Johannes wußte nämlich, woher ihr Strahlen rührte,
und das ärgerte sie.

Richard war dagewesen.

Wie früher. Als noch alles gut war.

Nur mit Mühe konnte sich Anna auf ihre Arbeit konzentrieren. Und davon gab es reichlich: Hunderte von
Glasrohlingen – die Glasbläser selbst nannten diese Teile
nur »Stückchen« – warteten darauf, zu Kugeln aufgebla-
sen zu werden. Diese mußten am selben Abend noch zu
Karline Braun gebracht werden, da die Bemalerin sonst
am nächsten Tag ohne Arbeit dasitzen würde.

Ein Seufzer entwich Annas Lippen. Daß es so anstrengend sein würde, die Werkstatt an Mutters Stelle zu führen,

hätte sie nicht geglaubt. Jeden Tag waren unzählige von kleinen Entscheidungen zu treffen, und alle, auch Johannes, gingen wie selbstverständlich davon aus, daß sie es war, die sie traf. Anna mußte zugeben, daß ihr diese Tatsache schmeichelte. Aber gleichzeitig empfand sie einen Druck, der an ihrem Bruder spurlos vorüberzugehen schien: Für Johannes gab es nach wie vor nur die Arbeit am Bolg.

Sie warf ihm einen unwirschen Blick zu, aber er grinste nur wissend.

Anna schnappte aus einem Bündel neben sich ein neues Glasrohr und begann es in der Mitte unter gleichmäßigem Drehen zu erwärmen.

Warum hatte man in diesem Haus nie seine Ruhe? Warum mußte immer jeder alles mitbekommen?

Ein orangefarbenes Glühen in der Mitte des Rohres schreckte sie aus ihren Gedanken. Das Glas wurde flüssig!

Hastig nahm sie das Rohr aus der Flamme und zog es in zwei Teile auseinander, so daß ein langer gerader Spieß entstand. Eine Rohrhälfte legte sie zur Seite, aus der anderen Hälfte zog sie nun ein Stückchen nach dem anderen. Mit der zweiten Rohrhälfte verfuhr sie danach ebenso.

Wenn sie daran dachte, daß sie noch Hunderte von »Stückchen« auf diese Art vorbereiten mußte, wurde ihr ganz schwindlig. Warum habe ich diese Arbeit nicht an Magnus abgegeben? fragte sie sich. Dann hätte ich gleich mit dem eigentlichen Aufblasen beginnen können. Andererseits war diese Arbeit monoton genug, um in Ruhe nachdenken zu können.

Zum Glück neigte Johannes nicht dazu, dumme Ratschläge zu geben.

»Mach dir keine falschen Hoffnungen!

Richard kommt doch nur, weil er deinen Rat als Glasbläserin braucht!

Deute nicht mehr in seinen Besuch hinein, als da ist.«

Annas Strahlen erlosch. War es ihre eigene innere Stimme, die sie warnte?

Wie gut es sich angefühlt hatte, Seite an Seite mit Richard am Bolg zu sitzen! Wie sich ihre Schenkel immer wieder »zufällig« berührt hatten ... So nahe war sie ihm schon lange nicht mehr gewesen. Ach, wenn sie diesem Mann nur endlich ihre Liebe gestehen könnte! Er *mußte* doch spüren, daß sie ihn liebte. Und daß sie die viel bessere Frau für ihn war als die Amerikanerin, die einen Mann wie Richard nie verstehen würde. Einen Glasbläser.

Wenn sie doch nur mehr Zeit füreinander hätten! Mehr Möglichkeiten, sich auch einmal allein zu sehen. Ohne die anderen, die immer störten ...

»Hallo! Wo seid ihr denn? Natürlich in der Werkstatt, was frage ich so dumm!«

Mit Schwung ging die Tür auf. Der Luftzug ließ für einen Moment sämtliche Flammen schräg werden.

Irritiert schaute Anna auf.

Wanda.

Annas Lippen wurden zu zwei schmalen Linien. *Was will die denn hier? Woher weiß sie, daß –*

»Na, ihr habt ja mächtig viel Arbeit, wie immer, was?« Als sei sie in der Werkstatt zu Hause, spazierte Wanda durch den Raum. An dem großen Büfett, das zur Aufbewahrung der Kartons und anderer Dinge diente, zog sie aus der obersten Schublade ein Taschentuch – Anna hatte es erst am selben Morgen frisch gewaschen und gebügelt dort hineingelegt. Lautstark schneuzte sie hinein. *Konnte Madam nicht ihr eigenes Rotztuch dabeihaben? Mußte sie eins von ihren verplempern?*

»Wanda, wie schön!« Johannes strahlte. »Daß eine

wichtige Genossenschaftlerin überhaupt noch Zeit für so einfache Leute wie uns hat ...«

»Genossenschaftlerin – hör bloß auf!« Wanda lachte. »Manchmal frag ich mich, wo ich da nur wieder hineingerutscht bin.« Kopfschüttelnd ging sie durch den Raum, wechselte ein paar Worte mit Magnus, begrüßte Griseldis am Versilberungsbad. Johannes' Blick folgte ihr sehnsüchtig, so als hoffe er darauf, schnellstmöglich selbst wieder im Mittelpunkt von Wandas Interesse zu stehen.

Anna starrte stur auf ihre Arbeit.

Hineingerutscht – ha! Wanda hatte doch wieder einmal alles an sich gerissen!

Welchen Narren Johannes an der amerikanischen Cousine gefressen hatte, war Anna immer noch nicht klar. Warum erkannte er Wandas wahren Charakter nicht? Weil er ein Mann war und sich von ihrem Auftreten bezirzen ließ?

Daß sie beeindruckend auftrat, mußte Anna ihrer Cousine zugestehen. Und sich selbst gestand sie ein, daß sie Wanda glühend darum beneidete. Kaum betrat sie einen Raum, war es, als würden Funken in der Luft sprühen!

»Ist es zu glauben«, sagte Wanda, nachdem sie sich abermals geschneuzt hatte, »heute morgen war noch alles in Ordnung, erst auf der Zugfahrt von Sonneberg nach Lauscha begann es in meiner Nase zu kitzeln. Hoffentlich werde ich nicht krank, das könnte ich wirklich nicht gebrauchen.«

»Zwei von unseren Bemalerinnen sind auch krank«, erwiderte Johannes.

»Was willst du hier?« fragte Anna kühl, als Wanda vor ihrem Bolg angekommen war. »Wenn du Richard suchst, der ist nicht mehr hier!« Hatte er ihr also gesagt, daß er zu Anna ging – so sehr stand er wohl schon unter ihrer Fuchtel! Anna schluckte mühsam den Klumpen Enttäuschung hinunter.

»Richard?« Wanda runzelte die Stirn. »Wieso war er hier?« Sie nieste erneut und fuchtelte mit dem Taschentuch vor ihrer Nase herum. »Oje – es ist immer dasselbe: Kaum betritt man eure Werkstatt, sieht man aus, als wäre man mit Glitzerpuder paniert!« Lachend zeigte sie auf ihre Hände, die golden glänzten.

Anna verzog keine Miene, nahm statt dessen einen weiteren Rohling und hielt ihn ins Feuer.

Richard hat ihr nichts gesagt … Wanda hatte keine Ahnung von seinem Besuch hier … Anna durchfuhr ein freudiger Schauer. Nun ärgerte sie sich, überhaupt etwas gesagt zu haben.

Auch Johannes hatte sich wieder seinem Bolg zugewandt, wenn auch mit einem bedauernden Gesichtsausdruck. Ihm war anzusehen, daß er die Arbeit nur allzugern gegen einen Plausch mit seiner Cousine eingetauscht hätte.

Wanda räusperte sich. »Ich will auch nicht weiter stören. Darf ich nur kurz euren Telefonapparat benutzen? Ich möchte gern meine Eltern anrufen.«

»Mutter hat doch erst vor ein paar Tagen angerufen«, sagte Anna, ohne von der Flamme aufzuschauen. »Alles ist in Ordnung. Ich glaube kaum, daß sie begeistert wäre, wenn du unnötig telefonierst.« *Für eine wie Wanda spielte Geld halt keine Rolle!*

»Ich rufe ja auch nicht wegen eurer Eltern an – denen geht es blendend, davon bin ich überzeugt!« Wanda lachte. »Wenn ich an das Besichtigungsprogramm denke, das Mutter für sie geplant hat … Nein, heute brauche ich einen Rat von Steven. Dieser Anruf ist sehr wichtig, versteht ihr? Und ein wenig … vertraulich. Jedenfalls würde ich nur ungern auf dem Postamt telefonieren.«

»Klar kannst du anrufen!« sagte Johannes rasch. »Du weißt ja, wo der Apparat steht.« Er nickte in Richtung des Hausflures.

Auch wenn sich Anna bemühte, teilnahmslos zu tun und nicht hinzuhören, drangen doch immer wieder Wortfetzen von Wandas Gespräch zur Werkstatt herüber.

»Ach, Mutter ... Du fehlst mir so! Niemanden zum Plaudern ... Eine Tasse Kaffee mit dir ...«

Kaffee trinken! Mehr als ihr Vergnügen hatte eine wie Wanda eben nicht im Kopf. Kein Wunder, daß Richard nicht glücklich mit ihr war.

Allerdings mußte Anna im stillen zugeben, daß es nicht Wandas Vergnügungssucht war, über die sich Richard beschwert hatte. Ganz im Gegenteil: »Wanda hat nur noch diese blöde Genossenschaftsgeschichte im Kopf«, hatte er gemurrt. »Daß es für mich bei dieser Ausstellung um alles oder nichts geht, interessiert sie überhaupt nicht!« Seltsamerweise hatte er aber im selben Atemzug erklärt, er habe kein Interesse daran, daß sich Wanda in seine Arbeit »einmische«. Anna konnte sich auf all das keinen richtigen Reim machen. Es hatte Richard doch noch nie gestört, daß Frauen beruflich ihren eigenen Weg gingen! Johanna hatte er jedenfalls immer viel Bewunderung entgegengebracht, und auch vor Annas Arbeiten hatte er großen Respekt. Und warum kam er zu ihr, Anna, suchte ihren Rat, wenn er sich doch eine »Einmischung« verbat? Warum war er nicht zu Thomas Heimer gegangen? Die beiden teilten sich doch sozusagen die Heimersche Werkstatt! So viele Fragen ...

Wanda hatte in der Zwischenzeit offenbar das Gespräch mit ihrer Mutter beendet. Ihre Stimme klang nun irgendwie anders, geradezu unsicher. Das war für Wanda eigentlich untypisch. Vermutlich war ihr Stiefvater am anderen Ende der Leitung.

»Eine Bremer Reederei – verstehst du? Aktienkäufe, die – ach, das ist jetzt alles viel zu kompliziert zu erklären«, rief sie mit leicht zitternder Stimme in den Apparat. »Verflixt, gerade jetzt muß die Leitung so gestört sein!«

Die »Stückchen« in der Hand und Wandas Geschrei im Ohr, gelang es Anna nicht, das Knäuel an Fragen in ihrem Kopf zu entwirren.

»Informationen … Baumwollplantage in Mississippi namens … Wirklich? Die kennst du? Und was sagst – Vater! Daddy! Hallo, Steven, hallo!«

Anna lächelte schadenfroh. Was für ein Pech, daß gerade jetzt bei Wandas ach so vertraulichem Gespräch die Leitung fast zusammenbrach …

»Dir gehören Aktien dieser Plantage? Und die sind derzeit wirklich dabei … Ja, genau – der Rahmenvertrag! Dem Himmel sei Dank, dann haben unsere Informationen wirklich Hand und Fuß. Ach, Vater, du glaubst ja nicht, was für ein Stein mir vom Herzen fällt!«

Wanda lachte so laut und hysterisch auf, daß selbst Johannes einen schrägen Blick in Richtung Hausflur warf. Verärgert schaute Anna von ihm zu den anderen – niemand war mehr richtig bei der Sache. *Wunderbar, da hatte Wanda es wieder einmal geschafft, Unordnung in ihrer aller Leben zu bringen!*

Als Wanda kurze Zeit später wieder in der Werkstatt auftauchte, war nicht nur ihre Nase gerötet, sondern auch ihre Wangen trugen hektische rote Flecken, und ihre Augen funkelten.

»Puh, was war das wieder für eine schlechte Telefonverbindung!« stöhnte sie. Anna reagierte nicht auf ihre Worte. Was hätte sie auch sagen sollen? Konnte Wanda nicht endlich wieder gehen? Statt dessen kam sie nun auch noch zu ihr herüber und schaute ihr über die Schulter.

»Du bist wirklich eine tolle Glasbläserin«, sagte sie. »Was du mit deiner Hände Arbeit alles leistest!« Sie nickte in Richtung des Kartons, in dem die vorbereiteten Rohlinge lagen. »Wenn Marie dich so sehen könnte ...«

Marie – die hatte doch auch nur Augen für ihre eigenen Arbeiten gehabt, ging es Anna durch den Kopf. Wie oft war sie mit einem neuen Entwurf, einer Idee oder einem Musterteil zu ihrer Tante gegangen, nur um zu hören, daß Marie keine Zeit für sie hatte. Weil sie selbst in anderen Sphären schwebte. In für Anna unerreichbaren Sphären – es konnte schließlich nur *eine* Marie geben. Nur *eine*, die man »die Glasbläserin« nannte.

Plötzlich war alles zuviel für Anna. Der Ärger am Morgen, die Sorge, den Anforderungen der Werkstatt vielleicht doch nicht gewachsen zu sein, die vielen Fragen in ihrem Kopf ... Und dazu noch die Tatsache, daß sie einfach nicht wußte, woran sie bei Richard war.

Sie rutschte derart abrupt mit ihrem Schemel vom Bolg zurück, daß es ein lautes Geräusch gab, und drehte sich zu Wanda um.

»Was weißt du schon von der Hände Arbeit? Du, die du noch keinen Tag im Leben gearbeitet hast«, fuhr sie die Cousine an. »Kommst hier hereinspaziert, hältst andere Leute von der Arbeit ab, telefonierst auf unsere Kosten, bringst alles durcheinander – und merkst es nicht einmal!« Ihre Stimme war ganz schrill geworden, sie konnte nichts dagegen tun. »Deine Komplimente kannst du dir sparen. Mit denen erreichst du bei mir nichts!« Anna verschränkte die Arme vor der Brust, um ihr Zittern zu verbergen.

»Und überhaupt – seit du in Lauscha angekommen bist, hast du nichts als Unheil und Ärger über uns gebracht! Wenn du nicht gekommen wärst, wären Richard und ich sicher schon ein Paar! Aber nein, mir mußtest du den Mann nehmen, und von Marie hast du das Kind −« Sie hörte, wie Wanda erschrocken die Luft einzog. Sie sah aus dem Augenwinkel, daß Johannes vor Schreck fast vom Schemel fiel. Es war ihr egal. Einer mußte der Amerikanerin schließlich einmal die Meinung sagen.

»Und nun nimmst du auch noch das Geld fremder Leute an dich und verplemperst es mit irgendwelchen dubiosen Aktiengeschäften! Hat man so was schon gehört? Nichts, aber auch gar nichts von dem, was du besitzt, hast du dir selbst erarbeitet. Du bist eine Diebin, lebst auf unsere Kosten, lachst auf unsere Kosten. Du bist …« − hektisch fuchtelte Anna mit den Händen in der Luft herum, als wolle sie den passenden Ausdruck einfangen − »du bist … eine Schmarotzerin. Du bist … einfach schrecklich!«

Am alten Hüttenplatz warteten Karl der Schweizer Flein, Gustav und Martin Ehrenpreis auf Wanda.

»Und? Hast du deinen Vater erreicht?«

»Was hat er gesagt?«

»Kennt Steven Miles diese Baumwollplantage? Hat die Firma einen guten Namen?«

»Die Schiffe! Sind sie schon in Amerika angekommen?«

»Weiß er mehr −«

Wanda schaute die drei Männer an, als sehe sie sie zum ersten Mal. Daß sie diesen Treffpunkt zuvor vereinbar hatten, hatte sie völlig vergessen.

Fluchtartig hatte sie die Werkstatt verlassen. War gerannt, den steilen Berg hinauf, ohne Rücksicht auf ihre zu hohen, engen Schuhe, ohne Rücksicht auf ihre zugeschwollene Nase, ohne sich um die seltsamen Blicke zu kümmern, die ihr die Leute zuwarfen. Doch vor Annas

Boshaftigkeit gab es kein Entrinnen. Mit jedem Schritt dröhnten ihre Beschuldigungen lauter in Wandas Ohr.

Du lebst auf unsere Kosten.

Du bist eine Diebin.

Du bringst nur Unheil.

Wie Kakerlaken krochen die Worte durch Wandas Kopf, und der Ekel schnürte ihre Kehle zu.

»Wanda! Mensch, Mädchen, nun sag doch was!«

Karls fester Griff an ihrem Arm schreckte sie auf. Sie räusperte sich.

Was wollten die Männer von ihr?

Knacken in ihrem Ohr … die gestörte Telefonleitung … Mutter, die wollte, daß sie »nach Hause« kam. Steven … Baumwolle … Schiffe … Richard …

Was hatte er von Anna gewollt?

Die Gedanken verschwammen in Wandas Kopf. Er pochte, als säße ein kleines Männlein mit einem Hammer darin und schlüge ihr rhythmisch gegen die Schläfe. Sie schluckte. Fuhr mit der Hand über die Stirn, als wolle sie die Kakerlaken vertreiben. Und das Männchen mit dem Hammer. Stell dich nicht so an! schalt sie sich. Anna ist nur ein dummes Ding! Sie weiß gar nicht, wie böse und verletzend ihre Worte waren. Sie ist eifersüchtig. Ist es schon immer gewesen. Wegen Richard.

Wanda holte Luft. »Alles … ist in Ordnung.« Jetzt war nicht der Zeitpunkt, um über Richard nachzudenken. Oder über Anna. Sie atmete noch einmal tief durch, versuchte sich an einem zuversichtlichen Lächeln. »Mein Vater ist sogar selbst Besitzer eines großen Aktienpakets der besagten Baumwollplantage. Er hat sämtliche Informationen von David Wagner bestätigt …«

»Aber … Aber das ist ja großartig! Kind Gottes, warum guckst du denn dann so belämmert?« Karl und Martin lach-

241

ten. Beide guckten sich an, schlugen sich auf die Schultern. Wanda blinzelte. Lachte nicht mit. Konnte es nicht.

Du lachst auf unsere Kosten. Du bist eine Schmarotzerin.

36. KAPITEL

Am nächsten Tag saß Wanda erneut im Zug nach Sonneberg und kurze Zeit später bei David Wagner in der Bank.

Die Lauschaer würden sich auf das Geschäft einlassen, er solle einen Termin mit dem Berliner Aktienhändler vereinbaren, sagte sie.

Als David Wagner hörte, daß Wanda seine Informationen hinterfragt hatte, war er nicht etwa eingeschnappt, sondern begeistert. Er bewunderte Wanda für die Idee, ihren Stiefvater anzurufen, und sagte ihr das auch. Es hätte nicht viel gefehlt, und er wäre aufgestanden, um den Schreibtisch gelaufen und hätte sie geküßt. Einfach so. Weil alles gut war. Statt dessen blieb er sitzen und strahlte übers ganze Gesicht. Daß Wanda nicht darauf reagierte, entging ihm nicht. Ihre Teilnahmslosigkeit angesichts des Riesencoups, den einzufädeln sie im Begriff waren, war ihm ein Rätsel. Lag es daran, daß sie kränkelte? Oder bekam sie etwa Angst vor der eigenen Courage? Geldgeschäfte waren wohl doch Männersache ... Einen Moment lang spielte er mit dem Gedanken, sie auf ein Glas Bier in ein Gasthaus einzuladen, wagte es dann aber doch nicht.

Sie seien die Leute mit dem Geld in der Tasche! *Sie* seien der Kunde. Einmal im Leben. Und der Kunde sei König, argumentierten Karl und die anderen Männer. Also solle der Aktienhändler zu ihnen kommen und nicht umgekehrt. David Wagner reagierte auf diesen Wunsch gelassen. Da Gerhard Grosse ihm untersagt hatte, dem Handel beizuwohnen, war es David gleich, wo die Aktien übergeben wurden. Also beauftragte er den Berliner »Privatier«, wie Strobel den Mann genannt hatte, nach Lauscha zu fahren.

Daß es sich bei diesem Mann um eine etwas dubiose Gestalt handelte, darauf hatte David die Lauschaer vorbereitet. So, wie Strobel ihn vorbereitet hatte.

»Dieser Herr mag ein etwas seltsames Auftreten haben und etwas ungeschliffen sprechen, aber er verfügt über Beziehungen in der Finanzwelt, die ihresgleichen suchen!« Strobel hatte seine Aussage mit einem lässigen Schulterzucken unterstrichen, als wolle er sagen: Nur ein Kleingeist kümmert sich in einem solchen Fall um Äußerlichkeiten. David hatte ebenso lässig genickt.

Zwei Tage später fand im »Schwarzen Adler« das Treffen zwischen dem Berliner Aktienhändler und Karl dem Schweizer Flein, Martin Ehrenpreis und Gustav Müller Sohn statt.

Benno, der Wirt, dem die Bedeutung dieser Stunde sehr wohl bewußt war, hängte ein Schild mit der Aufschrift »Geschlossene Gesellschaft« an die Tür – schließlich war man als Wirt seinen Gästen gegenüber in der Pflicht.

Wanda, deren Schniefen und Schnupfen sich allmählich zu einer Sommergrippe mauserte, saß fiebrig schwitzend ebenfalls mit am Tisch.

Auch der Privatier schniefte ständig, schien aber ansonsten ganz konzentriert zu sein. Dreimal zählte er den Inhalt aus Wandas Holzkistchen, die Scheine und Münzen in Stapel und Häufchen verteilt, und schließlich wechselten knapp elftausend Goldmark den Besitzer.

Im Austausch überreichte ihnen der Berliner eine Mappe mit Aktien, die von den Glasbläsern ob ihrer opulenten Gestaltung eingehend begutachtet und bewundert wurden.

Ein großes Segelschiff prangte in der Mitte der Papiere, der Schriftzug »Bremer Reederei Schlüter« war kunstvoll verschnörkelt und wand sich teilweise um die Segel des Schiffes. Dies alles wurde eingerahmt von einer rotgoldenen Bordüre. Die Aktien hätten einen Nennwert von fünfhundert Mark, erklärte der Wertpapierhändler schniefend und zeigte auf die entsprechende Zahl. Karl und die anderen nickten andächtig.

»Daß so ein Stück Papier so viel wert sein kann«, murmelte er, während seine schwieligen Hände eine Aktie gegen das Licht hielten. »Was für ein schöner Schein …«

Der Aktienhändler lachte. »Das können Sie laut sagen!«

Eine Runde Obstbrand besiegelte das Geschäft. Danach verabschiedete sich der Aktienhändler, der am selben Abend noch einen Termin in Schweinfurt wahrnehmen mußte, hastig.

»Auf die wundersame Geldvermehrung!« schrie Karl, kaum daß die Tür hinter dem Mann zugeschlagen war. Er langte nach der Schnapsflasche, schenkte mit zitternden Händen nach, schob die Gläser über den Tisch. Die Mappe mit den Aktien steckte er in eine dicke lederne Tasche – es war vereinbart worden, daß er die Aktien in Gewahrsam nehmen würde. Wanda hätte die Papiere lieber zu David Wagner in die Bank gebracht, aber Karl hatte abgewinkt. Die Wertpapiere seien bei ihm sicher, bis zu dem Tag, an dem man sie der Bank zum Verkauf präsentieren werde.

»Auf die wundersame Geldvermehrung!« schrieen auch

die anderen. Wanda, der etwas schwindlig war, nickte dazu. Gläser klirrten aneinander, Schnaps brannte in den Kehlen und dann im Bauch.

»Ich weiß nicht, es ist sehr seltsam, aber ich habe den Mann schon einmal gesehen ...«, murmelte Benno vor sich hin, während er die Flasche erneut fragend hochhielt. »Ich grübele schon die ganze Zeit, wo das gewesen sein könnte ...«

»Klar, du machst ja ständig Geschäfte mit Aktienhändlern!« sagte Martin und streckte dem Wirt sein leeres Glas entgegen.

»Bestimmt ist er ein Stammgast, der hier mit seinen schönen Scheinchen ein und aus geht!« Karl lachte.

»Im Ernst!« verteidigte sich Benno. »So einen vergißt man nicht so schnell. Aber mir will ums Verrecken nicht einfallen, wo ich den Mann schon einmal gesehen habe! In Lauscha war's jedenfalls nicht.«

37. Kapitel

Die Glocken läuten mit mächtigem Schall,
Sie jauchzen, sie mahnen, sie rufen:
Kommt eilends herbei heut, ihr Gläubigen all,
Und schaut eure Kirche am Berge!

In traulicher Mitte, den Menschen so nah,
Doch oben, den Ort überschauend,
Hoch ragend, weit grüßend und schmuck steht sie da,
So fest, unsere Kirche am Berge.

Zum erstenmal öffnet sich heute ihr Tor,
Die fromme Gemeinde zu fassen,
Und »Lobe den Herrn« klingt mächtig im Chor –
Man weiht unsre Kirche am Berge.

Wir grüßen dich mit dankbarem Blick!
Sei Trost uns und Schutz unterm Glauben,
Und führe uns sicher zum Vater zurück!
Gott schütz' unsre Kirche am Berge.

Die neue Kirche war bis auf den letzten Platz besetzt. Die schweren schwarzen Sonntagsanzüge der Männer rieben an den Armen aneinander, die feinen weißen Sonntagskleider der Frauen bauschten sich übereinander auf, kein Mäuschen hätte mehr auf den vollbesetzten Kirchenbänken Platz gefunden. Auch Leute wie Thomas Heimer, Richard und Wanda, die sonst nicht in die Kirche gingen, hatten sich an diesem 17. September im Gotteshaus eingefunden – teils aus Neugier, wie die neue Kirche wohl aussehen mochte, teils aus dem schlichten Wunsch heraus dabeizusein. Jeder wollte teilhaben an der großen Sache, jeder *war* ein Teil von ihr. Denn ohne den großen Einsatz der Lauschaer Bürger wäre die Kirche längst nicht so schön geworden: Herrmann Greiner Vetters Sohn hatte sechs der Fenster gespendet. Das große Portalfenster hatte die Kirche der Familie Steiner zu verdanken. Die Orgel hätte es ohne Ernst Müller Philipp Sohn nicht gegeben. Zwei Altarleuchter waren von einer anderen Familie gekommen, das Kruzifix von der Lauschaer Witwe, für deren Haus sich Wanda interessiert hatte. Damals, als auch Richard noch Interesse an einem Haus für sie und Sylvie und sich selbst gezeigt hatte.

Eine Liste der großzügigen Spender war in der Woche

zuvor im Wochenblatt abgedruckt worden. Kein Wunder, daß die Leute so knapp bei Kasse waren, als es darum ging, den Topf der Genossenschaft zu füllen, war es Wanda angesichts der teilweise sehr hohen Geldbeträge durch den Kopf gegangen.

Staunend schaute sie sich in dem Gotteshaus um. Sie konnte kaum glauben, daß erst im letzten Sommer der Grundstein gelegt worden war. Ein solches Bauwerk in knapp dreizehn Monaten zu vollenden – wie konnte das gehen? »Der Herrgott hat seine Hand schützend darüber gehalten«, hatte Eva auf dem Weg zur Kirche gesagt. »Er hat den Arbeitern fast nur gutes Wetter geschickt und sie vor Unfällen bewahrt.« Eva hatte ein Tuch mit aufwendigen Stickereien für den Altar angefertigt. Gleich beim Eintreten machte sie Wanda darauf aufmerksam.

Was für ein schönes Haus, dachte Wanda. Aus massiven Bruchsteinen errichtet. Stein auf Stein, von Menschenhand gesetzt. Im Kirchturm waren drei große Glocken untergebracht, die einige Zeit zuvor unter großer Anteilnahme der Bevölkerung auf dem Lauschaer Bahnhof in Empfang genommen worden waren. Wanda war nicht dabeigewesen, zu sehr hatte Sylvie sie an diesem Tag in Anspruch genommen.

Der Altar war schlicht, das Kreuz darüber aus Holz, eine feine Handwerksarbeit, die leidenden Gesichtszüge Jesu für jedermann sichtbar.

Vor diesem Altar hatten Richard und sie stehen wollen, noch in diesem Herbst, um sich als Mann und Frau trauen zu lassen. In guten wie in schlechten Zeiten … Doch im Moment war davon gar keine Rede mehr. Genausowenig wie von dem Haus, das sie sich suchen wollten. Keine Zeit – die Ausstellung!

Keine Zeit – für ihre gemeinsame Zukunft?

Unauffällig schob Wanda ihre Hand unter Richards. Sie hatte den Mund schon geöffnet, um ihn an ihren Gedanken teilhaben zu lassen, doch er starrte so stur geradeaus, daß Wanda die Lust verging. Heute war ein Festtag, ein Tag zum Feiern, und nicht einer, um trüben Gedanken nachzuhängen.

Was dem Altar an Prunk fehlte, wurde von den farbigen Fenstern wettgemacht, deren Darstellungen an diesem sonnigen Sonntag wie von innen heraus glühten. Immer wieder stupsten sich die Kirchenbesucher gegenseitig an und zeigten auf die lichthellen Abbildungen, ein Lächeln auf dem Gesicht, manch einer auch mit einer Träne im Auge.

Auch Wanda mußte heftig blinzeln. Es waren weniger die christlichen Darstellungen, die sie so rührten, sondern vielmehr der Gedanke an Marie. Was für eine Freude hätte sie bei diesem Anblick empfunden! Hatte sie doch an ebensolchen Bildern mit farbigem Glas in ihrer Genueser Werkstatt gearbeitet! Bäume, Blüten, Landschaften – unter Maries Künstlerhand war der kalte Werkstoff Glas wieder einmal zu Leben erwacht. Während Marie selbst das Leben ausgehaucht hatte ...

Wanda schniefte laut, was ihr einen Seitenblick ihres Vaters einbrachte. Sie lächelte ihn gequält an und schloß die Augen. Der Pfarrer stimmte ein neues Lied an, eine Lobpreisung des Herrn und seiner Güte. Mitsingen konnte sie nicht, sie kannte die Melodie nicht, und auch die Aussprache der teils altertümlichen Worte fiel ihr schwer. Aber der Gesang der Menschen hüllte sie ein wie eine warme, liebevolle Umarmung. Wanda seufzte leise auf.

Auf der gegenüberliegenden Seite saßen Anna und Johannes. Wanda hatte die beiden beim Hereinkommen wahrgenommen. Während sie Johannes kurz zunickte, hatte sie Anna ignoriert. Noch immer saßen ihre bösen Worte wie ein Stachel in Wandas Fleisch. »Gib doch nichts auf das dumme Gerede!« hatte ihr Vater gesagt, als Wanda nach dem Besuch in der Glasbläserei Steinmann heulend bei ihm angekommen war. »Anna ist halt eifersüchtig auf dich, wegen Richard! Da schlägt man gern mal um sich. Männer benutzen dazu ihre Fäuste, Weibsbilder tun's mit Worten. Aber es kommt immer das gleiche heraus: Man verletzt andere und sich mit dazu«, hatte er hinzugefügt. Wanda wußte, daß er recht hatte. Trotzdem hatten Annas Anschuldigungen ihr sehr weh getan.

Richard hatte sich nicht weiter zu der Geschichte geäußert. Ja, er sei bei ihr gewesen, es sei um eine berufliche Angelegenheit gegangen. Auf Wandas Frage, warum er damit nicht zu Thomas gekommen sei, hatte er nur mit der Schulter gezuckt. »Bei euch zu Hause gibt's doch derzeit nur ein Thema! Zum ernsthaften Arbeiten kommt man da ja nicht mehr«, hatte er geantwortet. Und Wanda war verstummt.

Mir hast du den Mann geklaut, Marie das Kind …

Vergiß Anna, schalt sich Wanda, während die Kirchengemeinde zu einem mehrstimmigen Refrain anhob. Morgen war der entscheidende Tag – nur das zählte.

Bitte, lieber Gott, mach, daß alles gutgeht.

Morgen würde sie nach Sonneberg fahren, um David die Aktien zum Verkauf zu übergeben. Die Wochen, die nicht hatten vergehen wollen, würden endlich ein Ende haben.

Wanda seufzte laut auf. Daß Nichtstun ein solches Martyrium darstellen konnte, hätte sie nicht gedacht. Wieviel lieber hätte sie in einem Steinbruch gearbeitet, sich die Finger blutig geschlagen, den Rücken krumm gemacht!

Alles wäre besser gewesen als die endlose Warterei der letzten Wochen. Tage, in denen Minuten zu Stunden wurden, in denen Stunden zu nicht enden wollenden Tagen wurden, die in schlaflose Nächte übergingen.

Und dabei immer nur die Gedanken an Schiffe, die hoffentlich heil von der amerikanischen Südstaatenküste nach Bremen schipperten. Was konnte diesem Unternehmen nicht alles im Wege stehen! Ein Unwetter auf hoher See, eine Havarie, im schlimmsten Fall konnten gleich mehrere Schiffe aufgrund von Unwettern verlorengehen.

Piraten, die auf der Suche nach lukrativer Beute ausgerechnet ein Schiff der Bremer Reederei kaperten.

Kriege, die ausbrechen konnten.

Natürlich schalt sich Wanda für solche Gedanken. Sei optimistisch! sagte sie sich. Sowohl ihr Vater als auch Richard belächelten ihre Ängste. Während Richard diese mit einem »Stell dich nicht so an, selbst wenn so etwas einträfe, könntest du nichts daran ändern!« wegwischte, versuchte Thomas Heimer sie erst gar nicht zu beruhigen – ihm fehlten einfach die Worte dazu.

Beides erleichterte ihr das endlose Warten nicht gerade.

Das Warten auf den entscheidenden Tag. Laut David war dies der 18. September.

Wandas Blick wanderte erneut hilfesuchend zu dem Holzkreuz über dem Altar.

Das schreckliche Nichtstun der letzten Wochen war lediglich von ein paar Fahrten nach Sonneberg unterbrochen worden. Manchmal hatte Wanda Sylvie mitgenommen, manchmal das Kind bei Eva gelassen. Wanda spürte, daß die Hitze des Sommers langsam etwas anderem Platz machte. Der Sommer war zu Ende, der Herbst aber noch nicht da. Etwas Neues war im Anmarsch. Es lag in der

Luft, die fast kristallklar war. Es lag in den schon vereinzelt fallenden Blättern. Etwas ging zu Ende – und etwas Neues begann.

In Sonneberg führte ihr Weg sie immer zu David Wagner. Sie war die Wortführerin der Genossenschaft – da war es doch nur rechtens, daß sie sich nach dem Verlauf des Geschäfts erkundigte, oder? Zumindest rechtfertigte sie ihre häufigen Besuche bei ihm auf diese Art. Der Gedanke, daß sie dem Mann womöglich die Zeit stahl, wäre ihr zu peinlich gewesen. Nicht, daß David Wagner ihr je dieses Gefühl gegeben hätte!

Er teilte ihre Ängste in bezug auf die Reederei zwar nicht, aber er nahm sie ernst und erklärte, daß die Kapitäne der Schlüter-Schiffe gut ausgebildet seien, Piraten sich lieber Schiffe mit Gewürzen und Edelmetallen aussuchten und außerdem kein Krieg in Sicht sei. Wanda nickte. Und dennoch ...

Lesen! befahl David daraufhin und zeigte auf die dicken Zeitungsstapel, die er nach wie vor stets in seinem Büro parat hielt. Es sei wichtig, über das, was in der großen, weiten Welt passierte, bestmöglich informiert zu sein. Je mehr man wisse, desto besser könne man eine Lage einschätzen und desto weniger sei man auf bloßes Spekulieren angewiesen.

Die Zeitungen bekam er von Alois Sawatzky, erfuhr Wanda, die daraufhin sagte, Sawatzky sei auch ein Freund von ihr.

Anfangs war Wanda nicht gerade begeistert von diesen gemeinsamen Lesestunden. Viel lieber hätte sie sich einfach nur unterhalten. Über dieses und jenes, über Gott und die Welt. Doch bald merkte sie, daß ihre Ängste während des Lesens immer kleiner wurden und ihre Nerven weniger flatterten, solange sie sich an den Zeilen festhielt. Nirgendwo eine Zeile über tropische Stürme über dem Atlantik! Nirgends ein Artikel über Piraterie in diesen Gewässern! Und auch nichts über gesunkene Bremer Schiffe.

»Warten Sie ab, bis die Schiffe wohlbehalten in Bremen eingelaufen sind! Meine Berliner Kontaktperson meint, das sei der Zeitpunkt, an dem die Schlüter-Reederei die Nachricht von dem Vertrag mit den Amerikanern offiziell kundtun wird. Natürlich wird sich diese Information dann auch irgendwo auf den Wirtschaftsseiten der Zeitungen finden lassen. Und diese Nachrichten sind die einzigen, die uns interessieren, denn sie bedeuten: steigende Aktienkurse!« An dieser Stelle wedelte er stets mit seiner Hand, als wolle er die Aktien höchstpersönlich anheben. »Wir werden es allen zeigen!« endete er meistens, und dann lachten sie beide lauthals auf.

Wanda ging inzwischen erst am Nachmittag in die Bank, dann, wenn die meisten Angestellten langsam Feierabend machen und David und sie ungestört ihrer Leseleidenschaft frönen konnten. Manchmal waren sie so in ihre Lektüre vertieft, daß Wanda gerade noch den letzten Zug nach Lauscha erwischte. Dann hatte sich, wenn sie ankam, schon der Abend über das Dorf gelegt, und die Lichter der Glasbläser blitzten durch die Fenster. Jedesmal kam Wanda gutgelaunt aus Sonneberg zurück. Wie konnte es sein, daß sie in Davids Gegenwart eine solche Ruhe verspürte? Zuversicht und Freude an dem gemeinsamen Abenteuer?

Doch kaum war sie wieder zu Hause, verflog diese Hochstimmung, und das alte Gedankenkarussell drehte sich von neuem. Was wäre, wenn ...

Im Gegensatz zu ihr taten sich die Mitglieder der Genossenschaft leichter. Ob es Gottvertrauen war oder nur mangelnde Phantasie – was sie so optimistisch stimmte, wußte Wanda nicht. Für die Glasbläser stand fest, daß ihr Aktienhandel höchst erfolgreich enden würde.

Fast allabendlich trafen sie sich im »Schwarzen Adler«. Es gab in bezug auf die Genossenschaft noch einige Amtsgänge zu tätigen, und der Schriftverkehr mußte erledigt werden. Auch wurden schon die Posten und Aufgaben in der zukünftigen Genossenschafts-Glasbläserei verteilt. Karl der Schweizer Flein sollte weiterhin Obergeselle bleiben, darin war man sich schnell einig. Was Gustav Müller Sohn anging, war die Sachlage schon nicht mehr ganz so einfach: Den einen war er als Sortierer zu streng – naturgemäß handelte es sich dabei um Glasbläser, die nicht immer einwandfreie Ware ablieferten. Den anderen hingegen war er nicht streng genug. Am Ende stand jedoch fest: Gustav sollte Sortierer bleiben. Leute, die bisher noch nicht in der Gründler-Hütte arbeiteten, sich aber durch ihre Anteile darin einkauften, fragten an, wie und in welcher Form sie zukünftig am Geschäft beteiligt werden konnten. Streit blieb dabei nicht aus, jeder hatte unzählige Ideen und war beleidigt, wenn diese nicht sofort von allen begrüßt wurden. Doch alles in allem waren es fruchtbare Abende, Stück für Stück entwickelte sich ein Konzept für die zukünftige Organisation der Hütte, mit dem die meisten leben konnten. Auch Alois Gründler war oft Gast bei diesen Treffen. Die Aussicht, das Geschäft doch noch mit den Lauschaern abschließen zu können, hatte ihn zu einem anderen Mann gemacht. Wie weggewischt war seine starre Miene, jetzt lachte er mit den anderen, argumentierte mit ihnen, gab geschäftliche Dinge preis, bei denen er sich in der Vergangenheit lieber die Zunge abgebissen hätte, als sie zu verraten. »Wenn ich mich im Januar auf den Weg nach Amerika mache, dann mit dem guten

Gefühl zu wissen, daß mein Lebenswerk hier in den besten Händen ist!« sagte er eines Abends, und die Glasbläser waren ganz ergriffen von seinen Worten. Die nächste Runde Bier war schnell bestellt, der nächste Trinkspruch auf Alois' glücklichen Neuanfang in Amerika gerichtet.

Wanda, der zu Hause die Decke auf den Kopf fiel, war bei den meisten Treffen dabei. »*Du spielst mit dem Geld anderer Leute!*« – nach Annas Anfeindung hielt sie sich allerdings weitgehend zurück und antwortete nur, wenn sie ausdrücklich gefragt wurde. Das kam jedoch oft genug vor.

»Du bist wirklich ein Glücksfall für Lauscha!« hatte Maria Flein erst ein paar Tage zuvor zu ihr gesagt. »So begeistert habe ich meinen Karl noch nicht erlebt!« Und sie hatte Wanda dabei an ihre Brust gedrückt, daß dieser fast die Luft wegblieb.

War ihr eigener anfänglicher Überschwang auch verschwunden, so ergötzte sie sich um so mehr an dem Wir-Gefühl, das sich entwickelte, ohne daß sich die Beteiligten dessen unbedingt bewußt waren. Selbst Richard, der der Sache noch immer skeptisch gegenüberstand, gab zu, daß er die Lauschaer selten so begeistert erlebt hatte. »Jeder für sich ist sehr wohl begeisterungsfähig«, sagte er. »Das waren wir schon immer, kein Wunder bei dem harten Konkurrenzkampf. Aber daß alle gemeinsam an einem Strang ziehen …« Er hatte erstaunt den Kopf geschüttelt. Und Wanda hatte gestrahlt.

Die Zuversicht der Lauschaer, die Zuneigung, die Wanda allerorts entgegenschlug, ließ sie Richards Gleichgültigkeit leichter ertragen.

Oh, nach außen hin war er weiterhin ihr treusorgender Verlobter. Schob sogar manchmal Sylvies Kinderwagen, wenn sie einen ihrer seltenen Spaziergänge durch Lauscha machten. So, als wolle er damit sagen: Schaut nur her, ich habe nichts gegen die Machenschaften meiner zukünftigen Frau. Aber wenn sie allein waren, hatte Wanda stets das Gefühl, daß er in seinem tiefsten Innern doch etwas gegen ihre Machenschaften hatte.

Richard ... Der Gedanke an die seltsame Beziehung, die sie führten, ließ Wanda auch jetzt in der Kirchenbank laut aufseufzen.

»Was ist denn los?« brummelte ihr Vater neben ihr. Sie warf ihm einen unsicheren Blick zu.

Hin und wieder schlich sich die Frage in ihren Kopf, ob ihre Mutter womöglich doch recht gehabt hatte. Stimmte es, daß ein Glasbläser einfach nicht zu ihr paßte?

Sie versuchte, ihre Gedanken von Richard auf den Gottesdienst zu lenken.

Statt dessen füllte schon im nächsten Moment wieder die Genossenschaftshütte ihren Kopf. Was für ein nichtssagender Name für solch ein Unterfangen, dachte Wanda, während der Kirchenrat ein Weihgebet anstimmte.

Sie nahm sich vor, die Frage nach einem neuen Namen für die Hütte beim nächsten Treffen in den Raum zu werfen.

Beim nächsten Treffen ...

Dann, wenn die Glasbläser tatsächlich Eigentümer der Hütte waren. Was nach dem morgigen Tag, wenn sie auf der Bank die Papiere präsentieren würde, nur noch eine reine Formsache sein dürfte.

Denn die Schiffe der Bremer Reederei waren längst heil im Heimathafen angekommen. Genauer gesagt, vor zwei Wochen schon.

Der Wert der Aktien war daraufhin gestiegen und gestiegen und gestiegen. Innerhalb von wenigen Tagen um das Dreifache, dann sogar aufs Vierfache.

Dreimal waren Wanda, Karl, Gustav und Martin bei David Wagner angetanzt.

Dreimal hatten sie dieselbe Antwort bekommen: »Wartet noch! Der Kurs wird noch höher steigen!«

Am letzten Freitag, als Wanda allein in Sonneberg war, hatte er schließlich gesagt: »Jetzt ist der richtige Zeitpunkt gekommen!«

Wanda, die gar nicht gemerkt hatte, daß sie die Augen geschlossen hatte, öffnete sie wieder. Blinzelte in Richtung Altar. Durch die farbigen Glasscheiben dahinter fielen rote und blaue Sonnenstrahlen in die Kirche.

Ins gläserne Paradies.

38. KAPITEL

Mit steifem Rücken und versteinerter Miene ging Wanda in Richtung Bahnhof. Wie immer um diese Tageszeit herrschte dort reger Betrieb: Glasbläser aus dem nahen Lauscha, die ihre Waren bei einem Sonneberger Verleger ablieferten, Hausfrauen aus Steinach und anderen umliegenden Gemeinden, die es nach ihren Einkäufen in der großen Stadt nun eilig hatten, wieder nach Hause zu kommen, Geschäftsleute, die mit wichtiger Miene wichtige Aktenkoffer mit sich trugen. Viele von den Wartenden streckten ihre Gesichter der Sonne entgegen, um die letzten wärmenden Strahlen zu genießen.

Doch Wanda spürte weder die Sonne, die für Mitte September noch ungewöhnlich warm war, noch bemerkte sie den verführerischen Geruch, der aus einer nahen Wurstbraterei herüberwehte.

Als sie endlich auf dem Bahnsteig stand, erschlaffte ihre angespannte Miene.

Aus. Vorbei. Sie brauchte keine Contenance mehr zu zeigen. Niemanden würde es mehr kümmern, ob sie heulte oder tobte oder ob ihr der Rotz aus der Nase lief wie bei einem kleinen Kind.

Aber sie heulte nicht. Und sie tobte nicht.

Sie spürte nicht einmal mehr ihre Traurigkeit, nicht die Angst und nicht die Sorge.

Denn sie hatte alles verloren.

Sie hatte die Menschen, die ihr am nächsten standen, enttäuscht, war eine Versagerin auf der ganzen Linie.

Hatte sie das nicht schon immer gewußt?

Du bist eine Schmarotzerin!

Lebst auf unsere Kosten!

Lachst auf unsere Kosten!

Ihr Blick heftete sich auf die Schienen. Oh, wie vertraut war ihr der Weg, den die Bahn von Sonneberg nach Lauscha nahm! In- und auswendig kannte sie diese Strecke. Kannte jede der Kurven, in denen es einen auf den harten Bänken zur Seite drückte, kannte das Stück, wo die Lokomotive zu schnaufen anfing und immer langsamer wurde. Sie wußte, wann die schattigen Stellen entlang der steilen Berghänge kamen, wo es in den Abteilen urplötzlich düster wurde.

Wie romantisch hatte sie diese Bahnstrecke stets empfunden! Genauso romantisch wie ihr Lauscha am Ende der Strecke. Eingebettet in das hochgelegene Tal, mitten im gläsernen Paradies …

Wanda stöhnte auf. Bei dem Gedanken daran, wie viele Menschen dort am Bahnhof auf sie warteten, verkrampfte sich ihr Magen. Bestimmt stand schon jetzt ein Empfangskomitee bereit, womöglich mit Wein und Gesang – warum sonst hatten die anderen darauf bestanden, ausgerechnet heute in Lauscha zu bleiben, statt sie an diesem großen Tag nach Sonneberg zu begleiten? Und diesen treuen, lieben Seelen, die ihr vertraut hatten und die nun mit ihr feiern wollten, sollte sie entgegentreten und ins Gesicht sagen, daß alles verloren war?

Ihr Blick fiel auf den nutzlosen Stapel Papier, den sie in der Bank nachlässig in ihre Tasche gestopft hatte.

Was weißt du schon von der Hände Arbeit?

Nichts, Anna. Nichts.

Das Ende eines langen Sommers.

Das Ende.

Nie mehr würde sie die Bahnstrecke entlangfahren, nie mehr würde sie in Lauscha ankommen. Für sie gab es keine Einkäufe mehr zu tätigen oder wichtige Unterlagen in wichtig aussehenden Aktenkoffern zu transportieren.

Sie war am Ende ihrer Reise angelangt.

Das hatte auch ihr Besuch bei Friedhelm Strobel gezeigt. In ihrer Verzweiflung hatte sie nichts Besseres zu tun gewußt, als ihn aufzusuchen. Den Verleger, von dem der Aktientip gekommen war, dessen Namen David Wagner nach langem Hin und Her endlich genannt hatte.

Ein neuerliches Schauern durchfuhr Wanda. Nicht daran denken, nicht daran denken, schrie alles in ihr.

… wie die Hände nach ihr gegriffen hatten, der saure Atem, der ihr Gesicht traf, die Augen, so – überheblich.

Zuerst hatte sie gar nicht verstanden, was sich in dem feinen Ladengeschäft anbahnte – zu aberwitzig war allein der Gedanke gewesen. Und als sie verstand, war es fast zu spät gewesen. Um ein Haar – wenn sie nicht schnell genug zur Tür hinausgelaufen wäre – hätte er sie gepackt und … Nein, nicht daran denken!

In ihrem Rücken hörte sie die Geräusche des nahenden

Zuges. Schon lag ein Hauch von verbrannter Kohle in der Luft. Je näher der Zug kam, desto rußgeschwängerter würde die Luft werden, und die Menschen auf dem Bahnsteig, die gerade noch so genießerisch in die Sonne schauten, würden anfangen zu prusten, und ihre Nasen würden sich kräuseln.

Erst im letzten Winter hatte sich eine junge Frau vor einen herannahenden Zug gestürzt. Ihr schrecklicher Tod hatte in allen Zeitungen Schlagzeilen gemacht. Wanda hatte sich damals nicht vorstellen können, welche Verzweiflung einen Menschen zu solch einer Tat treiben konnte. Dem Leben auf diese Art ein Ende zu setzen wäre feige, hatte sie behauptet. Sie erinnerte sich noch genau an das Gespräch mit Eva, das über diesem Thema zum Streit ausgewachsen war. Eva hatte die Selbstmörderin und ihre Verzweiflung verstanden. Als feige hätte sie einen solchen Menschen nie bezeichnet. Von den Schienen zermalmt zu werden war schließlich kein gnädiger Tod, die Gliedmaßen wurden durch tonnenschwere Lasten abgetrennt, Gedärme entblößt, der ganze Körper zermalmt ... Wanda hatte davon nichts hören wollen.

Du und deine selbstherrliche Arroganz! tönte es schrill in ihren Ohren.

Immer hast du geglaubt, alles allein meistern zu können. Hast dir eingebildet, besser zu sein als andere. Mehr zu können, mehr zu wissen und zu wagen.

Seit du hier angekommen bist, hast du nur Unheil über uns gebracht!

Ja, Anna.

Aber das ist nun vorbei.

Das Schrillen in ihren Ohren wurde lauter und lauter. Wanda drehte sich um, sah den dampfenden, schwarzen Koloß näher und näher kommen.

Aus. Vorbei. Alles verloren.

Sie machte einen Schritt nach vorn.

Und wurde im selben Moment hart von hinten an der Schulter gepackt.

39. KAPITEL

Die Hände des Mannes kommen näher, immer näher. Feiste, feuchte Hände, die nach ihr greifen, nur noch eine Handbreit von ihr entfernt. Sein Atem trifft sie, er riecht nach Verfaultem. Sie preßt die Lippen zusammen, ihre Nasenflügel beben bei dem Versuch, die Luft anzuhalten. Sie will schreien, doch dazu hätte sie den Mund aufmachen und atmen müssen. Nur ein Stöhnen kriecht aus ihrer Kehle, zu leise, um hilfreich zu sein. Wer sollte sie hören? Die Mauern des Hauses sind dick, solide, die Tür aus schwerem Holz. Die Tür ist zu, der Mann hat sie verriegelt.

Seine Stimme. »Wir wollen doch nicht gestört werden ...«

Wieder ein Stöhnen, lauter, angstvoller. Niemand da, der sie hört.

Weg von hier, weg, weg ...

Mit aller Macht versucht sie sich loszureißen, doch ihre Füße kleben am Boden, der genauso feucht ist wie die Hände, genauso faulig wie der Atem. Nicht atmen, nicht atmen. Panisch starrt sie auf die hölzernen Dielen, deren aufwendiges Muster vor ihren Augen verschwimmt. Alles in dem Raum ist dunkel, kein Sonnenstrahl, keine Lampe, nichts. Dunkel wie eine Gruft. Und mittendrin der Mann. Nicht zu dem Mann schauen, vielleicht wird er sich in Luft auflösen, Augen zu ...

Ein Lachen, geifernd, geckernd, das Wanda an einen Raubvogel im Wald denken läßt.

Bevor Wanda weiterdenken kann, krallen sich Finger in ihren Arm, zerren an ihrer Jacke, der Stoff schneidet sich schmerzhaft in ihr Fleisch und –

Wanda schrie auf. Schlug wie wild um sich, wand sich und schrie.

»Kind! Um Himmels willen, Wanda!«

Nein, nicht die Augen öffnen, der Mann!

Hände rüttelten an ihrem Arm, aber diese Hände waren warm und trocken, nicht kalt und feucht.

»Wanda!« Die Stimme – sie war anders.

Etwas kitzelte in ihrer Nase. Der Geruch war auch anders. Hier roch es nach Papier, nach Staub, nach Leder. Es roch – nach Büchern.

Sie war nicht mehr in dem schrecklichen Laden.

»Wanda! So wachen Sie doch auf!«

Wanda atmete vorsichtig durch. Langsam, unruhig flatternd wie zarte Insekten, hoben sich ihre Lider. Und sie schaute in freundliche Augen.

»Herr Sawatzky …« Ihre Stimme war rauh und fremd.

»Alles ist gut, Sie sind bei mir, in Sicherheit. Alles ist gut …« Er griff hinter ihren Rücken, versuchte sie aufzurichten. Widerwillig rappelte sich Wanda hoch.

Alois Sawatzky schaute sie betrübt an. »Kind, was haben Sie mir für einen Schrecken eingejagt! Was für ein Glück, daß ich gerade auf dem Bahnhof war! Ich will gar nicht daran denken, was geschehen wäre, wenn –« Er sprang auf, war im nächsten Moment bei der Tür. »Ich habe Tee aufgesetzt. Kamillentee, der wird Ihnen guttun.«

Kamillentee. Wanda nickte.

Der Bahnhof. Blätter, die müde über den Bahnsteig tanzten. Die Gleise, das schreckliche Schrillen in ihren

Ohren. Alles nur ein Traum, ein schrecklicher Traum. Oder?

Sie wollte die Augen schließen, nicht denken, nicht fühlen. Statt dessen wanderte ihr Blick durch den Raum, der vollgestopft war mit Büchern, in Regalen, auf Hockern, auf dem Boden. Dazwischen standen Möbel, was eigenartig war. Eine Frisierkommode mit Rasierzeug darauf, ein stummer Diener, auf dem Mantel, Hut und Schal hingen, und gegenüber der Chaiselongue, auf der sie lag, stand in einem schmalen Alkoven ein Bett, abgedeckt mit einer braunen Decke.

Es dauerte einen Moment, bis Wanda klar wurde, daß sie sich in Alois Sawatzkys privaten Räumen befand und nicht in seinem Laden. Bis auf die wenigen Möbelstücke war allerdings kein großer Unterschied zu erkennen.

So viele Schicksale, verpackt zwischen zwei Buchdeckeln, fuhr es ihr durch den Kopf. Wie wohl der Titel des Buches lauten würde, das ihr Leben beschrieb?

Keine Chance mehr, den Gedanken, der Wirklichkeit zu entkommen. Das hier war kein böser Traum, sondern die Wahrheit!

Wanda stöhnte auf, zog die Knie an, umfaßte sie mit den Armen und legte ihren Kopf darauf. Wiegte sich vor und zurück, wartete auf Tränen, die nicht kamen.

Mit einem Schlag war alles wieder da.

David und sie in seinem Büro. David, der dasaß wie ein geprügelter Hund, der sich die Haare raufte. Der immer wieder rief: »Wie kann das sein?« und: »Ich habe die Papiere doch geprüft! Sie waren einwandfrei!«

Ihre Fassungslosigkeit. »Was ist? Was ist denn los?«

»Die Aktien sind Fälschungen! Wertlos! Null und nichtig!«

Sie hatte die Stirn gerunzelt und gelacht. »Machen Sie doch keine dummen Scherze!«

»Das ist kein Scherz, ich meine es bitterernst! Strobel, er –« Vor lauter Aufregung hatte sich David an seiner eigenen Spucke verschluckt, mußte husten, bevor er weiterreden konnte. »Friedhelm Strobel! Ich muß zu ihm! Er ist der Verleger, von dem ich den Tip bekommen habe! Er hat ebenfalls von dem dubiosen Wertpapierhändler gekauft. Vielleicht hat er eine Erklärung, wie …« David unterbrach sich, starrte vor sich hin, ehe er leise wiederholte: »Fälschungen …«

»Aber das kann doch nicht sein! Das glaube ich nicht!«

David hatte ihr zeigen wollen, was nicht stimmte mit den Papieren, aber Wanda hatte die Hände vor die Augen geschlagen. Details! Wen interessierten die noch?

Alles war vorüber. Sie waren einem Betrüger aufgesessen. Sie waren ruiniert. Das Geld der Lauschaer war fort – bei manchem die Ersparnisse eines ganzen Lebens! Bald würde die Gründler-Hütte jemand anderem gehören. Und alles nur, weil sie, Wanda, die Leute zu diesem Geschäft überredet hatte. Noch nie in ihrem Leben hatte sie sich so elend gefühlt.

Ihr Körper hatte sich in einer Art versteift, daß ihr jeder Knochen, jede Muskelfaser weh tat. Wie eine schlecht geführte Marionette war sie aufgestanden, hatte David verlassen. Vergeblich hatte er ihr nachgerufen, doch noch zu bleiben, sich zu beruhigen.

Dann, draußen vor der Bank, ein kurzes Aufwallen von Widerstand. Mit einer Stimme, die ihr nicht gehörte, hatte sie sich zu Friedhelm Strobels Laden durchgefragt. Jeder Schritt eine Qual.

Sie hatte mit dem Mann sprechen wollen. Er war ebenfalls hereingelegt worden. Ein Opfer wie sie – hatte David das nicht gesagt?

Worauf hatte sie gehofft? Daß er sagte, es ist alles

gut, kein Grund zur Sorge? Alles war nur ein schlechter Scherz?

Doch der Mann war kein Opfer. Er war widerlich. Schrecklich. Ekelig. Er hatte ihr angst gemacht mit seinem gierigen Blick. Wie er sich die Lippen geleckt hatte! Und dann diese Hände! Wenn es ihr nicht gelungen wäre, den Riegel der Tür zu öffnen und zu rennen, rennen, rennen –

»Kindchen, Wanda, nicht weinen. Alles wird wieder gut.«

Der Geruch von Kamille stieg in Wandas Nase. Sie öffnete die Augen, nahm die Tasse Tee, die Sawatzky ihr entgegenhielt. Ihre Hand zitterte. Die Tasse war heiß.

Sie setzte die Lippen an, nahm einen Schluck. Die Flüssigkeit schmeckte weniger intensiv, als es ihr Geruch versprochen hatte. Wandas Augen brannten auch ohne Tränen.

Der Buchhändler beobachtete sie. Seine unaufdringliche Freundlichkeit war mehr, als Wanda ertragen konnte.

»Warum haben Sie mich vorhin, auf dem Bahnhof, nicht in Ruhe gelassen?« murmelte sie. »Warum? Ich könnte längst alles hinter mir haben.«

Sawatzky runzelte die Stirn, und die Freundlichkeit in seinen Augen erlosch. »Versündigen Sie sich nicht ein zweites Mal, Wanda! Sie haben Familie, sind verlobt, haben ein Kind, Maries Kind! Sie hat es *Ihnen* anvertraut! Und Sie wollen sich davonschleichen wie ein Dieb?«

Da begann Wanda zu weinen. Heiße Tränen, ausgeschüttet wie verbrauchtes Spülwasser.

Ein Dieb. Was war sie anderes?

»Anna hatte recht«, schluchzte Wanda. »Sie hatte in allem recht.« Rotz lief ihr aus der Nase, verstopfte die Atemwege, sie konnte kaum mehr schnaufen. Trotzdem vergrub sie ihren Kopf wieder in den Armen.

Alois Sawatzky schüttelte hilflos den Kopf. »Was soll ich nur mit Ihnen machen … Ich könnte Ihrem Verlobten Bescheid geben! Vielleicht weiß er, was –«

Bloß nicht! Abrupt hob Wanda den Kopf. Der Gedanke, Richard unter die Augen treten zu müssen, war zu schrecklich, als daß sie sich auch nur einen Moment länger damit beschäftigen wollte. Gleichzeitig sehnte sie sich so sehr nach ihm, daß es weh tat.

»Ich bin eine Versagerin!« schrie sie dem Buchhändler entgegen. »Mit so einer kann Richard nichts anfangen! Und sonst auch niemand. Wenn ich an all die Leute denke, die mir vertraut haben! Hätte ich doch nie meinen Mund aufgemacht! Aber immer muß ich meine dummen Ideen gleich an den Mann bringen. Mich wichtig machen. Dabei bringe ich allen immer nur Unglück!« Allein der Gedanke daran, daß die Leute in Lauscha noch immer hoffnungsvoll auf sie warteten, war zuviel für sie. Ihr Weinen wurde lauter, heftiger. So laut, daß sie Alois Sawatzkys Worte nur stückweise verstand.

»Sie sind einem Betrüger aufgesessen! Das ist furchtbar, ärgerlich, ganz schrecklich. Aber so etwas kann passieren. Das ist das bittere Leben. Deshalb bringt man sich doch noch lange nicht um!«

»Woher wissen Sie –«

»Woher weiß ich das wohl?« entgegnete Sawatzky ungeduldig. »Glauben Sie, *Sie* sind die einzige, die diesem Tag entgegengefiebert hat? Unser gemeinsamer Freund David Wagner hatte in den letzten Wochen doch kein anderes Thema mehr, bei jedem Besuch hat er mir von diesem Börsengeschäft erzählt! Selbst gestern noch war er hier und hat meine heilige Sonntagsruhe gestört. Und heute werfen Sie sich vor den Zug – mein Gott, Kindchen, da mußte ich doch nur eins und eins zusammenzählen.«

»David ...«, murmelte Wanda.

»Ja, David Wagner! Ein feiner Mensch. An den Sie keinen Augenblick lang gedacht haben bei Ihrem Versuch, sich zu Brei zermahlen zu lassen! Auch ihn hätten sie zurückgelassen – mit alldem Ärger, der Wut, der Verzweiflung. Schuldig hätte er sich gefühlt, sein Leben lang. Aber an so etwas denken Sie nicht! Sie hätten es ja dafür *längst hinter sich gehabt* ...« Sawatzky war für seine Verhältnisse erstaunlich heftig geworden.

Wanda schrie leise auf. »Wie können Sie so gemein sein! Was bleibt mir denn noch im Leben? Alles, was ich anfange, geht schief! Das war schon immer so. Von wegen, so ist das Leben! Ich will nicht mehr. Ich kann nicht mehr ...« Sie ließ sich zurück auf die Chaiselongue fallen, zog die Knie an und rollte sich ein.

»Bilden Sie sich doch nicht soviel auf sich ein, Wanda!« fuhr Sawatzky sie erneut an. »Die Glasbläser sind gestandene Mannsbilder. Sie sind es gewohnt, Entscheidungen zu treffen. Nun, diesmal haben sie ausnahmsweise eine falsche getroffen. Aber doch gewiß nicht, weil die Amerikanerin sie dazu verleitet hat! So groß kann Ihr Einfluß nun wirklich nicht sein ...«

»Das glauben Sie«, entgegnete Wanda bitter. Was wußte er von den vielen Treffen, die nötig waren, um die Genossenschaft überhaupt auf die Beine zu stellen? Was wußte er von Karls Zögerlichkeit und Martins Angst und Jockels ständiger Gegenwehr? Von den langwierigen Diskussionen im »Schwarzen Adler«? Nein, Alois Sawatzky wußte gar nichts.

Lange schwiegen sie beide. Irgendwann räusperte sich Sawatzky und begann erneut: »Ich weiß ja nicht, ob es Sie überhaupt interessiert ... Ich war auf dem Bahnhof, um einen befreundeten Buchhändler aus Coburg abzuholen.

Und vorhin, als Sie geschlafen haben, habe ich meinen Bekannten zu David in die Bank geschickt. Ich wollte wissen, ob meine Vermutung, das Aktiengeschäft betreffend, richtig war. David hat es sich nicht nehmen lassen, sofort hierherzukommen.« Sawatzky schüttelte den Kopf. »Kreidebleich ist er geworden, als er sie hier so liegen sah. Er war völlig aufgelöst, der arme Kerl!«

Zaghaft hob Wanda den Kopf von ihren Knien. »Wirklich?«

Der Buchhändler seufzte laut auf. »Jedenfalls ... David Wagner meinte, es wäre das beste, wenn Sie sich erst einmal hier von dem Schrecken erholten. Er ist schon auf dem Weg nach Lauscha. Er wird versuchen, den Glasbläsern klar zu machen, was geschehen ist.«

»David ist *was*?« Wanda schoß hoch. Die Vorstellung, was David in Lauscha erwarten würde, war schrecklich. Gleichzeitig überflutete sie ein Schwall Erleichterung. Erleichterung darüber, daß nicht sie es sein würde, die den Lauschaern mit der Nachricht gegenübertreten mußte.

Erneut traten Tränen in ihre Augen. »Das tut er für mich ...«

»Ach, Kindchen«, sagte Sawatzky. »Jetzt beruhigen Sie sich doch. So schlimm wird es sicher nicht werden. Wir sind schließlich nicht mehr im alten Rom, wo der Überbringer schlechter Nachrichten auf der Stelle geköpft wurde ...«

»Das bleibt noch abzuwarten«, nuschelte Wanda und heulte wieder los.

40. Kapitel

Mit versteinerter Miene starrte David geradeaus. Er bemerkte nicht die glasklare Luft des frühen Herbstes, spürte nicht die Vergänglichkeit, die darin lag und die Menschen sentimental machte.

Sein erstes Aktiengeschäft! Sein großer Wurf – ha! Und nun das. Wie hatte das passieren können?

Unwillkürlich ballten sich Davids Hände zu Fäusten, krallten sich seine kurzgeschnittenen Fingernägel in die Handballen, wo halbmondförmige Rillen zurückblieben.

Wie hatte das passieren können?

Ach, wenn die Fahrt doch noch Stunden dauern würde! Er wollte gar nicht daran denken, was ihn in Lauscha erwartete. Wenn es nicht für Wanda wäre ... Aber für sie mußte er stark sein. Für sie mußte er sich dieser Prüfung stellen.

Dabei hatte der Morgen so vielversprechend begonnen. Trotz der Proteste der Sekretärin hatte David darauf bestanden, daß sie einen weiteren Telefonanruf zur Berliner Börse für ihn herstellte – dort wollte er die Aktien verkaufen, wenn er den Zeitpunkt für gekommen hielt. Die Kosten! Darüber würde sie Herrn Grosse informieren müssen, hatte sie mit spitzen Lippen und tadelndem Blick gemeint. Doch David hatte nur mit den Schultern gezuckt.

Wie gut hatte es sich angefühlt, bei dem Anruf zu erfahren, daß die Aktien der Schlüter-Reederei nochmals leicht gestiegen waren! Die Aktien, die sich im Besitz der Lauschaer befanden, waren inzwischen über 60 000 Goldmark wert – gekostet hatten sie knappe elftausend Mark. Daß es tatsächlich möglich war, so viel Geld in so kurzer Zeit zu verdienen ... Selbst für David grenzte dieser Vorgang an ein Wunder. Gleich am Mittag wollte er die Aktien weiterverkaufen – er hatte alles schon für den großen Coup vorbereitet.

Er hatte es kaum erwarten können, daß Wanda und die Glasbläser endlich kamen. Immer wieder hatte er sich die richtigen Worte zurechtgelegt. Einen solch unglaublichen Gewinn konnte er den Leuten doch nicht einfach nüchtern übermitteln, oder? Eine gewisse Dramatik, um die Spannung und die Freude hernach noch weiter zu erhöhen, war gefragt. Ach, wie schön hatte er sich den Moment ausgemalt, in dem sich das Blatt der Lauschaer für immer zum Guten wenden würde! Dank ihm!

Als es pünktlich um elf Uhr an seiner Tür klopfte, hatte er sich ein letztes Mal die Krawatte zurechtgerückt. Er hatte Mühe gehabt, seine Enttäuschung darüber zu verbergen, daß Wanda allein gekommen war. Sein großer Auftritt – nur allzu gern hätte er diesen vor größerem Publikum genossen.

Doch schon im nächsten Moment war jeder Gedanke an große Auftritte verschwunden gewesen. Statt dessen starrte er fassungslos auf den Stapel Aktien, den Wanda aus ihrer Tasche zog und schwungvoll vor ihn legte.

Immer und immer wieder blätterte er die Papiere durch. Das ... das gab es doch nicht! Das konnte nicht sein! Immer und immer wieder glitten seine Finger über die Ränder der Aktien. Aber er konnte noch so viel tasten, er konnte die Bögen noch so oft gegen das Licht halten, um nach Erhebungen zu fahnden – es war vergeblich. Die Guillochen, die vielfach nach geometrischen Gesetzen verschlungenen Schutzlinien rund um den Rand der Papiere, waren aufgedruckt! Und nicht mit einer speziellen Maschine angefertigt, wie es üblich war. Einer Maschine, die nur ganz besonderen Druckereien zur Verfügung stand, nämlich jenen, die autorisiert waren, Aktienpapiere zu drucken. Druckereien, die sich außerdem am Fuß des Aktienmantels verewigen mußten, so daß für jedermann ersichtlich war, welche die ausführende Wertpapierdruckerei gewesen war. Die vor David liegenden Papiere wiesen an der entsprechenden Stelle lediglich ein verwischtes Karo auf.

Das hier waren Fälschungen! Gut gemachte Fälschungen.

Vor ihm lag wertloses Papier.

Natürlich spürte er Wandas fragenden Blick, vielleicht hatte sie ihn sogar tatsächlich etwas gefragt.

Wie um alles in der Welt …

Die Fassungslosigkeit traf ihn mit solcher Wucht, daß ihm fast die Luft wegblieb.

Er hatte die Aktien des Berliner Privatiers doch mit eigenen Augen geprüft! Sie waren in Ordnung gewesen – angefangen beim Papier bis zum Wasserzeichen, den Stücknummern und den Guillochen. Es waren Originale! Daran hatte es keinen Zweifel gegeben. Fälschungen wären ihm sofort aufgefallen. So, wie sie ihm auch jetzt auffielen.

David schluckte und kämpfte gegen das Schwindelgefühl in seinem Kopf an. Die Aktien mußten irgendwo ausgetauscht worden sein. Aber wann? Von wem? Und wo?

Der »Berliner Privatier«, wie Strobel ihn genannt hatte! Der Mann war ihm gleich seltsam vorgekommen, aber Strobel hatte gemeint, er solle sich nicht von dem grobschlächtigen Aussehen täuschen lassen, in Wahrheit sei er ein gewiefter und fähiger Wertpapierhändler.

Strobel! Was war mit ihm? War er demselben Betrug aufgesessen? Er kannte den Berliner doch seit längerem, hatte schon öfter Geschäfte mit ihm abgewickelt. Das hatte Strobel zumindest behauptet. Und nun das …

»Was ist? David … Herr Wagner!« Wandas Blick, fragend, verwundert.

Tausend Gedanken waren David durch den Kopf geschossen, während er Wanda anstarrte und krampfhaft überlegte, wie er ihr erklären sollte, was für ihn selbst unerklärlich war.

»Es gibt da ein kleines Problem …«

Wanda lachte nervös auf – zumindest hörte es sich in Davids Ohren nervös an – und sagte: »Aber doch nur ein ganz kleines, hoffe ich?« Ihr Blick! O Gott, ihr Blick …

Sag, daß alles gut ist, flehte dieser Blick. Sag, daß wir uns gleich feiern werden! Uns, unsere Jugend und unseren Mut! Und unsere Klugheit.

Und was tat er? Er schüttelte den Kopf, faselte etwas von Erkennungsmerkmalen, anhand derer man die Echtheit von Wertpapieren feststellen konnte.

Verflixt noch mal, warum war er bei der Übergabe der Aktien nicht dabeigewesen? Warum hatte er sich die Papiere in all den Wochen nicht noch einmal zeigen lassen? Warum hatte er sie nicht hier in der Bank aufbewahrt?

Warum, warum, warum …

Wanda war aufgestanden und gegangen. Ohne Wehklagen, ohne Schreie und Toben. »Das kann nicht sein«, hatte sie nur vor sich hin gemurmelt, ganz leise, fast nicht zu hören.

Er hatte sie aufhalten wollen, hatte ihren Namen gerufen, sich gewünscht, sie würde ihn anschreien. Alles wäre besser gewesen als ihren so mühsam aufgerichteten Rücken von hinten zu sehen.

Er konnte ihr nicht nachlaufen, der Angstschweiß, die Panik und der Schock ließen ihn wie angeklebt auf seinem Stuhl verharren.

Im nachhinein wußte er nicht mehr, wie lange es gedauert hatte, bis er wieder zur Besinnung gekommen war. Eine viertel Stunde? Eine halbe?

Irgendwann stand er auf, schnappte die Papiere, die Wanda wie Abfall bei ihm hatte liegenlassen, und ging zu Gerhard Grosse.

Natürlich traf er auch bei seinem Chef auf Ungläubigkeit. Es handele sich doch garantiert um einen schlechten Scherz, oder? wollte Grosse wissen. David schüttelte nur den Kopf und dachte: Das war's! Bankgeschäfte adieu! Zurück geht's ins Wirtshaus vom Vater. Zitternd zeigte er auf die aufgedruckten Guillochen, begann seine Litanei von Erklärungsversuchen, die Wanda nicht hatte hören wollen. Die Papiere, die er gesehen hatte, seien einwandfrei gewesen! fügte er hinzu. Und natürlich tat er auch seine Befürchtung kund, daß Friedhelm Strobel ebenfalls einem Betrüger aufgesessen sei.

Dann Gerhard Grosses Lachen. Wie hatte der Mann gelacht! »Machen Sie nicht so ein Gesicht!« sagte er, als er sich wieder gefaßt hatte. »Die Bank trägt keinen Schaden davon, das ist das Wichtigste. Da sehen Sie, wie klug es war, diese Transaktion nicht über unser Haus abzuwickeln. Ha, das wird gewisse Leute lehren, sich zukünftig wieder auf unsere Expertise zu verlassen, statt irgendwelchen dubiosen Wertpapierhändlern hinterherzurennen … Gut gemacht, junger Mann!«

David war vor dem Lachen geflüchtet. Vor Grosses Kaltschnäuzigkeit. Kein Wort über den Verlust der Lauschaer. Kein Wort über die Tragik, die hinter allem steckte. Hätte es sich um echte Aktien gehandelt – die Leute wären mit einem Schlag reich gewesen! Das machte in Davids Augen den Betrug noch schlimmer.

Er hatte seine Jacke geschnappt und war aus der Bank gerannt.

Er war noch nie in Strobels Geschäft gewesen.

»Sieh an, schon der zweite Besucher an diesem Vormittag, mit dem kein Geld zu verdienen ist« – mit diesen Worten hatte Strobel ihn begrüßt. Dann war er zu einer Anrichte gegangen und hatte sich aus einer silbernen Kanne Kaffee eingeschenkt, ohne David eine Tasse anzubieten. Nicht, daß ihm der Sinn danach gestanden hätte!

»Die Aktien …«

»… sind Fälschungen, ich weiß«, beendete Strobel seinen Satz, bevor David richtig zum Sprechen angehoben hatte. Seelenruhig rührte er mehrere Löffel Zucker in seinen Kaffee. Dann ging er zu dem großen Tisch, der in der Mitte des Raumes stand, und setzte sich.

»Ich habe die Papiere letzte Woche nach Hamburg geschickt, meine Bank sollte sie für mich weiterverkaufen, und da kam der Schwindel heraus.« Er machte eine weit ausholende Handbewegung. »C'est la vie!«

»Sie wissen seit einer Woche Bescheid? Warum sind Sie nicht gleich zu mir gekommen?« rief David. »Da sitzen Sie hier und trinken seelenruhig Kaffee, während …« Vor lauter Aufregung verschluckte er sich und mußte husten.

Strobel sah ihn mit gerunzelter Stirn an. »Glauben Sie mir – ich war in der Zwischenzeit gewiß nicht untätig! Natürlich habe ich schon letzte Woche meine sämtlichen Kontakte spielen lassen. Ich habe nach dem Mann gesucht, aber all meine Bemühungen, den Berliner Privatier zu kontaktieren, waren vergeblich. Der Vogel ist ausgeflogen! Spurlos verschwunden! Dann habe ich versucht, eine Spur der gefälschten Papiere aufzunehmen. Irgendwo müssen sie ja herkommen. Irgend jemand muß sie gedruckt haben. Aber auch hier: Kein Erfolg!« Strobels Stimme klang beiläufig, er hörte sich nicht an wie jemand, der einen schweren Verlust zu verkraften hatte und deshalb zutiefst geknickt war.

»Aber Sie sagten doch, daß Sie schon früher Geschäfte mit dem Mann gemacht haben ... Da müssen Sie doch seine Adresse kennen und so ...« Wie ein Schuljunge, der mitten im Aufsagen eines Gedichtes nicht mehr weiterweiß, stand David da.

»Tja, früher einmal. Aber die Not treibt manche Menschen sogar zu arglistigem Betrug und Täuschung!« Friedhelm Strobel lachte. »Wahrscheinlich baut sich der Kerl längst mit unserem Geld anderswo ein neues Nest! Wenn so einer in der Lage ist, Aktien zu fälschen, dann ist es doch ein leichtes für ihn, auch an gefälschte Papiere für sich selbst zu kommen – in dieser Hinsicht sollten wir uns keine Illusionen machen.«

»Aber ...« So einen Betrüger mußte man doch dingfest machen! Regreß einfordern, der Polizei übergeben. Urkundenfälschung war doch ein schweres Verbrechen!

»Es tut mir leid«, sagte Strobel so kühl, daß es David fröstelte. »Ich habe es nur gut gemeint mit den Lauschaer Glasbläsern – immerhin mache ich seit Jahrzehnten Geschäfte mit ihnen und lebe nicht schlecht davon. Falls es Sie beruhigt, junger Freund: Ich werde die Leute auch jetzt nicht im Stich lassen. Natürlich werde ich weiterhin zu meinem Versprechen stehen, die Gründler-Hütte zu kaufen. Ich werde noch heute einen Termin mit Alois Gründler vereinbaren. Gehört die Hütte erst einmal mir, wird niemand seine Arbeit verlieren. Natürlich wird dennoch nicht *alles* so weitergehen können wie bisher. Natürlich werden einige Veränderungen anstehen ...«

Sein Grinsen trieb David einen Schauer über den Rükken. Wie hatte er für diesen Mann je auch nur einen Funken an Bewunderung aufbringen können?

Er hatte den Türgriff schon in der Hand, als Strobel erneut zu sprechen anhob. »Wanda Miles ... Die Amerikanerin ... Selbstverständlich wäre ich bereit, sie auch weiterhin als Wortführerin der Glasbläser zu akzeptieren. Diesen Part hatte sie ja offenbar bisher auch inne.«

»Wanda als Wortführerin akzeptieren? Wofür?« David runzelte die Stirn. Was war denn das schon wieder?

»Manche Veränderungen, die ich plane, werden meinen Arbeitern nicht ganz leichtfallen. Da könnte es hilfreich sein, wenn das junge Fräulein mich nochmals aufsucht, damit wir in Ruhe Wohl und Wehe der Glasbläser besprechen können.«

Wie er seine Lippen geleckt hatte, als er Wandas Namen aussprach ... Widerlich! David stöhnte laut auf, was ihm befremdete Blicke seiner Mitreisenden eintrug.

Inzwischen hatten sie Steinach passiert. Nun würde es nicht mehr lange dauern, bis die ersten Häuser von Lauscha zu sehen waren.

Natürlich hatte er Angst davor, den Glasbläsern unter die Augen zu treten! Und natürlich konnte er verstehen, daß Wanda der Gedanke daran einiges Unwohlsein bereitet hatte.

Aber war das ein Grund, sich vor den Zug zu werfen? Wie verzweifelt mußte die Arme gewesen sein ...

Der Gedanke an ihr leichenblasses Gesicht, an die geschlossenen Augen, die sich weigerten, ins Hier und Jetzt zu schauen, ließ Davids eigene Angst kleiner werden.

Warum hatte er nicht gemerkt, wie verzweifelt sie gewesen war? Warum hatte er sich von ihrem stummen Abschied derart täuschen lassen? Warum war er ihr nicht sofort nachgelaufen, hatte sie in den Arm genommen und getröstet?

Der Zug wurde langsamer. Mühevoll wand er sich die letzten steilen Kurven das Tal hinauf. Als David aus dem Fenster schaute, sah er schon von weitem die weißen und roten Bänder, mit denen der Lauschaer Bahnsteig geschmückt war. Ganz vorn standen in Reih und Glied ungefähr zwanzig Männer und Frauen – wahrscheinlich der Begrüßungschor.

Die Leute würden sich ihr Ständchen für bessere Zeiten aufsparen müssen, ging es David grimmig durch den Kopf. Rund um den Chor drängten sich Dutzende von Leuten in Richtung des Zuges.

Was für ein Menschenauflauf! Und alle in Feierlaune ...

Warum war Strobel mit der bitteren Wahrheit nicht schon letzte Woche zu ihm gekommen? Dann hätte man sich zumindest den großen Bahnhof hier ersparen können.

Davids Puls raste vor Angst. Wenn er den Leuten nur etwas Positives zu sagen hätte!

Aber so – es wäre kein Wunder, wenn die Lauschaer das Bedürfnis verspüren sollten, ihn zu lynchen.

Doch das würde er zu verhindern wissen. Er hatte nämlich noch einige offene Rechnungen zu begleichen.

Mit dem verdammten Betrüger, der viel Geld für wertloses Papier genommen hatte. Und wenn es Jahre dauern würde – er würde den Kerl aufstöbern wie eine Ratte in ihrem Loch!

Mit Strobel, der darüber hinwegging, als wäre der Bäcker ihm beim Brotkauf einen Groschen Rückgeld schuldig geblieben. *C'est la vie!* Von wegen! David würde mit Sicherheit etwas einfallen, wie er Strobel zeigen konnte, wie das Leben war!

Und er hatte noch eine offene Rechnung mit Gerhard Grosse zu begleichen, der das alles so lustig fand.

Das alles war er Wanda schuldig.

41. Kapitel

Die Nachricht von dem Betrug, dem die Genossenschaftler aufgesessen waren, die Tatsache, daß elftausend Goldmark verloren waren, daß manch einer dadurch die Ersparnisse seines Lebens verloren hatte – diese Tatsache erschütterte Lauscha wie ein Erdbeben. Alles verloren? Fassungslosigkeit, Wut, Ärger, Verzweiflung, Angst – natürlich war das Beben bei den direkt Betroffenen gewaltiger als bei denen, die dem Schauspiel hilflos als Zuschauer beiwohnten. Aber wie bei einem tatsächlichen Erdbeben wurden alle in Mitleidenschaft gezogen: Es waren Lauschner, denen das Unglück widerfahren war, es waren Brüder, Schwäger, Nachbarn und Freunde, es waren Glasbläser, die verloren hatten. An diesem Tag, auf dem Lauschaer Bahnhof, waren sie alle Verlierer.

Aus der Traum von der Arbeit in der eigenen Hütte! Verloren waren alle Illusionen einer besseren Zukunft, in der das eigene Geschick in den eigenen Händen gelegen hätte. Alles verloren. Wegen eines Betrügers, der längst das Weite gesucht hatte. Der sich wahrscheinlich ins Fäustchen lachte angesichts der Gutgläubigkeit der Löffelschnitzer hinter den Bergen. Der sich mit ihrem Geld einen schönen Lenz machte!

Alles verloren.

Christoph Stanzer, der den Löwenanteil des Geldes beigesteuert hatte, ging stumm nach Hause, ungläubig, nicht in der Lage, das Gehörte zu verarbeiten. Die meisten jedoch blieben einfach da, suchten die Nähe der anderen. Sie spürten den kalten Ostwind nicht, der über den Bahnsteig pfiff, spürten nicht, wie mit der Dunkelheit auch der feuchte Nebel auf sie herabsank.

Ein paar wenige wollten ihrer ohnmächtigen Wut an Ort und Stelle Luft machen – David Wagner hatte die ersten Hiebe und Knuffe schon abbekommen, bevor Thomas Heimer und Richard Stämme die aufgebrachten Männer zur Räson bringen konnten. Es fiel den Leuten schwer zu glauben, daß der Bankmensch in seinem feinen Zwirn keine Schuld trug. Wenn nicht er, wer dann?

Der Verleger, von dem der Tip gekommen war! Er war schuld! Wie hatten sie jemals so gutgläubig sein können, so einem zu vertrauen? Jockel, Hansens Sohn und eine Handvoll andere Männer wollten mit dem nächsten Zug nach Sonneberg fahren, ihn aufsuchen, zur Rede stellen. David, der Friedhelm Strobel allein für seine Arroganz eine Tracht Prügel gegönnt hätte, bot dennoch all seine Überredungskunst auf, um die Männer von ihrem Plan abzuhalten. Es gebe keinerlei Anhaltspunkte dafür, daß der Verleger etwas mit dem Betrug zu tun habe, ganz im Gegenteil, auch er sei geprellt worden, schrie er den Männern zu. Und außerdem handele es sich bei dem Mann um den zukünftigen Hüttenbesitzer. Wollten sie es sich schon im Vorfeld mit ihm verscherzen?

Wo war überhaupt die Amerikanerin? hieß es als nächstes. Wo war das Weibsbild jetzt, da ihre hochtrabenden Pläne schiefgegangen waren?

David beeilte sich, den Männern von Wandas Betroffenheit zu erzählen, davon, daß sie vor Schreck ohnmächtig geworden war und sich im Hause eines Freundes in Sonneberg erholen mußte.

Frauen … Wenn es darauf ankam, wurden sie ohnmächtig! Jockel spuckte angewidert vor David auf den Boden.

Noch mitten in der größten Aufregung eilte Alois Gründler nach Hause, so schnell seine kurzen Beine ihn trugen, verrammelte sein Haus, packte in aller Eile seine wichtigsten Habseligkeiten und flüchtete zu seinem Bruder nach Suhl, bevor der Unmut der Leute auf ihn übergehen konnte.

Niemandem fiel es leicht, in den nächsten Tagen einfach zur Tagesordnung überzugehen. Und doch blieb niemandem etwas anderes übrig.

Die Glasbläser, die zu Hause am Bolg arbeiteten, mußten schauen, daß sie ihre begonnenen Aufträge termingemäß fertigbekamen – niemandem wäre geholfen gewesen, wenn nun auch noch sie dringend benötigte Gelder eingebüßt hätten.

Und auch die Arbeiter der Gründler-Hütte waren am nächsten Morgen rechtzeitig zu Schichtbeginn wieder an ihrem Arbeitsplatz – was hätten sie auch sonst tun sollen?

Am Tor der Hütte fanden sie einen hastig von Hand geschriebenen Anschlag vor, in dem Alois Gründler sie anwies, weiterzuarbeiten wie bisher. Der neue Besitzer werde in Kürze vorstellig werden. Kein Wort des Bedauerns. Kein Vorschlag, wie die Angelegenheit eventuell noch anders zu regeln gewesen wäre. Nicht, daß dazu irgend jemandem etwas eingefallen wäre, aber die feige Art, wie der Hüttenbesitzer seine Männer im Stich ließ, war wie ein Nachbeben, das die Leute erneut in ihren Grundfesten erschütterte.

Genau drei Tage später tauchte Friedhelm Strobel in Lauscha auf. Es war noch früh am Morgen, die Arbeit hatte gerade erst begonnen, als er wie ein Feldherr durch das Tor schritt. Zu seiner Rechten und Linken marschierten zwei kräftige, grimmig dreinschauende Burschen – es verschaffte den Hüttenarbeitern eine gewisse Genugtuung zu sehen, daß ihr neuer Chef es für angebracht hielt, mit seiner eigenen Leibgarde aufzutreten. Doch wenn sie glaubten, Friedhelm Strobel würde sich in seiner Haut unwohl fühlen, so hatten sie sich getäuscht.

Nach einem kurzen Rundgang durch die Hütte, bei dem er die Männer mit einer beiläufigen Handbewegung anwies, ihre Arbeit nicht zu unterbrechen, verschwand er wie selbstverständlich in Gründlers Büro. Im Laufe des Tages ließ er jeden einzelnen der Hüttenarbeiter antreten. Welche Aufgaben hatte der Mann inne? Wie lange war er schon in der Hütte beschäftigt? In welcher Form hatte er mit der gescheiterten Genossenschaft zu tun gehabt? Einsilbig beantworteten die Männer Strobels Fragen, schauten zu, wie sich der Mann zahlreiche Notizen machte, um danach ohne einen weiteren Kommentar wieder an ihre Arbeit geschickt zu werden.

Niemand war nach seinem Besuch in Strobels Büro schlauer als vorher, aber die meisten hatten danach ein noch schlechteres Gefühl.

Es war kurz vor sechs Uhr abends, die Arbeit war fast zu Ende, als Strobel sein Büro verließ.

Während er nach einem Platz Ausschau hielt, wo er sich positionieren konnte, trieben seine beiden Leibwächter die Arbeiter in der Hütte wie Vieh zusammen.

Strobel entschied sich für einen Platz direkt vor dem großen Schmelzofen und begann mit seiner Rede.

»Sie müssen mir glauben, wenn ich sage, wie betrübt ich über den Verlauf der Dinge bin! Nichts hätte ich mir mehr gewünscht, als daß die Gründler-Hütte in Lauschaer Hände kommt. Aber leider hatte das Schicksal andere Pläne …«

»Das Schicksal«, murmelte Martin Ehrenpreis vor sich hin.

»Nun jedoch sitzen wir alle im selben Boot ...« Salbungsvoll wie ein Pfarrer schaute Strobel in die Runde. »An mir, dem Steuermann, ist es gelegen, den Kahn wieder flottzumachen. Ab heute stehen folglich einige grundlegende Veränderungen an ...«

Die Männer tauschten stumme Blicke, und jeder sah im Gesicht des anderen, was er selbst dachte: Das, was kommen sollte, konnte auch nicht schlimmer sein als ...

Doch was die Männer in der nächsten Stunde zu hören bekamen, übertraf ihre schlimmsten Erwartungen.

Die in der Hütte produzierten Glasrohlinge, die bisher an die Heimgewerbetreibenden verkauft worden waren, sollten nun direkt vor Ort zu Glaswaren aller Art verarbeitet werden. Zu diesem Zweck teilte Strobel sogenannte Arbeitsgruppen ein, denen jeweils ein Aufseher vorstand. Diese Posten bekamen Männer, von denen Strobel aus den Vorgesprächen wußte, daß sie garantiert nichts mit der Genossenschaftsgründung zu tun gehabt hatten. Die Arbeitsgruppen trugen Namen wie »Christbaumschmuck«, »Tischwaren« und »Diverses«. Zu letzterer Gruppe würden die Glasbläser zählen, die schon in der Vergangenheit größere Glasobjekte wie Schalen, Vasen und Pokale an den Öfen gefertigt hatten. Lange Arbeitstische sollten im vorderen Teil der Hütte aufgestellt und jeder Arbeitsplatz mit einem eigenen Gasanschluß versehen werden, so daß die Arbeiter in Reih und Glied aufblasen konnten. Zum Fertigmachen würden die Glaswaren außer Haus gegeben werden – Strobel hatte für das Versilbern, Bemalen und Verpacken Familien vorgesehen, die auch schon in der Vergangenheit für ihn gearbeitet hatten.

Christbaumschmuck direkt in der Hütte herstellen? Nach dieser Neuigkeit war es aus und vorbei mit der stummen

Akzeptanz der Männer. Wie Hühner auf der Stange würden sie zukünftig dasitzen! rief einer. Was denn aus den Heimgewerbetreibenden werde, die bisher Glasrohlinge der Gründler-Hütte gekauft hatten, wollte ein anderer wissen. Strobel beantwortete diese Frage und eine zweite gleich dazu: Von diesem Tag an würden keine Glasrohlinge mehr nach draußen verkauft werden, Christbaumschmuckhersteller wie die Glasbläserei Steinmann-Maienbaum, aber auch andere, würden sich neue Lieferanten für ihre Rohlinge suchen müssen. Auch wolle er in seiner Funktion als Verleger nur noch Glaswaren aus seiner eigenen Hütte vertreiben. Diese neue Vorgehensweise würde gewährleisten, daß er auf Wünsche des Marktes noch schneller und effizienter antworten könne, noch preisbewußter produzieren und –

Der Rest seiner wortgewaltigen Ausführungen ging im Tumult unter. Sie sollten die Glasbläser an ihren heimischen Bolgen ausbooten? Ihnen die Arbeit wegnehmen? An der uralten Ordnung sollten sie rütteln? Einer Ordnung, in der jeder Glasbläser, jeder Arbeiter seinen genau zugewiesenen Platz hatte? Das war – eine Katastrophe, die sich auf ganz Lauscha auswirken würde!

Strobels Leibwächter mußten die Männer mehrmals zur Ruhe ermahnen, bis der neue Hüttenbesitzer weitersprechen konnte.

Natürlich käme dem Posten des Aufsehers zukünftig eine größere Bedeutung zu, meinte Strobel und warf Gustav Müller Sohn dabei einen langen Blick zu. Gustav erwiderte diesen Blick mit einem bekräftigenden Nicken, nur um im nächsten Moment zu erfahren, daß von nun an Jockel seine Arbeit übernehmen sollte. Jockel? Ausgerechnet ein Mann, dessen eigene Schlampigkeit und schlechte Arbeitsmoral legendär waren? Jockel selbst blähte stolz seine Brust, sackte aber im nächsten Moment wieder in sich zusammen, als er von hinten einen Knuff ins Kreuz bekam.

Auch Karl der Schweizer Flein wurde seines Postens als Obergeselle enthoben – Strobel sah für diese Stelle einen neuen Mann vor, der in den nächsten Tagen aus der Glashütte Unterneubrunn kommen sollte. Sowohl Karl als auch Gustav wurden der Arbeitsgruppe »Christbaumschmuck« zugeteilt.

Karl sollte Nüsse blasen? Und Engel? Und Sternchen? Einen besseren Obergesellen konnte man sich nicht vorstellen, und nun sollte er ausgetauscht werden wie ein alter Gaul? Und ausgerechnet gegen einen aus der Unterneubrunner Hütte, wo doch jeder wußte, wie übel den Arbeitern dort mitgespielt wurde.

Währenddessen zog Friedhelm Strobel die neue Arbeitsordnung für die Glashütte aus der Tasche. Einer seiner Männer heftete ein Exemplar davon gut sichtbar an die Hüttenwand, Strobel selbst verlas die neuen Regeln. Im Schein der Glut, die hinter ihm in den Schmelzöfen niederbrannte, sah er diabolischer aus denn je.

Die ersten Paragraphen trugen denselben Wortlaut wie bisher: Kinder unter vierzehn Jahren wurden nicht beschäftigt, der Lohn wurde alle vierzehn Tage am Sonnabend ausgezahlt, auch die Arbeitszeiten blieben gleich. Die gesamte Aufsicht lag weiterhin beim Obergesellen, die neuernannten Aufseher würden für das reibungslose Arbeiten in den einzelnen Arbeitsgruppen sorgen. Die Männer gestatteten sich ein leichtes Aufatmen, doch schon im nächsten Moment blieb ihnen erneut die Luft weg: Sollte der Obergeselle oder einer der Aufseher der Meinung sein, ein Arbeiter würde seine Pflichten vernachlässigen, so würden ihm zukünftig pro Arbeitstag bis zu zehn Prozent seines Lohnes abgezogen werden dürfen. Zehn Prozent anstelle von fünf! Dafür, daß jemand ein paar Minuten zu spät kam, weil vielleicht zu Hause die Frau krank war oder eines der Kinder. Dafür, daß jemand im Eifer des Gefechts ein paar Widerworte gab, weil sie alle nur Menschen waren und die Arbeit mit dem Feuer auch sie erhitzte.

Die Umstellung des alten Arbeitsprozesses auf den neuen erfordere ein hohes Maß an Fleiß und Gehorsam, meinte Strobel, ohne sich um den Aufruhr unter den Männern zu kümmern. Kleinere Fehler oder Fahrlässigkeiten seien in der ersten Zeit nicht ganz auszuschließen – daher sei es das Gebot der Stunde, den Reservefond ebenfalls von fünf auf zehn Prozent zu erhöhen. Mit diesen Geldern würden Schäden an Werkzeugen und Materialien ersetzt werden, so diese vorkamen. Sollte einwandfrei gearbeitet werden, würden die Arbeiter die Gelder am Ende einer Hitze wieder ausgezahlt bekommen.

»Dies soll ein Ansporn sein, die anstehenden Aufgaben gemeinschaftlich anzupacken! Denkt immer daran: Ihr sitzt alle in einem Boot!« Niemandem entging bei diesen Worten, daß plötzlich nur noch von »ihr« und nicht mehr von »wir« die Rede war …

42. KAPITEL

»Dein Vater ruht gerade – am liebsten würde ich dasselbe tun, aber Ruth ist unermüdlich! Nachher will sie mich zum Frisör schleppen, dabei waren wir erst letzte Woche dort. So eine Geldverschwendung, als ob sich irgend jemand für meine Haare interessieren würde! Außer Ruth natürlich. Sie hat selbst für unsere letzten Tage in New York noch alle möglichen *Programmpunkte* vorgesehen ...« Die Ironie in Johannas Stimme war trotz der knackenden Telefonleitung nicht zu überhören.

»Und warum sagst du Tante Ruth nicht einfach, daß ihr lieber noch ein paar geruhsame Tage verbringen würdet?« Gedankenverloren schaute Anna auf den Papierblock, der neben dem Telefonapparat lag. Wie von Zauberhand waren während des Gesprächs Dutzende von Herzchen darauf entstanden. Sie lächelte. Wie sie es derzeit häufig tat. Müdigkeit? War für sie ein Fremdwort geworden! Schlechte Laune? Kannte sie nicht mehr. Anna malte in eines der größeren Herzen die Buchstaben A und R.

»Ha, da kennst du meine Schwester schlecht!« prustete Johanna am anderen Ende der Leitung. »Ruth wäre tödlich beleidigt, wenn ich so etwas auch nur andeuten würde! New York ist *ihre* Stadt – wehe, wenn wir sie nicht entsprechend würdigen!« Johannas Seufzen wurde durch ein weiteres Knacken in der Leitung noch verstärkt. »Jedenfalls reicht es mir langsam wirklich und ... Oh, da kommen Ruth und Steven! Hallo, ihr beiden, ich habe die Heimat am anderen Ende der Leitung.« Schlagartig verlor Johannas Stimme den leicht jammernden Unterton. »Ruth läßt schöne Grüße ausrichten!« flötete sie.

»Grüß du sie auch«, sagte Anna, der das Gespräch allmählich zu lang wurde.

Als das Telefon geklingelt hatte, war sie gerade dabeigewesen, einen neuen Auftrag fertigzustellen. Zwanzig Dutzend Nikoläuse, die anstelle von roten Mützen blaue haben sollten – nun ja, wem's gefiel ... Bei dem Käufer handelte es sich um einen der zahlreichen Kunden, die im Sommer nur zaghaft geordert hatten, die sich plötzlich aber doch ein besseres Weihnachtsgeschäft erhofften und nachbestellten. Natürlich mußte nun alles ganz schnell gehen.

Anna seufzte. Die Angst, es nicht zu schaffen und vor den Eltern als dummes junges Ding dazustehen, war ständig präsent, auch wenn sie alles daransetzte, es sich nicht anmerken zu lassen. In Johannes' Augen war sie stets die Ruhe selbst, und auch die anderen Arbeiter der Werkstatt sahen in ihr diejenige, bei der die Fäden zusammenliefen, so wie das sonst bei Johanna der Fall war. Einerseits war Anna stolz darauf, daß ihr soviel zugetraut wurde, andererseits war ihr die Verantwortung an manchen Tagen fast zu groß.

»Ach, Mutter, ich freue mich so auf euch!« sagte sie jetzt und spürte im selben Moment überdeutlich, wie sehr sie ihre Eltern vermißte. Sie hatte ihrer Mutter ja so viel zu erzählen! Einen Moment lang spielte sie mit dem Gedanken, gleich hier und jetzt ins Telefon zu schreien, daß Richard sie zu seiner Ausstellungseröffnung am Sonntag in drei Wochen eingeladen hatte. Ob sie so lieb wäre, den Gästen die Mäntel abzunehmen und später Sekt zu servieren, hatte er sie gefragt. Ja! Ja! Ja! hatte Anna rufen wollen. Alles, solange er sie in seiner Nähe haben wollte. An seinem großen Tag.

Seltsam war es schon, daß er Wanda nicht einmal gefragt hatte, ob sie ihm helfen würde. Nein, sie käme nicht mit nach Meiningen, hatte er auf Annas Frage geantwortet. Wanda stünde derzeit nicht der Sinn danach.

Richard … Zu den vielen Herzchen auf dem Notizblock kamen weitere hinzu. Der Buchstabe R wurde mit einer blumigen Girlande verziert.

Wenn Mutter erfuhr, daß es mit ihr und Richard nun doch noch etwas werden konnte …

»Wir freuen uns auch auf zu Hause!« ertönte es inbrünstig am anderen Ende der Leitung. »In neun Tagen sehen wir uns wieder! Also, mein Kind, richte schöne Grüße aus und … Halt, Steven will noch etwas wissen! Welche Baumwollplantage? Was hat Wanda? Bremer Reederei? Ach so, ich verstehe!«

Anna verdrehte die Augen. Mit wem redete Mutter nun eigentlich?

»Bist du noch dran, Anna? Steven will wissen, was aus dem Aktiengeschäft der Glasbläser geworden ist. Gehört die Glashütte schon ihnen?«

Auch das noch … Anna biß sich auf die Lippen.

»Das Aktiengeschäft, tja …« Eigentlich hatte sie gehofft, nicht am Telefon davon erzählen zu müssen. Wie faßte man eine Katastrophe in wenigen Sätzen zusmmen? Bemüht um eine neutrale Stimme, versuchte sie die Geschehnisse der letzten Tage zu skizzieren.

»Wir haben hier alle Hände voll zu tun, daher war ich vorgestern auf dem Bahnhof nicht dabei. Ich kann dir also alles nur aus zweiter Hand erzählen«, sagte Anna. Daß sie es nicht ertragen hätte, Wanda gefeiert zu sehen, behielt sie für sich. Wanda … In ihrer Haut wollte Anna derzeit gewiß nicht stecken! Irgendwie tat die Cousine ihr fast schon leid.

»Das ganze Geld der Glasbläser ist weg? Wie schrecklich …«

Anna nickte grimmig, bis ihr einfiel, daß ihre Mutter sie ja nicht sehen konnte. »Ich komme ja gleich!« rief sie, als Johannes seinen Kopf durch die Werkstattür steckte und ihr heftig zuwinkte. Demonstrativ drehte sie ihm den Rücken zu. Vielleicht war es besser, die Eltern doch schon jetzt auf die schlechte Stimmung in Lauscha vorzubereiten? Und Tante Ruth von Wandas unrühmlicher Rolle in dem Drama zu berichten? Anna holte noch einmal Luft.

»Im ›Schwarzen Adler‹ hat es gestern abend jedenfalls kein anderes Thema gegeben. Natürlich geben einige allein Wanda die Schuld, was ich ehrlich gesagt ein bißchen unfair finde. Ich meine, es sind doch erwachsene Männer, oder? Es war doch auch ihre Entscheidung, sich auf das Geschäft einzulassen! Wanda hat sich nirgendwo blicken lassen, seit sie aus Sonneberg zurückgekommen ist. Da ist es für die Leute ein leichtes, ihr den Schwarzen Peter zuzuschieben.«

In Annas Ohr knackte, rauschte und summte es heftig, dazwischen erreichten sie ein paar Wortfetzen, aufgeregt und schrill. Ach, wie sie das Telefonieren haßte!

»Die arme Wanda«, seufzte sie in der Hoffnung, daß auch am anderen Ende der Leitung etwas Ähnliches gesagt worden war. »Hallo? Hört ihr mich noch? Jedenfalls … Mit dem neuen Chef scheint in der Gründler-Hütte ein ziemlich rauher Wind zu blasen. Dieser Friedhelm Strobel hat wohl gleich an seinem ersten Tag –«

»Strobel? Friedhelm Strobel? Der … Verleger?«

Stirnrunzelnd hielt Anna den Telefonhörer ein wenig auf Abstand. Mußte Mutter ihr derart ins Ohr kreischen?

»Ja, ausgerechnet der Verleger, mit dem ihr nie etwas zu tun haben wolltet. Ihm gehört jetzt die Gründler-Hütte. Alois Gründler hat Lauscha ja klammheimlich verlassen und –«

»Strobel … *Nein*!« Johannas Schrei schaffte es über die Entfernung von Tausenden von Meilen, daß sich auf Annas Armen die Härchen aufrichteten.

43. KAPITEL

Ratlos stand Thomas Heimer vor dem Zimmer seiner Tochter. Schon dreimal hatte er geklopft, zuerst zaghaft, dann lauter, das dritte Mal mit der ganzen Faust gegen die Tür gehämmert. Drinnen rührte sich nichts. Schlief Wanda? Oder stellte sie sich tot, so wie sie es tat, seit er sie aus Sonneberg geholt hatte?

Sonneberg … Noch immer wurde ihm ganz anders zumute, wenn er daran dachte, was der Buchhändler ihm berichtet hatte. Seine stolze, schöne Tochter! Sein Kind! Hatte sich vor einen Zug werfen wollen! Allein die Vorstellung war mehr, als Thomas ertrug. Sie war so schrecklich, daß er beschloß, niemandem davon zu erzählen. »Wanda hat einen Schwächeanfall erlitten«, hatte er zu Eva und Michel gesagt. Auch Richard wußte nichts von den wahren Begebenheiten. Sie hatten gerade nach Sonneberg aufbrechen wollen, als Gotthilf Täuber mit »wichtigen« Unterlagen aufgetaucht war. Ehe Thomas etwas sagen konnte, hatte Täuber den jungen Glasbläser in seine Kutsche gezerrt und war mit ihm Richtung Meiningen davongefahren. Und Thomas war mit David Wagner nach Sonneberg aufgebrochen, um seine Tochter nach Hause zu holen. Erst als sie im Zug saßen, hatte der Bankbeamte erzählt, was er vom Buchhändler erfahren hatte.

Nun starrte Thomas auf das Glas Wasser in seiner Hand – am liebsten hätte er es selbst in einem Zug ausgetrunken. Sein Schädel pochte, seine Zunge war dick und irgendwie pelzig. Warum, verdammt noch mal, hatte er gestern im »Schwarzen Adler« soviel trinken müssen?

Laut Eva hatte sich Wanda den ganzen Morgen über

nicht in der Küche blicken lassen. Das Glas Wasser war sein Vorwand, sie aufzusuchen.

»Von mir aus kann sie hungern, solange sie will, aber so kommt sie nach ihrem Schwächeanfall gewiß nicht wieder zu Kräften!« hatte Eva ihm zugezischt. »Sie braucht sich nicht einzubilden, ich würde sie bedienen. Als ob ich mit Wilhelm und dem ganzen Haushalt nicht schon genug zu tun hätte! Und was mit Sylvie ist, interessiert sie offenbar auch nicht mehr! Das arme Kind ...«

»Halt doch einfach den Mund!« hätte Thomas am liebsten gesagt. Doch er hatte sich die Schläfe massiert und nach Worten gesucht, um Eva zu erklären, daß seine Tochter einfach ein wenig Ruhe brauchte, um die Katastrophe zu verarbeiten. Dabei verstand er selbst nicht so recht, was in dem Mädchen vorging.

Sein Brummschädel erinnerte Thomas daran, daß vom Saufen noch nie etwas besser geworden war. Trotzdem bereute er seinen Besuch im »Schwarzen Adler« nicht.

Ein seltsamer Abend war das gewesen ... Natürlich war das Desaster immer noch das einzige Thema. Wie sich der Bierdunst vermischt hatte mit dem Gestank der Angst, der manch einem aus jeder Pore strömte! Und dann die Wut! Auch auf Wanda ... Immer wieder mußte Thomas die anderen daran erinnern, daß nicht seine Tochter die Schuld an der Misere trug, sondern der Betrüger, der sich nun irgendwo mit dem Geld der Glasbläser ein feines Leben machte. Johannes, der schmächtige Sohn von Johanna, war von seinem Stuhl aufgesprungen und hatte laut geschrieen: »Wer noch einmal die Amerikanerin beschimpft, bekommt es mit mir zu tun! Schließlich ist sie auch eine Steinmann!«

Thomas hatte dem Jungen anerkennend zugenickt – er war der einzige gewesen, der offen Wandas Partei ergriff.

Richard ließ sich an diesem Abend nicht blicken. Die Ausstellung! Damit konnte er ihm allmählich den Buckel runterrutschen! Wehe, er tauchte noch einmal hier auf, um seine Werkstatt zu benutzen! Oder um einen Rat von ihm zu erhalten!

Ruckartig öffnete Thomas die Tür.

In Wandas Zimmer war es stockdunkel, die Vorhänge waren zugezogen, kein Licht brannte. Ein säuerlicher Geruch hing in der Luft, ein Geruch, der nicht zu Wanda gehörte, den er eher aus der Kammer seines Vaters kannte.

»Wanda? Schläfst du?«

Vom Bett war kein Laut zu hören. Sollte er die Tür einfach wieder hinter sich zuziehen? Es war offensichtlich, daß das Mädchen seine Ruhe haben wollte.

Unsicher tappte er durch den düsteren Raum, um einen der Vorhänge aufzuziehen, als er plötzlich stolperte. Wasser schwappte über seine Hand.

»Ja, verdammt noch mal –« Mit Mühe fand er sein Gleichgewicht wieder, hielt sich am Fenstersims fest.

»Sag mal, was machst du –«

Sie saß in dem Schaukelstuhl, den er ihr nach ihrer Rückkehr aus Genua ins Zimmer gestellt hatte. Das Schaukeln wird den Säugling beruhigen, hatte er damals gesagt. Nun war er an einer der Kufen hängengeblieben.

»Vater.« Ihre Stimme war rauh, wie bei jemandem, der das Reden nicht mehr gewohnt ist.

»Eva sagt, du hättest das Morgenmahl ausfallen lassen. Aber vielleicht hast du Durst?« Er hielt ihr das Glas entgegen. Du meine Güte, da saß sie hier wie ein Geist im Stockdunkeln! Verflixt noch mal, warum konnte sich Eva nicht um sie kümmern? Oder Richard – der vor allem! Thomas' Wut auf den Verlobten seiner Tochter wuchs weiter an. War ihm denn ganz gleich, wie es Wanda ging?

Wie blaß sie war. Wie glanzlos ihre Augen. Thomas spürte, wie sich sein Herz zusammenkrampfte – ein Gefühl, das er so nicht kannte und das ihm nicht gefiel.

Sie nahm das Glas. Mit zitternder Hand führte sie es zum Mund, trank einen kleinen Schluck. Dann hielt sie es gegen das Sonnenlicht, das streifenförmig ins Zimmer fiel.

»Es hat einen Sprung. Du hast mir ein … kaputtes Glas gebracht …«, preßte sie zwischen bebenden Lippen hervor. Tränen rollten über ihre Wangen.

»Ja, was … Um Gottes willen, Kind! Das habe ich nicht gesehen«, sagte er. »Ich werde dir ein neues Glas bringen! Deswegen brauchst du doch nicht zu heulen!« Er streckte seine Hand aus.

»Laß nur«, flüsterte sie. »Es ist gut so. Das Glas … paßt zu mir. Es ist wertlos, wie ich …«

Thomas runzelte die Stirn. Hatte Wanda den Verstand verloren?

»Was redest du für einen Unsinn?« entgegnete er barscher, als er wollte. »Der Riß ist zwar ein kleiner Makel, aber deshalb ist das Glas noch lange nicht wertlos. Und du bist es auch nicht! Wie kommst du nur auf so eine dumme Idee?«

Sie schaute ihn verständnislos an. »Da fragst du noch? *Ich* bin schuld daran, daß die Glasbläser alles verloren haben! Hätte ich doch nur mein Maul nicht so weit aufgerissen! Allen habe ich es zeigen wollen! Allen wollte ich beweisen, daß ich etwas wert bin. Daß ich wirklich eines Glasbläsers Tochter bin, daß meine Lauschaer Wurzeln mich fest mit dem Ort verbinden. Vater – du solltest stolz auf mich sein, verstehst du? Auf deine amerikanische Tochter. Und Mutter sollte stolz auf mich sein. Auf ihre Lauschaer Tochter. Richard sollte stolz auf mich sein! Auf seine zukünftige Frau. Statt dessen läßt er sich nicht einmal mehr blicken …« Wandas Leib wurde nun von so harten Schluchzern geschüttelt, daß sich der Schaukelstuhl bewegte.

»Ich bin wie dieses blöde Glas da – wertlos!«

Thomas streckte seine Hand aus, wollte ihr über den Kopf streichen oder über die Wange, kam sich dabei aber dumm vor. Also nahm er ihr das Glas aus der Hand.

»Bei einem Holzbecher wäre so ein kleiner Makel gar nicht aufgefallen! Oder bei einem Becher aus Blech«, murmelte er, während Wanda leise vor sich hin weinte. »Glas dagegen ist ein ganz besonderer Werkstoff. Empfindlich, leicht zu durchschauen, sehr rein. Glas ist auf seine Art – verdammt ehrlich.« Was rede ich für einen Blödsinn, schoß es ihm durch den Kopf. Als ob auch nur ein Wort davon hilfreich wäre! Jäh schlug er das Glas auf die Kante des Fenstersimses.

Wandas Weinen brach abrupt ab. »Vater …«

»Jetzt ist es wirklich kaputt!« sagte Thomas und wunderte sich über die Genugtuung in seiner Stimme.

»Ich werde es kleben. Für dich!« fuhr er fort und schaute Wanda dabei grimmig an. »Es wird danach nicht mehr aussehen wie zuvor. Es wird Risse haben, sichtbare Risse! Aber dafür wird es eine Geschichte erzählen, wird eine ganz besondere Erinnerung in sich tragen …«

Schweigend begann er, die Scherben aufzulesen. Er wollte gerade die letzte davon aufheben, als er aus dem Augenwinkel heraus Wandas Hand sah. Fast zaghaft griff sie nach dem Glasstück, legte es zu den anderen in seine Handfläche.

»Seit Marie mir das erste Mal von Lauscha erzählt hat, war es für mich nur noch ›das gläserne Paradies‹.« Ihr Lachen klang traurig. »Und jetzt ist auch der Traum vom gläsernen Paradies zerbrochen. Zurückgeblieben ist nur ein einziger Scherbenhaufen«, murmelte sie vor sich hin.

Einen Moment lang schwiegen beide, die Augen auf die Glasscherben gerichtet.

»Ach, Kind«, sagte Thomas nach einem langen Seufzer. »Im Laufe der Zeit verpaßt das Leben uns allen ein paar Blessuren. Aber nur die wenigsten Menschen zerbrechen daran. Glaub mir, ich weiß, wovon ich spreche.«

44. Kapitel

Vielleicht wußte Thomas, wovon er sprach – Wanda wußte es allerdings nicht. Ihretwegen lag das gläserne Paradies in Scherben, da war es nur rechtens, daß sie nichts mehr darin verloren hatte. Trotz Thomas' freundlicher, hartnäckiger Aufforderungen, trotz Evas Gekeife vergrub sie sich weiter in ihrem Zimmer. Tagelang.

Lediglich wenn es an der Haustür klopfte, erwachte sie kurz aus ihrer Lethargie. Stand auf, huschte auf den Flur, lauschte, um wen es sich bei dem Besucher handelte. »Gleich kommt Richard die Treppe herauf!« schrie dann alles in ihr. Sie strich sich ihre strähnigen, ungewaschenen Haare aus dem Gesicht, hauchte ihren sauergewordenen Atem in die Handhöhle und ekelte sich vor sich selbst. Egal! Sie spürte schon seine warmen, von der Arbeit hartgewordenen Hände auf sich. Spürte seinen kratzigen Pullover an ihrer Wange, wenn sie ihren Kopf an seine Brust preßte. Gleich, gleich würde sich der Nebel, der sie von der Welt trennte, lichten.

Doch Richard kam nicht. Und irgendwann hörte Wanda nicht einmal mehr das Türklopfen.

So bekam sie auch nicht mit, daß die Witwe Grün einen

Teller Kekse für sie abgab. Oder daß Johannes sie zu einem Spaziergang abholen wollte.

Wanda wollte mit niemandem reden. Reden – das ging nicht. Worüber denn? So zu tun, als wäre nichts geschehen, ging schließlich nicht.

Sie wollte auch Maria Schweizer nicht sehen, die mit tränenverhangenem Blick an die Tür klopfte – wie sollte sie mit dem Wissen um ihre eigene Schuld und Unfähigkeit der Frau je wieder in die Augen schauen können? Wie sollte sie sich bei der Frau entschuldigen? Für das, was sie den Lauschaern angetan hatte, gab es keine Entschuldigung.

»Karl hat gekündigt«, schluchzte Maria statt dessen also bei Eva. »Er sagt, mit Strobel als Chef hätte er es in der Hütte keinen Tag länger ausgehalten. Christbaumschmuck blasen! Man hätte meinen können, der neue Hüttenchef habe von Karl verlangt, daß er nackt durchs Dorf läuft! Was für ein Glück, daß mein Bruder sein Angebot aufrechterhalten hat und Karl nun Pfeifenköpfe aus Porzellan für ihn bemalen kann. Der Lohn ist zwar mager, aber es ist besser als nichts.« Statt über diese neue Chance froh zu sein, sei ihr Mann allerdings sehr verstockt und würde nur noch das Nötigste reden, fügte Maria seufzend hinzu.

Eva nickte verständnisvoll, woraufhin sich Maria ein wenig besser fühlte. Sie tätschelte Evas Hand, als brauche Eva selbst auch Trost, und sagte: »Richte Wanda aus, daß ich trotz allem dankbar bin für alles, was sie für uns getan hat! Wenigstens hat sie versucht, uns zu helfen. Und es … es hätte ja auch gutgehen können.« Noch während sie sich zum Gehen wandte, flossen erneut die Tränen. Den Mund zu einem schmalen Schlitz zusammengekniffen, schaute Eva ihr nach.

»Schönen Gruß von Maria Schweizer, ihr Karl hat gekündigt, bemalt nun Pfeifenköpfe für den Schwager und
spricht seitdem kein Wort mehr«, sagte Eva, als ihr Wanda
im Flur begegnete. Wanda, die gerade auf dem Weg in die
Küche war, um sich Wasser zum Waschen warm zu machen, ging daraufhin ungewaschen in ihr Zimmer zurück.
Der Nebel um sie herum wurde noch dichter.

Der Nebel schützte sie vor der Nachricht, daß Gustav
Müller Sohn nicht nur seinen verantwortungsvollen Posten als Sortierer in der Glashütte verloren hatte, sondern
auch seinen allseits so geschätzten Frohsinn. Der Mann,
den alle wegen seines ausgleichenden Wesens schätzten,
wurde in sich gekehrt und verzagt, dafür hallte allabendlich das Gezeter seiner Frau durch die Gasse.

Wie hätte Wanda, die ihr Zimmer nicht verließ, erfahren sollen, daß die Stimmung im »Schwarzen Adler«
allabendlich so launisch war wie das Wetter im April?
Manchmal zornig und aufgeheizt, dann wieder deprimiert und düster. Natürlich waren die Veränderungen in
der Gründler-Hütte inzwischen das Gesprächsthema Nummer eins, aber auch Wandas Name wurde nach wie vor genannt. »Schickt mir doch eure Wortführerin!« habe Strobel gesagt, als einige der Männer den Mut gefaßt hatten,
sich bei ihm über die neue Arbeitseinteilung zu beschweren. »Täusche ich mich, oder war es Fräulein Miles, der ihr
das alles zu verdanken habt?« Lachend habe Strobel seine
Arbeiter mit diesen Worten stehenlassen.

Thomas' Versuche, Wanda aus ihrer Isolation zu holen,
wurden spärlicher, er selbst wurde von Tag zu Tag ratloser.
Trotz Evas Protest brachte er Wanda jeden Tag nach dem
Mittagessen das Kind. Das herzerfrischende Lachen der

Kleinen konnte Wanda doch nicht völlig kaltlassen! Doch wenn er dann sah, wie lustlos sich seine Tochter mit Sylvie abgab, tat ihm die Kleine leid, und er brachte sie kurze Zeit später wieder zu Eva zurück, die sie sofort besitzergreifend an den Busen drückte.

Auch fürs Geschäft interessierte sich Wanda nicht. Daß Michel und er beim Verpacken der Waren gut ein weiteres Paar Hände hätten gebrauchen können, war ihr offenbar gleichgültig.

Also beschloß Thomas, sie in Ruhe zu lassen. Zu Eva sagte er, sie solle keinen Besuch mehr ankündigen. Irgendwann würde Wanda schon von selbst wieder auf sie zukommen.

So bekam Wanda nicht mit, daß David Wagner alle paar Tage gegen Abend auftauchte und von Eva abgewiesen wurde.

Dabei dachte Wanda oft an ihn. Und sie dachte an die Berge von Zeitschriften auf seinem Schreibtisch. Daran, wie sie versucht hatten, sich gegenseitig beim Erspähen von wichtigen Nachrichten zu übertrumpfen. Eine aufregende Zeit war das gewesen …

Hatte sie sich auch in David getäuscht? Hatte sie ihrer Beziehung zuviel Bedeutung beigemessen? Hatte es diese Vertrautheit gar nicht gegeben?

Wenigstens *einmal* konnte er sich doch nach ihr erkundigen! Ihm hätte sie vielleicht sagen können, wie es in ihr aussah. Daß sie krampfhaft versuchte, sich zusammenzureißen. Daß ihr dies jedoch nicht gelang. Sie konnte sich einfach nicht aufraffen, ihr Zimmer zu verlassen und ins Leben zurückzukehren.

Wanda bekam auch nicht mit, daß es am Stammtisch im »Schwarzen Adler« neben all den Stimmen, die verfluchten, auch viele andere gab. Wie die von Christoph Stanzer, der das gleiche sagte wie Maria Schweizer: »Es hätte auch gutgehen können ...«

Doch der Zorn auf den Betrüger wurde auch nach etlichen Tagen noch nicht geringer.

»Du hast doch einmal gesagt, dir wäre der Mann bekannt vorgekommen!« raunte Monika, die Adler-Wirtin, eines Abends ihrem Mann hinter der Theke zu.

Benno zuckte zusammen, als sei er barfuß auf einen spitzen Stein getreten.

»Muß mich wohl getäuscht haben«, murmelte er, was außer Monika niemand hörte. Geschäftig machte er sich am Zapfhahn zu schaffen, zog dabei aber ein Gesicht, als wäre ihm jämmerlich zumute. Monika warf ihrem Mann einen fragenden Blick zu, doch schon wurden wieder Rufe nach Bier laut, so daß sie keine Zeit hatte nachzuhaken. Außerdem war es nicht ungewöhnlich, daß Benno ein Gesicht zog. Ungewöhnlich wäre jedoch gewesen, wenn ihr Benno so einen Ganoven tatsächlich gekannt hätte. Für Monika war das Thema damit erledigt.

Richard ließ sich nur selten im »Schwarzen Adler« blikken. Vor lauter Arbeit wisse er nicht mehr, wo ihm der Kopf stehe, erklärte er bei einem seiner seltenen Stammtischbesuche Thomas, der diese Bemerkung mit einem abfälligen Prusten beantwortete.

Wenn Richard dann aber doch einmal im Wirtshaus auftauchte, war es stets Anna, die rasch einen Stuhl näher an Richard heranrückte und dabei selig lächelte.

45. Kapitel

Ungelenk wedelte Richard mit seinem Blumenstrauß herum. Kleine orangefarbene Blättchen rieselten von den Astern zu Boden.

»Wanda ...« Er legte die Blumen auf der Waschkommode ab, trat von einem Bein aufs andere.

Wie er dastand! Wie jemand, der einen lästigen Krankenbesuch machen muß und am liebsten nach einer Minute auf die Uhr schauen will, um zu prüfen, ob es sich schon ziemte, den Abschied vorzubereiten.

»Liebster, setz dich doch!« wollte sie sagen. »Oder laß uns nach unten in die Küche gehen, Kaffee trinken und Honigbrote essen, so wie früher.«

»Richard ...«, sagte sie stattdessen, und ihr Herz verkroch sich in sein Schneckenhaus.

Als er die Treppe heraufgepoltert kam, hatte Wanda sofort gewußt, daß er es war. O Gott, Eva! Bitte halte ihn in der Küche fest, bis ich mir wenigstens die Haare gekämmt und das Gesicht gewaschen habe! Sie sprang aus dem Bett. Ein Blick in den Spiegel – meine Güte, sie war weiß wie Schmalz! Blutleer. Leblos. Ein neues Nachthemd! Wo war ein neues Nachthemd? Sie konnte sich nicht daran erinnern, wann sie sich das letzte Mal um frische Wäsche bemüht hatte, riß alle Schubladen ihrer Kommode auf – vergeblich. War Eva vor lauter anderer Arbeit nicht mehr zum Waschen gekommen?

Dann wenigstens etwas Duft! Mit zittrigen Händen griff sie erneut in die oberste Schublade, schüttete sich das halbe Fläschchen Lavendelwasser über den Hals, verrieb die Flüssigkeit. Was mache ich hier eigentlich, fragte sie sich gleichzeitig. Zu spät. Alles war zu spät.

Die polternden Schritte waren schon auf der zweitletzten Treppenstufe angelangt – auf der, die immer laut knackte –, als Wanda wieder in ihr Bett gesprungen war, die Decke glattgestrichen und die nach Lavendel stinkenden Hände darunter versteckt hatte.

»Wie geht es dir?« Richard zog den Stuhl vom Fenster ans Bett, setzte sich.

Bemüh dich um einen leichten Ton! Setz dich aufrechter hin! Lächle ihn an!

»Wie soll es mir schon gehen?« erwiderte sie bitter.

Wo warst du die ganze Zeit? Zwei Wochen lang hast du dich nicht blicken lassen!

Als könne er Gedanken lesen, fuhr sich Richard durch die Haare, sagte: »Tut mir leid, daß ich nicht früher gekommen bin, aber du glaubst ja nicht, was bei mir derzeit los ist! Die Ausstellung raubt mir noch den letzten Nerv, sogar nachts vermag ich an nichts anderes zu denken. Ich kann mich nicht daran erinnern, wann ich das letzte Mal richtig durchgeschlafen habe.« Ein gekünsteltes Lachen folgte. »Gotthilf Täuber ist der Meinung, alles würde wunderbar laufen, es gäbe keinen Grund, aufgeregt zu sein. Wenn ich dann sage, daß mir alles zuviel wird, lacht er nur darüber.«

Wanda nickte. »Deine Ausstellung …«

»… ist am kommenden Sonntag!« ergänzte Richard. »Stell dir vor, fast alle der geladenen Gäste haben ihr Kommen zugesagt! Täuber ist völlig aus dem Häuschen. Es kommen wohl nur wirklich reiche Leute, mit Sinn für Kunst, er sagt, sie werden mich feiern wie einen der Größten!«

»Wie schön für dich«, sagte Wanda. Am kommenden Sonntag war der große Tag? Dann war also schon Oktober … War Richard gekommen, um sie einzuladen?

Er hatte sie bisher nicht geküßt. Sie nicht einmal in den Arm genommen.

Ach, Richard – was ist aus uns geworden?

Er räusperte sich. »Wanda, ich … Was ich dir jetzt sagen werde … Glaub nicht, daß es mir leichtfällt, aber ich habe das Gefühl, daß ich es jetzt tun muß, vor der Ausstellung! Ich muß das einfach aus dem Kopf kriegen!« Seine Hände fuhren durch die Luft, als wollten sie das, was durch seinen Kopf spukte, ausradieren.

»Ja?« Ihre Stimme ein einziges Fragezeichen. Ihr Magen ein schwerer Klumpen.

Er holte tief Luft. »Ich glaube, es geht nicht gut mit uns beiden! Unsere Verlobung … mein Heiratsversprechen – vielleicht war das alles etwas verfrüht. Aus einer Verliebtheit heraus! Du bist ein gutes Mädchen, hast mir den Kopf verdreht. Natürlich habe ich mich auch geschmeichelt gefühlt, daß sich die amerikanische Tochter von Thomas Heimer ausgerechnet für mich interessiert. Aber … Schau uns doch an, du und ich – wir passen einfach nicht zueinander. Wir haben nicht die gleichen Ziele!«

»Wie meinst du das?« wollte sie fragen, doch da war dieser Kloß in ihrem Hals, der sie am Sprechen hinderte.

»*Richard ist so zielstrebig. Wie ein Ruderer, der, das Ufer im Blick, sein Paddel kräftig durchs Wasser zieht*« – warum fielen ihr diese Worte gerade jetzt wieder ein? Es waren ihre Worte, sie hatte sie an Marie geschrieben, in einem Brief nach Genua. In einem anderen Leben.

Die gleichen Ziele? Kümmerte es ihn denn gar nicht, daß sie irgendwann über Bord gegangen war? Merkte er nicht, daß ihre Kraft sie verlassen hatte? Ziele? Sie brauchte nur eine Hand, die sie hielt!

Wanda senkte die Lider, er sollte ihre Tränen nicht sehen.

Seine Stimme kam von weit her. »Herrje, jetzt sag doch was! Mach es mir doch nicht so schwer, ich … Bitte weine nicht!« Er nahm Wandas Hand, die klebrig war vom Lavendelwasser. »Schau, es ist doch so … Die letzten Wochen … Meine Ausstellung … Ich wußte nicht mehr, wo mir der Kopf steht. Und du? Du kümmerst dich um alles andere, nur nicht um meine Belange!« Seine Stimme. So sanft. So vorwurfsvoll.

Wanda entzog ihm ihre Hand, und nur allzu rasch gab er sie frei. Jetzt kamen sie also, die Vorwürfe!

Eine weitere Welle schwappte über Wanda hinweg, trieb sie noch weiter vom Ufer fort. Sie bemühte sich um eine aufrechtere Haltung – den Kopf hoch, Luftholen, nicht absaufen. Nicht jetzt, nicht hier, vor ihm.

»Ich hätte dir geholfen«, sagte sie. »Mehr als einmal habe ich dir meine Hilfe angeboten! Wollte mich um Werbezettel kümmern, deine Exponate beschriften, was weiß ich. Mir wäre schon das eine oder andere eingefallen. Aber du wolltest alles unbedingt allein schaffen.«

»Ja, schon …«

»Dann kannst du mir das jetzt nicht zum Vorwurf machen!«

»Mach ich ja auch nicht, aber …« Er zuckte mit den Schultern. »Verdammt noch mal, was hast du nur angerichtet?« platzte er heraus.

Dumm habe sie sich verhalten. Sich selbst überschätzt. Etliche Male habe er sie schützen wollen vor ihrem Übermut. Damals, als er den Glasbläsern das Geld zurückgeben wollte. Und dann, als er –

Seine Worte rauschten an Wandas Ohren vorbei.

»… und als es um den Gang zur Bank ging: Habe ich dir nicht gesagt, du sollst die Finger davon lassen? Aber nein, du mußtest ja unbedingt auch hier das Steuer in die Hand nehmen! Und nun? Alles ist so gekommen, wie ich es vorhergesehen habe.«

»Dann kannst du dich ja jetzt freuen!« Jedes Wort schmerzhaft, scharfkantig wie ein Stein.

Er zuckte zusammen. »So ein Blödsinn, als ob es mir darum ginge! Aber … Immer wieder machst du dieselben Fehler, das ist es, was ich nicht kapiere. Du kannst einfach keinen Rat annehmen!« Er hatte sich im Eifer zu ihr gebeugt, sein Atem eine heiße Bö in ihrem Gesicht. Sie drehte sich weg.

»Ja, das willst du auch nicht hören!« Richard lachte harsch auf.

Warum kann ich nichts antworten? dachte sie. Etwas wie: »Ich habe mich geändert! Habe gelernt aus meinen Fehlern! Ich weiß, daß ich vieles nicht mehr gutmachen kann, aber bitte gib mir noch eine Chance! Gib *uns* eine Chance …« Die Worte waren in ihrem Kopf, aber sie kamen nicht über ihre Lippen.

Sein Blick lastete auf ihr, eindringlich, verzweifelt jetzt. »Wanda, bitte versteh mich: Ich halte das einfach nicht aus. Wenn ich mir vorstelle, wir wären verheiratet … Deine ewigen Eskapaden … Sie rauben mir die Kraft! Nie weiß man, womit man am nächsten Tag wieder zu rechnen hat. Ich habe nicht einmal mehr Lust, in den ›Schwarzen Adler‹ zu gehen, weil sich dort auch alles nur um diese elende Geschichte dreht! Wie soll ich mich entspannen, wenn ich nie weiß, in welchem Zusammenhang dein Name als nächstes fällt? Verflixt, ich brauche meine ganze Kraft und Konzentration für meine Arbeit, verstehst du das denn nicht? Ich bin Künstler! Nicht, daß dies hier irgend jemanden interessiert! Täuber ist der erste, der mein Talent erkannt hat. Er unterstützt mich, will, daß ich vorankomme im Leben. Vielleicht habe ich nur diese eine

Chance. Die kann ich mir doch nicht kaputtmachen lassen!« Der letzte Satz seines Wortgewitters klang wütend, aber auch selbstquälerisch.

Wanda nickte langsam. »Doch, ich verstehe dich.« Und sie verstand tatsächlich: Richard hatte nur eine Geliebte, und die hieß »Glas«.

»Du verstehst?« Ungläubig schaute er sie an.

Sie war stolz auf das Lächeln, das ihr gelang. »Vielleicht ist es tatsächlich besser so …«

Danach ging alles ganz schnell. Er umarmte sie, tat seine Erleichterung ob ihres Verständnisses kund, sprach die Hoffnung aus, daß sie Freunde bleiben könnten. Er würde ihr von seiner Ausstellung berichten – alles haargenau! –, versprach er ihr. Spätestens in zwei, drei Wochen würde er sie wieder besuchen kommen.

Wanda nickte.

»Freust du dich, daß deine Tante morgen zurückkommt?« fragte er noch im Hinausgehen.

Wanda, die wie betäubt im Bett saß, zuckte zusammen.

Johanna – die hatte sie ganz vergessen. Noch mehr Vorwürfe …

»Morgen schon?«

Er lachte, strich ihr freundlich über die Wange. »Hast wohl nicht viel mitbekommen in der letzten Zeit, was?«

»Und woher weißt du das mit Johannas Heimkehr?«

»Na, von Anna«, sagte er. »Von wem sonst?«

46. Kapitel

Sehnsüchtig schaute Alois Sawatzky auf die zehn Kisten mit Büchern, die am Morgen angeliefert worden waren. Er hatte Glück gehabt, hatte die komplette Bibliothek einer großen Villa in Suhl aufkaufen können. Die Erben hatten kein Interesse an den Schätzen, die der verstorbene Villenbesitzer im Laufe seines langen Lebens gesammelt hatte. Wunderbare Einzelstücke, sogar manch wertvolle Erstausgabe hatte Sawatzky schon erspäht, einige sogar mit persönlichen Widmungen der Autoren. Amerikaner waren darunter – sein Blick fiel auf Mark Twain –, auch Engländer wie Charles Dickens und Oscar Wilde, aber der alte Herr hatte auch Bücher deutscher Autoren wie Schiller, Fontane und Goethe besessen. In einer Kiste befanden sich die gesammelten Werke von Gotthold Ephraim Lessing – wundervoll!

Einen Moment lang verspürte der alte Buchhändler Bedauern darüber, den Verstorbenen nie kennengelernt zu haben – wenn man von den Büchern auf ihren ursprünglichen Besitzer schloß, mußte dieser eine gebildete, am Leben sehr interessierte Persönlichkeit gewesen sein.

Sawatzky sah es als seine Pflicht an, die Sammlung des Verstorbenen entsprechend zu würdigen und dafür zu sorgen, daß die Bücher wieder in Hände kamen, die sie ebenfalls würdigten.

Wie gern hätte er nun die Kisten durchwühlt, vorsortiert, was sofort in den Verkauf gelangen konnte und was restauriert werden mußte. Oder sollte er einen Teil seines Ladens freiräumen und die Sammlung komplett anbieten? Das würde allerdings bedeuten, daß –

»Dieser Friedhelm Strobel! Ich schäme mich so, daß ich jemals solch einen schrecklichen Mann beeindrucken wollte! Erst vorhin ist er mir auf der Straße begegnet. Wie er daherkam! Wie ein Feldherr! Als gehöre ihm die ganze Stadt! Für mich hatte er gerade einmal einen stummen Gruß übrig, wahrscheinlich muß ich ihm dankbar sein, daß er mich nicht völlig ignoriert hat. Ha!« David Wagner spie das letzte Wort geradezu aus. Nachdem er tief Luft geholt hatte, sprudelte es weiter aus ihm heraus. »Als ob mir das etwas ausmachen würde! So einen will ich doch gar nicht kennen! Kein Wort über den Betrüger, den er angeschleppt hat! Die Lauschaer haben immerhin gleich am nächsten Tag eine Anzeige gegen Unbekannt auf der Polizeiwache aufgegeben, ich war als Zeuge mit dabei. Viel Hoffnung wurde uns allerdings nicht gemacht, solche Burschen würden es stets gut verstehen, ihre Spuren zu verwischen, hieß es. Eigentlich nahm ich an, daß sich Strobel der Anzeige anschließen würde, aber von wegen! Damit würde er seine Zeit nicht verschwenden, er habe wichtigere Dinge zu tun, meinte er, als ich ihn darauf ansprach – ha!«

Sawatzky blieb nichts anderes übrig, als der Litanei stumm zu lauschen. Seit einer Stunde war sein jugendlicher Freund nun hier. Eine Stunde, die er, Sawatzky, so wunderbar hätte nutzen können.

»Diese Gleichgültigkeit, mit der Strobel über die ganze Angelegenheit hinweggeht! Ich werde den Gedanken einfach nicht los, daß er irgendwie nicht ganz unschuldig daran ist. Ich schaue ihn an und denke: Wenn er schuld hätte, müßte man ihm das doch ansehen, oder? Dann sage ich mir wieder, mein Gott, wie naiv du bist! Als ob den Menschen ihre bösen Gedanken auf die Stirn geschrieben wären. Und gleichzeitig frage ich mich, wie er das eingefädelt haben soll! Dann werfe ich mir vor, daß ich mich in diese fixe Idee verrenne, weil sie mir so gut in den Kram passen würde, denn dann hätte ich ja wenigstens einen Schuldigen!«

Sawatzky schmunzelte. Für einen jungen Mann besaß David Wagner schon recht viel Einsicht in seine Gedankengänge. Allerdings schien es nicht so, als würde diese Gabe ihn derzeit ein Stück weiterbringen …

»Wenn ich ehrlich zu mir gewesen wäre, hätte ich mir gleich eingestehen müssen, daß mir der Mann unsympathisch ist! Von Anfang an! Warum nur habe ich mich auf ihn eingelassen? Ha!«

Sawatzky zuckte zusammen. Die laute Stimme seines jungen Gegenübers ging ihm durch Mark und Bein. Außerdem machte ihn das Hin- und Herlaufen ganz nervös.

»Setzen Sie sich doch und –«

»Ich kann Ihnen sagen, warum ich mich auf den Mann eingelassen habe!« David ließ sich nicht beirren. Mit dem Zeigefinger deutete er auf seine Brust und sagte: »Weil ich ein eitler Gockel bin! Weil ich mich geschmeichelt fühlte, daß ein großer Geschäftsmann sich mit mir abgibt!«

»Jetzt gehen Sie aber sehr streng mit sich ins Gericht«, sagte Sawatzky. Gedankenverloren streichelte er über ein in hellblaues Leinen gebundenes Buch. »Takt und Ton in allen Lebenslagen« – herausgegeben vor elf Jahren in Leipzig. Ob der Verstorbene nach dieser Lektüre den richtigen Ton gefunden hätte, um jemanden wie David zu beruhigen?

»Was sind das eigentlich für Bücher?« fragte David unvermittelt. »Das sind ja – Hunderte!« fügte er nach einem Blick in eine der Kisten hinzu.

Sawatzky lächelte. »Meine neueste Erwerbung. Ein Schatz!«

»Aber wo um Himmels willen wollen Sie die alle noch unterbringen? Hier steht doch eh schon alles voll!« David machte eine allumfassende Handbewegung. »Wie Sie in diesem Durcheinander überhaupt etwas finden …«

»Dann muß ich wohl Platz schaffen«, entgegnete Sawatzky ebenso trocken wie bedeutungsvoll. »Platz schaffen für etwas Neues – das kann manchmal sehr hilfreich sein. Es bedeutet, Abschied zu nehmen von Dingen, die einen belasten und keinen wirklichen Nutzen mehr bringen. Ja …«, sagte er gedehnt, »das werde ich wohl tun. Platz schaffen.«

David nickte ohne echtes Interesse. Dann begann er erneut, unruhig hin und her zu laufen.

»Und nun habe ich alle enttäuscht!« Seine flache Hand donnerte auf einen Bücherstapel. »Die Glasbläser, Wanda … Verflixt noch mal, warum mußte ausgerechnet bei diesem Geschäft ein Betrüger seine Finger im Spiel haben? Es ist das Geschäft des Jahres, ach, was rede ich da! Des Jahrzehntes! Die Aktien der Schlüter-Reederei steigen noch immer, können Sie sich das vorstellen?«

Sawatzky seufzte.

»Diejenigen, die Aktien ergattern konnten, haben sich wirklich eine goldene Nase verdient …« Wie ein Blasebalg, der urplötzlich Luft verlor, sackte David auf dem nächsten Stuhl zusammen. »Kein Wunder, daß Wanda mich nicht mehr sehen will … Immer wieder versuche ich mein Glück! Aber jedesmal verwehrt mir so ein alter Besen – wahrscheinlich das Dienstmädchen – den Eintritt ins Haus. Wanda wolle niemanden sehen, sagt sie.« David schaute Sawatzky fragend an. »Sie wird sich doch nicht endgültig etwas angetan haben?«

Der Buchhändler runzelte die Stirn. »Seit ihr Vater sie abgeholt hat, habe ich nichts mehr von Wanda gehört …«

David stöhnte auf. »Nicht zu wissen, was da los ist – das macht mich ganz verrückt! Kein Wunder, daß ich mich nicht auf meine neue Aufgabe konzentrieren kann. Ganz abgesehen davon, daß ich –«

Täuschte er sich oder nahm David Wandas Namen auffallend oft in den Mund? Bevor Sawatzky diesbezüglich eine Bemerkung fallenlassen konnte, verlor sich David in einer neuen Litanei, die nun mit einem Kollegen zu tun hatte, der offenbar eine schreckliche körperliche Attacke erlitten hatte und seitdem arbeitsunfähig war.

»Gerade jetzt bekomme ich die Beförderung, von der ich ein Leben lang geträumt habe! Gerhard Grosse meinte, ich hätte mir meine Sporen verdient – ha! Als ob ich die Annehmlichkeiten meines neuen Postens auch nur einen Moment lang genießen könnte! Mir wäre tausendmal lieber, Siegbert Breuer säße noch gesund und munter an seinem vornehmen Schreibtisch! Und ich in meiner alten Kammer mit meinen armen –«

Sawatzky nahm ein Buch, klappte es in der Mitte auf und schlug es mit einem lauten Knall wieder zu. David zuckte zusammen und brach mitten im Satz ab.

Der Buchhändler schaute David eindringlich an.

»Sie haben das Gefühl, den falschen Leuten vertraut zu haben. Sie haben zudem das Gefühl, versagt zu haben. Sie glauben, Ihren neuen Posten nicht verdient zu haben. Sie machen sich Sorgen um Wanda, denken ständig an sie.«

Bei jeder Feststellung nickte David stumm.

»Und was *tun* sie?«

»Wie ... was ...«

»Sie laufen hier herum wie ein Tiger im Käfig und schimpfen über mein Durcheinander! Vielleicht sollten Sie ebenfalls mal beginnen aufzuräumen, und zwar in Ihrem Leben! So wie ich Buch für Buch in die Hand nehmen werde, sollten Sie sich all den Dingen widmen, die Ihnen das Herz so schwermachen. Falls ich Sie erinnern darf: Genau das hatten Sie ursprünglich vor! Oder täuscht mich mein Gedächtnis, wenn ich sage, daß Sie kurz nach dieser bösen Geschichte hier antanzten und laut tönten, Sie hätten noch einige offene Rechnungen zu begleichen?«

»Aber —«

»Sie hatten lange genug das Wort, jetzt bin ich an der Reihe, junger Freund!« unterbrach der Buchhändler seinen Besucher. David hob erstaunt die Augenbrauen, schwieg aber.

»Sie können nicht einfach die Vermutung äußern, Strobel sei womöglich in den Betrug verwickelt, ohne auch nur ein wenig in dieser Richtung nachzuforschen!«

»Aber ich —«

»Ruhe! Sind Sie noch im Besitz der gefälschten Aktien?«

David nickte stumm.

»Das ist gut, denn hier bietet sich schon ein erster Ansatz: Wer hat die Papiere gedruckt? Nicht jede Druckerei verfügt über solche Geräte beziehungsweise über derart kriminelle Energien. Dann ist da das Papier – wo kommt es her? Es gibt Dutzende Arten von Papier, glauben Sie mir, ich weiß, wovon ich spreche, aber für Aktien wird doch bestimmt nur eine ganz besondere Sorte verwendet, oder? Und Sie sagen doch selbst, daß es sehr gute Fälschungen sind.«

»Das Papier ist ja auch in Ordnung, aber —«

»Sie sollen ruhig sein, zum Kuckuck! Finden Sie lieber heraus, aus welcher Papiermühle das Material stammt! Und suchen Sie von dort aus nach weiteren Querverbindungen. Wer weiß, vielleicht kommen Sie so dem Betrüger auf die Spur? Oder unserem verehrten Herrn Strobel, falls er wirklich seine Finger mit im Spiel hat.«

Als David daraufhin schon gar nicht mehr so düster dreinblickte, fuhr Sawatzky fort: »Daß Ihr Kollege so schwer erkrankt ist, dafür können Sie nichts. Schauen Sie *mich* an – ich profitiere ständig vom Unglück anderer Leute! Wahre Buchliebhaber trennen sich nur selten zu Lebzeiten von ihren Schätzen, meist muß erst jemand sterben, bevor ich eine neue Lieferung Bücher bekomme. Soll ich deswegen mein Leben als ewiges Jammertal betrachten? Nein, ich versuche statt dessen, mit dem Nachlaß anderer Leute würdig umzugehen. Und das sollten Sie auch tun! Arbeiten Sie sich in Ihr neues Gebiet ein. Verwalten Sie das, was Ihr Kollege Ihnen hinterlassen hat, mit Sorgfalt! Dann haben Sie Ihren verantwortungsvollen Posten wirklich verdient.«

»So habe ich das noch gar nicht gesehen …« David hob und senkte den Kopf, wie ein Gaul, der auf zu hartem Stroh kaute.

Sawatzky nickte grimmig.

»Und nun zum nächsten Punkt: Wenn Sie sich wirklich Sorgen um Wanda machen, lassen Sie sich bei Ihrem nächsten Besuch in Lauscha einfach nicht mehr von dem Dienstmädchen abweisen. Sie sind doch kein Hausierer, dem man die Tür vor der Nase zuschlägt! Sie –«

Weiter kam er nicht, denn David schnappte seinen Hut und riß seine Jacke so schwungvoll vom Stuhl, daß dieser heftig wackelte.

»Sie haben recht! Herrgott, ich werde es doch noch mit einem Dienstmädchen aufnehmen können!« Er schlug sich gegen die Stirn. »Und alles andere, was sie gesagt haben – verdammt noch mal, warum habe ich das nicht selbst erkannt? Was bin ich für ein Jammerlappen! Da stehle ich Ihnen die Zeit, dabei könnte ich derweil tausend Dinge erledigen!«

Bevor Sawatzky ihm beipflichten konnte, stürmte David davon.

Der Buchhändler schaute ihm für einen Moment versonnen nach. Dann seufzte er einmal lächelnd auf und griff mit Wollust in eine der Bücherkisten.

47. Kapitel

»Was ist denn das?« Stirnrunzelnd nahm Johanna ein Glas in die Hand, das aus tausendundeiner Scherbe zu bestehen schien. »Ist bei euch das Geld so knapp, daß ihr aus geflickten Gläsern trinken müßt?«

»Nein, nicht!« schrie Wanda auf, als sie sah, daß Johanna das Glas in den Mülleimer werfen wollte. »Es ist … Es gehört mir! Vater hat es für mich geklebt.« Sie riss das Glas an sich.

Johanna sah sie irritiert an.

»Wie war es in New York?« fragte Wanda.

»New York?« wiederholte Johanna geistesabwesend. Sie blies so kräftig in ihre Tasse, daß etwas Kaffee auf den Tisch schwappte. Mit dem Ellenbogen wischte sie den Fleck weg.

Während sie halbherzig von ihrer Reise berichtete, schaute sie sich in der Küche um. Alles war so sauber!

Vom oberen Stockwerk her war Evas Stimme zu hören. Sie schien Sylvie ins Bett bringen zu wollen, wogegen das Kind lauthals protestierte.

»Endlich kommt eine von euch Steinmännern!« hatte Eva zur Begrüßung gesagt, als sie Johanna vor der Tür stehen sah. Dann hatte sie Johanna die Dose Kaffee aus der Hand genommen, die diese ihr entgegengestreckt hatte, war in die Küche gegangen und hatte Wasser aufgesetzt. Johanna war ihr wortlos gefolgt.

Eva hatte in Richtung Treppe genickt. »Falls es dir gelingt, das Fräulein aus seinem Zimmer zu locken – ich koche euch in der Zwischenzeit eine Kanne Kaffee! Vielleicht hast du mehr Glück als wir alle zusammen …«

Johanna hatte sie erschrocken angesehen. Wenn Eva ihr

so freiwillig das Feld überließ, mußte es um Wanda noch schlimmer stehen, als sie angenommen hatte.

»Es tut gut, wieder zu Hause zu sein«, beendete Johanna nun ihre Erzählung. »Ich habe die Kinder vermißt. Und die Arbeit!« Sie lachte.

Schweigend nahm jede der Frauen einen Schluck Kaffee.

Doch die belebende Wirkung blieb aus, und Johanna gähnte.

Urplötzlich fuhr Wanda auf. »Was willst du eigentlich von mir? Du bist todmüde, völlig erschöpft von der langen Reise. Eigentlich gehörst du ins Bett! Statt dessen kommst du noch am Tag deiner Heimkehr hier angerannt und zerrst mich aus dem Zimmer – wenn du mir Vorwürfe machen willst, dann leg endlich los! Um so schneller kannst du nach Hause gehen!«

Johanna zuckte zusammen, rieb sich die Augen.

»Ach, Kind, deshalb bin ich doch nicht hier …« Sie war wirklich todmüde, ihre Glieder fühlten sich bleiern an, ebenso ihr Verstand. Fahrig holte sie den Briefumschlag aus ihrer Tasche und schob ihn Wanda zu. Er war an den Kanten schon etwas brüchig.

»Von deiner Mutter. Na los, mach schon auf!«

»Geld?« Irritiert schaute Wanda hoch. »Kein Brief, nicht eine einzige Zeile? Was hat das zu bedeuten?«

»Deine Mutter sagt, sie hätte dir und Richard zur Hochzeit ein Haus versprochen. Dieses Geld hier stellt sozusagen die Anzahlung dar … Ruth meinte allerdings, du könntest es auch anderweitig verwenden. Im schlimmsten Fall müßtet ihr dann noch ein paar Jahre in Richards alter Hütte leben.«

Wanda schaute von dem Geld zu Johanna.

»Ich werde nicht bei Richard wohnen«, sagte sie tonlos.

»Er … wir haben die Verlobung aufgelöst. Alles ist vorbei.«

Johanna wurde blaß. Auch das noch! Schlagartig wurde ihr klar, woher Annas strahlende Miene rührte …

Wanda hingegen sah aus, als würde sie im nächsten Moment losheulen.

»Hat Mutter wirklich gesagt, ich dürfe mit dem Geld tun, was ich will?«

Johanna nickte stumm. Von den stundenlangen Diskussionen, die Ruth, Peter, Steven und sie geführt hatten, brauchte Wanda nichts zu wissen. In Ruths Augen war Wanda an allem selbst schuld.

»Dann ist ja wohl klar, was ich tun werde …« Noch während Wanda sprach, begann sie die Scheine zu zählen. »So, wie es aussieht, reicht es gerade aus, um den Leuten das zurückzugeben, was sie durch mich verloren haben.«

»*Du* hast doch niemanden betrogen, wie redest du denn daher?« sagte Johanna unwirsch. Und als von Wanda keine Antwort kam, fuhr sie fort: »Seltsam … Deine Mutter war sich ziemlich sicher, daß du genau das tun würdest! Danach könne dich niemand mehr zum Sündenbock abstempeln, sagte sie. Die Steinmänner sind noch nie jemandem etwas schuldig geblieben. Schließlich haben wir unseren Stolz, und das soll auch so bleiben. Sagt Ruth«, wiederholte sie. Ganz konnte Johanna die Meinung ihrer Schwester nicht teilen. Wanda und die Glasbläser waren reingelegt worden – was hatte das mit Stolz und Ehre zu tun? Genau diese Frage hatte sie Ruth auch gestellt.

»So sieht Mutter das also …«

»Du kennst sie doch!« Johanna winkte ab. »Sie hat manchmal eben etwas eigenwillige Ansichten!« Warum mußte sie diese jetzt haarklein an Wanda übermitteln? Sie hätte sich ohrfeigen können!

Auf einmal war alles zuviel für Johanna. Wie weggeblasen war ihr zur Schau gestellter Gleichmut, ihre betonte Ruppigkeit, mit der sie jeder Gefühlsduselei hatte vorbeugen wollen. Sie fühlte sich, als wäre in ihrem Innern eine Saite gerissen. Genau das hatte sie vermeiden wollen! Sie hatte sich nicht von ihren eigenen Gefühlen überwältigen lassen wollen!

»Ach, Kind, was hat er dir nur angetan?« Johanna schlug beide Hände vors Gesicht und heulte los. »Dieses Schwein! Dieses ... verdammte Schwein!« Ihre Stimme war plötzlich rauh und heiser.

»Tante Johanna ...« Vergeblich rüttelte Wanda an ihrem Arm. »Wein doch nicht! Richard hat es nicht böse gemeint, und ob du's glaubst oder nicht – ich bin ihm auch nicht böse. Er –«

»Richard?« Johanna schaute mit tränennassen Augen auf. »Ich rede doch nicht von Richard. Ich meine –« Sie zuckte zusammen, als es neben ihr am Küchenfenster plötzlich klopfte.

»Was ich euch jetzt erzählen werde, habe ich bisher für mich behalten – all die Jahre! Ich wollte einfach nicht mehr daran denken ...« Johanna schaute von Wanda zu Anna. Beide nickten, wenn auch etwas zögerlich.

Eigentlich hatte Anna nur kurz vorbeischauen wollen, um zu sagen, daß »der Franzose«, wie sie einen ihrer wichtigsten Kunden nannten, bei ihnen in der Werkstatt aufgetaucht war – ohne Vorankündigung. Er legte stets großen Wert darauf, von der Chefin persönlich beraten zu werden, und hinterließ jedesmal auch einen großen Auftrag, daher war Anna losgelaufen, um Johanna zu holen.

Es war Johanna nicht leichtgefallen zu sagen: »Ich habe keine Zeit, der Franzose muß heute mit Peter vorliebnehmen!« Ihr erster Impuls war gewesen, Anna zu bitten, sich um den Kunden zu kümmern, doch dann hatte sie sich dagegen entschieden. Vielleicht sollte es sein, daß auch ihre Tochter erfuhr, was sich damals, vor so vielen Jahren, zugetragen hatte.

Mit zusammengekniffenem Mund hatte sich Anna zu ihnen gesetzt und eine Tasse lauwarmen Kaffee akzeptiert. Doch sie warf Wanda immer wieder unfreundliche Blicke zu.

Johanna seufzte. Die beiden schienen sich immer noch nicht zu mögen – daran hatte sich während ihrer Abwesenheit wohl nichts geändert.

»Vielleicht ist es am besten, wenn ich von vorn beginne. Ich war ungefähr so alt wie du, Anna, als ich nach Sonneberg ging, um eine Stelle als Assistentin eines Verlegers anzunehmen. Vater war zu dieser Zeit schon lange tot, Ruth und Marie waren hier in der Heimerschen Werkstatt beschäftigt. Doch ich wollte hier nicht versauern, ich wollte mehr. Und ich bekam es auch!« Sie lachte harsch auf. »Der Verleger hieß Friedhelm Strobel.«

»Ach du meine Güte!« Wanda schlug eine Hand vor den Mund.

Anna runzelte die Stirn. »Der Strobel, der jetzt die Glashütte gekauft hat? Mit dem wollten Vater und du doch nie etwas zu tun haben! Und jetzt erfahre ich, daß du sogar einmal bei ihm angestellt warst?«

Johanna nickte. »Jung und dumm war ich, als ich zu ihm ging, und so wißbegierig! Strobel war ein guter Lehrer, das muß man ihm lassen. Von ihm habe ich etliche Kniffe gelernt, was das Geschäftemachen angeht. Er ist ein Meister der Manipulation, er trifft bei jedem Menschen genau den richtigen Ton, so daß bald jeder nach seiner Pfeife tanzt!« Sie verstummte. Ihr war nicht entgangen, daß Wandas Blick immer verschlossener geworden war. Die Augen gesenkt, pulte sie an dem löchrigen Tischtuch herum. Es schien, als könne sie nur mit größter Anstrengung die Tränen zurückhalten.

»Wanda?« sagte Johanna. Und als diese aufschaute, fuhr sie fort: »Du kennst die Geschichte, nicht wahr? Marie … Es muß Marie gewesen sein.« Die plötzliche Erkenntnis, daß die Schwester ihr über so lange Jahre gehütetes Geheimnis verraten hatte, durchbohrte sie wie ein Messerstich.

Wanda nickte. »Ich mußte ihr versprechen, es für mich zu behalten. Doch sie hat damals keinen Namen genannt, leider! Dann wäre mir einiges erspart geblieben … Denn Strobel hat –«

Irritiert schaute Anna von einer zur anderen. »Könnte mir mal jemand sagen, worum es hier geht?!«

Und Johanna begann zu erzählen. Davon, wie sich Strobel eines Tages brutal an ihr vergangen hatte. Davon, wie sie sich mit letzter Kraft zu Fuß in Richtung Lauscha aufgemacht hatte. Mit dem Zug hatte sie nicht fahren wollen, so, wie sie aussah. Sie erzählte davon, wie ihre Kräfte jedoch unterwegs versagt hatten. Daß sie wie ein verendendes Stück Vieh am Straßenrand liegengeblieben war.

Vom Hausflur her waren Schritte zu hören. Eva steckte ihren Kopf durch die Tür, zog verwundert die Brauen in die Höhe, als sie außer Wanda und Johanna auch Anna am Küchentisch sitzen sah. Sie öffnete den Mund, als wolle sie etwas sagen, überlegte es sich dann jedoch anders und zog die Tür leise hinter sich zu. »Wer braucht schon eine heiße Suppe! Dann gibt es heute abend eben nur Brot mit Käse«, hörte man sie draußen murmeln. »Legt wenigstens Holz nach, damit mir das Feuer nicht ausgeht!« rief sie ihnen durch die geschlossene Tür zu.

Johanna knetete ihre Hände, um wieder etwas Leben hineinzubekommen. Dann stand sie auf, ging zum Herd und legte ein Holzscheit in die schon schwach gewordene Glut. Sie durfte jetzt nicht schlappmachen! Schwerfällig setzte sie sich wieder an den Tisch.

»Magnus hat mich damals so gefunden. Ich erkannte ihn nicht gleich, er war lange Jahre in der Ferne gewesen, und just an jenem Tag hatte es ihn zurück in die Heimat verschlagen. Er trug mich den ganzen langen Weg nach Hause. Ohne Fragen zu stellen.« Johannas Stimme wurde weich. Ja, es verband sie viel mit dem stillen Glasbläser, der ihr damals, in der Stunde ihrer größten Not, zur Seite gestanden hatte. Und der Marie mit jeder Faser seines Herzens geliebt hatte. Da war es nicht so leicht, ihn einfach zum Teufel zu schicken, nur weil Marie nicht mehr lebte und er ein schlechter Glasbläser war!

Annas Augen waren während Johannas Schilderung immer größer geworden. »Aber … warum … warum hast du uns nie davon erzählt? Das ist ja furchtbar!« In einer seltenen Geste der Zärtlichkeit streichelte sie über Johannas Arm.

Johanna biß sich auf die Lippen, versuchte ein Lächeln zustande zu bringen. Es gelang ihr nicht.

»Ich habe mich so geschämt! Habe geglaubt, alles sei meine Schuld. Tagelang habe ich mich in meinem Zimmer verkrochen, die anderen wußten gar nicht, was sie mit mir anstellen sollten.« Sie blickte Wanda von der Seite an. »Damals habe ich auch gedacht, mein Leben wäre zu Ende! Meine Träume, meine Hoffnungen – Strobel hat alles mit Füßen getreten. Ich war nur noch ein jämmerliches Häufchen Elend. Seine Augen haben mich verfolgt, Tag und Nacht. Diese Gier! Diese Erregung angesichts meiner Erniedrigung!« Sie zuckte hilflos mit den Schultern. »Griseldis und Magnus mußten mir versprechen, niemandem etwas von meiner Schande zu erzählen, und daran haben sie sich auch gehalten. Außer den beiden wußten nur Ruth und Marie Bescheid. Ich wollte nicht einmal, daß Peter etwas erfährt, das wäre mir peinlich gewesen. Wir waren zu diesem Zeitpunkt Nachbarn, gute Freunde, mehr nicht. Aber eines Tages, als Marie nicht mehr weiterwußte, hat sie ihn doch eingeweiht. Und dann ...« Ein kleines Lächeln, fast unmerklich, huschte über Johannas Gesicht.

»Vater hat das Schwein verprügelt, nicht wahr?« fragte Anna grimmig.

Johanna schaute ihre Tochter an. »Woher weißt du das? Ja, Peter ist nach Sonneberg gefahren und hat Strobel eine Abreibung verpaßt. Ich habe erst anschließend davon erfahren. Als Peter Strobel zur Rede stellte, stritt dieser nicht einmal etwas ab, sondern sagte nur, daß sein Wort gegen meines stünde.« Sie schüttelte den Kopf. »Es war so schrecklich! Und als ob das alles noch nicht gereicht hätte, hat Strobel in ganz Sonneberg herumerzählt, ich hätte ihn beklaut, woraufhin er mich hinausgeworfen habe! So mußte ich nicht nur das Gerede hier im Dorf ertragen – auch meinen guten Ruf in Sonneberg hatte der Mann ruiniert! Es hat Jahre gedauert, bis endlich Gras darüber gewachsen war.«

Anna schaute ihre Mutter eindringlich an. »Wie kann es sein, daß so ein Mann ungeschoren davonkommt? Ich meine, hättest du ihn nicht anzeigen können?«

Johanna lachte auf. »Ich hätte mich nie getraut, einfach auf die Wache zu gehen und ihn anzuzeigen. Diese Schmach! Und was hätte es mir gebracht? Es hätte tatsächlich sein Wort gegen meines gestanden. Selbst wenn man mir geglaubt hätte – Unzucht ist in den Augen der meisten Männer doch nur ein Kavaliersdelikt. Wahrscheinlich hätten sie gesagt, ich sei selbst schuld gewesen. Aber noch heute bereue ich, daß ich damals so feige war!« Sie spuckte die letzten Worte geradezu aus.

»Ein paar Jahre später kam eine junge Frau zu mir, sie war die neue Assistentin von Strobel. Schön war sie, hochgewachsen und mit einer beeindruckenden Ausstrahlung, aber gleichzeitig so niedergeschlagen! Ihr rechtes Augenlid zuckte so nervös, daß ich gar nicht lange hinschauen konnte. Sie stellte mir seltsame Fragen, druckste herum … Schließlich rückte sie mit der Sprache heraus: Strobel hatte sich auch an ihr vergangen. Bis heute frage ich mich, ob ich das hätte verhindern können …«

»Bei mir hat er es auch versucht«, sagte Wanda tonlos.

»Was?« schrieen Mutter und Tochter gleichzeitig auf.

»Ich war bei ihm, direkt nach meinem Besuch in der Bank habe ich ihn aufgesucht! Wollte mit ihm reden, ihn um Hilfe bitten wegen der Aktien. Er und die Glasbläser – wir saßen doch alle im selben Boot! Ich meine, er ist doch ebenfalls von diesem Aktienhändler reingelegt worden! Aber Strobel hat nur gelacht. Und dann …« Ein Schauer fuhr durch Wandas Körper. Sie kniff die Augen zusammen, als werde sie von schrecklichen Bildern verfolgt.

»Was hat er dir angetan? Sag!« Johanna packte Wandas Arm so fest, daß diese leise aufschrie.

»Nichts! Es ist nichts passiert, ich bin davongerannt, so schnell ich konnte. Aua, du tust mir weh.« Mit schmerzverzerrtem Gesicht zog sie ihren Arm weg.

Johanna war kreidebleich geworden. »Dieses Schwein! Der ist heute noch so verdorben wie damals! Ich fasse es nicht – er hat es tatsächlich wieder geschafft, eine von uns fertigzumachen!«

Für einen langen Moment schwiegen alle drei. Anna war die erste, die das Schweigen brach.

»Aber warum? Ich meine – warum tut ein Mann so was?«

Johanna schnaubte. »Weil er starke Frauen haßt. Weil er Befriedigung empfindet, wenn er eine unterwürfige Frau vor sich hat. Weil wir Steinmänner sind. Sucht euch einen Grund aus!« Ihre Gesichtsmuskeln waren so verkrampft, daß ihr das Weitersprechen schwerfiel.

»Friedhelm Strobel hat mir nie verziehen, daß aus mir noch etwas geworden ist. Für ihn wäre es die größte Genugtuung gewesen, wenn ich nie mehr hochgekommen wäre. Aber diesen Gefallen habe ich ihm nicht getan! Was er bei mir nicht geschafft hat, wollte er nun bei dir erreichen, Wanda. Wenn Strobel wüßte, wie elend du leidest, würde er vor Freude in die Luft springen!«

»Aber was soll ich denn deiner Ansicht nach tun?« rief Wanda. »Ihn anzeigen? Es ist ja nichts passiert – Gott sei Dank.«

Johanna nickte gedankenverloren. »Eine Anzeige ... Der Kerl gehört wirklich angezeigt. Denn es ist sehr wohl etwas passiert, wenn auch in einem völlig anderen Sinne! Wißt ihr, was ich inzwischen vermute? Der Aktienverkäufer war Friedhelm Strobels Handlanger! Gemeinsam haben sie euch reingelegt, haben euch die falschen Aktien angedreht und das gute Geld der Glasbläser dafür kassiert. Ich glaube, Strobel hat von Anfang an geplant, daß die Glasbläser alles verlieren! Vielleicht hat ihn auch erst das Zusammentreffen mit dir auf diese Idee gebracht, wer weiß. Denn als ihm klar wurde, wer du bist, wollte er dir eins auswischen, und vielleicht indirekt auch mir. Nun, das ist ihm gelungen. Was muß er sich ins Fäustchen lachen!«

»Oh«, sagte Anna mit leiser Stimme. Johanna warf ihr einen irritierten Blick zu.

»Du glaubst, Strobel ...«, begann Wanda heiser.

Johanna nickte. »Seit Anna am Telefon Strobels Namen genannt hat, denke ich über nichts anderes mehr nach. Alles, was ich die ganzen Jahre erfolgreich verdrängt habe, ist wieder hochgekommen. Ganz gleich, wie ich die Fakten drehe und wende – ich komme immer wieder zum selben Schluß: Strobel hat euch hereingelegt!«

»Aber David Wagner …« Wanda schüttelte den Kopf. »Das würde ja bedeuten …« Fassungslosigkeit machte sich auf ihrem Gesicht breit. »Das kann ich nicht glauben. Nie und nimmer hat er sich an den Glasbläsern bereichert.«

Johanna holte tief Luft. »Entweder steckt dieser Herr Wagner mit Strobel unter einer Decke, oder er ist auch reingelegt worden!«

Anna schlug mit der flachen Hand auf den Tisch. »Genau das werden wir herausfinden!«

Erstaunt schaute Johanna ihre Tochter an.

»Und wie sollen wir das anstellen?« fragte Wanda.

Annas junges Gesicht war zu einer so grimmigen Grimasse verzogen, daß es fast komisch aussah.

»Wir werden aus diesem Lügensumpf die Wahrheit herausziehen wie eine Rübe aus dem Boden!« Sie legte eine Hand auf Wandas Arm. »Ich helfe dir! Wir Steinmänner müssen doch zusammenhalten, oder? Aber – warum weint ihr denn jetzt?« fügte sie verständnislos hinzu.

48. Kapitel

Es war noch dunkel, als Wanda am nächsten Morgen erwachte. Eigentlich hätte sie müde sein müssen – tausend Gedanken waren stundenlang wie Ameisen durch ihren

Kopf gekrabbelt, erst sehr spät war sie endlich eingeschlafen. Doch Wanda fühlte sich so frisch wie seit langem nicht mehr. Und es war noch ein neues, ungewohntes Gefühl in ihr: Sie hatte keine Angst mehr.

Sie hatte die schlimmsten Stunden ihres bisherigen Lebens hinter sich, und sie hatte diese Stunden überlebt. Es hatte Nächte gegeben, in denen sie glaubte, daß es kein Morgen mehr geben würde. Aber ob man nun wollte oder nicht – man lebte weiter. Die Uhren drehten sich weiter. Und das war gut so.

Wanda schwang beide Beine über den Bettrand.

Es war an der Zeit, etwas zu tun! Das war ihr bei Johannas Besuch klargeworden. Und solange Sylvie noch schlief, konnte sie schon einiges vorbereiten.

Nur mit einem Morgenmantel bekleidet, rannte sie durchs Zimmer und raffte alles mögliche zusammen. Dann schlich sie die Treppe hinunter. Wie jedesmal knarzte die zweite Stufe von oben. Wanda hielt den Atem an. Niemanden wecken! Sie mußte noch ein Weilchen allein sein.

In der Küche angekommen, stellte sie mit Erleichterung fest, daß schon ein Feuer im Ofen glühte. Wahrscheinlich hatte sich Eva bei einem frühen Gang auf die Toilette darum gekümmert.

Während das Wasser warm wurde, setzte sich Wanda an den Tisch. Aus ihrer Morgenmanteltasche zog sie ein kleines Büchlein. Der Anblick rief schmerzliche Erinnerungen in ihr wach. Wie vertrauensvoll die Lauschaer ihr Geld an die neugegründete Genossenschaft übergeben hatten! Jede Summe war fein säuberlich in dem Büchlein notiert.

Nach einer Viertelstunde hatte Wanda das Geld ihrer Mutter in lauter kleine Stapel aufgeteilt, sie in Briefumschläge gesteckt und diese mit Namen versehen.

Sie brühte rasch Kaffee auf, dann lief sie die Treppe wieder hoch, zog sich an, streckte ihrem Spiegelbild angewidert die Zunge heraus.

Du siehst schrecklich aus!

Mit ein paar Nadeln versuchte sie ihre Haare hochzustecken, doch immer wieder rutschten vorwitzige Strähnen heraus. So bald wie möglich würde sie sich einen Frisörbesuch leisten!

In einen gestreiften Rock und eine weiße Bluse gekleidet, auf dem Kopf einen kleinen Hut mit grünen Federn, in der Hand ein Weidenkörbchen, ging Wanda zurück in die Küche, aus der mittlerweile Stimmen zu hören waren.

»Ja, was …« Eva schlug die Hand vor den Mund, als habe sie einen Geist gesehen.

»Guten Morgen, Eva, der Kaffee ist schon fertig, hast du gesehen?« Wanda nickte in Richtung Kaffeekanne.

»Hmm – wie das duftet! Von mir aus könnte Johanna ruhig jede Woche eine Dose Kaffee vorbeibringen.«

»Am heiligen Sonntag schon so früh zum Ausgehen hergerichtet?« fragte nun auch ihr Vater, der mit einem Glas Wasser in der Hand unrasiert und verstrubbelt am Küchentisch saß. »Hätte nicht gedacht, daß so eine Künstlerausstellung noch vor dem Gottesdienst beginnt.«

Wanda runzelte die Stirn. Kirche? Ausstellung? Sonntag? Sie schnaubte.

»Ach so … Du glaubst doch nicht allen Ernstes, ich würde zu Richards Ausstellung fahren? Als ob mir gerade danach jetzt der Sinn stünde …« Noch während sie sprach, schenkte sie sich Kaffee ein.

Seltsam – daran, daß heute Richards »großer Tag« war, hatte sie bisher gar nicht gedacht. Nein, es tat nicht weh, und wenn, dann nur ein kleines bißchen, stellte Wanda fest, als sie in sich hineinhorchte.

»Ich frage mich, was das Fräulein dann bewogen hat aufzustehen?« Eva stemmte beide Hände in die Hüften. »Da reden wir uns wochenlang vergeblich den Mund fusselig, und plötzlich taucht deine Tante auf, und du bist wie ausgewechselt – kannst du mir das bitte erklären?«

»Das ist doch jetzt unwichtig«, entgegnete Thomas unwirsch. »Hauptsache, Wanda geht es wieder besser. Obwohl ich auch gern wüßte …« Stirnrunzelnd schaute er Wanda an. »Jetzt sag schon – was hast du vor?«

Wanda reckte ihr Kinn nach vorn, zeigte auf das Körbchen, in das sie die Briefumschläge mit dem Geld gelegt hatte, und holte tief Luft.

»Johanna hat mir die Augen geöffnet! Die Zeit des Jammerns ist nun endgültig vorbei. Heute werde ich das Unheil wiedergutmachen. Zumindest, soweit es in meiner Macht liegt«, fügte sie hinzu, und die Federn an ihrem Hut wippten dabei auf und ab.

49. Kapitel

»Wanda!«

Das konnte doch nicht sein! David stand abrupt von seinem Stuhl auf. Die anderen Besucher des Gasthauses schauten kurz hoch, um sich im nächsten Moment wieder ihren Gesprächen oder ihrem Essen zu widmen. Doch als sie sahen, wer im Türrahmen stand, war es plötzlich gleichgültig, ob die Suppe kalt wurde.

»Da ist die Amerikanerin …« »Die Amerikanerin – wer hätte das gedacht …« »Wanda!« »Die traut sich was …«

Auf Wandas Gesicht lag der Ausdruck eines gehetzten

Rehs, und für einen Moment befürchtete David, sie würde auf dem Absatz kehrtmachen. Mit angehaltenem Atem wartete er, bis Wanda die wenigen Schritte zu seinem Tisch zurückgelegt hatte. Seine Hand war feucht und kühl vom Bierkrug. Rasch wischte er sie an seiner Hose ab.

»David! Was machen Sie denn hier?« Wandas Hand war warm und trocken und so angenehm, daß David sie einen Moment zu lange hielt. Mit einem Räuspern ließ er sie schließlich los.

»Möchten Sie sich nicht zu mir setzen?«

Zögernd schaute Wanda ihn an. »Daß ich Sie hier treffe …«

Einen Moment lang versanken ihre Blicke ineinander, dann sah Wanda rasch fort. David blinzelte.

»Bitte, Wanda, ich habe Ihnen etwas Wichtiges zu sagen! Etwas, das … Ich –« Plötzlich hatte er zuviel Spucke im Mund und mußte schlucken. Sie war ihm sicher böse. Sie wollte ihn sicher nicht sprechen!

Doch Wanda lächelte, drückte kurz seine Hand. »Gleich. Auch ich habe Ihnen einiges zu erzählen. Zuvor muß ich allerdings noch eine Kleinigkeit erledigen.« Mit einem Nicken machte sie sich auf den Weg zum Stammtisch.

Benommen schaute David hinter ihr her.

Seit einer Stunde saß er nun schon im »Schwarzen Adler«. Als er eintraf, waren die meisten Tische frei gewesen, inzwischen war fast jeder belegt. Erst nach einer Weile hatte er gemerkt, wie angespannt er war. Wie eine Katze in fremden Gefilden, die hinter jeder Hecke Rivalen erwartet … Aber alles war friedlich geblieben, manch einer hatte grüßend genickt, Gustav Müller Sohn und Christoph Stanzer hatten sogar einen Moment bei ihm gestanden und ein paar Worte mit ihm gewechselt, bevor sie sich am Stammtisch niederließen. Ganz allmählich hatte sich David entspannt, sich seine Suppe schmecken lassen und ein Bier noch dazu. Doch richtig zur Ruhe war er nicht gekommen, ganz im Gegenteil: Je länger er untätig herumsaß, desto nervöser wurde er. Er war nach Lauscha gekommen, weil er vor Neuigkeiten fast platzte! Doch statt diese loszuwerden, saß er hier untätig herum ...

Und nun tauchte ausgerechnet Wanda auf! In spätestens einer halben Stunde hätte er abermals bei ihr zu Hause vorgesprochen.

»Sie ist nicht da«, hatte der alte Drachen zu ihm gesagt, als er am Vormittag bei der Familie Heimer geklopft hatte. Kein Wort darüber, wo Wanda war und wann sie zurückkommen würde, geschweige denn eine Aufforderung, im Haus auf sie zu warten. Was habe ich der alten Frau eigentlich getan, daß sie jedesmal so unfreundlich zu mir ist? fragte sich David. Doch es blieb ihm nichts anderes übrig, als anzukündigen, daß er später noch einmal wiederkommen werde.

Eine Zeitlang war David spazierengegangen. Das Laub zerbröselte unter seinen Füßen. Es war ein klarer Tag, in der Nacht hatte es offenbar den ersten Frost gegeben. Für Mitte Oktober war das nichts Ungewöhnliches. Keine Spur von dem Nebel, der sich sonst so gern in dem hochgelegenen Tal breitmachte. Unsichtbare Spinnweben hingen in der Luft und legten sich alle paar Schritte auf sein Gesicht, so daß er ständig mit der Hand darüberfuhr. Nachdem er die steile Hauptstraße bis zum Bahnhof hinuntergegangen war, kehrte er wieder um und marschierte den Berg erneut hoch.

Und wenn er bis in die Nacht hinein auf Wandas Rückkehr warten mußte – er würde nicht nach Sonneberg zurückfahren, ohne ihr von seinen Neuigkeiten berichtet zu haben! Doch hatte es Sinn, sich dabei den Hintern abzufrieren? Mit diesem Gedanken war David in Richtung »Schwarzer Adler« gestapft. Eine warme Suppe und ein Bier – danach würde er sich gestärkt genug fühlen, dem alten Drachen erneut die Stirn zu bieten.

Nervös schob David nun den leergegessenen Suppenteller weg. Warum kam der Wirt nicht und räumte ab? Und was machte Wanda so lange am Stammtisch? Mindestens zehn Minuten stand sie nun schon bei den Männern herum. War das ein Brief, den sie Gustav Müller Sohn übergab? Was stand darin, was sie ihm nicht persönlich sagen konnte? Seiner verdutzten Miene nach zu urteilen schien der alte Glasbläser selbst auch nichts zu verstehen. Und da! Jetzt nahm Christoph Stanzer sie in den Arm – ging das nicht ein wenig zu weit? So etwas schickte sich doch nicht!

Wenn sie doch endlich zu ihm kommen würde! Er hatte sie so lange nicht mehr gesehen, und nun, da sie so nah war, mußte er wieder warten. David kaute so fest auf seiner Unterlippe, daß es weh tat.

Gut sah sie aus. Ein wenig blaß vielleicht und schmal. Aber sie hielt sich aufrecht und nicht wie jemand, der vor Wochen noch sein Leben hatte wegwerfen wollen.

Endlich kam sie auf ihn zu. Eilig stand David auf, um ihr den Stuhl zurechtzurücken, und warf diesen dabei fast um.

»Puh, das wäre geschafft!« Mit einem Lächeln stellte Wanda ihr Körbchen auf den Tisch und setzte sich. »Das war der letzte!«

Der letzte was? wollte David fragen, doch er schwieg. Von nahem betrachtet, sah sie doch nicht ganz so gut aus.

Oder war es der Hut, der den dunklen Schatten auf ihr Gesicht warf?

»Darf ich Sie zum Essen einladen?« Seine Stimme klang blechern. Er räusperte sich. »Die Kartoffelsuppe ist sehr empfehlenswert.« Er hatte noch nicht ausgesprochen, als Benno, der Wirt, neben ihnen stand.

»Wanda! Was für eine Freude, dich nach so langer Zeit wiederzusehen! Wir haben schon fast geglaubt, du wärst gestorben!« Er lachte als einziger über seinen Witz.

»Hallo, Benno«, erwiderte Wanda. »Ich hätte gern die Suppe und –«

»Und ein Bier, wie immer, richtig? Alles bring ich dir, alles! Und selbstverständlich bist du Gast des Hauses!« rief Benno und warf einen Seitenblick auf David. Dann klopfte er Wanda so kräftig auf die Schulter, als sei sie ein besonders folgsames Pferd. »Also, ich muß schon sagen … Was du heute getan hast – alle Achtung! Ganz Lauscha spricht darüber!«

David verstand überhaupt nichts.

»Könnten Sie mir mal erklären, was hier los ist?« fragte er, kaum daß der Wirt gegangen war.

Wanda lächelte. »Ganz einfach. Ich habe den Leuten das Geld zurückgegeben, das sie durch den Betrüger verloren haben.«

Staunend und sprachlos zugleich lauschte David Wandas Bericht, wie sie mit ihrem Körbchen von Haus zu Haus gegangen war. Wen sie getroffen hatte. Von der Ungläubigkeit der Menschen. Deren Betroffenheit. Der spröden Dankbarkeit, aber auch den unterschwelligen Aggressionen, die sie zu spüren bekommen hatte.

»Zuletzt war ich bei Karl dem Schweizer Flein. Ihn hat das Ganze am härtesten getroffen, das wissen Sie ja bestimmt.«

David zuckte mit den Schultern. »Er arbeitet nicht

mehr in der Hütte, sondern für seinen Schwager, ist es nicht so?«

»Ja, genau. Stellen Sie sich vor: Trotz allem hat Maria – das ist seine Frau – mich sofort ins Haus gezogen und mir immer wieder versichert, daß mir niemand böse ist. Na ja, wer's glaubt ...« Sie schüttelte den Kopf. »Seltsam war das ... Als ich Karl dann sah, war ich richtig erschrocken! Irgendwie habe ich fest damit gerechnet, daß er hinter der Glasbläserflamme am Bolg sitzt.« Wieder schaute sie auf. »Die meisten Heimgewerbetreibenden müssen auch sonntags arbeiten, das wissen Sie doch, oder?«

David nickte. Bei uns in Steinach ist das keinen Deut anders, hätte er ihr sagen können. Da stellen die Familien auch sieben Tage in der Woche Griffel her. Aber er wollte Wanda nicht unterbrechen.

»Aber ausgerechnet im Haus von Karl dem Schweizer Flein, einem Glasbläser durch und durch, brannte keine Flamme! Statt dessen saß er da, auf dem Tisch vor sich winzige Töpfchen mit Farbe und in einer Schachtel Pfeifenköpfe aus Porzellan ... Er selbst hat so getan, als wäre das alles nicht schlimm. Ob ich nun bei Strobel sitze und Christbaumkugeln blase oder für meinen Schwager Porzellan bemale – wo ist da der Unterschied? meinte er und lachte dabei.« Wanda schniefte geräuschvoll.

David schüttelte den Kopf. Eine leise Gänsehaut kroch über seinen Rücken. Was für ein stolzer Menschenschlag die Lauschaer doch waren!

Benno brachte Wandas Suppe, wies darauf hin, daß er eine Extrawurst hineingetan hatte, klopfte ihr dabei erneut auf den Rücken und wünschte ihr einen ganz besonders guten Appetit.

Endlich rief Bennos Frau ihn hinter die Theke, und sie waren wieder allein.

»Ob Benno noch etwas anderes von mir wollte?« Wanda runzelte die Stirn. Sie tunkte den Löffel in die Suppe und führte ihn zum Mund, hielt dann aber mitten in der Bewegung inne.

»Jedenfalls ... habe ich heute getan, was ich tun konnte. Oder besser gesagt: Ich habe überhaupt wieder einmal etwas getan! Und das ist ein richtig gutes Gefühl!«

»Woher haben Sie eigentlich das Geld?« Viel lieber hätte David gefragt, wie sie überhaupt auf den Gedanken gekommen war, die Lauschaer entschädigen zu müssen. *Sie war doch nicht schuld an der Misere!* Schließlich handelte es sich um fast elftausend Mark – so viel Geld ...

»Meine Mutter hat es mir geschickt. Es war ursprünglich für den Kauf eines Hauses gedacht, für Richard und mich. Aber daraus wird sowieso nichts.«

»Und das opfern Sie nun? Herrje, Sie haben durch diese elende Geschichte wirklich alles verloren«, sagte David. »Und ich –« Wie sollte er ihr je beibringen, daß für ihn am Ende sogar noch eine Beförderung angestanden hatte? Daß seine geheimsten Träume wahr geworden waren?

»Aber was ist mit Ihrem Verlobten? Ich meine, das Geld – hat er da nicht auch ein Wörtchen mitzureden?«

Während Wanda aß, erzählte sie ihm von der Auflösung ihrer Verlobung. Die Leichtigkeit, mit der sie darüber sprach, schien sie selbst zu verblüffen. Sie lachte. »Das brauchen Sie nicht zu verstehen. Aber sagen Sie doch – wollten Sie mir nicht auch etwas erzählen?«

»Ja, ja.« David räusperte sich. Plötzlich wußte er gar nicht, wo er anfangen sollte.

Er holte tief Luft. »Wissen Sie was? Warum gehen wir nicht nach dem Essen ein Stück spazieren? Dann erzähle ich Ihnen in aller Ruhe, was ich herausgefunden habe!«

»Sag mal, hast du vor, von nun an jedesmal einen solchen Affentanz aufzuführen, wenn die Amerikanerin kommt?« fragte Monika ihren Mann, kaum daß Wanda und David das Wirtshaus verlassen hatten.

»Wieso? Was meinst du?« Bennos Blick war aus dem Fenster gerichtet, geistesabwesend strich er über seinen Bart.

Hätte er es ihr sagen sollen? Hätte er … Aber wie würde er dann dastehen? Und – ach, was! Nun war es eh zu spät! Wanda und der Bankmensch waren fort. Und er hatte seinen Mund nicht aufgemacht. Vielleicht würde so schneller Gras über die ganze Angelegenheit wachsen.

»Bekomme ich keine Antwort?« Mit verschränkten Armen beobachtete Monika ihren Mann. »Also, wenn ich's nicht besser wüßte, würde ich sagen, du hast dich in das Mädchen verguckt! Ich meine, es weiß ja inzwischen jeder, daß die Amerikanerin eine Art hat, die Männer für sich einzunehmen.«

Benno starrte seine Frau an. Wovon redete das Weib?

»Ich bin für dich ja nur noch die Magd«, sagte Monika schmallippig, »gut genug für die Drecksarbeit hier und –«

»Was redest du für Unsinn!« zischte Benno. Als ob ihm ausgerechnet jetzt der Sinn danach stünde, anderen Frauen hinterherzuschauen!

50. Kapitel

Es war Wanda, die voranschritt. David sagte, er kenne zwar die Spazierwege rund um Steinach und Sonneberg in- und auswendig, aber nach hier oben hätten seine Wanderungen ihn bisher nie geführt.

Da Wanda keine Lust hatte, mit David durchs Dorf zu laufen, wählte sie einen Weg, der sie bald in den Wald führte.

Doch schon wenige Minuten später brannten ihre Waden, war sie außer Atem, und ein wenig schwindlig war ihr auch. Zum Glück hatte sie Sylvie zu Hause bei Eva gelassen – sonst hätte sie nun auch noch den schweren Kinderwagen schieben müssen. Abrupt blieb sie auf dem steinigen Waldweg stehen.

»Entschuldigen Sie – aber könnten wir ein bißchen langsamer gehen?«

Erschrocken antwortete David: »Noch langsamer? Sollen wir uns vielleicht eine Bank zum Ausruhen suchen?«

»Nein, nein, es geht schon, aber ...« Sie wies auf ihre Schuhe. »Hätte ich nur meine festen Stiefel angezogen ...« Du meine Güte – sie hatte nicht mehr die geringste Ausdauer! Aber das konnte sie ihm schlecht sagen. Man stelle sich vor: Er wollte eine Sitzbank für sie suchen, wie für eine alte Frau!

»Darf ich Ihnen dann wenigstens meinen Arm reichen?« In leicht übertriebener Art verbeugte sich David vor ihr, und sein Grinsen war nicht zu übersehen.

Mit einem gnädigen Nicken ergriff Wanda Davids Arm. Täuschte sie sich, oder errötete er dabei tatsächlich ein wenig? Sie lächelte.

Wanda fragte nicht, was David ihr Wichtiges zu erzählen hatte. Und David erzählte nichts. Statt dessen gingen sie schweigend und im Schneckentempo weiter. Das Laub raschelte unter ihren Schritten, hier und da unterhielten sich ein paar Vögel. Nun, da die hitzigen Liebeleien des Frühjahrs längst vergessen, da ihre Jungen längst ausgeflogen waren, glaubte Wanda in ihrem Gezwitscher eine leichte Trägheit zu hören, so, als wäre alles Wichtige längst gesagt.

Sie wußte immer noch nicht, wie die einzelnen Vögel

hießen. Sie wußte immer noch nicht, welche Pflanzen so schön würzig dufteten. Ob es sich dabei um Heilkräuter handelte oder ob das waldige Aroma vom feuchten Moosboden herrührte. Sie kannte den Namen der tiefblauen Beeren nicht, die an stacheligen Hecken wuchsen. Und sie wußte nicht, welche Pilze in der Pfanne landen durften und welche giftig waren. Trotzdem fühlte sich Wanda in diesem Wald auf eine besondere Art heimisch.

Urplötzlich war sie von einer solch übermütigen Freude erfüllt, daß sie kurz auflachte. Sie spürte Davids fragenden Blick, war aber nicht in der Stimmung zu reden. Doch drückte sie leicht seinen Arm, und damit schien er zufrieden zu sein.

Bei jedem Atemholen füllten sich ihre Lungen mit der glitzernd klaren Luft, wurden weiter und freier. Dieselbe Klarheit schien sich auch in ihrem Kopf auszubreiten. Der trübe Nebel, der sie gefangengehalten hatte, hatte sich endgültig gelichtet und diesem wundervollen Herbsttag Platz gemacht.

O ja, es gab sehr wohl viele wichtige Dinge zu besprechen. Aber sie hatten Zeit. Hier und jetzt war nichts wichtig außer dem Wald, der Sonne und ihrer Hand auf Davids Arm. Der Scherbenhaufen, der vom gläsernen Paradies übriggeblieben war, war weit, weit weg.

Wie in geheimer Absprache blieben beide im selben Moment stehen. Es war an einer der Stellen, an denen die Sicht nicht von der nächsten Kurve verdeckt wurde. Vor ihnen im Tal lag Steinach. Die mit Schiefer verkleideten Häuser wirkten in der goldenen Herbstsonne noch dunkler als sonst. Davids Zuhause …

David stieß einen kleinen Pfiff aus. »Was für eine Aussicht!« Er brach einen kleinen Holunderzweig ab und begann diesen gedankenverloren zu zerrupfen.

»Und das wortwörtlich«, sagte Wanda. »Dieser Platz hier wird von den Lauschaern ›Aussicht‹ genannt.« Sie kniff die Augen zusammen, um besser sehen zu können, und deutete dann auf einen kleinen dunklen Punkt, der in der Ferne zu sehen war.

»Ich frage mich, was das wohl ist? Eine Kirche?«

»Ausnahmsweise kann ich Ihnen hier weiterhelfen«, erwiderte David lächelnd. »Wenn mich nicht alles täuscht, ist das die Basilika Vierzehnheiligen in Staffelstein. Und der kleine Schatten da, ein Stück weiter vorn« – er rückte näher an Wanda heran, um mit seinem ausgestreckten Arm ihren Blick zu lenken – »das könnte die Veste Coburg sein. Unglaublich, diese Fernsicht heute!«

Wanda strahlte.

Einen langen Moment genossen sie schweigend das großartige Panorama.

Doch dann ließ ein Knacken Wanda zusammenzucken.

David starrte auf den zerbrochenen Holunderzweig in seiner Hand und warf ihn mit Schwung weg. Ein Vogel, der in der Nähe nach Würmern gepickt hatte, flatterte erschrocken davon.

»Strobel hat uns hereingelegt!«

»Ich weiß«, erwiderte Wanda. »Meine Tante, Johanna Steinmann-Maienbaum, war gestern bei mir.« In kurzen Worten erzählte sie ihm von dem Gespräch, deutete die Vergewaltigung dabei allerdings nur an. »Johanna glaubt, daß Strobel durch mich eine Möglichkeit sah, sich an ihr zu rächen. Mit dieser Sache wollte er erneut eine von uns Steinmännern ins Unglück stürzen.« Sie zuckte mit den Schultern. »Was ihm ja auch gelungen ist …«

Sie machte ein paar Schritte, setzte sich auf einen umgestürzten Baumstamm. Ganze Armeen von kleinen Käfern marschierten über dessen schorfige Borke. Wanda wischte einen besonders vorwitzigen, der ihren Rock erklimmen wollte, mit der Hand fort.

David folgte ihr. Seine Hände zu Fäusten geballt, blieb er vor ihr stehen.

»Dieses Schwein ...« Er holte tief Luft. »Am liebsten würde ich ihn sofort aufsuchen und das letzte bißchen Luft aus seinem buckligen Leib prügeln!«

Wanda lachte traurig auf. »Und dann? Wem wäre damit geholfen? Johanna sagt, es muß uns gelingen, Strobel seinen Betrug nachzuweisen, damit wir ihm die Hütte wegnehmen können. *Das* würde ihn richtig schmerzen!«

David löste seine Fäuste, streckte die Arme aus, atmete abermals tief durch. »Vielleicht habe ich da was ...«

Atemlos lauschte Wanda Davids Schilderung, wie er in der Woche zuvor Dutzende von Hamburger Banken angerufen hatte. Bei jedem Telefonat hatte er sich als Friedhelm Strobels Bankier ausgegeben, der von seinem Kunden angewiesen worden war, Gelder von Hamburg nach Sonneberg zu transferieren.

»Hamburg? Ich verstehe nicht ganz ...«

»Ganz zu Beginn hat Strobel mir gegenüber erwähnt, er habe den Tip bezüglich der Bremer Reederei von seiner Hamburger Bank bekommen. Als ich ihn am 18. September aufsuchte, hat er behauptet, eine Woche zuvor dieser Bank die Aktien von dem Berliner Privatier geschickt zu haben. Die Hamburger hätten ihn dann darüber aufgeklärt, daß es sich um Fälschungen handelt. Damals, in Strobels Geschäft, habe ich ihm diese Geschichte geglaubt. Aber in der Zwischenzeit sind mir Zweifel gekommen. Seine ganze Art, mit der Sache umzugehen ...« Er schüttelte den Kopf. »Jedenfalls dachte ich, es wäre eine gute Idee, herauszufinden, ob er in diesem Punkt die Wahrheit gesagt hat. Also mußte ich mit der Hamburger Bank sprechen, an die Strobel die gefälschten Aktien geschickt haben will. Leider habe ich im Bankhaus Grosse nirgendwo einen Vermerk darüber gefunden, wo Strobel Kunde ist. Hamburg ist ein großes Finanzzentrum, ein wichtiger Börsenplatz, alle bedeutenden Banken haben dort ihren Sitz!«

»Für mich hört sich das an, als hätten Sie sich auf die berühmte Suche nach der Nadel im Heuhaufen begeben!« Wanda schüttelte den Kopf.

David nickte. »Letztendlich war es pures Glück, daß ich die Bank ausfindig machen konnte, bei der Strobel Kunde ist.« Er grinste. »Bis zu diesem Zeitpunkt hatte ich schon ein gutes Dutzend Anrufe hinter mir. Die Herren, mit denen ich gesprochen habe, halten mich sicher für einen verwirrten, schlecht organisierten Burschen, der nicht weiß, bei welcher Bank sein Klient welche Gelder liegen hat!«

»Oje … Diese vielen Telefonate! Und erlaubt war das, was Sie getan haben, eigentlich auch nicht, oder? Was ist, wenn Ihr Chef das herausbekommt?« Wanda wußte nicht mehr, was sie denken sollte. Das alles hatte David auf sich genommen? Während sie leidend im Bett lag? Sie spürte, wie die Scham ihr die Röte ins Gesicht trieb.

David sah sie spitzbübisch an. »Vielleicht sage ich Herrn Grosse einfach die Wahrheit. Er kann Friedhelm Strobel nicht leiden und wäre bestimmt zufrieden mit dem Ergebnis meiner Recherchen …«

»Jetzt reden Sie doch endlich! Was haben Sie herausgefunden?« Vor lauter Aufregung zupfte Wanda David am Ärmel, damit er sich neben sie setzte.

»Strobels Hamburger Bank hat nie und nimmer gefälschte Aktien bekommen, der Mann, mit dem ich telefoniert habe, wußte gar nicht, wovon ich spreche! Statt dessen hat Strobel bei besagter Bank das Aktiengeschäft tatsächlich getätigt und kräftig Reibach damit gemacht! Auf seinem Hamburger Konto liegt eine Riesensumme Geld. Von wegen, er sei genauso wie wir hereingefallen, ha!«

»Das ist ja unglaublich!« Wanda stieß einen leisen Pfiff aus. »Dann hatte Johanna recht mit ihrer Vermutung, daß Strobel irgendwie in diese Sache verwickelt oder gar der Drahtzieher ist!« Sie schaute David an. »Und nun?«

Würde dieses Wissen reichen, um Strobel des Betrugs zu überführen?

David schnaubte. »Wenn ich das wüßte! Natürlich könnten wir zu Strobel gehen und ihn mit unseren Erkenntnissen konfrontieren. Aber was würde das bringen? Er würde uns nur weiter frech ins Gesicht lügen und behaupten, er hätte zwei Geschäfte abgeschlossen: eines, das geklappt hat, und dann jenes zweite, bei dem wir alle auf die Nase gefallen sind. Und daß er nie etwas anderes gesagt hätte.«

Wanda nickte. »Ja, so etwas sähe dem Mann ähnlich.«

»Mit dem, was wir bisher wissen, brauchen wir nicht zur Polizei zu gehen. Um Strobel wirklich dingfest zu machen, müßten wir beweisen können, daß er und der vermeintliche Aktienhändler unter einer Decke stecken. Und dafür müßten wir den verdammten Kerl finden! Mit ihm finden wir vielleicht auch noch einen Teil des Geldes, um das die Lauschaer betrogen worden sind.« David kickte hart mit seiner Schuhspitze in den Waldboden, daß die braune Erde nur so staubte. Hastig zog Wanda ihre beigefarbenen Wildlederschuhe zur Seite.

»Johanna sagte, sie würde in dieser Sache gern helfen. Und Cousine Anna auch. Was würden Sie davon halten, einen Detektiv zu beauftragen?«

»Hmm.« David biß sich auf die Unterlippe. »Ich weiß nicht ... Vielleicht gibt es ja etwas, was wir zuerst selbst erledigen können. Ohne fremde Hilfe.« In knappen Worten erzählte David von Alois Sawatzkys Idee, Druckereien aufzusuchen, um an mehr Informationen bezüglich des Papiers der gefälschten Aktien zu kommen. Vielleicht würden sie so einen Hinweis auf die Fälscherwerkstatt bekommen!

»Was für eine gute Idee! Wenn wir erst einmal wissen, wo die Papiere gedruckt wurden, finden wir vielleicht auch den vermeintlichen Aktienhändler. Dann müssen wir nur noch die Verbindung zu Strobel nachweisen!« Wanda lachte grimmig. »Und wenn ich noch Jahre mit dieser Sache beschäftigt bin: Diesen Ganoven kriegen wir, das bin ich Johanna schuldig! Und den Glasbläsern«, fügte sie eilig hinzu – David sollte nicht den Eindruck gewinnen, es handele sich einzig um eine persönliche Fehde.

»Aber eines müssen Sie mir versprechen!« David ergriff Wandas Arm so fest, daß sie zusammenzuckte.

»Was?«

»Daß ich dabeisein werde, wenn jemand diesem Schwein die Hütte wegnimmt!«

»Abgemacht!« Freudestrahlend reichte Wanda David die Hand.

Und während sie ihre Abmachung besiegelten, begannen sie übermütig zu lachen.

51. Kapitel

Eine Teetasse in der Hand, schritt Sawatzky in seiner Buchhandlung auf und ab. Jedesmal, wenn er sich nach fünf Schritten umdrehte, machte er eine kleine Sprechpause, die Wanda auf ihre Art nutzte: Sie drehte ihren Bleistift zwischen Daumen und Zeigefinger, damit sich die weiche Spitze gleichmäßig abrieb und sie nicht einmal mit dicker und dann wieder mit dünner Schrift schrieb. Was eigentlich vergebliche Liebesmüh war, denn mehr als eine halbe Seite ihres Notizblocks hatte sie bisher noch nicht gefüllt …

»Druckerei Säubel, Goethestraße vierzehn – haben Sie das?«

Wanda nickte. Sehr viele Namen hatte Sawatzky ihnen bisher nicht nennen können, genauer gesagt waren es nur ganze drei Adressen. Dazu Einzelheiten wie den Namen des Druckereibesitzers, des fähigsten Arbeiters – den, den sie ansprechen sollten, wenn der Besitzer selbst nicht greifbar war.

Solche guten Fälschungen könne nicht jede beliebige Druckerei liefern, hatte der Buchhändler Anna, David und ihr erklärt. Unter den ihm bekannten Betrieben sei höchstens eine Handvoll, der er solch eine Qualität zutraute. Zwei davon lohne es nicht aufzusuchen, sie seien viel zu ehrenhaft. Nie und nimmer würden sie sich auf eine solche Gaunerei einlassen – Wertpapierfälschung sei ein schlimmes Vergehen, das streng geahndet würde.

Drei Adressen, und alle lagen im Umkreis von Sonneberg – Wanda wußte nicht, ob sie enttäuscht oder erleichtert sein sollte. Je weniger Adressen, desto weniger Arbeit lag vor ihnen, das stand fest. Aber minderte das nicht auch ihre Chancen?

Gedankenverloren griff sie nach einer der gefälschten Aktien, die auf einem Bücherstapel lagen.

Es war das erste Mal seit dem Tag in Davids Büro, daß sie die Papiere in den Händen hielt. Ihre Finger zitterten ein wenig, gerade so, als ströme das Papier ein Nervengift aus. Oder das Böse selbst.

Wie schön die Farben glänzten! Wie kunstvoll die einzelnen Abbildungen miteinander verbunden waren. Angewidert legte sie die Papiere wieder zur Seite.

David räusperte sich. »Ich würde wirklich gern mit Ihnen fahren! Dabeisein, wenn ihr, äh, ich meine *Sie* etwas herausfinden. Aber wenn ich jetzt nicht allmählich in der Bank auftauche, bekomme ich Ärger.« Mit einem entschuldigenden Schulterzucken nickte er in Richtung Sawatzkys alter Wanduhr.

»Schon kurz nach zehn? Du meine Güte, wir sollten längst unterwegs sein!« rief Wanda. Und zu David sagte sie: »Gehen Sie nur, wir kommen schon zurecht!«

David warf einen letzten Blick auf die Aktien. Den Türgriff schon in der Hand, sagte er: »Denken Sie daran, was Sie mir gestern versprochen haben? Daß ich dabeisein will, wenn –«

»Ja, ja, ja!« Lachend winkte Wanda ab. »Jetzt gehen Sie schon!« David schien fest daran zu glauben, daß sie heute etwas Bedeutendes in Erfahrung bringen würden! Wie schön wäre es gewesen, anstelle von Anna ihn an ihrer Seite zu wissen ... Vielleicht hätte sie dann selbst auch mehr Zuversicht verspürt. Vielleicht hätten ihre Knie dann nicht wie Espenlaub gezittert. Noch war ihre vermeintliche Sicherheit so dünn wie eine Eisschicht nach der ersten Frostnacht. Und sie konnte sich ebensoschnell auflösen ...

»Ich könnte meinen Laden schließen und mitfahren ...« Noch während er sprach, heftete sich Sawatzkys Blick so sehnsuchtsvoll an seine langen Bücherregale, als werde er sie nie wiedersehen. Bevor er die Buchhandlung erneut durchqueren konnte, hielt Wanda ihn am Jackenärmel fest.

»Tausend Dank für – alles!« sagte sie, und ihre Stimme klang ein wenig heiser. Er nickte stumm.

Anna, die bisher geschwiegen hatte, raffte ihren Rock, stand auf und sagte: »Wanda und ich schaffen das auch allein. Draußen steht ein Wagen. Meine Mutter hat den Fahrer für den ganzen Tag bezahlt. Und Geld für ein Mittagessen hat sie uns auch mitgegeben. Wir sind also bestens gerüstet!«

Wanda nickte bestätigend. Annas Wangen waren vor Aufregung leicht gerötet, doch unter ihren Augen lagen dunkle Schatten.

War es gestern bei Richards Ausstellung so spät geworden?

Der Gedanke kam Wanda, ohne daß sie es verhindern konnte. Und wennschon!

Eine Fensterscheibe als Spiegel nutzend, steckte sie ihren Hut am Haar fest. Es war derselbe, den sie am Vortag bei ihrem Gang durch Lauscha getragen hatte. Mit ihm fühlte sie sich für alles gewappnet.

Sawatzky begleitete die beiden nach draußen und gab dem Kutscher Instruktionen für seine erste Fahrt.

»Hier habe ich noch eine Adresse für Sie aufgeschrieben«, sagte Sawatzky und reichte Wanda einen zerknitterten Zettel. »Jean Blumeau. Er ist Restaurator für historische Bücher, seine Werkstatt liegt nur ein paar Straßen weiter. Hat schon einige Aufträge für mich erledigt. Ein Meister seines Fachs. Es gibt eigentlich nichts, was er im Zusammenhang mit Papier, Druck und Bindungen nicht weiß. Vielleicht solltet ihr ihn zuerst aufsuchen?«

Ein Restaurator? Stirnrunzelnd steckte Wanda den Zettel ein.

»Los geht's!« rief sie, während sie in die Kutsche stieg. Die Federn ihres Hutes wippten heftig mit.

Nichts und niemand konnte sie nun noch aufhalten! Natürlich würde es nicht leicht werden, denn kein Drukker würde zugeben: Ja, diese Fälschung habe ich gemacht, daran besteht kein Zweifel.

Um etwas herauszufinden, würden sie subtil vorgehen und jede Regung ihres Gegenübers registrieren müssen, sich genauestens umschauen, sich Einzelheiten merken. Welche Einzelheiten eigentlich? Nun, das würde sich noch ergeben.

Geschäftig stopfte Wanda die Decke, die der Kutscher Anna und ihr zugeworfen hatte, seitlich unter ihr Gesäß. Schließlich tat es nicht not, sich gleich bei ihrer ersten Erkundungsfahrt eine Erkältung zuzuziehen. Im selben Moment spürte sie, wie am anderen Ende der Decke ebenfalls gezogen wurde. Sie schaute auf und sah, daß sich Anna die Decke auf dieselbe Art und Weise zurechtlegte.

Unwillkürlich mußten beide lachen.

»Wie war es eigentlich gestern bei Richards Ausstellung?« fragte sie mit betont leichter Stimme. Dumme Kuh! schalt sie sich sofort. Hättest du nicht den Mund halten können?

»Och, ganz gut«, erwiderte Anna in ebenso leichtem Ton. Doch dann verzog sie das Gesicht. »Um ehrlich zu sein: Es war furchtbar langweilig! Es waren lauter alte Leute da, alle sprachen nur im Flüsterton, gerade so, als würden sie die Glasfenster einer Kathedrale bewundern und nicht schlichte Vasen und Schalen und Teller!« Sie schüttelte den Kopf.

»Schlichte Vasen und Teller – laß das mal nicht Richard hören«, erwiderte Wanda lachend.

»Ach, Richard!« Anna machte eine abwehrende Handbewegung. »Der war in seinem Element. Dieser Täuber hat ihn von einem Grüppchen zum anderen geschleppt. Diener machen, Hände schütteln, Reden schwingen – ich wußte gar nicht, daß ihm so etwas liegt.«

»In Richard ruhen eben ungeahnte Talente«, sagte Wanda und erntete dafür einen scharfen Seitenblick von Anna. Abwehrend hob sie die Hände. »Nein, nein, ich meine das nicht böse!« Und das ist die Wahrheit, schoß es ihr durch den Kopf. Der Gedanke an Richard tat schon nicht mehr weh. Er war ihr gleichgültig geworden.

»Dann ist's ja gut«, knurrte Anna. Nach kurzem Schweigen fügte sie hinzu: »Richard war völlig mit sich und seiner Kunst beschäftigt. Ich glaube, er hat gar nicht gemerkt, daß ich überhaupt da war …« Auf einmal hörte sie sich nicht mehr mürrisch an, sondern so jung und verletzlich wie ein sechzehnjähriges Mädchen, das zum ersten Mal verliebt ist.

Wanda kämpfte gegen den Impuls an, ihre Hand zu nehmen und zu tätscheln. So vertraut waren sie beide nun auch wieder nicht!

Im nächsten Moment war sie froh über ihre Zurückhaltung, denn schon verhärteten sich Annas Gesichtszüge wieder, und sie sagte: »Na ja, an seinem großen Tag muß man ihm so etwas nachsehen. Aber normalerweise lasse ich nicht so mit mir umspringen! Doch das wird Richard bestimmt auch noch merken!« Ihr Lächeln hatte etwas sehr Energisches.

»Bestimmt!« pflichtete Wanda Anna bei, und eines der Pferde wieherte, als habe es die ganze Zeit gelauscht.

Die beiden Frauen lachten.

Der Mann rieb eine der Aktien zwischen Daumen und Zeigefinger hin und her. Strich mit der glatten Hand darüber. Roch daran. Hielt den Bogen gegen eines der Fenster. Entzündete eine Kerze, hielt den Bogen auch noch gegen das Kerzenlicht. Dabei gab er leise Geräusche von sich, die mal einem Knurren, mal einem Seufzen, dann wieder einem Flüstern glichen.

Peinlich berührt verfolgte Wanda das Treiben, sie hatte das Gefühl, einem geradezu intimen Akt beizuwohnen, der nicht für fremde Augen bestimmt war.

Auch Anna schien sich nicht sehr wohl in ihrer Haut zu fühlen. Wie ein Schulkind tappte sie von einem Fuß auf den anderen.

Endlich schaute der Mann wieder auf. »Dort, wo eine rechtmäßige Wertpapierdruckerei ihr Zeichen hinterläßt, befindet sich hier nur ein verwischtes Karo. Bei dem Druck selbst handelt es sich um einen sehr hochwertigen Buchdruck, doch fehlen Feinheiten, aufgrund derer ich Ihnen die Druckerei benennen könnte. Die Feinheiten der hier in der Gegend ansässigen Druckereien kenne ich nur zu gut, sie sind auf diesen Papieren nicht zu finden. Eines weiß ich daher ganz gewiß ...« Jean Blumeau reichte Wanda die Aktien zurück. »Diese Papiere sind nicht hier in der Gegend gedruckt worden!«

»Oh«, sagte Wanda.

Jean Blumeau nickte. »Wären Sie gleich zu mir gekommen, hätte ich Ihnen einige Wege ersparen können.«

Wanda spürte, daß ihre Knie weich wurden. Hastig hielt sie sich an einem Fensterbrett fest. Sie tauschte einen Blick mit Anna, die blaß und mitgenommen aussah.

Und nun? Sollte auch ihr letzter Besuch an diesem Tag umsonst gewesen sein?

Im Laufe des Tages hatten sie alle drei Druckereien, die ihnen von Sawatzky genannt worden waren, aufgesucht – doch ohne Erfolg. Bei den ersten beiden waren sie einigermaßen freundlich empfangen worden, der Besitzer der letzten Druckerei jedoch war böse geworden und hatte sie vom Hof gejagt. Er würde sie wegen Rufmord verklagen! hatte er der Kutsche nachgeschrieen. Und was ihnen einfiele, mit solch einer Beschuldigung bei ihm aufzutauchen. Wanda war nicht einmal dazu gekommen, zu erklären, daß niemand ihn beschuldigte und sie lediglich auf der Suche nach Informationen waren. Zeit, um wie geplant irgendwo ein Mittagessen einzunehmen, hatten sie gar nicht gehabt.

Inzwischen war es fünf Uhr nachmittags, und nicht nur die beiden Kutschpferde draußen vor der Tür waren hungrig und müde. »Noch ein Umweg? Muß das sein?« hatte der Kutscher gemurrt, als Wanda ihm Jean Blumeaus Adresse nannte. Er wollte bei Tageslicht nach Hause und stimmte nur ungern zu, nochmals in die Sonneberger Innenstadt zu fahren.

Fast wäre Wanda schwach geworden – der Gedanke, auf direktem Weg nach Hause zu fahren, war zu verführerisch. Auf eine weitere unfreundliche Begegnung konnte sie gut verzichten. Außerdem sehnte sie sich nach Sylvie. Und nach einem warmen Fußbad. Nach etwas zu essen und –

Anna versetzte Wanda einen kleinen Stoß in die Rippen. »Jetzt sag doch was!«

Wanda nickte. Die Cousine hatte recht. Vielleicht war ja doch etwas aus dem Restaurator herauszubekommen.

»Nun, es ist doch so …«, hob sie an, ohne zu wissen, wie sie ihren Satz enden lassen wollte. Unter niedergeschlagenen Lidern ließ sie erneut ihren Blick durch den vollgestopften Raum wandern.

Papiere, Papiere, Papiere! Auf jeder Oberfläche, in jedem Regal, in Kisten auf dem Boden, in vergilbten Umschlägen aus Pappe – überall stapelten sich Papiere. Dazu Farben aller Art, Pinsel, Griffel jeglicher Länge und Stärke quollen aus Bechern, gläserne Flaschen mit grauschwarzen Pulvern standen ebenfalls herum. Auf einem Holzklotz befand sich ein Gerät, das aussah wie eine überdimensionale Blumenpresse, auf einem zweiten Holzklotz lag ein Bügeleisen. Was um alles in der Welt machte der Mann mit einem Bügeleisen? In einem Kübel auf dem Boden daneben befand sich eine dickflüssige, weißliche Brühe, in der etwas Ähnliches wie Lumpenfetzen schwammen.

Wenn Wanda ehrlich war, mußte sie zugeben, daß sie sich genau so eine Fälscherwerkstatt vorgestellt hatte! Wer sagte ihnen denn, daß nicht Blumeau selbst der große Fälscher war?

Der Restaurator setzte sich auf die freie Kante eines ansonsten hochbeladenen Tisches. Von oben herab schaute er die beiden jungen Frauen an.

»Meine Vermutung geht dahin, daß Ihre Aktien irgendwo in der Nähe von Berlin gedruckt worden sind.«

»Berlin?« Mehr brachte Wanda nicht heraus.

»Das Papier selbst läßt dies vermuten«, sagte Blumeau und griff nach einer der Aktien, die Wanda auf ihrem Schoß liegen hatte. »Das Wasserzeichen hier – sehen Sie?« Er hielt das Papier so gegen das Licht, daß sowohl Wanda als auch Anna das besagte Zeichen sehen konnten.

»Ja, und?« hauchte Wanda, deren Mund vor Aufregung plötzlich ganz trocken war. Ein Königreich für ein Glas Wasser!

»Es ist schon ein paar Jährchen her, daß ich solches Papier in Händen halten durfte, daher hat es ein wenig gedauert, bis ich mich daran erinnerte, zu welcher Papierfabrik dieses Wasserzeichen paßt. Es ist die Oberguriger Papierfabrik, sie liegt im Spreetal, also in der Nähe von Berlin. Dort wurde dieses Papier hergestellt, daher meine Vermutung, daß auch der Druck in der Nähe von Berlin stattgefunden hat.«

Sprachlos schauten sich Wanda und Anna an. »Und das alles sehen Sie dem Papier an?«

Jean Blumeau nickte. »Das ist keine Schwierigkeit, solch exquisites Papier kommt einem selten unter. Es hat Weltmarktqualität und ist einst bis nach Brasilien verkauft worden.« Zärtlich strich er über die Aktie. »Diese Qualität wird einzig für den Druck von Wertpapieren oder hochwertigen Dokumenten hergestellt. Für alles andere wäre es auch viel zu teuer.«

Wanda nagte an ihrer Unterlippe. Berlin ... Was hatte Strobel mit Berlin zu tun? Sie wußte nicht, ob sie sich über diese Neuigkeit freuen sollte.

»Ich weiß gar nicht, was ich sagen soll ...«

»Ich auch nicht!« Der Restaurator lachte. »Es gibt nämlich ein Problem, das Ihre Recherche nicht gerade leichter machen wird ... Besagte Papierfabrik im Spreetal ist leider vor zwei Jahren völlig ausgebrannt.«

»Ausgebrannt? Aber —« Wie ein Fisch schnappte Wanda nach Luft.

»Eine Schande, gewiß!« unterbrach Blumeau seinen Gast. »Man munkelte damals etwas von Brandstiftung, manch einer behauptete, der Besitzer wollte wohl von der Versicherung Gelder bekommen, um die Fabrik noch moderner zu machen. Keine Ahnung, was daraus geworden ist!« Der Restaurator hob die Schultern. »Ich weiß nur so viel: In den letzten zwei Jahren wurde in Obergurig kein Papier mehr hergestellt!«

»Dann hat irgend jemand während des Brandes eine Kiste Papier retten können«, sagte Anna, und ihre Wangen waren vor Aufregung rot.

»Oder mehrere«, ergänzte der Restaurator und warf ihr einen anerkennenden Blick zu. »Und kann nun mit den Bögen tun und lassen, was er möchte, weil niemand sie vermißt. Falls Sie im Rahmen Ihrer Nachforschungen auf weitere Restbestände dieses Papiers stoßen, lassen Sie es mich wissen. Ich bin bereit, einen guten Preis dafür zu zahlen. Und ich habe ganz sicher nichts Unredliches damit vor.«

Anna nickte dem Mann eifrig zu.

Wanda stieß aus dicken Backen die Luft aus. »Und nun? Jetzt wissen wir zwar, woher das Papier stammt und daß die Aktien höchstwahrscheinlich in Berlin oder in der Nähe Berlins gedruckt wurden. Aber wie um alles in der Welt soll uns dieses Wissen weiterhelfen?«

52. Kapitel

»Es wäre wirklich nicht nötig gewesen, daß Sie mich abholen. Ich hätte den Weg zum Haus meiner Tante auch allein gefunden!« Trotz ihrer tadelnden Worte machte Wandas Herz ein paar Hüpfer mehr als sonst. Den ganzen Weg vom Bahnhof bis hier oben hatte David zurückgelegt – für sie. Wo er es viel leichter hätte haben und direkt zu Johanna hätte gehen können.

Aus dem Augenwinkel registrierte sie, daß sich der Vorhang am Küchenfenster bewegte. Eva! Oder war es Vater, der hinter ihr herspionierte?

Natürlich hatten alle von ihr wissen wollen, wohin es diesmal ging. Und mit wem. Sie sei auf dem Weg zu Johanna – mehr hatte Wanda nicht gesagt. Demonstrativ hakte sie sich nun bei David unter. Sollten sie doch gukken!

»Glauben Sie, das weiß ich nicht?« erwiderte David in

leichtem Ton. »Es gibt fast nichts auf dieser Welt, was ich Ihnen nicht zutrauen würde ... Aber können Sie sich nicht vorstellen, daß ich gern ein paar Minuten mit Ihnen allein verbringe, bevor wir zu den anderen stoßen?« Er blieb stehen und schaute Wanda verschmitzt an. Nach den hastigen Hüpfern blieb ihr Herz bei seinem Blick nun fast stehen.

»Ähm, tja ...« Wanda schluckte. »Oh, schauen Sie nur: Da kommt Johannes, mein Cousin!« Fast erleichtert zeigte sie die Straße hinab.

Was hätte sie David antworten sollen? Daß auch sie am liebsten den ganzen Abend mit ihm allein verbracht hätte? Einfach so? Daß es noch so vieles gab, was sie sich zu erzählen hatten? Daß sich seine Hand auf ihrem Arm so gut anfühlte und daß er sie doch bitte nicht mehr so schnell wegnehmen möge? Daß sie in den letzten Tagen stundenlang nach einem Grund gesucht hatte, ihn in Sonneberg zu besuchen? Und daß ihr keiner eingefallen war? Es war Johanna gewesen, die ihr einen solchen Grund auf einem silbernen Tablett geliefert hatte: David und Wanda, Anna und sie und Peter, der inzwischen ebenfalls in den Plan eingeweiht worden war, sollten sich am kommenden Samstag abend treffen, um gemeinsam über weitere Schritte nachzudenken. Nur allzu willig hatte sich Wanda bereit erklärt, David eine entsprechende Nachricht zukommen zu lassen. Am liebsten wäre sie ja nach Sonneberg gefahren, um die Nachricht mündlich zu überbringen, aber das war ihr dann doch ein wenig aufdringlich erschienen. David Wagner war ein Geschäftspartner, mehr nicht. Und wenn man es genauer betrachtete, war er nicht einmal mehr das – daran änderte auch die Tatsache, daß sie sich gut verstanden, nichts. Geschäftspartner ... Warum kribbelte es dann in ihrem Bauch so sehr, wenn sie an ihn dachte?

Dank Johannes' Erscheinen mußte sie über all diese Dinge nicht nachdenken. Nicht jetzt. Vielleicht später.

Doch statt für einen Plausch innezuhalten, wollte Johannes mit stur gesenktem Kopf an ihnen vorbeimarschieren.

»Sag mal, redest du nicht mehr mit mir?« Lachend stellte sich Wanda ihm in den Weg.

Johannes musterte sie unfreundlich. »Und wennschon! Mit mir redet doch auch niemand!«

»Was …«

»Ach, tu doch nicht so!« fauchte Johannes. »Ich weiß doch genau, daß ihr zu meinen Eltern geht. Wo ich ja offenbar nicht mehr gefragt bin, im Gegensatz zu gewissen anderen Leuten …« Er warf David einen nicht gerade freundlichen Blick zu. »Möchte mal wissen, was ihr so heimlich miteinander zu tun habt. Und was Mutter damit zu schaffen hat. Ich soll zu Magnus in die Werkstatt gehen und beim Verpacken helfen, hat sie gesagt. In der Küche hätten sie etwas Wichtiges zu besprechen. Auf meine Frage, warum Anna nicht beim Verpacken helfen muß, sondern mit am Tisch sitzen darf, hat sie mir nicht einmal geantwortet.« Bei den letzten Worten zitterte seine Unterlippe so heftig, daß Wanda befürchtete, der junge Bursche würde trotz seiner Wut in Tränen ausbrechen.

»Sollen sie doch schauen, wer ihre blöden Christbaumkugeln verpackt, ich tu's jedenfalls nicht! Da gehe ich lieber auf einen Schluck zu Benno!«

»Ach, Johannes …« Spontan umarmte Wanda ihren Cousin. »Deine Mutter hat es ganz bestimmt nicht böse gemeint. Sie will dich nur aus der unseligen Sache raushalten!«

»Raushalten? Welche unselige Sache? Ich verstehe überhaupt nichts mehr …«

»Na, die Sache mit der Glashütte, du weißt schon …« Noch während sie sprach, wurde Wanda schlagartig klar, daß Johannes ja tatsächlich nichts von den neueren Entwicklungen wußte! Fragend drehte sie sich zu David um, der mit verschränkten Armen daneben stand. Er zuckte mit den Schultern, als wolle er sagen: Das mußt du selbst entscheiden.

»Die Glashütte?« Unwillkürlich blickte Johannes hinunter ins Tal. Dort, wo die Gründler-Hütte lag, war es dunkel, aber in den Häusern ringsum leuchteten durch alle Fenster die Flammen der Glasbläser.

Der Anblick ließ Wanda wehmütig lächeln. Sie konnte sich noch gut daran erinnern, wie romantisch sie diese Stimmung zu ihrer Anfangszeit in Lauscha empfunden hatte. Heute wußte sie, was die vielen Glühwürmchenlichter in den Häusern bedeuteten: kein Feierabend für die Hausbewohner, sondern Arbeiten bis zum Umfallen.

Johannes' ungeduldiges »Ja?« riß Wanda aus ihren Erinnerungen. Warum sollte er eigentlich nicht wissen, was vor sich ging? Sie holte tief Luft.

»Wir haben Grund zur Annahme, daß Friedhelm Strobel irgendwie in das mißglückte Aktiengeschäft verwickelt ist, daß er die Glasbläser übers Ohr gehauen hat.« So knapp wie möglich schilderte sie ihre bisherigen Überlegungen. »Bisher können wir ihm allerdings leider noch nichts nachweisen!« endete sie.

»Aber behalte das bitte für dich!« sagte David zu Johannes. »Es wäre niemandem geholfen, wenn sich das halbe Dorf zu Rachegelüsten gegen Strobel aufschwingt, solange wir nichts gegen ihn in der Hand haben. Der Kerl scheint seine Spuren extrem gut verwischt zu haben … Die Chance, etwas herauszufinden, ist jedoch größer, solange Strobel nichts von unseren Umtrieben ahnt!«

Johannes schaute von einem zum anderen, seine Augen waren kullerrund. »Ein Racheplan! Na, da helfe ich euch doch –«

»Um Himmels willen, nein!« unterbrach Wanda ihn. »Ehrlich gesagt weiß ich gar nicht, was wir heute abend besprechen wollen – bisher haben unsere Nachforschungen ja noch nichts ergeben. Geh ruhig zu Benno, du verpaßt wirklich nichts!« Jetzt ärgerte sie sich, überhaupt davon angefangen zu haben. Es war ihr zwar nicht ganz klar, warum Johanna ihren Sohn nicht eingeweiht hatte, aber bestimmt hatte die Tante ihre Gründe. Die sie, Wanda, nicht respektiert hatte. Oje, warum hatte sie schon wieder so eigenmächtig handeln müssen? Und warum hatte David sie nicht davon abgehalten? Ein Seitenblick auf ihren Begleiter verriet ihr, daß er von ihren Offenbarungen auch nicht sonderlich begeistert war.

»Wenn du meinst …« Schon wieder trug Johannes eine beleidigte Miene zur Schau.

»Ja, ich meine!« sagte Wanda mit fester Stimme und stolperte hinter David her, der den Berg hinunterhastete, bevor Johannes erneute Einwände hervorbringen konnte.

»Tut mir leid, daß ich es euch nicht etwas bequemer machen kann«, sagte Johanna und nickte in Richtung der vielen Schachteln und Kisten, die in der ganzen Küche gestapelt waren. »Die letzten Wochen vor der Adventszeit sind jedes Jahr die Hölle! Kein Platz, keine Zeit … Ich bin nicht einmal dazu gekommen, eine Kanne Tee für euch zu kochen!« Hektisch sammelte sie ein ganzes Arsenal von kleinen Farbtöpfchen ein, die auf dem Küchentisch standen, stellte sie auf ein Tablett und übergab dieses an ihren Mann, der das Tablett wiederum einfach auf dem Spülstein abstellte.

»Trinken wir halt ein Bier!« sagte Peter und nickte Anna zu, die daraufhin hinter die Küchenbank langte und ein paar Flaschen hochholte.

David nahm einen Stapel Pappschachteln von Wanda entgegen und reichte sie ebenfalls an Peter weiter, woraufhin der Berg auf dem Spülstein weiter anwuchs. David mußte sich ein Schmunzeln verkneifen – was für ein Durcheinander! Aus manchen Kisten lugten Nikoläuse mit roten Mützen hervor, in anderen glänzten silberne Engel, deren Flügel mit einem glitzernden Pulver bestäubt worden waren. Große und kleine Kugeln, Tannenzapfen, Glocken ... Die Vielfalt der Lauschaer Glaskunst war wirklich einzigartig, schoß es ihm durch den Kopf. Er öffnete gerade den Mund, um etwas in dieser Art zu sagen, als er es sich anders überlegte – am Ende glaubten die Leute noch, er wolle sich anbiedern! Aus dem Augenwinkel warf er Wandas Tante einen Blick zu.

Johanna Steinmann – die große Geschäftsfrau. Trotz ihrer entschuldigenden Worte machte sie eigentlich nicht den Eindruck, als täte ihr das Chaos leid. Vielmehr hatte er das Gefühl, sie würde sich im geschäftlichen Trubel aalen wie eine Forelle im sprudelnden Wildbach. Um so erstaunlicher war, daß sie sich die Zeit für dieses Treffen nahm!

Wanda schien den gleichen Gedanken zu haben, denn sie machte eine ähnliche Bemerkung.

»Ach, weißt du, ich will einfach, daß wir mit unseren Nachforschungen ein Stück weiterkommen«, erwiderte Johanna, nachdem sich alle um den Küchentisch gequetscht hatten. »Ich will einfach noch nicht aufgeben! Oder was meinen Sie, Herr Wagner?« Gedankenverloren spielte sie mit ein paar Pinseln. Der scharfe Geruch von Reinigungsmitteln und Farbe hing in der Luft.

David setzte sich aufrechter hin. »Die Chefin« – ein wenig war er schon eingeschüchtert von dieser Frau, über deren Erfolg viele Männer bewundernd sprachen. Aber das ließ er sich natürlich nicht anmerken! Laut sagte er:

»Wandas und Annas Bericht über das gestohlene Papier aus der abgebrannten Mühle scheint mir immerhin ein weiteres Steinchen in dem Mosaik zu sein, das Strobel als Schuldigen zeigt.«

Wanda räusperte sich. »Und nun? Vielleicht sollten wir doch einen Privatdetektiv einschalten? Solch ein Herr hat doch ganz andere Möglichkeiten als wir und –« Sie brach abrupt ab, als ein Schatten im Türrahmen erschien. David hörte, wie sie schluckte und dann zu husten begann.

»Richard ...«, sagten Anna und Wanda gleichzeitig.

Davids Blick wanderte zur Tür.

»Einen guten Abend zusammen.« Verwirrt schaute Richard von einem zum anderen. Sein Lächeln erstarb, der Papierfächer, mit dem er beim Eintreten herumgewedelt hatte, sank nach unten.

Mit hochgezogenen Augenbrauen und verschränkten Armen lehnte sich David zurück. Er kam sich vor wie jemand, der eine Hauptrolle in einem Schauspiel innegehabt hatte und nun zum Komparsen abgestempelt worden war. Er konnte nicht behaupten, daß er dieses Gefühl sehr schätzte.

»Tja, also ... Eigentlich wollte ich zu Anna. Ich hab eine Handvoll meiner Ausstellungskataloge gerettet. Alle anderen sind ja weggegangen wie warme Semmeln, genau wie die Ausstellungsstücke. Wahrscheinlich werden sogar die Kataloge zu Sammelobjekten!« Er lachte.

Eingebildeter Affe, ging es David durch den Sinn.

Richard schaute Anna an. »Ich dachte, als kleines Dankeschön für deine Hilfe am vergangenen Sonntag?« Mit einem auffordernden Nicken hielt er ihr die Kataloge entgegen.

»Richard«, sagte Anna, »das ist eine sehr nette Idee. Aber im Augenblick paßt es mir leider gar nicht.« Sie wies in die Runde. »Wie du siehst, haben wir gerade eine geschäftliche Besprechung.«

Mit neuem Interesse schaute David Wandas junge Cousine an. Der spitze Ton in Annas Stimme war nicht zu überhören, auch Richard hatte ihn sehr wohl wahrgenommen. Mit einem Stirnrunzeln rollte er seine Kataloge zusammen und trat von einem Bein aufs andere.

»Ja dann …« Er zupfte an seinem linken Ohr.

»Leg die Kataloge doch einfach hier hin, ich schau sie mir später an, ja? Vielleicht komme ich morgen auch auf einen Sprung bei dir vorbei, falls ich Zeit habe …« Annas wohlwollendes Nicken änderte nichts an der Tatsache, daß es sich bei ihren Worten fast schon um einen Rauswurf handelte.

Wanda starrte ihre Cousine erstaunt an.

»Das wäre geschafft!« sagte Johanna, kaum daß Richard gegangen war. »Wenigstens bist du so vernünftig gewesen und hast ihm gegenüber deinen Mund gehalten«, fuhr sie an Anna gewandt fort. »Solange wir nichts Näheres wissen … Ja, was ist denn nun? Das gibt's doch nicht!« rief sie, als es erneut klopfte und im nächsten Moment ein Schatten, diesmal ein größerer, im Türrahmen auftauchte.

»Benno?« kam es kurz darauf aus mehreren Mündern gleichzeitig.

»Was willst denn du hier?«

Seinen Hut in beiden Händen knetend, trat der Adler-Wirt von einem Bein aufs andere.

»Ist etwas mit Johannes?« Wanda sprang so abrupt auf, daß David keine Zeit hatte, zur Seite zu rutschen. Ein lautes »Ratsch« ertönte, als Wandas Rock, der in der Enge unter seine Schenkel gerutscht war, zerriß.

»Johannes? Nein, mit dem ist alles in Ordnung«, beruhigte Benno sie. »Das heißt, der Junge ist schon schuld daran, daß ich hier stehe. Er hat mir gerade von gewissen Nachforschungen erzählt, die ihr betreibt.«

»Nachforschungen – und woher weiß mein Herr Sohn davon?« Johannas Augen funkelten wütend.

»Wir haben Johannes vorhin auf der Straße getroffen«, ertönte es leise neben David. »Und da ...«

Mißbilligend schüttelte Johanna den Kopf.

Benno räusperte sich. »Es ist so ... Ich hätte eventuell Informationen, die euch weiterbringen könnten.«

»Was?« kam es erneut wie aus einem Mund.

Benno nickte eifrig. »Ich hatte von Anfang an das Gefühl, diesen Aktienhändler irgendwoher zu kennen. Aber mir wollte ums Verrecken nicht einfallen, wo ich den Mann schon einmal gesehen hatte. Immer wieder habe ich darüber nachgegrübelt. Monika hat mich nur ausgelacht und gemeint, ich würde spinnen. Fast hab ich's selbst geglaubt.«

»Ja, und?« Wanda drückte beide Hände auf ihre Brust, als hätte sie Angst, ihr Herz würde vor lauter Aufregung herausspringen. David zupfte an ihrem Ärmel, um sie wieder zum Setzen zu bewegen. Ihren zerrissenen Rock ignorierte er geflissentlich.

Benno schob seine Unterlippe vor und zurück, schaute von einem zum anderen.

»Jetzt endlich weiß ich wieder, wo ich den Mann schon einmal gesehen habe. Sein Schniefen und wie er die Nase hochzog – das hat mich auf die richtige Spur gebracht! In Berlin war das, aber –«

»Berlin!« »Die Oberguriger Papierfabrik!« »David, hören Sie das?!« »Das bedeutet ja –« »Benno, so rede doch!«

Ein tumultartiges Durcheinander brach aus.

Benno räusperte sich. »Die ganze Angelegenheit ist etwas pikant … Mir wäre es lieber, ich könnte allein mit Peter und der Chefin sprechen.« Seine eh schon rotgeäderten Wangen verfärbten sich bei diesen Worten noch röter.

»Pikant – du lieber Himmel! Als ob das jetzt noch etwas ausmachen würde!« rief Johanna und klang dabei leicht hysterisch. »Jetzt rede schon!«

53. KAPITEL

Es war eine seltsame Gruppe, die sich wenige Tage später auf dem Lauschaer Bahnhof einfand: Wanda und Anna, Karl der Schweizer Flein, Christoph Stanzer, der Wirt Benno. Nicht, daß ein Außenstehender auf den Gedanken gekommen wäre, daß es sich überhaupt um eine Gruppe handelte. Und genauso sollte es auch sein.

Die beiden Frauen standen für sich, jede hatte einen kleinen Koffer dabei. Anna hatte ihre Mutter so lange angebettelt, bis diese schließlich ihre Einwilligung zu der Reise gab. Anna war zwar noch sehr jung für eine solche Fahrt, doch andererseits war sie ja nicht allein unterwegs. Am liebsten wäre auch Johanna mit nach Berlin gefahren – die Aussicht auf Informationen, anhand derer sie Strobel das Handwerk legen könnten, machte sie ganz nervös und aufgeregt. Doch das Geschäft ließ es einfach nicht zu. So sollte wenigstens Anna mitfahren, beschloß sie. Ihre Tochter würde nicht nur etwas Abwechslung genießen können, sondern wäre für Wanda sozusagen eine

Anstandsdame. Der Gedanke, daß Wanda nicht allein mit den Männern unterwegs war, beruhigte Johanna angesichts der Blicke, die ihre Nichte dem jungen Bankangestellten immer dann zuwarf, wenn sie sich unbeobachtet fühlte. Und auch David Wagner, der sich der Gruppe in Sonneberg anschließen wollte, schien von Wanda mehr als angetan zu sein ...

Anna ahnte etwas von Johannas Beweggründen, sie mitreisen zu lassen, und mußte deswegen schmunzeln. Falls Wanda wirklich ein Auge auf David Wagner geworfen hatte, wäre sie, Anna, die letzte, die sich ihr in den Weg stellen würde. Solange Wanda sich nicht erneut mit Richard einließ, sollte Anna alles recht sein. Für sie stellte die Fahrt nach Berlin ein großes Abenteuer dar. Alles andere interessierte sie nicht.

Daß ihre Cousine überhaupt einen Sinn für Abenteuer hatte, überraschte Wanda. Von dieser Seite hatte sie Anna bisher noch nicht kennengelernt. Doch seit Bennos Besuch hatte Anna kein anderes Thema mehr als die bevorstehende Reise nach Berlin. Würde die Zeit reichen, um eines der zahlreichen Berliner Museen zu besuchen? Sollte sie zu Alois Sawatzky gehen, um einen Stadtplan von Berlin zu besorgen? Oder wollte Wanda dies selbst erledigen? Welche Kleidungsstücke müßten sie mitnehmen? Und wieviel Geld würden sie benötigen? Ob sich wohl die Möglichkeit bot, einige Weihnachtsgeschenke zu kaufen?

Lachend hatte Wanda geantwortet, daß sie selbst auch noch nie in ihrem Leben in Berlin gewesen sei und sie somit keine Antwort auf all diese Fragen geben könne. Ein Stadtplan würde gewiß nicht schaden, andererseits kannten sich sowohl Benno als auch David, der während seiner Lehrjahre drei Monate in Berlin gearbeitet hatte, ein wenig in der Stadt aus.

Ein paar Meter neben den beiden jungen Frauen standen Karl der Schweizer Flein und Christoph Stanzer. Beide nickten den Frauen kurz zu, taten dann aber so, als hätten sie nichts weiter miteinander zu schaffen. Ein bißchen Heimlichtuerei könne nicht schaden, war die einhellige Meinung der Männer gewesen. Es tat nicht not, in Lauscha unnötiges Gerede in Gang zu bringen.

Der Zug war schon mit viel Getöse und Prusten eingefahren, als Benno und Monika ankamen. Daß Benno Christoph Stanzer und Karl den Schweizer Flein auf einer Geschäftsreise nach Berlin begleiten sollte, leuchtete Monika ganz und gar nicht ein. Dementsprechend säuerlich war ihre Miene. »In beratender Funktion« – pah! Als »Reiseführer« sozusagen – pah! Als ob ausgerechnet Benno irgend jemanden in irgend etwas beraten könnte! Und als ob ihn seinerzeit die Reise zur Beerdigung seiner Großtante – die ihm nicht einmal etwas vererbt hatte – zu einem Berlinexperten qualifiziert hätte! Drei Jahre lag diese Reise nun schon zurück und hatte damals nichts als unnötige Kosten verursacht, während *sie* in Bennos Abwesenheit vor lauter Arbeit kaum gewußt hatte, wo ihr der Kopf stand. Nicht, daß ihr die Gäste dies gedankt hätten! Statt dessen hatte sich der eine oder andere beklagt, weil sein Bier nicht schnell genug gekommen war. Daß sie neben dem Ausschank auch die Arbeit in der Küche zu erledigen hatte – davon hatte niemand etwas wissen wollen. Einen Tag bevor Benno endlich wieder heimgekommen war, war ihr zu guter Letzt auch noch ein Bierfaß auf den Fuß gefallen. Noch heute verspürte sie bei schlechtem Wetter Schmerzen im kleinen Zeh. Was allein Bennos Schuld war! Wäre er nur zu Hause geblieben, er hatte die alte Großtante doch kaum gekannt! Und nun wollte er sich wieder aus dem Staub machen? Nicht mit ihr, hatte sie gezetert. Aber Benno war stur geblieben. Sowohl Karl als auch Christoph seien Stammgäste im »Schwarzen Adler«, ihre Geschäftsreise hätte einen wichtigen Hintergrund, da könne er ihre Bitte, sie zu begleiten, keinesfalls ausschlagen.

Geschäftsreise, wichtiger Hintergrund ... Welchen Bären wollte Benno ihr diesmal wieder aufbinden? War gar eine andere Frau im Spiel?

Mißtrauisch schaute Monika nun von einem Mann zum anderen – immerhin hatte Benno, was seine Reisebegleiter betraf, die Wahrheit gesagt! Nach einer Geschäftsreise sah das Ganze allerdings auch nicht aus, ganz im Gegenteil: Die karierten ausgebeulten Brotzeitbeutel, welche die beiden anderen Männer bei sich trugen, deuteten eher auf eine Lustreise hin.

Schuldbewußt mußte sich Monika eingestehen, daß *sie* nicht daran gedacht hatte, ihrem Mann einen Beutel mit Käse, gekochten Eiern und ein paar Pellkartoffeln herzurichten. Und wennschon – würde er eben schauen müssen, wie er satt wurde! Nach ihr schaute ja auch niemand!

Säuerlich nickte sie der Amerikanerin zu, die sich vor den Männern in den Zug drängte, gefolgt von ihrer Cousine. Die Steinmann-Mädchen! Mußten ihre Nasen wieder einmal ganz vorn haben! Kritisch schüttelte Monika den Kopf. Na, wenigstens war Benno nicht mit *denen* auf der Reise, sondern mit dem alten Christoph und mit Karl!

Bennos Berlinreise hatte ihn vor drei Jahren nicht nur an das Grab seiner geizigen Großtante gebracht, sondern ihm auch einen Abstecher ins Berliner Nachtleben beschert. Es war sein Cousin Gottfried aus Schwerin gewesen, der nach dem Notariatstermin vorgeschlagen hatte, das Erbe von jeweils fünfzig Reichsmark auf gepflegte Art und Weise durchzubringen. So waren sie nicht wie die anderen bei Kaffee und Kuchen in einem Kaffeehaus gelandet, sondern in der Friedrichstraße, genauer gesagt in einem Etablissement namens »Blaue Eule«. Die Erwartungen der Männer waren nicht gering gewesen – vor allem in der Provinz kursierten Geschichten vom spektakulären Berliner Nachtleben, wo es Nackttänzerinnen geben sollte und Auftritte, bei denen jene Tänzerinnen Geldstücke, die von den Gästen auf die Bühne geworfen wurden, mit den nackten Brüsten aufhoben. Um für alle Fälle gerüstet zu sein, schlug Benno vor, die fünfzig Reichsmark von Tante Else in Fünfmarkstücke umzuwechseln. Womit Benno nicht gerechnet hatte, war, daß er das erste Geld schon an der Tür der »Blauen Eule« loswerden würde: Nur dank eines saftigen Trinkgeldes gewährte der Türsteher ihnen Einlaß. Darüber waren die Männer so erzürnt, daß sie vor lauter Palaver den Mann, der an der Garderobe ihre Mäntel entgegennahm, nicht besonders zur Kenntnis nahmen. Nur daß er so komisch schniefte, bemerkte Benno. Sie warfen dem Mann ihre Mäntel zu, steckten den Kupon, den sie dafür erhielten, in ihre Hosentaschen, atmeten dann einmal tief durch und schoben schließlich den schweren dunkelblauen Samtvorhang, der sie als einziges noch von dieser neuen, fremden Welt trennte, zur Seite.

Die beiden Männer hatten in der schummrigen Dunkelheit Mühe, zwei freie Stühle zu finden. Also quetschten sie sich vorne links vor der Bühne an einen Tisch, der eigentlich schon besetzt war. Sie saßen kaum, als jeder von ihnen eine junge Frau auf dem Schoß hatte, die Röcke hochgerutscht, das Dekolleté entblößt, ein breites Grinsen im Gesicht. Etwas befremdlich fand Benno die Tatsache, daß seine Herzensdame ständig die Nase hochzog. Wie der Garderobier ... Ob hier in diesem Haus wohl eine ansteckende Grippe grassiert? hatte Benno seinem Cousin besorgt zugeraunt. Woraufhin dieser lachend antwortete, daß für die empfindlichen Näschen wohl eher ein ganz bestimmtes weißes Pulver zuständig sei.

Sekt für alle! rief Benno, der nach dieser Bemerkung genauso schlau war wie zuvor. Erst viel später begriff Benno, was Gottfried gemeint hatte.

Keiner von beiden war sonderlich enttäuscht, als ihnen das große Spektakel – die Münzaufnahme der besonderen Art – vorenthalten blieb, zu vielfältig waren die anderen Eindrücke dieser Nacht. Am nachhaltigsten war jedoch der, daß außer Tante Elses Erbe weitere hundert Reichsmark für Spesen aller Art draufgegangen waren.

Auf der gesamten Heimfahrt mußte er deshalb nicht nur seinen Kater kurieren, sondern auch darüber nachdenken, wie er Monika den Verlust von so viel Geld erklären sollte. Getreu dem Motto »Reden ist Silber, Schweigen ist Gold« entschied er sich am Ende für letzteres und sagte ihr gar nichts.

Vor diesem Hintergrund war es in Bennos Augen kein Wunder, daß er eine Weile gebraucht hatte, um darauf zu kommen, daß der Garderobier der »Blauen Eule« derselbe Mann war, der den Glasbläsern im »Schwarzen Adler« die gefälschten Aktien verkauft hatte. Es war das Schniefen gewesen, das ihm letztendlich die richtige Erinnerung gebracht hatte. Auch der Aktienhändler hatte ständig seine Nase hochgezogen, Benno hatte noch schmunzelnd bei sich gedacht, ob sich der Mann wohl von seiner Provision eine Prise Kokain leisten würde. Aber erst viel später war ihm die Erkenntnis gekommen. Der Aktienhändler war in Wirklichkeit nur ein Garderobier? Unfaßbar! Benno hatte einige Zeit gebraucht, um diesen Schock zu verdauen.

Als er sich schließlich zu Johanna Steinmann aufmachte, wußte er bereits seit einiger Zeit Bescheid. Und genausolange hatte er vor lauter schlechtem Gewissen nachts kaum mehr ein Auge zugetan. Aber mit wem hätte er auch sprechen sollen? Wem hätte seine Information geholfen?

Nachdem Johannes ihm dann von den Nachforschungen erzählt hatte, die seine Mutter und ein paar andere anstellten, war er regelrecht erleichtert gewesen. Nun hatte er einen Ansprechpartner! Ohne sich um Monikas Gezeter zu kümmern, hatte er seine Schürze abgebunden und war zum Hause Steinmann aufgebrochen.

Als er dort erfuhr, daß die anderen Friedhelm Strobel verdächtigten, maßgeblich an dem Betrug beteiligt gewesen zu sein, hatte Benno fast der Schlag getroffen. Vor diesem Hintergrund war seine Aussage ja geradezu spektakulär!

Selbstverständlich werde er die anderen nach Berlin begleiten! hatte er gerufen. Er würde helfen, wo es ging.

Die Chancen, den Garderobier wiederzutreffen, waren natürlich äußerst gering – darüber machte sich keiner der Reisenden große Illusionen. Die erste Frage war, ob es den Nachtclub »Blaue Eule« überhaupt noch gab. Solche Etablissements waren der Mode unterworfen: Heute frequentierten die Gäste diese Bar, morgen konnte es eine völlig andere sein. Heute war dieser Stadtteil *en mode*, morgen ein völlig anderer.

Karl und Christoph hatten genickt, als Benno seine Ausführungen von sich gab. Moden – damit kannten sie sich aus. Waren sie als Glasbläser solchen Moden nicht schon seit jeher unterworfen? Gleichzeitig wußten sie, daß sich Qualität allen Moden zum Trotz durchsetzte. Sollte die »Blaue Eule« also wirklich hochwertige Kleinkunst auf der Bühne bieten, stand die Chance gar nicht so schlecht, daß diese Bar noch existierte.

Qualität, hochwertige Kleinkunst auf der Bühne – Benno wurde ganz bange zumute. Anscheinend war es ihm nicht gelungen, den Männern zwischen den Zeilen zu vermitteln, um welche Art von Etablissement es sich handelte. Alles äußerst peinlich, aber nicht zu ändern! sagte sich Benno.

Die zweite große Frage war die, ob der Garderobier noch derselbe war. Sollte Bennos Erinnerung ihn nicht täuschen und es sich tatsächlich um den Ganoven handeln, der in Lauscha aufgetaucht war, konnte es außerdem gut sein, daß er sich von dem ergaunerten Geld irgendwo ein schönes Leben machte. Und selbst wenn sie das große Glück hatten, ihn zu finden: Gab es wirklich eine Verbindung zwischen dem Mann und Friedhelm Strobel? Und würde der Mann Strobel verraten? Schließlich gab es unter Betrügern so etwas wie Ganovenehre …

In diesem Punkt gaben alle Benno recht. Aber trotz aller Widrigkeiten hatten weder Christoph Stanzer noch Karl der Schweizer Flein gezögert, als Wanda und David zu ihnen gekommen waren. Sie waren die Sprecher der Genossenschaft gewesen – natürlich würden sie als solche auch die Reise nach Berlin unternehmen! Sie hatten nur diese eine Chance, Strobel dingfest zu machen, und die würden sie nutzen, mochte sie auch noch so klein sein!

Die Reise verlief ohne größere Komplikationen und Verspätungen. Nachdem David Wagner in Sonneberg zugestiegen war, zockelten sie zuerst mit einem langsamen Zug nach Stockheim, wo sie auf den D-Zug aus München warteten. Dieser würde sie bis nach Berlin bringen.

An jeder Haltestelle stiegen mehr Menschen zu, Sitzplätze gab es bald keine mehr, und selbst die Gänge waren voll. Da es außerdem zu regnen begonnen hatte, sammelten sich auf dem Boden kleine Pfützen, so daß sich manche Schuhsohle aus Pappe zu wellen begann. Die Luft war klamm, es roch nach feuchter Kleidung und menschlichen Ausdünstungen. Die Reisenden nahmen diese Unannehmlichkeiten jedoch mit stoischer Gelassenheit hin, verzehrten im Stehen mitgebrachte Brote, schwatzten miteinander oder hielten gar ein Nickerchen. Wanda staunte. Sie hatte das Gefühl, daß es alle Welt nach Berlin drängte. Das sei kein Wunder, Berlin sei schließlich nicht nur die Hauptstadt des Deutschen Reiches und somit das politische Zentrum, erklärte David ihr und den anderen, sondern auch eine wirtschaftlich florierende Stadt, in der von den Möbelbauern über die Porzellanmanufakturen bis hin zur Elektrotechnik und dem Maschinenbau alles ansässig sei. So viel Industrie zöge die Menschen natürlich an! Siemens, die Allgemeine Elektrizitäts-Gesellschaft, Borsig – Wanda konnte mit diesen Firmennamen nichts anfangen, die anderen jedoch nickten ehrfurchtsvoll. Wenn der Thüringer Wald von diesem Kuchen nur auch ein Stück abbekommen hätte, murmelte Karl trübsinnig. Dann wären nicht alle von der Glasmacherei abhängig …

Es war früher Abend, als der Zug in Berlin einfuhr. Nach einer kurzen Fahrt mit der Stadtbahn stiegen sie am Bahnhof Friedrichstraße aus. Der Regen war inzwischen noch heftiger geworden. David, der als einziger einen Regenschirm dabeihatte, gab diesen heldenhaft an Wanda und Anna weiter und hielt sich selbst eine Zeitung über den Kopf. Bis zum Hotel seien es nur wenige Hundert Meter, tröstete David die beiden Frauen, denen die Enttäuschung ins Gesicht geschrieben stand. Da hatten sie schon einmal die Gelegenheit, die Hauptstadt zu besuchen, und nun schüttete es wie aus Kübeln!

Benno, der Sorge hatte, die »Blaue Eule« wiederzufinden, schlug vor, daß er gleich als erstes die Gegend auskundschaftete. Er kannte die Adresse des Nachtclubs nicht, sondern wußte nur, daß sich das Etablissement in der Nähe des Bahnhofs Friedrichstraße befand.

Karl schloß sich ihm an. Christoph Stanzer, der seit Stunden unter Migräne litt, wollte so schnell wie möglich ins Hotel. So zogen Karl und Benno los, um die »Blaue Eule« zu finden, während David die beiden Frauen und Christoph ins Hotel brachte. Das Gepäck der beiden anderen nahmen sie mit.

Wanda schmunzelte, als sie am Hotel Adlon vorbeiliefen. Ohne daß sie in Annas Reiseführer nachlesen mußte, wußte sie instinktiv, daß es sich bei diesem Hotel um die feinste Adresse der ganzen Stadt handelte. Bestimmt wäre ihre Mutter hier und nirgendwo anders abgestiegen!

Ach, Mutter, was würdest du wohl zu dieser ganzen Unternehmung sagen, dachte Wanda, als sie hinter David ein wesentlich kleineres, unscheinbares Hotel betrat.

54. KAPITEL

Nach einigem Herumirren hatten Benno und Karl die »Blaue Eule« tatsächlich gefunden. Die anderen reagierten erleichtert auf die Nachricht, daß das Lokal noch existierte. In bezug auf den Garderobier zuckten die beiden Männer allerdings bedauernd mit den Schultern: Leider müßten sie sich noch einen Tag gedulden, um das herauszufinden. Denn ausgerechnet heute habe die »Blaue Eule« geschlossen. Auf einem Messingschild an der Tür hatten Benno und Karl gelesen, daß das Etablissement an allen andern Tagen der Woche abends um neun Uhr seine Pforte öffnete.

Ein ganzer Tag in Berlin zur freien Verfügung? Davon abgesehen, daß es allen Beteiligten schwerfiel, ihre Ungeduld und Neugier zu zügeln, hatte dagegen niemand etwas einzuwenden.

Wanda zuckte mit den Schultern, als David sie fragte, was sie machen wolle. Ein bißchen einkaufen vielleicht? Andererseits hatte sie keine große Lust, durch den immer noch anhaltenden Regen zu laufen. Obwohl sie gleich bei ihrer Ankunft im Hotel Zeitungspapier in ihre Schuhe gestopft hatte, waren sie immer noch feucht.

Benno, Karl und Gustav wollten unbedingt mit der U-Bahn fahren und danach die Gegend rund um ihr Hotel erkunden.

Annas Wunsch war, eines der berühmten Museen zu besichtigen – die Kunstwerke würden vielleicht ihre eigene Kreativität anregen, sagte sie. Außerdem wären sie dort im Trockenen. David schlug ihr die Nationalgalerie vor. Er bot außerdem an, sie dorthin zu begleiten.

So machten er, Wanda und Anna sich am nächsten Morgen nach einem mageren Frühstück auf den Weg.

Während Anna schon angesichts des großartigen Gebäudes einen Entzückungsschrei nach dem anderen ausstieß, wuchs Wandas innere Unruhe immer mehr. Bilder anschauen? Sich in die Gedankenwelt der Künstler einfühlen? Wo in ihrem eigenen Kopf ein großes Durcheinander herrschte?

»Schau mal, dieser Lichteinfall!« Aufgeregt wies Anna auf ein Bild mit dem Titel »Das Balkonzimmer«. »Dieser Adolph Menzel scheint das Spiel mit Licht und Schatten perfekt beherrscht zu haben! Gemalt 1845, aha ...«

»Ich frage mich viel eher, was hinter dem wehenden Vorhang liegt«, sagte Wanda und deutete auf den rechten Teil des Bildes. »Wie sieht wohl die Landschaft außerhalb dieses Zimmers aus?« Sie seufzte sehnsüchtig auf.

David, der während dieses Wortwechsels mit verschränkten Armen hinter den beiden Frauen gestanden hatte, machte einen Schritt auf Wanda zu.

»Ihre Cousine scheint hier ihren Garten Eden gefunden zu haben!« sagte er und deutete auf Anna, die längst beim nächsten Bild angekommen war. »Ich glaube, Sie käme auch prima allein zurecht. Falls *Sie* jedoch das Bilderanschauen nicht ganz so paradiesisch finden, hätte ich noch eine andere Idee ...«

»Wenn ich mich so umschaue, kann ich mir fast vorstellen, auf der berühmten ›Ladies Mile‹ in New York zu sein! Ihr ›Kaufhaus des Westens‹ ist fast so groß wie Macys!« Wie ein kleines Kind klatschte Wanda in die Hände. »Ach, David, mit Ihrer Idee haben Sie mir eine große Freude gemacht! Ich glaube, ein Einkaufsbummel ist wirklich dazu angetan, meine Nervosität ein wenig zu vertreiben.« Sie legte ihre Hand auf Davids Arm. Mit zügigen Schritten steuerten sie den großen Eckbau an, in dessen fünf Etagen es laut David vom Hosenknopf bis zum Kochtopf, vom Lederstiefel bis zum Modellkleid alles zu kaufen gab.

David lächelte erleichtert. Auf der Fahrt von der Museumsinsel nach Charlottenburg war Wanda nicht sehr begeistert gewesen. Immer wieder hatte sie auf kleinere Geschäfte gedeutet und wissen wollen, warum sie ihren

Einkaufsbummel nicht dort beginnen konnten, sondern dafür in eine andere Stadt fahren mußten.

»Weil das Kaufhaus des Westens etwas ganz Besonderes ist!« hatte er ihr geantwortet.

Mehrere Stunden später saßen beide erschöpft und mit großen und kleineren Päckchen beladen in einem Café in der Nähe des Kaufhauses. Es war ein besonders hübsches Café, mit rosageрüschten Gardinen, Blumenbildern an der Wand und sehr elegant aussehenden Gästen, unter denen sich sowohl Wanda als auch David ein wenig hinterwäldlerisch vorkamen.

Warum habe ich mir nicht wenigstens ein neues Kleid gekauft? fragte sich Wanda ärgerlich beim Anblick der modisch angezogenen Damen. Eine solche Gelegenheit würde sich bestimmt nicht so schnell wieder bieten.

»Für welche Art Kuchen ist Berlin besonders berühmt?« Vorsichtig versuchte Wanda, ihre Füße inmitten all ihrer Einkäufe ein wenig auszustrecken.

»Das weiß ich ehrlich gesagt nicht«, erwiderte David. »Während meiner Lehrzeit in Berlin hatte ich nicht das nötige Kleingeld, um mich durch die Tortenwelt zu schlemmen.«

Das Serviermädchen kam, und beide bestellten Kaffee und ein Stück Nußtorte.

»Ach, ist das alles herrlich!« Wanda seufzte laut auf. »Können Sie sich vorstellen, daß ich seit meiner Abreise aus New York nicht mehr richtig einkaufen war? Und heute – so viele schöne Dinge!« Mit Besitzerstolz schaute sie auf ihre Pakete. Sie konnte es kaum erwarten, diese auf dem Hotelbett auszubreiten und noch einmal zu begutachten. Eine fliederfarbene Seidenblume für Eva, dazu farblich passende Knöpfe. Ein Taschenmesser mit einem geschnitzten Griff aus Horn für Michel. Veilchenseife für Johanna. Und, und, und – für jeden würde sie ein Geschenk mitbringen! Ihre Abschiedsgeschenke …

»Nochmals vielen Dank für den Schlips!« David deutete auf einen schmalen, weinroten Karton, der neben ihm auf dem Tisch lag. »Daß sie darauf bestanden haben zu zahlen, ist mir wirklich nicht recht! Ich –«

»Papperlapapp!« unterbrach Wanda ihn. »Es ist doch nur ein winziges Dankeschön für alles, was Sie für mich – für uns! – getan haben.«

Er zuckte mit den Schultern. »Nicht der Rede wert. Aber eines kann ich sagen: Mein alter Lehrer, Herr Graupner, wäre mit unserer Wahl sehr zufrieden gewesen. Reine Seide, unifarben, von Hand genäht – zeitlos hätte er solch einen Schlips genannt. Er war zwar nur ein einfacher Dorflehrer, aber er legte stets großen Wert auf eine ordentliche Erscheinung. Kam immer daher wie der Herr Bürgermeister selbst! Manche lachten deshalb über ihn, ich aber bewunderte seine Haltung. Es hinge nicht vom Geldbeutel ab, ob jemand wie ein feiner Herr oder wie ein Gassenjunge auftrete, sagte er immer. Ein pfleglicher Umgang mit Kleidung und Schuhen, gute Qualität bei Material und Verarbeitung …« David schüttelte den Kopf. »Wenn ich heute darüber nachdenke – man hätte meinen können, wir wären auf eine höhere Jungenschule gegangen und nicht in die Dorfschule von Steinach, wo die meisten Jungen nach ein paar Schuljahren in den Steinbruch gehen. Oder ins Wirtshaus.« Er lachte harsch auf. »Als ob auch nur aus einem einzigen von uns ein feiner Geschäftsmann geworden wäre …«

»Aber nichts anderes sind Sie geworden!« rief Wanda. »Ihr Lehrer wäre bestimmt stolz auf Sie, wenn er wüßte …« Sie verstummte. Ja, David hatte geschafft, wovon sie

schon lange träumte: Er hatte seinen Platz im Leben gefunden. Wohingegen sie ...

»Wanda ... Wanda, was ist denn?« David beugte sich zu
ihr hinüber, tippte vorsichtig ihre Hand an.

Sie schaute ihn an. Eigentlich wollte sie die gute Stimmung des Tages nicht trüben. Aber bevor sie etwas dagegen tun konnte, platzte es aus ihr heraus: »Ach, wenn ich
auch nur etwas hätte, worauf ich stolz sein könnte! Alles
mögliche habe ich ausprobiert. Aber mir wollte bisher nie
etwas gelingen, bis zum heutigen Tag nicht. Inzwischen
weiß ich gar nicht mehr, ob ich überhaupt irgend etwas
kann. Oder wer ich bin. Die Tochter von Steven Miles, dem
erfolgreichen Geschäftsmann? Oder die Tochter vom Glasbläser Thomas Heimer? In Amerika glaubte ich, eine Lau-
schaerin zu sein. Und in Lauscha nennen mich die Leute
›die Amerikanerin‹. Wer bin ich denn? Was macht mich
aus? Was kann ich denn richtig gut? Am Ende gar nichts?«

David ergriff so abrupt Wandas Hand, daß er fast eines
der Kaffeekännchen umstieß.

»Liebste Wanda – für mich sind Sie die wundervollste
Frau der Welt! Noch nie habe ich jemanden wie Sie kennengelernt. So ... voller Leben! Voller Temperament und
Anmut und –« Er brach ab. Die Röte war ihm in die Wangen geschossen. Fahrig strich er sich eine Haarlocke aus
der Stirn. Weniger leidenschaftlich fuhr er fort: »Natürlich
sind Sie die Tochter Ihres Stiefvaters, von ihm haben sie
seinen Mut, die Umtriebigkeit, den Geschäftssinn! Und
natürlich sind Sie auch Thomas Heimers Tochter, von ihm
haben Sie die Liebe zu Lauscha, die Leidenschaft für die
Glasbläserei. Aber vor allem –« Sacht hob er mit seiner
rechten Hand ihr Kinn an, schaute ihr in die Augen. »Vor
allem sind Sie Wanda!«

Wie er sie ansah! Einen Moment lang stieg panische

Angst in ihr auf. Nicht das! Nicht jetzt! Noch mehr verwirrende Gefühle, noch mehr Aufregung konnte sie nicht ertragen. David war ein Freund. Nicht mehr und nicht weniger. Sie entwand sich seiner Hand, senkte die Augen. Das warme Gefühl in ihrem Bauch blieb. Er fand sie also wunderbar.

Heftiger als gewollt sagte sie: »Wanda, der Unglücksrabe, wie großartig! Glauben Sie mir: Wenn jemand eine Ohrfeige vom Schicksal bekommen hat, dann bin ich das. Am besten lassen Sie sich erst gar nicht weiter mit mir ein, ich bringe jedem nur Unglück!«

David lachte. »Oje, mir ist jetzt schon angst und bange!« Er zog eine Grimasse, als schlottere er vor Angst.

Sie wollte ihm unter dem Tisch einen kleinen Tritt versetzen, erwischte aber nur eines ihrer Pakete. »Auf den Arm nehmen kann ich mich auch selbst«, murmelte sie beleidigt.

»Nein, im Ernst«, erwiderte er. »Meine Großmutter, Gott hab sie selig, würde das alles weniger pathetisch ausdrücken. Wo gehobelt wird, fallen Späne, würde sie sagen. Sie sind einfach mutiger, fleißiger und unternehmungslustiger als andere – da geht eben auch einmal etwas schief! Vielleicht sollten Sie sich an diesen Gedanken gewöhnen, statt sich einzureden, ein Unglücksrabe zu sein, bei dem *immer alles* schiefgeht …«

»Hmm, so habe ich es noch gar nicht gesehen …«

»Außerdem …« Er lachte auf. »Langweilig kann man Ihr Leben gewiß nicht nennen! Ständig geschieht etwas, immer wieder probieren Sie sich an etwas Neuem – wer kann schon von sich behaupten, ein solch aufregendes Leben zu führen? Soviel Unternehmungslust und Mut sind doch schön!«

Das hätte jetzt Richard hören sollen! Wanda verzog

das Gesicht. »Für manch einen bin ich aber auch zu unternehmungslustig! Wissen Sie nicht, daß man von uns Frauen eigentlich erwartet, ein gleichförmiges Leben zu führen?«

»Unsinn. Denken Sie doch nur an Marie, die Glasbläserin, von der Sie mir erzählt haben. Oder denken Sie an Ihre Tante, die Chefin!«

Während das Serviermädchen Kuchenteller und Tassen abräumte, schaute Wanda David unter niedergeschlagenen Lidern an. Er redete nicht nur dumm daher, seine Worte waren ernst gemeint. Irgendwie erinnerte er sie in seiner Art ein bißchen an ihren Stiefvater.

David Wagner war ganz anders als die jungen Männer, die sie bisher kennengelernt hatte. Nicht so großspurig wie Richard. Viel interessanter als ihr früherer Verlobter Henry. David war feinfühliger als die meisten anderen. Ohne daß sie etwas hatte sagen müssen, hatte er im Museum gemerkt, wie schrecklich unwohl sie sich fühlte. Und instinktiv hatte er die richtige Zerstreuung für sie herausgesucht.

Ja, David war jemand, der sich auch um andere kümmerte. Nur ein Mensch, der seinen Platz im Leben gefunden hatte, konnte ein Gespür für andere haben. Und anderen gegenüber großzügig sein. Der Sohn vom Wagner-Wirt ...

Sie holte tief Luft.

»David, ich ... ich wollte es Ihnen schon gestern sagen, auf der Zugfahrt. Ich werde Lauscha verlassen, zumindest für einige Zeit.«

»Wie ...«

»Bitte lassen Sie mich aussprechen«, unterbrach sie ihn. »Sie können sich gar nicht vorstellen, wie dankbar ich Ihnen für alles bin. Sie sind mir in den letzten Monaten ein richtig guter Freund geworden – um so schwerer fällt mir meine Entscheidung. Aber –« Ach, warum mußte im Leben immer alles so kompliziert sein? Warum konnte man es sich nicht einmal leichtmachen? Sich einfach davonschleichen zum Beispiel.

»In der letzten Zeit habe ich viel gelernt«, fuhr sie fort. »Über die Lauschaer, die sich nicht unterkriegen lassen. Die zusammenhalten, wenn's darauf ankommt.« Sie schaute ihn an. »Ich habe gelernt, daß es keine Schande ist zu verlieren. Daß das Scheitern ebenso zum Leben gehört wie das Siegen. Auch wenn das Siegen viel mehr Spaß macht ...« Sie lachte leise. »Ich habe auch etwas über mich gelernt. Von Ihnen. Zum Beispiel, daß ich gar kein so großer Pechvogel bin, wie ich mir immer eingeredet habe. Aber nun ...« Sie schaute aus dem Fenster. Das Bild aus der Nationalgalerie fiel ihr ein. Ob der Maler wußte, welche Landschaften hinter dem Vorhang lagen?

Ihr Blick wanderte zurück zu David, der jedoch mürrisch geradeaus schaute.

»Alles hat seine Zeit – auch das verstehe ich jetzt besser als zuvor. Wenn wir den Ganoven schnappen, werde ich in Lauscha nicht mehr gebraucht.« Sie dachte an den Brief von Pandora, der seit Wochen auf ihrem Nachttisch lag und in dem ihre alte New Yorker Freundin ihr schrieb, daß sie am Ufer des Lago Maggiore eine Tanzschule eröffnet habe und daß Wanda sie unbedingt besuchen müsse. Ja, vielleicht war der Zeitpunkt gekommen, dieser Einladung zu folgen ...

»Aha ...«, sagte David gedehnt und nickte. »Aha ...«, wiederholte er. »So haben Sie sich das also gedacht! Nach geschlagener Schlacht machen Sie sich auf und davon! Was aus Ihren Mitstreitern wird, ist Ihnen egal. *Ich* bin Ihnen egal!«

»Das stimmt doch nicht!«

»Wanda, Liebste, ich … Eigentlich wollte ich so gar nicht mit Ihnen reden … Ich wollte warten, bis wir unsere Aufgabe erfüllt haben und wieder zurück in der Heimat sind, die Köpfe frei für neue Gedanken. Nun aber …« Er holte tief Luft. »Sie können nicht einfach fortgehen! Sie müssen mir – uns – doch wenigstens eine Chance geben! Seit wir uns kennen, dreht sich alles um dieses elende Geldgeschäft! Bis auf einen Spaziergang hatten wir kaum einmal die Gelegenheit, ein paar persönliche Worte zu wechseln. Dabei habe ich Ihnen so viel zu sagen!« Er hielt inne, schaute sie fragend an.

Wanda nickte stumm. »Das ist ja alles schön und gut«, murmelte sie. »Aber –«

»Wanda! Ich … ich habe mich in Sie verliebt, unsterblich verliebt! Das müssen Sie doch längst bemerkt haben!«

In Wandas Ohren brummte es plötzlich so laut, daß ihr davon ganz schwindlig wurde. Genau das hatte sie nicht hören wollen. Genau davor hatte sie Angst! Genau aus diesem Grund hatte sie ihm reinen Wein bezüglich ihrer Pläne eingeschenkt.

Schon zweimal in ihrem Leben war sie verliebt gewesen. Und am Ende war's nicht mehr als ein Strohfeuer gewesen.

Ja, auch sie fand David sympathisch. Mehr als das! Aber sie wollte sich nicht noch einmal verlieben! Was war, wenn sich auch dieses Gefühl nur als Strohfeuer entpuppte? Würde sie jemals wieder ihren eigenen Gefühlen vertrauen können?

»Wanda, Liebste, jetzt schau doch nicht, als ob meine Liebeserklärung etwas Schreckliches bedeutet! Das Gegenteil trifft zu: Wir beide gehören zusammen! Du und ich – gemeinsam sind wir unschlagbar. Ach, was werden wir für aufregende Zeiten vor uns haben! Wir beide –

oder besser gesagt: wir drei! Denn solltest du dich für mich entscheiden, würde ich Sylvie lieben wie ein eigenes Kind.«

Er unterbrach sich, um tief Luft zu holen.

»Gleich beim ersten Mal, als ich dich gesehen habe ... Wie du in mein Büro geschwebt bist! Ich glaube, einen Moment lang ist mir wirklich der Atem weggeblieben!«

Wanda verzog ihren Mund. »Und ich habe damals gedacht: Was hat er nur für einen altmodischen Anzug an! Nun ja, du wolltest wohl älter wirken, als du bist ...« Sie grinste.

»Solche Gedanken waren dir in deinem Kostüm und mit Hut natürlich ganz und gar fremd!« spöttelte David. Doch schon im nächsten Moment wurde er wieder ernst.

»Wanda, ich meine es ehrlich. Ich liebe dich. Falls du nicht genauso empfindest –« Er machte eine kleine Pause, als hoffe er, von ihr einen Widerspruch zu hören. Als dieser nicht kam, fuhr er fort: »Liebe kann auch wachsen. Man muß sie nur hegen und pflegen – wie ein zartes Pflänzchen.«

»Sag nicht, das hätte deine Großmutter immer gesagt!«

David, Sylvie und sie? Aufregende Zeiten? In Sonneberg? Am Rande des gläsernen Paradieses ...

David lächelte. »Ob du es glaubst oder nicht ...« Er sprang auf und kniete sich vor ihr hin, die konsternierten Blicke, die ihm von den Nebentischen aus zugeworfen wurden, ignorierend. »Wanda, ich schwöre dir hier und jetzt: Ich gebe die Hoffnung, daß du dich eines Tages in mich verlieben wirst, nicht auf. Und wenn ich darüber alt und grau werde – ich werde warten!«

Für einen Moment hatte Wanda das Gefühl, als stehe die Zeit still, als gebe es nichts und niemanden auf der Welt außer ihr und diesem Mann, der vor ihr kniete.

»Nun sagen Sie schon was, Kindchen!« ertönte plötzlich eine Stimme neben ihr. »Und halten Sie hier nicht den ganzen Betrieb auf!«

Wanda blinzelte erst das Serviermädchen, dann David an.

»Kommt Zeit, kommt Rat – oder welchen Spruch hätte deine Großmutter in diesem Falle wohl geäußert?« Sie lachte auf.

Ausgerechnet ein Bankangestellter! Was würde Mutter wohl *dazu* sagen?

55. Kapitel

»Karl ...?«

»Wanda, was ist denn noch?« Fast unwirsch drehte sich Karl der Schweizer Flein um. Er knotete seinen Schal so fest um den Hals, daß Wanda befürchtete, er würde sich selbst strangulieren.

Sie biß sich auf die Lippen. »Ach, nichts ... Ich wollte nur wissen –« Vor lauter Aufregung versagte ihr die Stimme.

Mit einer ärgerlichen Geste winkte Karl ab. Die Wanduhr, die hinter dem Hoteltresen hing, begann im selben Moment zu schlagen.

Neun Uhr.

Anna, die neben Wanda saß, kicherte nervös. Die Spannung in der kleinen Vorhalle des Hotels war fast mit den Händen zu greifen. Selbst die ältliche Dame an der Rezeption, die nur nach viel gutem Zureden bereit gewesen war, Anna und Wanda eine Kanne Tee zu kochen, schien zu spüren, daß etwas in der Luft lag – immer wieder blickte sie von ihren Unterlagen auf und zu der kleinen Gruppe hinüber.

David Wagner, der ebenfalls schon in Mantel und Hut dastand, warf erst ihr, dann Wanda ein Lächeln zu.

»Ihr könnt beruhigt sein, wir haben alles im Griff. Während ihr hier gemütlich euren Tee trinkt, kümmern wir uns um alles Nötige, nicht wahr?« Er legte je einen Arm um Karls und Bennos Schulter.

Die beiden Männer nickten grimmig. Und ob! Wie drei Rächer standen sie im Türrahmen des Hotels.

Christoph konnte sie wegen seiner weiter andauernden Migräne leider nicht begleiten. Er lag leidend im Bett, was ihm einige abschätzige Bemerkungen eingebracht hatte. Wahrscheinlich hatte Christoph die Hosen voll – so sah es aus!

»Und Sie vergessen auch nicht, die Hintertür des Lokals zu sichern?« fragte Anna.

Wanda warf ihr einen erstaunten Blick zu. So, wie Anna das sagte, hätte man glauben können, daß sie allwöchentlich auf Ganovenjagd ging.

David Wagner verdrehte die Augen. Lang und breit hatten sie ihren Plan beim gemeinsamen Abendessen durchgekaut: Er und die anderen Männer wollten die »Blaue Eule« aufsuchen, während Wanda und Anna im Hotel warten sollten – schließlich ziemte sich für Frauen der Besuch eines solchen Etablissements nicht, konnte vielleicht sogar gefährlich werden.

Er holte tief Luft. »Karl wird für den Fall, daß der Kerl abhauen will, an der Hintertür stehen, Benno und ich gehen ganz normal durch die Vordertür. Jetzt heißt es nur noch Daumen drücken, daß wir den Richtigen auch finden!«

»Na dann …« Mit leicht gespreiztem kleinen Finger

hob Wanda ihre Teetasse, als wolle sie den Männern zuprosten. »Auf gutes Gelingen!«

Kaum waren die drei durch die Tür verschwunden, sprang Anna auf. Wanda stellte ihre Tasse so abrupt ab, daß diese klirrte.

»Tee trinken – von wegen! Wenn die glauben, wir lassen uns so einfach abschieben …« Behende schlüpfte Wanda in ihren Mantel, den sie zuvor hinter ihrem Sessel versteckt hatte.

»Mannsbilder! Glauben immer, alles besser zu können und besser zu wissen!« brummelte Anna und band sich ihren Schal so um den Kopf, daß nur noch die Augen zu sehen waren. Im Gehen schnappte Wanda noch Davids Schirm, dann liefen sie schnellen Schrittes den Männern nach.

Die Frau hinter der Rezeption schüttelte verständnislos den Kopf.

Das Lokal liege nicht weit vom Hotel entfernt in einer unscheinbaren Seitenstraße, hatte Benno gemeint. Auch der Eingang selbst sei eher unscheinbar und gleiche mehr der Kellertür eines Wohnhauses als dem Portal eines Nachtclubs.

Nachdem sie unzählige Male nach links und rechts abgebogen waren, stets bemüht, nicht von den Männern bemerkt zu werden, stellte Wanda fest, daß Bennos Definition von »nicht weit entfernt« eine andere war als ihre. Die Straßen wurden immer enger, die Beleuchtung immer schlechter. Doch trotz des feuchtkalten Wetters herrschte reges Treiben. Zeitungsverkäufer priesen lautstark die neuesten Nachrichten an, rund um rauchende Würstchenbuden bildeten sich kleine Trauben von Nachtgängern, schemenhafte Figuren drückten sich in Hauseingängen herum und raunten: »Zigarren! Zigaretten!« Wanda konnte sich nicht vorstellen, was jemanden dazu bewegen sollte, seine Rauchwaren hier zu kaufen statt in einem der hübschen Tabakwarenläden, die es in jeder größeren Straße gab. Obwohl es so kühl war, lag ein muffiger Geruch in den Straßen, alle paar Meter türmten sich Müllberge, und einmal huschte eine Ratte fast über Wandas und Annas Füße. Daraufhin versuchten die Frauen, so gut es ging, in der Mitte des Gehwegs zu bleiben, wo die Beleuchtung besser war und sie etwas Abstand zu den Müllbergen und Hauseingängen hatten. Obwohl sie stur geradeaus schauten, wurden sie immer wieder angesprochen, teils von Männern, die sie zu Getränken einladen wollten, teils von Frauen, die sie beschimpften.

»Rechts, links, wieder rechts – was für ein Irrgarten! Allein finden wir nie wieder zurück ins Hotel«, murmelte Wanda, während sie den Regenschirm noch höher hielt, um nicht bei einem anderen Passanten anzuecken. Ihr war unter den dubiosen Gestalten gar nicht wohl, und sie bereute längst ihre Entscheidung, den Männern zu folgen. Was, wenn sie durch ihr Verhalten Anna in Gefahr brachte? Oder gar den Erfolg des gesamten Unternehmens?

Was habe ich nur wieder angerichtet? Wären wir doch im Hotel geblieben, so wie David es wollte …

Im nächsten Moment strauchelte Wanda, weil Anna, die sie untergehakt hatte, abrupt stehengeblieben war.

»Da!« Annas Hand schoß unter dem Regenschirm hervor.

Ein Stück die Straße entlang waren die Männer ebenfalls stehengeblieben. Benno gestikulierte in Richtung eines Hauses, dann wieder in Richtung der Straße. Hastig zog Wanda den Regenschirm nach unten, um nicht gesehen zu werden.

»Noch auffälliger geht es nicht ...« Anna kicherte, und Wanda wußte nicht, ob *sie* damit gemeint war oder Bennos Gestikulieren. Sie reckte ihren Hals wie eine Schildkröte, um besser sehen zu können.

Im nächsten Moment teilten sich die Männer. Benno und David betraten das Haus, während Karl etwas unschlüssig davor auf- und ab lief und zwischendurch auch einmal um die nächste Straßenecke verschwand.

»Und nun?« Fragend schaute Anna Wanda an.

Vorsichtig machte Wanda ein paar Schritte nach vorn, bis sie den Eingang des Hauses genauer im Visier hatte. »Blaue Eule« prangte auf einem messingfarbenen Schild, das eine Politur dringend nötig gehabt hätte. Vor lauter Aufregung wurde ihr ganz schwindlig.

»Daß Benno in solchen Lokalen verkehrt, hätte ich nicht gedacht«, murmelte Anna.

»Hmm«, brummelte Wanda. »Reingehen können wir nicht. Wenn die Männer uns sehen, reißen sie uns den Kopf ab. Am besten verstecken wir uns und –«

Sie kam nicht mehr dazu, ihren Satz zu beenden. Die Tür des Hauses, in dem Benno und David verschwunden waren, wurde abrupt aufgerissen, eine Frau kam schreiend herausgerannt, gefolgt von einem Mann, der ebenfalls laut schrie. Hinter dem Mann erschienen Benno und David.

Anna schlug eine Hand vor den Mund. »Du lieber Himmel!« Ein Zittern ging durch ihren Körper.

Wandas Herz pochte so hart, daß es weh tat. Der Aktienhändler! Er war es ganz eindeutig! Und er war ebenso eindeutig dabei zu fliehen. Genau wie die Frau, die vor ihm herrannte.

Was nun?

Die Frau trug eine weiße Gesichtsmaske, aus der lediglich die Augen und ein grellrot geschminkter Mund herausschauten. Ihre Füße steckten in Schuhen mit hohen Absätzen, was sie nicht davon abhielt, zu rennen, als sei der Leibhaftige hinter ihr her.

Innerhalb weniger Sekunden war die seltsame Gruppe nur noch ein paar Schritte von Wanda und Anna entfernt. Außer der Maske und den Schuhen hatte die Frau nicht viel an, sah Wanda jetzt – lediglich ein dünnes Tuch war um ihre Hüften gebunden und verbarg das Allernötigste. Ihr gellender, anhaltender Schrei erschütterte Wanda bis ins Mark. Eine Wahnsinnige!

»Claire! Warte, Chérie, warte! Claire!« schrie der falsche Aktienhändler, während er versuchte, zu der Verrückten aufzuschließen.

»Hiergeblieben! Halt!« schrie wiederum David.

»Warten Sie! So warten Sie doch, verdammt!« schrie auch Karl.

Anna und Wanda schauten sich an. Dann nickten sie rasch, machten einen Schritt rückwärts und gaben dadurch sozusagen den Fluchtweg frei. Den Regenschirm hatte Wanda inzwischen geschlossen, hielt ihn jedoch mit beiden Händen fest umklammert.

»Aufgepaßt!« flüsterte Anna.

Die Augen der Frau namens Claire waren in panischer Angst geweitet, sie sah aus, als wäre sie zu allem bereit. Im nächsten Moment war sie an ihnen vorübergerannt.

»Claire, Klara! So warte doch!« Der Aktienhändler kam näher und näher –

Wusch! Der Regenschirm durchschnitt die Luft, bildete eine Sperre.

Der Mann schrie auf, stolperte und stürzte schließlich zu Boden. Sein Schmerzensschrei mischte sich mit einem bösen Fluch.

Die Frau drehte sich um, zögerte kurz, als überlege sie zurückzukehren, und rannte dann weiter.

Im nächsten Moment waren David und Benno da. Atemlos kniete sich Benno auf den Rücken des Gestrauchelten, während David dessen Beine umklammerte.

»Verdammt noch mal, was macht ihr beide denn hier?« keuchte er.

Anna und Wanda grinsten sich an.

»Ach, wir hatten plötzlich keine Lust mehr, Tee zu trinken ...«, sagte Wanda mit harmloser Miene.

56. Kapitel

Der Mann leistete bei seiner »Festnahme« keinen Widerstand, auch leugnete er nicht, derjenige zu sein, für den die Männer ihn hielten. Ja, verdammt noch mal, er sei in Lauscha gewesen! Ja, er habe ihnen die Aktien angedreht. Und nochmals ja, er kenne Friedhelm Strobel – der habe ihn schließlich angeheuert!

Bennos Brust blähte sich auf wie bei einem Gockel, der über einen Widersacher triumphiert. Dank ihm und seinem scharfen Verstand hatten sie tatsächlich den richtigen Fisch an der Angel!

Zur Sicherheit nahmen Karl und Benno den Mann in ihre Mitte. Seine Hose war durch den Sturz zerrissen, Blut lief an seinem Knie hinab, und er humpelte. David marschierte vorneweg, die beiden Frauen bildeten das Ende der Prozession. So kamen sie bald im Hotel an und nahmen unter den mißbilligenden Blicken der Empfangsdame die Sitzgruppe in Beschlag. Natürlich wollten sie später die Polizei rufen, doch zuerst drängte es sie zu erfahren, wie es dazu gekommen war, daß der Garderobier eines Berliner Nachtclubs zum falschen Aktienhändler geworden war.

»Ich kann alles erklären, aber bitte, bitte …« Der Mann fiel vor David auf die Knie, Rotz und Tränen liefen über sein Gesicht. »Ich muß zuerst Claire finden! Ohne mich ist sie doch verloren …«, schluchzte er.

»Nichts da!« erwiderte David. »Jetzt wird geredet!«

»Jawohl!« rief auch Karl und gab dem Mann einen kleinen Tritt.

»Karl …« Tadelnd schüttelte Wanda den Kopf.

Schwerfällig rappelte sich der Mann auf und wischte sich mit einer Hand übers nasse Gesicht. »Aber –«

»Hinsetzen!« David deutete auf einen der Stühle, auf denen zuvor Anna und Wanda gesessen und Tee getrunken hatten. Die Kanne und die halbleeren Tassen standen immer noch auf dem kleinen Tischchen in der Mitte.

Wie so oft im Leben ging es um eine Frau. Ihr Name war Klara Borowsky – in Künstlerkreisen nannte sie sich Claire –, und sie war diejenige, die wie eine Verrückte aus der »Blauen Eule« gerannt war. Dort trat sie allabendlich als Tänzerin auf.

An diesem Abend hatte wohl ein Gast eine abfällige Bemerkung über sie gemacht, die Claire aufschnappte. Nachdem sie von der Bühne gesprungen war und dem Gast beinahe die Augen ausgekratzt hatte, war sie losgerannt. Nie mehr werde sie in diesem Schuppen, wo ihr als Künstlerin nicht die geringste Wertschätzung widerfuhr, auftreten, hatte sie geschrien. Als Bernhard Borowsky, Klaras Ehemann und Garderobier des Etablissements, sie

toben hörte, wollte er in den Saal laufen, um sie zu be-
schwichtigen. Doch bevor er dazu kam, rannte sie an ihm
vorbei und auf die Straße. Im selben Moment waren
Benno und David aufgetaucht.

Klara war kokainsüchtig. Bernhard war es auch, glaubte
aber, seine Sucht besser kontrollieren zu können als seine
Frau. Sie schnupfte tagtäglich das weiße Pulver, ihre Nase
war ständig entzündet, die Schleimhäute bluteten manchmal sogar.

Bedeutungsvoll sah Benno an dieser Stelle in die Runde.
Hatte er nicht erwähnt, daß es das Schniefen des Berliners
gewesen war, das ihn letztendlich auf die richtige Fährte
brachte?

Bernhard, der sah, daß es mit seiner Frau gesundheit-
lich stetig bergab ging, ermahnte sie, ihrem Verlangen weniger oft nachzugeben – doch erfolglos. Ihre Sucht war
stärker und verschlang ein Vermögen – Kokain sei in den
letzten Jahren immer teurer geworden und inzwischen sogar kostspieliger als ein Rausch durch Alkohol, erklärte
Borowsky. Den Großteil des benötigten Geldes konnte
Klara durch ihre Arbeit als Tänzerin und gewisse »Gefäl-
ligkeiten« den Gästen gegenüber aufbringen – Bernhards
Arbeit an der Garderobe brachte viel weniger ein. Oftmals
wurde die Tänzerin auch von einem Gast zum Kokain-
konsum eingeladen, was Bernhard nicht gern sah, denn so
hatte er keine Kontrolle über die Qualität des Pulvers und
die Menge, die Klara konsumierte. Mehr als einmal war
es schon zu unschönen Zwischenfällen – sogar auf der
Bühne – gekommen, bei denen Klara wie eine Verrückte
schrie und tobte und Bernhard um ihren Verstand hatte
bangen müssen. Der Gast jedoch war in der Regel hoch erfreut und der Ansicht, für seine »Investition« mit einem
besonders aufregenden Schauspiel belohnt worden zu

sein. Bernhard hingegen brach es in solchen Situationen fast das Herz.

Er mußte seine Frau doch beschützen! Mußte dafür sorgen, daß sie gutes Kokain bekam! Solches, das Pharmafirmen wie Merck herstellten, und nicht schmutziges Pulver aus irgendwelchen Hinterhoflabors! Das würden sie doch verstehen? Bernhards Stimme hatte wieder einen flehenden Ton angenommen.

Wanda und die anderen schauten sich nur verständnislos an. Beschützen? Darunter verstanden sie etwas anderes …

Keiner mußte Borowsky ermahnen, mit seiner Geschichte fortzufahren, inzwischen sprudelte es nur so aus ihm heraus.

Nicht immer reichte das Geld, um Klaras Sucht zu befriedigen. Dann mußten die beiden zu anderen Mitteln beziehungsweise den Gästen in die Taschen greifen. Bis zum vergangenen Sommer waren ihre Diebstähle unentdeckt geblieben. Bernhard nannte es Zufall, Claire nannte es reine Geschicklichkeit. Tatsache war, daß die Gäste der »Blauen Eule« meist nicht mehr nüchtern genug waren, um im nachhinein angeben zu können, wo sie ihr Portemonnaie verloren hatten. Niemand verdächtigte die schöne halbnackte Tänzerin, die sich den Gästen so bereitwillig auf den Schoß setzte. Oder den etwas dümmlich dreinschauenden Garderobier, der allen immer so dienstbeflissen in die Mäntel half.

Doch eines Abends war Clara an den Falschen geraten …

Wanda und die anderen tauschten erneut einen Blick.

Friedhelm Strobel!

Borowsky nickte. Strobel könne sehr überzeugend wirken, wenn er jemanden in der Hand hatte, meinte er mit einem Hauch Ironie in der Stimme. Sie seien sich deshalb schnell einig geworden: Er sollte für Strobel in den Thüringer Wald fahren und dort seinen Auftrag ausführen, danach wären weder Clara noch er dem Mann länger etwas schuldig.

Das war das Geständnis, das sie brauchten! David beugte sich nach vorn. »Was ist aus dem Geld geworden, das Sie den Glasbläsern an besagtem Tag abgenommen haben?«

»Was schon!« entgegnete Bernhard Borowsky. »Natürlich habe ich es Strobel übergeben, das war doch ein Teil der Abmachung.«

»Dieser Schweinehund!« rief Karl und ballte seine Hand zur Faust.

»Daß Sie Strobel das Geld gegeben haben – kann d… das jemand bestätigen?« Vor lauter Aufregung hatte David zu stottern begonnen.

Borowsky dachte kurz nach. Wenn er sich recht erinnere, habe das Hausmädchen ihm die Tür geöffnet, bei der Übergabe selbst seien Strobel und er natürlich allein gewesen …

Den Rest der Geschichte würden sie ja kennen, fügte er hinzu. Alles in allem sei es ein leichtes Spiel gewesen – die Glasbläser hätten ihm ihr Geld ja geradezu aufgedrängt, fügte er noch an.

Es sei hartverdientes Geld gewesen, sagte Karl. Geld von einfachen Leuten, setzte Benno hinzu. Leute, die geglaubt hatten, mit den Aktien einen reellen Gegenwert zu bekommen. Borowsky müsse doch von Anfang an klar gewesen sein, daß an der ganzen Sache etwas faul war!

Zumindest habe er es geahnt, gab Borowsky zu. Er zuckte mit den Schultern – natürlich tue ihm die ganze Sache inzwischen leid.

Sowohl Wanda als auch die anderen spürten, daß es

dem Mann mit dieser Bemerkung nicht ernst war. Bei allem, was Bernhard Borowsky tat, ging es ihm wohl immer nur um Claire – daß er mit seinem Verhalten nicht nur zum Kriminellen geworden war, sondern unzählige Familien ins Unglück gestürzt hatte, schien selbst jetzt noch nicht in sein Bewußtsein gedrungen zu sein.

Seine Sorge um Claire, die sich in Berlin herumtrieb, die wildfremden Menschen, die ihn nicht mehr loslassen wollten, die Tatsache, daß er durch Friedhelm Strobel in ein weitaus schlimmeres Verbrechen als Taschendiebstahl verwickelt worden war – all das verwirrte Borowsky sehr. Erst allmählich dämmerte ihm, daß er von diesem Abend an Claire nicht mehr beschützen konnte, sondern daß er statt dessen für längere Zeit hinter Schloß und Riegel landen würde. Er begann bitterlich zu weinen.

Wie Strobel zu den gefälschten Aktien gekommen war, wo er sie hatte drucken lassen, wußte Bernhard Borowsky nicht. Er wußte nur, daß es außer den falschen auch echte Aktien gab – diese habe er David Wagner beim ersten Treffen gezeigt. Danach habe er die Papiere jedoch sofort wieder zu Strobel gebracht, und der habe sie gegen die falschen ausgetauscht.

»Johanna hatte von Anfang an mit ihrer Vermutung recht ...«, murmelte Wanda.

Als klar wurde, daß der Mann alles gesagt hatte, was er wußte, rief David die Polizei.

Es war zwei Uhr morgens, als Bernhard Borowsky ein vollständiges Geständnis unterschrieb, in dem Friedhelm Strobel als Drahtzieher und Initiator des Betrugs genannt wurde. Die Beamten, die sonst mit Trunkenbolden, Beischlafdiebinnen und anderen kleineren Fischen zu tun hatten, staunten nicht schlecht. Sie versprachen, gleich am

Morgen eine beglaubigte Abschrift des Geständnisses per Boten nach Sonneberg bringen zu lassen. Daß dort längst die Anzeige der Glasbläser gegen Unbekannt vorlag, sei von Vorteil – die Berliner gingen davon aus, daß ihre Sonneberger Kollegen spätestens am nächsten Tag die Festnahme des besagten Herrn Strobel in die Wege leiten würden. Sollte eine persönliche Aussage von Borowsky gewünscht werden, würde eine Überführung des Festgenommenen kein Problem darstellen.

57. Kapitel

An Schlaf war in dieser Nacht nicht zu denken – zu aufregend war die ganze Angelegenheit! Es war noch nicht richtig hell, als sich die kleine Gruppe in Richtung Bahnhof aufmachte. Sie wollten gleich den ersten Zug nehmen, der in Richtung Heimat fuhr. Kaum saßen sie auf den harten Bänken, fielen einem nach dem anderen die Augen zu. So verschliefen alle die lange Zugfahrt – bis auf Christoph Stanzer, der in Berlin genug geruht hatte und die anderen deshalb immer rechtzeitig wecken konnte, wenn sie umsteigen mußten.

Trotz allem waren sie wie gerädert, als ihr Zug am späten Abend endlich in Lauscha einfuhr. Von David Wagner hatten sie sich in Sonneberg verabschiedet. Er hatte versprochen, am nächsten Tag, wenn die Polizei Strobel aufsuchen wollte, dabeizusein.

Sie hatten es geschafft, genügend Beweise für Strobels falsches Spiel zusammenzubringen! Der Gedanke war wirkungsvoller als Schnaps und Wein zusammen: Er berauschte und betörte alle Beteiligten. Am liebsten sie wären trotz ihrer großen Müdigkeit in den »Schwarzen Adler« gerannt, um die frohe Nachricht hinauszuposaunen und mit allen zu feiern.

Statt dessen beschlossen die Männer, noch eine Nacht Stillschweigen zu bewahren: Am nächsten Tag sollte ihre Neuigkeit Lauscha wie ein Erdbeben erschüttern. Keinen Tag später, aber auch keinen Moment zu früh. Dementsprechend fulminant sollte die Wirkung sein.

»Kind, du weißt gar nicht, wie glücklich ich bin ...« Ohne Wandas Hand loszulassen, schneuzte sich Johanna mit der anderen. Ihre Nase war puterrot, Tränen liefen ihr übers Gesicht. Wie so oft um diese Zeit war die Chefin direkt aus der Werkstatt gekommen, als die Haustür ging. Nach ihrem Aussehen zu schließen, hatte sie gerade Christbaumkugeln mit Glitzerstaub verziert.

»Von nun an wird es mir wirklich gelingen, nach vorn zu schauen und nicht ewig zurück.« Ihr Schluchzen wurde noch heftiger.

Betroffen schaute Wanda ihre Tante an. Daß sie derart aufgelöst reagieren würde – damit hatte sie nicht gerechnet. Statt nach Hause zu gehen, hatte sie Anna begleitet, weil sie dabeisein wollte, wenn Johanna die Nachricht übermittelt wurde.

»Mutter ...« Anna räusperte sich. Zaghaft streichelte sie über Johannas Rücken.

Geräuschvoll putzte Johanna ihre Nase. »Ach, ihr Lieben, ich weine doch nur, weil ich so glücklich bin«, schniefte sie. »Endlich muß Strobel für seine Gemeinheiten bezahlen! Aktienbetrug, Urkundenfälschung – ich weiß gar nicht, wie seine Taten genau genannt werden. Aber ich kann mir vorstellen, daß das Gesetz harte Strafen für solche Verbrechen vorsieht, schließlich reden wir hier nicht von jemandem, der ein paar Holzscheite klaut. Oder Nachbars Huhn. Sondern von einem Betrüger, der den Glasbläsern auf schändlichste Art knapp elftausend Reichsmark gestohlen hat!«

Wanda und Anna nickten heftig.

»Thront wie ein kleiner König in der Gründler-Hütte – wie kann ein Mensch nur so verderbt sein?« Johannas Blick verlor sich in der Ferne. »Manchmal, vor allem seit Maries Tod, war ich nahe daran, den Glauben an einen gerechten Gott zu verlieren. Die Guten sterben viel zu früh, und die Schlechten können ungehindert ihre Schandtaten begehen. Nun aber …« Endlich breitete sich ein Lächeln auf ihrem Gesicht aus. Johanna holte tief Luft.

»Kinder, ich kann es kaum erwarten, zu sehen, wie Friedhelm Strobel von der Polizei abgeführt wird!«

»Und wem ist das zu verdanken?« Herausfordernd schaute Anna von ihrer Mutter zu Wanda.

Beide zuckten etwas unsicher mit den Schultern. Was wollte Anna hören? Daß sie allein für den Erfolg des Unternehmens verantwortlich war?

Anna schaute in die verunsicherten Mienen und lachte. »Na, den Steinmännern allesamt!« Sie legte je einen Arm um Johannas und Wandas Schulter. »Mutter, hast du uns nicht immer wieder erzählt, wie ihr drei Schwestern zusammengehalten habt? Wie Pech und Schwefel? Gemeinsam durch alle Höhen und Tiefen?«

Johanna nickte stumm. Ja, das hatte sie gewiß.

Annas Brauen hoben sich. »Nun, wie man sieht, hat sich daran nichts geändert, oder? Mit den Steinmännern ist auch heute noch zu rechnen! Gegen Weibsbilder wie uns hat ein Friedhelm Strobel auf lange Sicht keine Chance!« Sie sah Wanda an und erschrak.

»Wanda, was ist denn los? Um Himmels willen, warum weinst du denn jetzt auch noch?«

»Weil …«, schluchzte Wanda, »weil ich so glücklich bin.«

»Und hier – die Pfeifen! Die kannst du deinem Bruder auch gleich morgen zurückbringen!« Mit einem Handstreich fegte Karl Dutzende von Porzellanpfeifenköpfen vom Tisch in eine Schachtel, in der auch schon kleine Vasen und Figuren lagen. »Sag ihm, er soll sich eine andere Pfeife besorgen, die für ihn Blümchen und Girlanden malt!«

Barfuß und im Nachthemd schaute Maria Schweizer von den Pfeifenköpfen zu ihrem Mann. Obwohl es im Haus eiskalt war, war sie noch einmal aufgestanden, als sie ihn kommen hörte. Doch nun wußte sie nicht, ob dies eine gute Idee gewesen war. War Karl etwa betrunken? Statt ihr von seiner Reise zu erzählen, war er sofort an seinen Arbeitsplatz gerannt und gebärdete sich wie ein Elefant im Porzellanladen.

»Hier – die Pinsel, die Porzellanfarben … Alles bringst du ihm zurück. Und sag ihm, daß ich den ganzen Kram nicht mehr sehen kann! Hat doch alles nichts mit Kunst zu tun!«

»Aber Karl …«

»Nichts *aber, Karl*! Ab morgen bin ich wieder ein Glasbläser! So, wie es sich gehört. Du wirst schon sehen …«

»Noch ein Glas Wein, Herr Wagner?« Schon winkte Gerhard Grosse der Bedienung vom »Schwanen«.

Noch ein Glas Wein – warum nicht? David nickte. Irgendwie mußte der Triumph über Friedhelm Strobel doch gefeiert werden, oder?

Nach der langen Reise war er zu aufgeregt gewesen, um direkt nach Hause in seine Kammer zu gehen. So hatte er einer spontanen Eingebung folgend beschlossen, noch ein Glas Wein im »Schwan« zu trinken, durch dessen Fenster einladend Licht und Gelächter nach draußen drangen. Ein Glas Wein in einem der feinsten Lokale Sonnebergs. Wie ein feiner Herr. So, wie er sich das früher immer gewünscht hatte. Jetzt hatte er es wirklich verdient!

Es war purer Zufall, daß er ausgerechnet Gerhard Grosse antraf: Als er das Gasthaus betrat, war der Stammtisch, an dem sich allwöchentlich die Honoratioren der Stadt zusammenfanden, gerade dabei, sich aufzulösen. Als Grosse seinen Angestellten entdeckte – die Wangen vor lauter Aufregung rot, Unruhe im Blick –, hatte er im selben Moment gewußt, daß seine Entscheidung, David für die Reise nach Berlin freizustellen, richtig gewesen war. Hatte der junge Mann tatsächlich etwas über Friedhelm Strobel herausgefunden? War Strobel in Betrügereien verwickelt, so wie Wagner es vermutete?

Grosse hatte David an seinen Tisch gerufen. Fassungslos hörte er David zu, während er zur selben Zeit fieberhaft nachdachte. Wie konnte sich das Bankhaus Grosse im Falle von Strobels Festnahme, die ja unmittelbar bevorzustehen schien, den gewährten Kredit betreffend absichern? Gleich am nächsten Morgen wollte er seinen Advokaten mit dieser Frage betrauen; er war zuversichtlich, dieses Problem im Sinne der Bank lösen zu können. Strobel besaß immerhin diverse Konten, auf denen zusammengerechnet eine stattliche Summe lag. Warum der Mann überhaupt einen Kredit für den Kauf der Gründler-Hütte aufgenommen hatte, war Gerhard Grosse nicht ganz klar. Er konnte nur vermuten, daß Strobel seine Gelder nicht für weitere Geschäfte hatte blockieren wollen. Nun schien der Mann selbst blockiert zu sein, und das für längere Zeit. Was für ein Skandal!

Jovial legte er David Wagner einen Arm um die Schulter. »Das haben Sie alles sehr gut gemacht, junger Mann! Nicht jeder an Ihrer Stelle hätte so eifrig mitgedacht und die folgerichtigen Schlüsse gezogen ... Solche Männer wie Sie braucht unser Bankhaus. Glauben Sie mir, Ihr Einsatz im Namen der Bank soll nicht zu Ihrem Schaden sein. Falls ich je etwas für Sie tun kann ...«

»Ehrlich gesagt gäbe es da etwas ...« David räusperte sich. »Ich ... äh ... Es ist so: Ich habe vor, in der nächsten Zeit um eine junge Frau zu werben. Sie – kommt aus bestem Haus, und falls sie auf mein Werben eingeht, will ich ihr nach der Heirat ein adäquates Heim bieten, verstehen Sie?«

Gerhard Grosse nickte.

Auf David Wagners Gesicht zeichnete sich Erleichterung ab. »Derzeit wohne ich jedoch nur in einer kalten Dachwohnung, die nicht gerade repräsentativ zu nennen ist. Eigenes Kapital oder Sicherheiten anderer Art habe ich nicht, und falls das Bankhaus Grosse mir einen Kredit zum Kauf eines Hauses gewährt, könnte ich lediglich mit meinem Namen dafür bürgen ...«

»... und der ist mir gut genug!« beendete Gerhard Grosse Davids Satz. »Ihr Kredit ist schon jetzt gewährt. Und natürlich wird die Bank Ihnen auch bei der Suche nach einem geeigneten Objekt behilflich sein. Mir fallen da sogleich einige schöne Häuser ein, die demnächst zum Verkauf stehen werden.«

Kopfschüttelnd schaute er sein junges Gegenüber an. Wer hätte gedacht, daß David Wagner vorhatte, sich Wanda Miles zu angeln? Aus Wagner würde noch was werden! Gerhard Grosse nahm sich vor, ihn zukünftig nicht mehr aus den Augen zu lassen.

Monika verpaßte ihrem Kopfkissen einen so heftigen Knuff, daß zu hören war, wie die Stoffnaht riß.

Sie warf der eingemummten Gestalt im Nebenbett einen unfreundlichen Blick zu. Benno war einfach unmöglich!

Kam nach Hause, ging an den Zapfhahn, zapfte sich ein Bier und trank dieses seelenruhig aus, als ob nichts wäre. Auf ihre Frage, ob die Berlinreise »erfolgreich« gewesen sei, hatte er lediglich mit den Schultern gezuckt.

Damit sollte sie sich zufriedengeben! Das war der Dank für ihren unermüdlichen Einsatz, dafür, daß sie sich in den letzten drei Tagen von früh bis spät die Hacken abgelaufen hatte.

Ob Maria Schweizer wohl einen ebenso einsilbigen beziehungsweise gar keinen Bericht präsentiert bekam? Oder war nur ihr Benno so ein Muffel? Doch als sie die Schweizerin am Vortag auf der Straße getroffen hatte, hatte diese genausowenig über Sinn und Unsinn der Reise gewußt wie sie. »Was das wieder kostet – das gute Geld!« hatte die andere nur gejammert. Und: »Wo es doch eh schon schlecht genug um uns bestellt ist …«

Grübelnd starrte Monika an die dunkle Zimmerdecke. Ihr Benno war wirklich stumm wie ein Fisch! Geradeso, als habe er etwas zu verbergen. Nach seinem letzten Berlinbesuch war es dasselbe gewesen!

Was hatte das alles zu bedeuten?

Wahrscheinlich steckte doch eine andere Frau dahinter! Morgen, gleich morgen früh würde sie Benno zur Rede stellen! Wenn er sich einbildete, daß sie für ihn die Magd abgab, während er sich mit einem feinen Dämchen in Berlin vergnügte, hatte er sich getäuscht. Aber gründlich!

Mit einem erbosten Schnaufer wälzte sich Monika auf die andere Seite.

Wie schön das Papier glänzte! Wie dick es sich anfühlte. Kein Knittern, nicht einmal nach x-maligem Durchblättern. Hochglanzpapier – das hatte sich Gotthilf Täuber wirklich etwas kosten lassen. Zart, als berühre er filigranste Spitze, fuhr Richard mit der Hand über die aufgeschlagenen Seiten seines Ausstellungskatalogs. Neben fast jeder Exponatsbeschreibung prangte ein roter Haken: verkauft. Verkauft! Verkauft! Verkauft! Richard lachte auf.

Bis auf drei Teile war alles verkauft – konnte man das glauben? So viel Geld hatte er noch nie in seinem Leben besessen. Zugegeben, die Provision, die Täuber verlangte, war stattlich – zwanzig Prozent! Dazu kamen die anteiligen Kosten, die er, Richard, für die Anmietung der Räume, den Empfang und diverse andere Dinge zu tragen hatte. Wenn man das alles zusammenrechnete, sah die Bilanz schon nicht mehr ganz so gut aus …

Gedankenverloren schwenkte er den Sekt in seinem Glas, nahm dann einen Schluck. Dies war der letzte Tag der Ausstellung, den Sekt hatte Täuber ihm geschenkt.

»Mit meiner besten Empfehlung – trinken Sie ihn mit Ihrer Dame!« hatte er gesagt. Richard hatte die Flasche angenommen. Aber er hatte darauf verzichtet, Gotthilf Täuber darüber aufzuklären, daß es keine »Dame« mehr gab, die seinen Erfolg mit ihm hätte feiern können.

Die winzigen Sektperlen zerplatzten kühl und erfrischend auf seiner Zunge. Und dennoch: Was ein prickelnder Moment hätte sein sollen, schmeckte irgendwie … schal.

Mit einem Seufzer preßte Richard den Korken zurück in die Flasche. Hätte er sich doch besser ein Bier gegönnt!

Er stand auf und begann, sich für die Nacht fertigzumachen. Am Morgen würde er weiter über seine nächsten beruflichen Schritte nachdenken.

Schließlich war er nun ein angesehener Glaskünstler …

58. Kapitel

»Haben Sie alles notiert?« Kritisch beäugte Friedhelm Strobel seinen Obergesellen. Er hatte den Mann eigens aus der Glashütte Unterneubrunn abgeworben und war hochzufrieden mit seiner Arbeit, was er ihn natürlich nicht wissen ließ. Wozu auch?

Der Mann blätterte auf seinem Notizblock eine Seite zurück.

»Die einstündige Frühstückspause wird bis zum 24. Dezember auf eine halbe Stunde reduziert. Wer sich nicht an diese Regel hält, muß zehn Kreuzer Strafe zahlen. Dasselbe gilt für die Mittagspause, die ebenfalls bis zum genannten Zeitpunkt auf dreißig Minuten reduziert wird.«

Strobel nickte. Sehr gut. Mit einer ungeduldigen Handbewegung wies er den Mann an weiterzumachen.

»Gustav Müller Sohn bekommt diese Woche ein Fünftel seines Lohnes als Strafe dafür abgezogen, daß er ohne Anweisung eine andere Arbeit als die vorgeschriebene verrichtet hat.«

»Sagen Sie ihm ruhig dazu, daß er beim nächsten Mal seinen Hut nehmen kann. Für immer!« bemerkte Strobel schmallippig. Er konnte Gustavs Impertinenz einfach nicht fassen. Statt wie vorgeschrieben Christbaumschmuck aufzublasen, hatte er am Tag zuvor bei den Glasmachern ausgeholfen. Was er hier mache, hatte Strobel wissen wollen, der diesen Wechsel zufällig durch die Glasscheibe beobachtet hatte. Er habe bemerkt, daß die Glasmacher mit ihrer Arbeit nicht mehr nachkamen, und habe ihnen helfen wollen, hatte der Mann Strobel treuherzig zur Antwort gegeben.

Strobel hatte seinen Ohren kaum getraut. »Seit wann

entscheidet hier jeder Hinz und Kunz, wie die Arbeit eingeteilt wird?« hatte er geschrieen.

Jetzt zuckte der Obergeselle mit den Schultern. »Wie Sie meinen. Aber, ehrlich gesagt, ein paar Hände mehr an den Öfen wären nicht schlecht, ich habe selbst schon überlegt, ob ich nicht einen Mann zusätzlich –«

Strobel hob eine Hand. »Bitte verschonen Sie mich mit Details, ich habe heute weiß Gott noch wichtigere Dinge zu erledigen.« Seine Hand zeigte auf den Stapel mit Listen, die vor ihm auf dem Schreibtisch lagen. Da gab es Listen, in denen er die Produktionssteigerungen eintrug. Und Listen, in denen er aufführte, welcher Arbeiter wann welche Strafe von seinem Lohn abgezogen bekam. Es gab Listen über das Verhältnis von Herstellungskosten zu Verkaufspreisen und Listen, die aufzeigten, welche Artikel sich besser verkauften als andere.

Der Obergeselle räusperte sich. »Siegfried Braun bekommt ebenfalls einen Lohnabzug für unerlaubtes Entfernen vom Arbeitsplatz. Einen ganzen Wochenlohn …?«

Strobel nickte. Er hatte den fragenden Unterton seines Obergesellen sehr wohl wahrgenommen, zog es aber vor, ihn zu ignorieren. Auch wenn der Betrieb alles in allem ganz manierlich lief, schadete es nicht, ab und an ein Exempel zu statuieren. So wie bei diesem Siegfried Braun. Ansonsten würden bald anarchistische Zustände herrschen.

Der Obergeselle verabschiedete sich. Strobel wußte, daß der Mann seine Anweisungen Wort für Wort befolgen würde. Einen guten Fang hatte er mit ihm gemacht!

Natürlich hatte es zu Beginn den einen oder anderen Versuch gegeben, die Autorität des neuen Obergesellen auf die Probe zu stellen. Ja, Strobel hatte sogar Verständnis dafür, daß die Hüttenarbeiter herauszufinden versuchten, wie weit sie gehen konnten. Sehr schnell hatten sie jedoch feststellen müssen, daß der Unterneubrunner ein sehr viel strengeres Regiment führte als einst Karl der Schweizer Flein!

Ja, so allmählich spurten die Leute ...

Im nächsten Moment sprang Strobel auf und klopfte wie wild gegen die Glasscheibe, durch die er fast sämtliche Arbeitsabläufe der Hütte beobachten konnte. Diese Scheibe hatte er gleich in seiner ersten Woche einbauen lassen, und er wollte sie nicht mehr missen. Mit einem Stirnrunzeln hob er drohend seinen rechten Zeigefinger.

Jockel, der gerade am Sortiertisch eine gläserne Vase in die Höhe hielt, zuckte zusammen und beeilte sich dann, hastig zu nicken.

Strobel wandte sich wieder von der Glasscheibe ab. Na also, es ging doch ... Obwohl er sich noch immer nicht sicher war, mit diesem Jockel den richtigen Mann zum Sortierer bestimmt zu haben. Sicher, der Ausschuß hielt sich in Grenzen. Um ehrlich zu sein, war Strobel mit der Qualität seiner Glaswaren außerordentlich zufrieden – was er zu einem gewissen Teil sicher auch dem Sortierer zu verdanken hatte. Aber der Mann hatte so etwas Aufmüpfiges! Gleich in den ersten Tagen waren sie aneinandergeraten, um irgendeine von Strobel neu eingeführte Vorschrift war es gegangen. Eine Lappalie. Da der Obergeselle anderweitig beschäftigt gewesen war, war Jockel zu ihm, Strobel, gekommen. Hatte sich aufgebläht wie ein Streithahn. Hatte verlangt, daß Strobel die entsprechende Verordnung zurücknahm. Strobel hatte nur gelacht.

So ein Lachen könne einem in Lauscha schnell vergehen, hatte Jockel dann gesagt und recht verschlagen dabei dreingeschaut. Ob Strobel noch nichts vom Feuerteufel gehört habe, der immer mal wieder im Dorf zuschlage. So ein Feuer ausgerechnet in einer Glashütte käme doch reichlich ungelegen ...

Strobel hatte innerlich gekocht. Wie konnte der Mann es wagen, ihm zu drohen? Ihm!

Als ein paar Stunden später am selben Tag zwei Polizisten aus Sonneberg auftauchten, war Jockel das hämische Grinsen vergangen. Nach einer Nacht auf der Polizeiwache, in der Jockel immer und immer wieder zu den in Lauscha gelegten Bränden befragt worden war, kam er verstimmt und kleinlaut zurück.

Strobel hatte sehr erleichtert getan, daß seinem Sortierer in puncto Brandstiftung doch nichts nachzuweisen gewesen war. Aufgrund von Jockels Äußerung habe er es mit der Angst zu tun bekommen, den Brandstifter höchstselbst vor sich zu haben, daher habe er doch die Polizei informieren müssen ...

Mit einem Ächzen lehnte sich Strobel in seinem Stuhl zurück, verschränkte beide Hände im Nacken.

Nach dieser kleinen Affäre hatte keiner mehr aufzumucken gewagt, zumindest war Strobel nichts Derartiges zu Ohren gekommen. Und was die Leute hinter seinem Rücken sprachen, war ihm ehrlich gesagt reichlich egal ...

Wohingegen ihm andere Dinge weniger egal waren.

Wanda Miles zum Beispiel.

Die Entwicklung, die seine Pläne hinsichtlich Wanda Miles genommen hatten, befriedigte Friedhelm Strobel nicht im geringsten. Nervös biß er ein Stück Nagelhaut vom rechten Daumen ab und leckte das Blut, das aus der winzigen Wunde austrat, auf.

Warum hatte er von dem Fräulein nichts mehr gehört? Er hatte angenommen, daß sie wieder auftauchen und versuchen würde, bei ihm ein gutes Wort für die Arbeiter einzulegen – Gründe genug hatte er ihr geliefert. Aber nein, sie war wie vom Erdboden verschluckt. Waren die Leute ihr am Ende doch egal?

Verflixt, er hatte seine Chance gehabt – bei ihrem Besuch in seinem Laden –, und er hatte diese Chance vertan!

Ein tiefer Seufzer kroch aus Strobels Kehle und ging unvermittelt in ein Husten über. Im nächsten Moment wurde Strobels Leib so heftig geschüttelt, daß ihm die Brust schmerzte. Diese elend trockene Luft in der Glashütte!

Strobel klopfte sich rhythmisch auf die Brust, und langsam ließ der Hustenanfall nach.

Warum verschwendete er überhaupt noch einen Gedanken an das Flittchen? Zugegeben, die Sache war nicht so gelaufen, wie er es sich vorgestellt hatte. Er hätte nicht nur die Tür abschließen, sondern auch noch den Schlüssel abziehen sollen, dann hätte es für das Fräulein kein Entrinnen mehr gegeben.

Aber gab es nicht genügend positive Punkte, die er statt dessen aufzählen konnte?

Vorsichtig atmete Strobel tief durch. Na also, es ging doch.

Allein das Geld, das er in den letzten Monaten verdient hatte!

Auf seiner Hamburger Bank lagen gut 30 000 Reichsmark, die aus dem unglaublichen Aktiengeschäft stammten. Dazu kamen die knapp elftausend, die er zu Hause in einem Pappkarton unter seinem Bett aufbewahrte.

Ein Pappkarton – wie ein altes Mütterchen, das seine Kreuzer in einen Sparstrumpf steckte! Strobel, wirst du etwa wunderlich? Der Gedanke ließ ihn leise kichern.

40 000 Mark Gewinn – und alles hatte er der Bremer Schlüter-Reederei zu verdanken …

Er hätte den Kredit beim Bankhaus Grosse in bar ablösen können. Aber das wollte er nicht. Ein gewisser Schein mußte schließlich gewahrt werden. Bisher hatte kein einziges dummes Schäfchen Verdacht geschöpft, und so sollte es auch bleiben.

Inzwischen hatte Strobel die Nagelhaut des rechten Zeigefingers so weit bearbeitet, daß sie sich mit einem Biß ablösen ließ. Einen Moment lang schloß er die Augen und genoß den Schmerz, der sich durch seinen Finger zog.

Das Weihnachtsgeschäft lief bestens. Seine Kundschaft hatte nicht schlecht gestaunt, als sie erfuhr, daß Strobel nun selbst eine Glashütte besaß. Man müsse mit der Zeit gehen, hatte er jedesmal nonchalant geantwortet und höchstens noch mit einem Schulterzucken hinzugefügt, daß eben alles eine Frage der Organisation sei.

Und organisieren konnte er. Sein Ladengeschäft in Sonneberg war bei seinem neuen Verkäufer in den besten Händen. Strobel hatte selbst gestaunt, als er im Laufe der Zeit bemerkte, wie gut der Mann war. Die Kundschaft akzeptierte ihn, und er verstand es, die Auftragsblätter zu füllen – was wollte man mehr? Bisher hatte Strobel auch noch nicht feststellen können, daß der Mann irgendwelche Gelder abschöpfte. So konnte er seine eigene Zeit verstärkt der Glashütte widmen.

Ja, alles lief bestens ...

Was zählte dagegen Wanda Miles? Oder ihre Tante, das alte Luder? Er sollte die Steinmann-Frauen vergessen, allesamt! Sie waren unwichtig.

Friedhelm Strobel war so in seine Gedanken vertieft, daß er die Traube von Menschen, die sich vor der Glashütte versammelten, nicht bemerkte. Erst als man an seiner Tür rüttelte und im nächsten Moment zwei Polizisten vor ihm standen, schaute er auf.

»Friedhelm Strobel?«

»Äh, ja?« Er rückte seine Krawatte zurecht. »Falls Sie wegen Jockel kommen – die Angelegenheit hat sich inzwischen erledigt. Er ist doch nicht der Brandstif...«

»Wir sind nicht wegen einem Ihrer Angestellten da!« unterbrach der eine Beamte ihn barsch. »Herr Strobel – Sie sind verhaftet! Ihnen wird vorgeworfen, in den Tatbestand der besonders schweren Urkundenfälschung, verbunden mit dem Straftatbestand des Betrugs, verwickelt zu sein.«

»Was – wie ... Aber ich ...« Bevor Strobel verstand, was mit ihm geschah, packten die Polizisten ihn grob am Arm und zogen ihn nach draußen.

59. Kapitel

Das Gerede, daß bei der Gründler-Hütte etwas im Busch war, verbreitete sich wie ein Lauffeuer in Lauscha. Niemand wußte etwas Genaues, dafür wucherten die Gerüchte wie Pilze auf feuchtem Waldboden.

Es könne nicht schaden, sich im Laufe des Tages immer mal wieder vor der Gründler-Hütte einzufinden, sagte Benno denen, die ihn fragten, ob er mehr wisse. Und hob dabei vielsagend die Augenbrauen. Nein, einen genauen Zeitpunkt könne er nicht nennen. Auch wolle er noch nicht sagen, worum es ging.

Gegen Mittag hatten sich alle, wirklich alle versammelt – gerade rechtzeitig, um zu sehen, wie Friedhelm Strobel abgeführt wurde. Die Arbeiter natürlich. Und Karl der Schweizer Flein, der seine Frau Maria mitgebracht hatte. Sie hatte in der Eile ihre Schürze umgelassen und nur ihren dicken Mantel übergezogen. Christoph Stanzer, der wieder genesen war. Die versammelte Mannschaft der Glasbläserei Steinmann-Maienbaum, allen voran Johanna, die Hand in Hand mit ihrer Tochter dastand. Thomas Heimer, Eva mit Sylvie. Keiner von beiden wußte, worum es ging, Wanda hatte ihnen lediglich gesagt, daß die Nachforschungen, die sie in den letzten Wochen betrieben hatte, an diesem Tag Früchte tragen würden. Neben Thomas Heimer stand David Wagner, aus dessen Anzugtasche ein grünes Seidentuch lugte. Benno, der Wirt, hatte sich neben ihm eingefunden. Seiner Frau Monika hatte er allerdings nicht Bescheid gesagt – als man Friedhelm Strobel Handschellen anlegte, fegte sie gerade das letzte Laub hinter dem »Schwarzen Adler« zusammen. Auch Richard fehlte – was das dörfliche Leben anging, hatte er in den letzten Wochen nicht mehr viel mitbekommen. Er war schon am Morgen nach Sonneberg aufgebrochen, um seinen Agenten Gottfried Täuber aufzusuchen.

Als sich das Eingangstor der Hütte öffnete und zwei Polizisten erschienen, die in ihrer Mitte Friedhelm Strobel abführten, ging ein Raunen durch die Menge.

Das übertraf ja sämtliche Gerüchte! Was war hier los?

Erst jetzt erzählten Benno, Karl und Christoph den Leuten, welch schwerer Verbrechen der Verleger und Hüttenbesitzer angeklagt werden würde. Seit Wochen hätten sie in dieser Angelegenheit Nachforschungen angestellt. Sogar die Amerikanerin und Anna hätten mitgemacht! Im Grunde hätte Wanda den Stein erst ins Rollen gebracht.

Und die »Chefin« hätte das ganze Unternehmen finanziert. Warum gerade sie, wußte niemand so genau. Anscheinend hatte auch sie mit Strobel noch eine Rechnung offen.

Der entscheidende Hinweis sei allerdings von ihm gekommen! rief Benno, damit das nur ja niemand übersah.

Die Menschen ringsum brachen in aufgeregtes Geplapper aus. Ihre Verwirrung war groß, und ihre Wut und Entrüstung waren es auch.

Die falschen Aktien waren von Strobel? Von dem Mann, der wie eine Made im Speck mitten in Lauscha saß? Das war ja unglaublich! Wie um alles in der Welt …?

David Wagner, der sich am frühen Morgen beim Advokaten des Bankhauses schlau gemacht hatte, führte die Erklärungen der Männer weiter aus: Urkundenfälschung – in Strobels Fall könne man sogar von einem besonders schweren Fall sprechen, weil er einen Vermögensverlust großen Ausmaßes herbeigeführt hatte – zöge eine Gefängnisstrafe von etlichen Jahren nach sich. Dazu kam der Vorwurf des Betrugs.

»Dieb!« rief einer. »Betrüger!« ein anderer. »Elender Verbrecher!« ein dritter. »Wie kann man redlichen Leuten auf so gemeine Weise ihr Geld abluchsen?«

Die Polizisten hatten Mühe, sich einen Weg durch die aufgebrachte Menge zu bahnen. Obwohl sie die Leute beidseitig zurückdrängten, konnten sie nicht verhindern, daß Strobel hier geknufft, da gezwickt und dort getreten wurde. Schimpfworte flogen durch die Luft, doch die Polizisten taten so, als hörten sie nichts. Als das Dreiergespann bei Karl dem Schweizer Flein angekommen war, sprang Maria Schweizer ihnen vor die Füße. Ehe jemand reagieren konnte, hatte sie Strobel eine Ohrfeige verpaßt, deren Klatschen einige Meter weit zu hören war. Ohne ein Wort zu sagen, wischte sie sich danach die Hände an ihrer Schürze ab und tauchte wieder in der Menge unter. Karl drehte sich verdutzt zu ihr um. »Hätte ich lieber dir eine verpassen sollen, dafür, daß du so garstig zu mir warst?«

fuhr sie ihn an, doch er sah dabei ein Grinsen über ihr zerfurchtes Gesicht laufen.

Irgendwann waren die Polizisten mit Strobel verschwunden. Doch die Leute waren viel zu aufgeregt, als daß auch sie ihres Weges gegangen wären. In kleinen Grüppchen wurde weiterdiskutiert, gehadert, gezetert.

»Und nun?« David nahm Wandas Hand.

Sie zuckte zusammen, hatte ihn nicht kommen sehen. Obwohl sie in der Mitte der Menge stand, hatte sie das Gefühl, alles nur wie durch einen Nebel mitzubekommen. Sie öffnete den Mund, doch bevor sie etwas sagen konnte, hob eine Männerstimme neben ihr an.

»Ja! Und nun?« fragte auch Jockel. »Wie soll's jetzt mit uns weitergehen? So wie es aussieht, kommt der Gauner so schnell nicht mehr aus dem Bau! Wem gehört denn die Hütte jetzt?«

»Ja, für wen arbeiten wir ab heute eigentlich? Und wer zahlt uns unseren Lohn aus?« fragte ein anderer, der neben Jockel stand.

»Ich nehme an, das ganze Geschäft wird irgendwie rückgängig gemacht werden«, sagte David. »Angefangen bei dem Kredit, den unsere Bank Friedhelm Strobel gewährt hat – schließlich hat er sich die Glashütte auf unrechtmäßigem Weg angeeignet. Ganz gewiß wird er nicht weiterhin Eigentümer der Hütte sein, vielmehr wird die Hütte an Alois Gründler zurückgehen. Er muß natürlich informiert werden, aber wenn ich mich nicht täusche, liegt seine neue Adresse unserer Bank vor – somit dürfte das kein größeres Problem sein. Außerdem gibt es da noch den Bruder in Suhl. Und was euer Geld angeht, das Geld, um das euch Strobel betrogen hat ...« Er zuckte mit den Schultern. »Meiner Ansicht nach stehen die Chancen nicht schlecht, daß es wiederauftaucht und zu seinen rechtmäßigen Besitzern zurückgelangt.«

Bei diesen Worten ging ein Raunen durch die Menge. Was für wundervolle Nachrichten!

»Dann holst du dein Geld, das du den Leuten als Ersatz gezahlt hast, aber auch wieder zurück«, zischte Thomas seiner Tochter zu, doch Wanda winkte nur ab.

Schnell wurden die Leute wieder leiser, gerade so, als erhofften sie sich, etwas zu hören, was ihnen inmitten des Aufruhrs half. Doch es war nicht David, der weitersprach.

»Wißt ihr eigentlich, welcher wichtige Tag sich demnächst zum zehnten Male jährt?« Erwartungsvoll schaute Christoph Stanzer in die Runde. Als keiner etwas sagte, fuhr er fort: »Nur noch drei Wochen sind es bis zum 21. Dezember. An diesem Tag ...« – er machte eine kleine Kunstpause, als wolle er sich aller Aufmerksamkeit vergewissern – »im Jahre 1901 schloß die alte Dorfglashütte für immer ihre Pforten. Zehn Jahre ist das nun her!«

»Zehn Jahre ...« »Ein düsterer Tag ...« »Wie die Zeit vergeht ...« Das Stimmengewirr wurde wieder heftiger.

Christoph Stanzer hob um Ruhe bittend die Hand. »Seit damals ist Lauscha nicht mehr das, was es einmal war. Vielleicht könnt ihr Jungen das nicht nachempfinden ...« Er warf Jockel und ein paar anderen einen Blick zu. »Aber für uns Alte war es so, als hätte man uns das Herz herausgerissen!«

»Das Herz von Lauscha!« rief Karl der Schweizer Flein. Die Umstehenden nickten eifrig.

»Das ist ja alles schön und gut«, antwortete Jockel überheblich. »Aber was hat diese alte Geschichte mit uns zu tun? Mit unseren Problemen hier und heute?«

»Das kann ich dir sagen, junger Mann!« rief Christoph

Stanzer. »Wenn wir alle zusammenhalten, wenn wir uns nochmals aufs neue aufeinander einlassen, dann – könnte am 21. Dezember 1911 die Gründler-Hütte den Glasbläsern gehören! So, wie die Genossenschaft es im Sommer geplant hatte. Stellt euch doch nur vor: Die Gründler-Hütte könnte zu dem werden, wofür die Mutterglashütte einst gestanden hat!«

»Dann hätte Lauscha endlich wieder ein Herz, das schlägt und mitfühlt!« rief Karl, und seine Frau Maria nickte heftig.

»Und wir hätten sichere Arbeitsplätze!« schrie Siegfried Braun.

»Der neue Obergeselle könnte seinen Krempel packen und zurück nach Unterneubrunn gehen!« schrie ein anderer.

»Ja, dann wären wir endlich unsere eigenen Herren! So wie einst die Glasmeister in der Mutterglashütte. Was haben wir diese Männer immer beneidet!« Gustav Müller Sohns Augen glänzten.

Martin Ehrenpreis, der neben ihm stand, legte ihm einen Arm um die Schulter. »Du ein Glasmeister – das würde dir so passen, was?« Beide Männer lachten.

Jockel runzelte die Stirn. »Könnt ihr auch einmal einen Moment lang ernst sein?« Er schüttelte den Kopf. »Was ihr hier phantasiert, hört sich gut an, aber wie soll es denn funktionieren? Reicht es euch nicht, einmal auf die Nase gefallen zu sein?«

Wanda folgte dem Wortwechsel atemlos. David, der noch immer neben ihr stand, zwinkerte ihr vielsagend zu.

»Dieses Mal stünden unsere Chancen doch viel besser!« rief Christoph Stanzer. »Dieses Mal hätten *wir* die Trümpfe in der Hand!« Der ehemalige Glasmeister der Mutterglashütte machte ein paar Schritte auf David zu, ergriff seinen Arm und hielt ihn wie eine Trophäe in die Höhe.

»Wir haben in unserer Mitte einen sehr fähigen Bankangestellten, der uns bestimmt hilft, einen rechtmäßigen Kredit zu bekommen!«

Davids und Wandas Blicke trafen sich erneut. Geschah das hier alles wirklich? Verwirrt schüttelte David den Kopf, als die Leute laut zu applaudieren begannen.

»Und unser zweiter Trumpf ist die Amerikanerin!« Christoph Stanzer mußte nun schreien, um weiterhin Gehör zu finden. »Sie hat beim ersten Mal alles richtig gemacht, ihre Ratschläge waren uns eine große Hilfe. Wenn Strobel nicht gewesen wäre …« Er machte eine Handbewegung, als wolle er eine Fliege wegwischen. Dann packte er mit seiner freien Hand auch Wandas Arm und hielt ihn ebenfalls in die Höhe. »Wanda, wir zählen auch dieses Mal auf dich!« Und wieder jubelte die Menge.

»Aber wie …« Verdutzt schaute Wanda an Christoph vorbei zu David, dessen Hand noch immer in die Höhe gehalten wurde. Lächelnd zuckte David mit den Schultern, als wolle er sagen: Da müssen wir durch!

»Und? Was sagst du dazu, Mädchen?« Beifallheischend schaute Christoph Wanda an. Deren Lachen klang leicht hysterisch. »Nun ja, einige Ideen, was die Organisation der Genossenschaft angeht, hätte ich schon …«, murmelte sie.

»Na, wunderbar! So, wie es aussieht, wird Wanda auch zukünftig nicht viel Zeit für dich haben, mein Engel«, flüsterte Eva Sylvie ins Ohr, jedoch laut genug, damit Wanda jedes Wort verstand. Bevor diese etwas sagen konnte, drückte Eva ihren Arm.

»Gut hast du das alles gemacht, Mädchen! Marie wäre stolz auf dich! Und wir sind es sowieso.«

Wanda glaubte nicht richtig zu hören. Ein Lob aus Evas Mund?

Schon im nächsten Moment wandte Eva ihre Aufmerksamkeit wieder dem Kind auf ihrem Arm zu. »Die machen ein Geschrei, die Glasbläser, was? Aber daran wirst du dich gewöhnen müssen ...«

Wandas Kloß im Hals war so dick wie ein Knödel, und vor lauter Rührung brachte sie kein Wort mehr heraus.

»Leute, ich kann's immer noch nicht glauben – wir sind Strobel los!« rief Karl und stieß einen lauten Jodler aus.

»Freibier für alle!« schrie Benno. »Auf geht's zum Feiern in den ›Schwarzen Adler‹!«

»Auf daß am 21. Dezember 1911 die Gründler-Hütte den Glasbläsern gehört!« rief Christoph.

David legte Wanda, die noch immer fassungslos und wie angewurzelt dastand, einen Arm um die Schulter. Ein Schmunzeln umspielte seine Mundwinkel.

»Sieht so aus, als ob dasselbe Spiel von vorne losgeht ...«

Sie strahlte ihn an. »Sieht so aus, als ob sich mein Besuch am Lago Maggiore noch ein bißchen verzögert!«

ENDE

Anmerkungen:

Diese Geschichte ist fiktiv. Die Gründler-Hütte gab es nicht, auch wurde im Jahr 1911 eine Glashütte in Lauscha weder geschlossen noch verkauft. Das eigentliche Hüttensterben begann erst viel später.

Die 1883 gegründete Lauschaer Sparkasse möge mir verzeihen, daß sie in meiner Geschichte hinsichtlich der Hüttenfinanzierung keine Rolle gespielt hat – bestimmt wäre sie mehr als bereit gewesen, die Glasbläser zu unterstützen.

1909 ist in Obergurig tatsächlich die Papierfabrik abgebrannt. Über gerettete Restbestände von Papier ist allerdings nichts bekannt.

Die Bremer Schlüter-Reederei hat es nicht gegeben und somit auch kein solch sagenhaftes Aktiengeschäft. Die erwähnte Jutespinnerei Bremen hingegen, die ungewöhnlich viele Thüringer beschäftigte, gab es sehr wohl.

Danksagungen:

Nichts ist so falsch wie die Vorstellung, ein Autor sitze einsam in seiner Kammer und schreibe vor sich hin! Wie immer waren außer mir eine Menge Leute am Entstehen dieses Buches beteiligt. Mein erster Dank geht an Lothar Birth aus Lauscha. Ihm war kein Weg zu weit, kein Aufwand zu groß, um Details für mich zu überprüfen. Thomas Müller-Litz, Glasbläser in Lauscha, hat meine Glasbläserszenen gegengelesen – vielen Dank dafür! Einen Dank möchte ich auch der Tourist-Info in Lauscha übermitteln, die mich und meine Bücher in all den Jahren stets sehr freundlich unterstützt hat. Herrn Dr. Peter Puff aus Jena danke ich für die große Mühe, das Manuskript auf jene Punkte hin zu überprüfen, die die Geschichte Thüringens betreffen. Alle Fehler, die sich dennoch eingeschlichen haben, habe allein ich zu verantworten. Vielen Dank auch an meine Assistentin Kirsi Eiting. Ihr Wissen als Bankfachwirtin hat mir viel geholfen. Danke auch für alles andere! Wie bei allen meinen Büchern zuvor stand mir auch dieses Mal meine Freundin und Lektorin Gisela Klemt zur Seite – dafür ein herzliches Dankeschön! Ein großer Dank geht ebenfalls an meine

Agentin Ingeborg Rose für die vertrauensvolle, gute Zusammenarbeit.

Bedanken möchte ich mich auch bei meiner Familie und meinem Mann. Alle haben mir, so gut es ging, den Rücken freigehalten.

Petra Durst-Benning

Die Zarentochter-Saga von Bestsellerautorin Petra Durst-Benning

Die Zuckerbäckerin

Stuttgart, 1816: Die verwaisten und ungleichen Schwestern Eleanore und Sonia leben in ärmlichen Verhältnissen. Doch das Glück scheint auf ihrer Seite zu stehen, denn Königin Katharina holt die beiden Mädchen an ihren Hof. Von nun an verknüpfen Liebe, Verrat und Intrigen das Schicksal der drei Frauen ...

Die Zarentochter

Am Zarenhof in St. Petersburg: Die junge Großfürstin Olga muss den Erwartungen ihres Vaters gerecht werden und eine gute Partie machen. Doch ihr Herz will etwas anderes als die hohe Diplomatie und führt sie an den Hof König Wilhelms I. von Württemberg. Eine wahre Geschichte.

Die russische Herzogin

Die Zarentochter Olga ist Königin von Württemberg geworden. Dann bittet der Zar sie um einen außergewöhnlichen Gefallen. Olga soll seine Nichte Wera aufnehmen. Doch das Mädchen ist schwierig und unberechenbar. Olga setzt alles daran, aus Wera eine würdige Großfürstin zu machen. Die Begegnung verändert das Leben beider Frauen für immer.

www.ullstein.de

ullstein